晓松说

历史上的今天

Today

in History

鱼羊野史

第4卷 7—8月

高晓松
作品

SPM
南方出版传媒
广东人民出版社
博集天卷
CS·BOOKY
·广州·

图书在版编目（CIP）数据

鱼羊野史. 第4卷 / 高晓松著. —广州：广东人民出版社，2015.8
ISBN 978-7-218-10231-3

Ⅰ. ①鱼… Ⅱ. ①高… Ⅲ. ①中国历史—野史 Ⅳ. ①K204.5

中国版本图书馆CIP数据核字（2015）第161103号

Yu Yang Yeshi · Di 4 Juan
鱼羊野史 · 第4卷
高晓松　著

出 版 人： 曾　莹

责任编辑： 梁　茵
监　　制： 蔡明菲　潘　良
特约监制： 杨文红　陈雨人　闫　虹
特约策划： 邢越超
特约编辑： 汪　璐　杜冬梅　张　磊
特约编审： 张景岳　阎京生　尹　约
营销支持： 张　毅　李　群
封面设计： 一诺 · 闫薇薇
版式设计： 姜利锐

出版发行： 广东人民出版社
地　　址： 广州市大沙头四马路10号（邮政编码：510102）
电　　话：（020）83798714（总编室）
传　　真：（020）83780199
网　　址： http://www.gdpph.com
印　　刷： 北京京都六环印刷厂
书　　号： ISBN 978-7-218-10231-3
开　　本： 787mm × 1092mm　1/16
印　　张： 24　　**字　数：** 410千字
印　　数： 1—60000册
版　　次： 2015年8月第1版　2015年8月第1次印刷
定　　价： 45.00元

如发现印装质量问题，影响阅读，请与出版社（020-83795749）联系调换。
售书热线：（020）83790604　83791487　　邮购：（020）83781421

序

这套书是我2013年在东方卫视做的一档叫《晓松说——历史上的今天》的节目文字未删减版。因为电视播出的时长限制，也因为大众平台的尺度制约，播出版剪掉了很多。加上形象不够悦目、北京口音浓重，错过了不少观众。故此将文字结集出版，希望能和更多人分享知与识、艺与术、成长与思考。

既然叫“历史上的今天”，自然就按“天”索骥，把每天发生过的事件挑挑拣拣，拣出我感兴趣的一两件聊聊。由于我半生不务正业，主要是不知哪种营生堪当正业，就读了若干闲书，跑了许多地方，颇结识了些僧俗怪人，目击了二十年怪现状。也就攒下些心得想法，闲时在饭桌酒局贩售，落下个不埋单的口实。一来二去，就跑到天桥撂地说书，真干起了这门营生。

说是历史，又与人家专门考据分析归纳立论的“高大上”历史学问不同，无门无类，凡举政治、军事、科技、文艺、体育甚至天文地理古董迷信，杂七杂八，信马由缰，点到即止。需要读上个大半册，才能看出些观点主义之类。为免读者劳神，干脆在这里开宗明义，把我的不成熟小历史观呈上，以便随时检验。

我觉得整个人类历史的展开，就是科学和艺术以平行线的方式交替解释人与自然，交替给我们提供美感，从不同时共襄盛举。你离远些看到整个历史，当文艺昌明的时候，艺术飞速发展的时候，通常都是科学很落后的时候，或者科学停滞不前的时候。最开始出现的图腾、最开始出现的神话、原始的宗教，其实都是艺术的能指。太阳是阿波罗，月亮是嫦娥，东西方最开始都在用艺术解释世界。紧接着科学发展起来，开始急速地追赶，把世界大部分的现象，都赋予科学解释，地球是圆的，季风有规律，月亮是卫星。这个时候艺术就会很长时间停滞不前。文艺复兴的时代，艺术涤荡天下，再到工业革命的时候，艺术又相当程度地退居幕后。当科学迅速发展撞到南墙，比如到了一战，发现科学这么发达，可以这么高效率、短时间、大规模地杀人如草芥，上千万人就这样零落成泥碾作尘时，科学惊呆在那里，科学自己不能解释这是为什么。所以一战以后，又进入一个艺术大发展时代，就是我在后面经常讲的，巴黎流放归来的人中，出现了大批大师，出现了海明威、聂鲁达、菲茨杰拉德，出现了毕加索，哲学方面，萨特、福柯接踵而来，开始解释我们人类出现了什么问题。

然后科学再发展，艺术再解释，每当科学飞速发展的时候，人们的精神会停滞，因为科学发展的时候，对生活是有很大改善的，每当生活改善的时候，知识分子就觉得很孤单。比如今天，不光是中国，全世界的知识分子都觉得很孤单、很迷茫，包括英美的大知识分子，这两年都开始严重向左转，写了大量有关马克思主义、有关左派的书，因为他们也找不到出路。我觉得这就是历史发展的必然。因为现在是科学最大发展时期，以互联网为代表的高新科技，以最快的速度改变着人们的生活，这时候艺术通常会靠边站，等科学飞速地再一次撞到南墙。等科学对人们精神世界的又一轮高科技束缚出现的时候，科学又会发现自己无能为力，艺术又会超越科学，再去解释人类的新问题。那个时候才会出现崭新的文学、哲学，崭新的电影，崭新的绘画流派和音乐。我很期待那一天，最好在我有生之年，我猜一定在我有生之年，因为现在发展速度比以前快了百倍，两者交替的频率也应该比以前高很多。有意思的就是它们从来不同时绽放，而是交替，但是它们每一次交替都带给你很多美感跟思考。

再有就是大家说屁股决定脑袋，每个人都根据自己的身份、自己的成长，会有不同的看历史的眼光。每个时代都有它的好，有它的不好，只是由于每个人的身份不同，比如我作为一个知识分子家庭出身的孩子，作为一个读书人，我当然是喜欢文化昌明、知识分子自由的时代，我当然是不喜欢要被太监打屁股、被太监侮辱的时代，所以我肯定不喜欢明朝。我自己最喜欢的几个昌明时代，首先是春秋战国时期，尤其是齐国，不光是因为齐国有管仲和青楼，也不光是因为齐国有海鲜吃，那个时候饭做得不太好，只有脍、炙两种手段。那是知识分子最美好的黄金年代，你有上、中、下好几条路可选，上也许能成为诸子百家，那你就太高兴了，也许嘛，大师辈出的年代你被激发了，而不像今天，大家比着秀智商下限；中你可以布衣立谈成卿相，也许你就站在君主的门口聊几句，献个策，就进了中央政治局，苏秦甚至创造了同时佩六国相印的世界纪录，挂身上都背不动；再下，也可以去孟尝君、信陵君、春申君家里头当门客，跟公子聊聊天，替公子看看书，大家喝喝酒。我觉得那是一个美好的知识分子的时代，甚至比同时代的希腊还要好。那是一个轴心时代，这边有诸子百家，那边有希腊璀璨的大师们出现，南边还有释迦牟尼顿悟了。那是一个伟大的思想飞跃的时代。能生活在那个时代，就算吃得差一点儿，也觉得很幸福。或去唐代，当然最好不要经历安史之乱，好事儿都得叫咱赶上，最好是安史之乱之前就已经死了，生前经历了唐初一直到盛唐玄宗时期的开元盛世，与大诗人们一起结交、云游、写诗，甚至可以上殿去脱了鞋，醉草吓蛮书走起。那个美好的时代，是伟大的诗人时代。再不济就去宋朝，最好是在仁宗时期，不要看到后面改革、党争那些事儿。只跟苏家兄弟一起游于赤壁，杯盘狼藉，不知东方之既白。也可以写文章骂皇帝，破口大骂也没关系，最多就被发配去旅游嘛，到处去看看。所以我喜欢这些美好的时代。西方文艺复兴时期也很美好，大航海时代就算了，因为我吃不了苦，在船上确实苦。

我一直都以这样的观点来看待古今中外的人与物，基本上我比较偏中，既不左，也不是很右，你要说中庸也好，叫我自由派也好，我就是这样的一个读书人。以这样的观点来跟大家分享，午夜醒来想一想还算问心无愧。

高晓松

2013 年 12 月

Today

in History

Today in History

鱼羊野史 ❹

目 录

引 言

❼月

⑧月

引 言

众所周知，有一帮杞人忧天的家伙臆造了一个叫世界末日的东西，当然了，到那天世界末日没有准时来临。但这件事启发了我们，让我们重新想一想，我们是谁？我们从哪儿来？要去哪儿？也让我们更加珍视这个浩瀚宇宙中间，发生过无数次聚散悲欢的小小星球。历史是什么？很多人说过这样那样的话，胡适先生曾说过历史是个任人打扮的小姑娘，但是在很多时候，历史甚至变成了一个整过容的大妈。我们要说的历史，是尽量不整容、不化妆，素颜的历史。

Today

in History

7月

7月1日

《晓松说——历史上的今天》来到了 7 月 1 日，今天是党的生日；1997 年的这一天，香港回归祖国；1916 年的这一天，一战中伤亡最惨重的一场战役——索姆河战役爆发。

| 香港回归 |

今天是党的生日，祝伟大、光荣、正确的中国共产党生日快乐！今天也是香港回归祖国的纪念日，我觉得香港回归的日子定在这一天，也是为了给党祝寿吧。香港回归可以说是自新中国成立以来最让中国人民感到光荣的时刻，这之前虽然取得了一些成就，但跟香港回归这样的历史性事件还是不能比的。我们终于收回了最初割让出去的一块土地，那个时候我跟全中国人民一样，非常激动。当时我们一大帮海归还专门聚会，一起在家里看电视，那么多年来第一次看到洋人不再昂首阔步，大家都很激动。我们看到了英国国旗降下、中国国旗升起，尤其是仪仗队进来的时候，那种自豪感从心底油然而生。香港回归在世界史上也可以说是一件非常重要的事情，还记得那条船最后从香港离开，带着当时的威尔士亲王、最后一任港督彭定康等。那条船现在还停在苏格兰的首府爱丁堡，大家如果有机会可以去看看。

还想跟大家分享一个很有意思的小事儿。在香港回归这个盛大的时刻，大家情绪普遍很激动，于是消费起来也比较冲动，这个时候就有聪明人发了一笔小财。怎么发的财呢？就是在香港回归祖国的时候，卖一种叫“零时”的空罐子，在 6 月 30 日晚十二点，也就是 7 月 1 日零时封口，罐子上面还写着“帝国主义的最后一口气”，意思就是把还在英国统治下的香港最后的空气封在这只罐子里。这种罐子当时好像是卖十元港币，卖得非常好。因为所有人都觉得这个事儿太有纪念意义了，帝国主义最后一口气被封在这里面了。所以这个人非常聪明，靠卖空罐子也能发一笔财。

如今香港已经回归十几年了，我觉得很高兴的是，现在每次去香港依然能感受到她的繁荣富强。今天的香港已经是中国最重要的特区，在一国两制的制度下，她依然保持着自己非常独特的文化和体制，这是令人非常欣慰的一件事儿。其实香港对中国的改革开放起到过重大的作用。为什么世界上那么多国家，像俄罗斯、印度，都在搞改革开放，只有中国发展得这么快？就是因为中国刚起步的时候，有香港、澳门这些背靠内地、面向世界的特区，那里有大量的资金、人才和经验，所以改革开放一开始，中国吸引的第一批投资实际上主要是来自香港。大家知道珠三角地区是最先发展起来的，后来才是长三角，而珠三角刚刚起步的时候几乎都是靠香港投资。香港是世界的金融中心，同时又背靠祖国，为中国这三十多年的经济发展做出了非常大的贡献。

祝愿香港今后能始终保持像今天一样的繁荣和自由！

| 索姆河战役爆发 |

1916 年的今天，著名的索姆河战役（又称松姆河战役）爆发。索姆河战役在我们之前讲坦克诞生的时候就提到过，这是世界上第一次使用坦克的战役。但是这场战役更重要的是创造了一个惨痛的纪录，它是有史以来人类在一场地域最狭小的战役中伤亡人数最多的一次，希望这个纪录永远不要被打破。在这一场战役中，英法联军从7月1日进攻到11月，整整打了四个多月，付出了六十二万多人伤亡的代价（其中英军达四十二万，法军为二十万），只攻占了长三十英里、宽七英里这样一个狭小的地带，而德军也付出了六十多万人伤亡或失踪的代价。双方为了争夺这么小一块地方，付出了总共一百三十多万人伤亡的巨大代价，这是从未有过的惨剧。

在此之后，只有斯大林格勒会战可与之相比。苏德双方为了争夺那座长三十英里、宽仅三英里的狭长城市，进行了异常惨烈的争夺战。仅在头三个多月的攻城战中，德军就付出了伤亡七十万人的惨重代价。不过整个长达半年的斯大林格勒会战都是在纵横千里的广袤战场上进行的，像著名的苏军包围德军攻城部队与击退德军解围部队等战斗。德军总共损失了一百五十万人，包括最后被苏军围歼的三十三万人。

就单独的一场战役而言，索姆河战役确实是人类历史上最惨痛的一次，在区区二百一十平方英里的狭小地域内，竟然有一百三十万年轻人洒下鲜血，真让人感到匪夷所思。这场战役也成为英国永远的伤痛，后来在二战之前，英国始终采取绥靖政策，纵容希特勒，纵容纳粹的罪行，因为英国人民对战争的回忆实在是太惨痛了。这也是为什么在一战之后，整个世界的文化出现了爆发性的反思和发展。正是由于科技的进步，才产生了这么多先进的武器，才导致了这样惨痛的伤亡。

大家可能看过一些和一战相关的电影，我觉得反映一战最真实的一部电影就是《战马》，当然因为它是比较近期拍摄的一部电影，而且和拍摄成本也有很大关系，现在的电脑技术非常发达，可以重现更辽阔、更真实的战场。《战马》里有一个情节，就是男主角最后去救那匹马，他穿过了无数铁丝网和积水坑，那些积水坑就是炮弹炸出来的坑。索姆河战役之前，光是英军就对德军阵地炮轰了整整七天七夜，一共发射了一百五十万发炮弹。无数炮弹倾泻在这一狭小地带，再加上后来下雨，最后导致整个索姆河战役的战场几乎是寸步难行。过去我们说冲锋，士兵至少还可以跑，而在索姆河战场上根本跑不了，往前刚出战壕，就被双方炮弹炸出的深坑陷住。所以如果下雨大家就只能在泥泞里爬，如果不下雨就会在灰尘中爬，前进的速度非常慢。然而与之相对的是，对面敌军早已严阵以待，大炮、机关枪、地雷、铁丝网，仿佛是进攻一方无法逾越的死亡陷阱。

我之前讲过，一战是战争史上攻守极其不平衡的一场战争，后来二战时期的武器做到了既有攻又有守，最后就看哪一方的士兵更能打，哪一方的指挥更好。而一战的时候是明显盾强矛弱，就是防守的一方已经很先进，大炮、机枪、铁丝网、地雷这些东西都有，但进攻的一方，还是和美国南北战争时期一样，托起枪、吹着风笛向前冲，只是不像南北战争那样排成方阵进攻。在防守一方有这么强大的武器的情况下，进攻一方居然还依靠密密麻麻的人群向前爬，爬过中间上百米的泥泞，自然他们全都成了活靶子。索姆河战役还创造了一个惨痛的纪录，就是在第一天的冲锋中英军伤亡六万人。英军那时候按照一直以来的贵族传统，由贵族军官带队冲锋。这些人很多都是伊顿公学毕业的，所以伊顿公学的那些校友在一战中伤亡率达到20%，非常残酷。这场战役打到最后，战线只向前推进了七英里，但是就为了这七英里，双方一百三十万人的热血洒在了这里。一战那个时候的医疗水平还远远没有发达到后来的程度，也没有直升机，不能运输伤员，要靠自己往回爬或者战友拖着，所以伤员的死亡率是非常高的。

在1916年发生了两场绞肉机式的战役，一场是索姆河战役，伤亡约一百三十万人，另一场就是凡尔登战役。索姆河战役是以英军为主，而凡尔登战役是法军跟德军打，这场战役又有约百万人的伤亡（其中法军约五十五万人，德军约四十五万人），仅次于索姆河战役。所以人类历史上最残酷的战役很多都是发生在一战时期，希望未来人类再也不要创造这样的纪录了，就让索姆河战役这个纪录永远留在历史上的那一年，1916年。

7月2日

《晓松说——历史上的今天》来到了7月2日。1961年的这一天，美国历史上最伟大的作家海明威去世；1777年的这一天，美国佛蒙特州首先废除奴隶制。

|海明威去世|

海明威对我们，应该说对一代文艺青年来说，影响是非常大的。如果从小不读海明威的书，那完全不能称为文艺青年，我觉得读他的书能够培养起一个男人的那种硬汉精神，或者说是一种荣誉感。海明威的书主要是描写男人那种永远向上、不甘失败的精神。他在《老人与海》里面有一句名言是“A man can be destroyed but not defeated.”，就是说一个男人可以被摧毁，但是绝不能被打败。

海明威应该算是美国历史上最受人民喜爱的作家，大家知道他得过普利策奖和诺贝尔文学奖，作为战地记者他也得过奖。我觉得这是由于他的文学作品本身非常优秀，除此以外还有一个非常重要的原因，就是美国是一个非常尚武的国家、一个重武轻文的国家。美国四十多位总统里，有三十几个都是当过兵的，但是没有出现过什么大作家、大文豪。美国人民通常是比较热爱英雄的，而海明威是两者兼备，在他一生得到的所有荣誉里，有一半是军功章，从他能够奔跑之后的几乎所有战争他都参加过。在战争中他就是一个典型的美国牛仔，哪里有枪声，哪里有爆炸声，哪里有马蹄声，他就会奔向哪里。一战的时候，海明威为了去欧洲参战，连读大学的机会都放弃了，他本来可以去上伊利诺伊州的州立大学，这是美国最好的几所公立大学之一。结果他因为年龄问题当了半年记者，然后就去了欧洲，其实当时的一战跟美国并没有太大的关系，主要是欧洲在打，但是美国去了很多志愿兵，包括杜鲁门总统当年也在密苏里州招募了一个连的农民到欧洲前线去了。海明威到了前线以后，哪里的战况激烈就往哪儿跑，嫌自己跑得不够快还要租一辆车往前线赶，因为他想亲眼看见那些战争的场面。

这么一个喜欢战争的人，战争当然也不会轻易地饶了他。在一战中，他因为视力不太好，没能上前线，于是当了一名救护兵。在意大利前线他为了救护一个意大利伤兵，自己被炮弹击中，身上留下了两百多块弹片，直到去世身上还有一些。一战结束之后，海明威又到了巴黎。我小的时候看过一本书，叫《流放者归来》。虽然到现在已经很久了，但是前几年当我观看伍迪·艾伦的新电影《午夜巴黎》的时候，当年看这本书时的所有年少情怀又被重新勾了起来。《午夜巴黎》讲的就是一个文艺青年结婚之后去了巴黎，然后他每到夜里就会穿越回一战后那个最美好的巴黎。因为一战之后，全世界的艺术家、大作家都云集在巴黎的蒙马特山。这座山上有很多酒吧，西山顶上还有一座大教堂，叫圣心教堂。海明威就常常在那里的酒吧喝酒。他爱喝酒到了什么程度呢？在美国颁布禁酒令的时期，海明威在美国不能喝酒，就跑到巴黎去，每天大喝。他在巴黎创作了很多经典的作品，当时在巴黎有一大批以他为核心的美国作家，后来回到美国，他们就称自己为“流放归来的人们”。文学史上则把这些人叫作“The Lost Generation”——迷失的一代，而二战的时候他们的下一代就叫作“The Beat Generation”，就是大家说的垮掉的一代。

在西班牙内战的时候，海明威还到过西班牙，他名义上是一家报社驻西班牙的记者，但实际上也参加了各种左派的组织，所以他是非常支持左派的。其实艺术家、作家有很多都是支持左派的，因为他们都比较恨资产阶级，恨那些贵族腐朽保守的传统，一直到今天也是。现在世界上几位著名的大文学家，尤其是一些声威赫赫的大教授，大部分都是支持马克思主义的，所以知识分子通常都怀有左派的思想。

海明威在二战期间去过很多战场，他甚至坐着轰炸机去轰炸德国，当时飞机还失事坠毁了，他死里逃生。所以他是美国硬汉的典型代表。海明威一生去过很多国家，在很多地方都有故居，唯独在中国没有。他最重要的故居是在基韦斯特，位于美国大陆的最南端，是佛罗里达南部的一片群岛。大家知道基韦斯特是一个很重要的旅游景点，那里有海明威的故居，他经常去那里的酒吧。他在古巴也有一座故居。虽然他在中国没有自己的故居，但在成都居住过，并在那儿写完了他的著作《丧钟为谁而鸣》。大家如果想去成都看海明威住的地方，就去省委大院，那里有一栋老楼，就是当年二战时美国空军在成都的军官俱乐部，海明威当年就住在那里。海明威在中国的时候还见过周恩来，甚至跟克格勃有过接触。大家知道，冷战时期，克格勃是苏联最重要的情报机构，和美国的 CIA（美国中央情报局）、FBI（美国联邦调查局）针锋相对。当然并没有证据表明，他向苏联提供过任何政治情报，他只是一个作家而已。但是二战后，美国所有左派的作家、艺术家都被联邦调查局监视过。

总而言之，这辈子能遇上的战争，海明威几乎都去参加了。古巴革命的时候他也去了，和卡斯特罗还见过，他在古巴的故居落成的时候，卡斯特罗还专门去揭幕。他写《老人与海》，这本书一方面是他最重要的代表作，获得过诺贝尔奖、普利策奖等很多重要的奖项，同时，书中的主人公桑提亚哥也是他自己的写照。“男人可以被摧毁，但是不能被打败”，就是《老人与海》里的著名宣言。《老人与海》这本书推荐大家去看看，今天看微博长大的一代人更应该去看一看。它就是讲一个坚定的老船夫入海，如何在海上坚持八十多天，好不容易抓到一条大鱼以后，又引来了鲨鱼，他如何与鲨鱼搏斗，如何回到岸上。这部小说传达的就是一个硬汉最重要的精神。

后来海明威去世的时候，关于他的自杀有很多说法，我比较相信的一种是他家有自杀这种基因。我一直认为自杀其实是由一种基因造成的，而不是外界环境或者其他什么事情导致的。因为你看那些自杀的人，实际上他们面临的环境和很多人一样，遇到的一些事情很多人也遇到过，但是有的人就自杀了，而有的人就坚持下来了。所以我觉得海明威的自杀可能是遗传基因导致的，他的父亲、兄弟姐妹、孙女都是自杀身亡的，所以他家里可能有这样一种病态的基因吧。

海明威的自杀当时给了全美国乃至全世界人民巨大的震撼，连肯尼迪总统也发了长长的唁电。他可以说是美国精神最重要的代表。当时西班牙最著名的斗牛士在听到海明威自杀的消息以后，沉默了好久，最后只说了三个字："干得好。"然后自己也追随海明威自杀了。海明威的很多崇拜者后来都成了伟大的作家，像加西亚·马尔克斯，就是《百年孤独》的作者，还有川端康成，他也是海明威的一个大粉丝，后来获得了诺贝尔文学奖，而且在获奖之后也自杀了。

海明威是真正的美国硬汉，硬到什么程度呢？他写作几乎从来都是站着写的，从早晨六点钟起床写到中午十二点，而且用铅笔写，最多的时候一天用完了七支铅笔，所以他是个极为勤奋的作家。应该说海明威生活的那个时代的作家都非常勤奋，他们那一代作家也是美国最好的一代。而且当年美国的媒体是非常自由的，很多作家和海明威一样，同时也是报社的记者，他们在写稿之余还会交流写小说的感想。所以他们的文风其实就是当年的记者文风，非常简洁明了。大家看海明威的书一定要看英文的原文，非常简洁。他的一本书在出版前要改三十多遍，每一个多余的词都要去掉，就是要用最简洁的记者的那种语言来表达，这本身就是一种硬汉式的写作。这种文风一直影响到今天的美国当代文学。所以，说海明威是美国历史上最伟大的作家，我觉得一点儿都不为过，我个人觉得只有马克·吐温可以和他齐名。

| 佛蒙特州废除奴隶制 |

佛蒙特州是美国独立后的第十四个州，它在 1777 年就宣布废除了奴隶制。1777 年的时候美国独立战争还没有结束，而佛蒙特州就率先宣布废除了奴隶制。所以虽然佛蒙特州，在美国所有州里大概算最小的，却是最开明的。

美国最开始的这十几个州，很多是由不同的教派建立的，像南部很多州是清教徒建立的，然后有些州是天主教建立的，还有些州是 Calvinists，也就是加尔文宗建立的。清教徒与加尔文宗都属于基督教中的新教，美国的基督教以新教为主。新教与统一由罗马教皇管理的天主教不同，分成许许多多不同的教派。不同的教派建立了不同的州，所以州分得很小，而且每个州对人权、对《圣经》的理解都不太一样，北部有的州坚决废除奴隶制度，而南部很多州不但不废奴，还从《圣经》里找出了肯定奴隶制度的意思，要求奴隶一定要忠于主人。而佛蒙特州可以说是最开明的州，在美国的独立得到承认之时，就首先废除了奴隶制。

7月3日

《晓松说——历史上的今天》来到了7月3日。1898年的这一天，北京大学正式建校；今天还是汤姆·克鲁斯的生日，生日快乐！

| 北京大学建校 |

虽然我是在清华读的大学，但是清华和北大只有一墙之隔，所以我对北大还是非常熟悉的，它跟我也有着各种各样千丝万缕的联系。

北大1898年建校的时候还不叫北大，叫京师大学堂。很快戊戌变法失败，各项政策都废除了，而京师大学堂是仅存的硕果。大家知道科举制度是1905年才废除的，在1898年建立京师大学堂的时候，科举制度还没废除，所以当时的教育制度就变成了“双轨制”。学子们可以继续参加科举考试，也可以选择西方的教育方式，去上中学，上大学，走另外一条路。当然那时候在中国如果想做官，还是走科举这条路比较快，但是至少中国模仿西方建立了中国第一所近代化的综合性大学，这在当时已经是非常大的进步了。而且京师大学堂建立的时候，它不仅是中国最高学府，同时还是最高的高等教育管理机构，统辖全国各省的所有学堂，相当于它既是一所大学，又是中国政府的教育部，地位非常重要。

但是到今天为止，我们总在各种排名里看到，北大在中国的大学里排第二，清华排第一。前两天我跟北大的朋友聊天，还挤对他说，你看这几年的大学排行榜，清华一百分排第一，北大八十二分，然后南大八十一分，南大都快超过北大了。清华的学生经常笑话北大的学生，说你们是清华大学燕园分校，因为北京大学的校址在燕园，燕园并不是北大原来的校址，而是原来燕京大学的校址。燕京大学是当时中国最好的一所综合性的教会大学，但新中国成立后并入他校，北大就从最早建立的沙滩红楼校址搬到了燕京大学的这片地方，这个特别美丽的校园就叫燕园。当然北大的学生也经常说我们清华是北大清华园分校。每个国家大概都会有这么两个名校总是互相看不上，不过别的国家可能是学校之间举行各种比赛，比赛划船或者是橄榄球，但是到中国这儿就成了拿嘴竞争，因为咱们不太善于体育运动，只能互相嘲讽，你们这个不行，他们那个不行……

我从小就被家里教育，长大了要上清华，而不要上隔壁那所大学。当时我问“为什么呀”，大人们就说隔壁那所大学太浮夸。因为清华以工科专业为主，清华的学生都认为自己的学校特别崇尚实用主义，好像大家学成之后都是国之栋梁似的，都去建设国家。而人们通常认为北大就是一个以文理科基础见长的学校，学的东西比较虚，出来没有什么实际的用途，清华的学生总觉得北大特别浮夸。但实际上我一直觉得，北大才是中国最好的大学。评判一个大学不能只看排名，那些都是次要的。大学排名清华为什么总排在北大前面？因为清华有大量的国家实验室。全世界大学排名的时候，一个重要指标就是分到每个学生头上的平均科研经费。工科类大学的科研经费都很多，国家又有大量实验室建在清华，每年的科研经费摊到每个学生头上也很多。而北大有历史、国际政治、文学、外语等学科，这些人文类的学科都是没法建实验室的，所以这项科研经费的指标北大当然远远不能跟清华比。我觉得一个国家最好的大学不应该光是以钱来衡量，这不是衡量一个大学最重要的标准。

我觉得好的大学应该是一个国家的灵魂，一个国家如果没有了灵魂，只有经济和工业的发展，这是很可悲的。记得我去哈佛大学的时候，看到某一扇小门上写着一句话，大意是：你进到这门里，就是进入了哈佛大学，就是为了让国家相信真理。读到这句话的时候，我非常感动。我觉得北大也是这样，它一直继承着全世界顶级名校的传统，作为我们这个国家的灵魂，始终站在第一线。不管是五四运动、一二·九运动，还是无数次推动中国前进的其他运动，北大都走在最前面。北大也诞生了无数大师级的人物，从学生到他们的教授，我就不一一说了，确实都是国之栋梁。应该说在整个中国20世纪一百年的发展中，这些人起到了举足轻重的作用，就连北大的一位图书管理员——毛泽东，都成为我们国家的缔造者。

虽然北大和清华现在经常互相挤对，但是两校之间曾经也有非常美好的时代，就是在抗日战争时期，北大、清华、南开合并成了西南联合大学。后来在“文革”时期，两校还联合过一次，在报纸上发表过很多文章，写大字报，署名“梁效”，其实就是两校的意思。所以北大跟清华曾光荣地合并过，也曾一起丢人过，在大时代来的时候，谁也逃不掉。我对北大还有很多亲身感受，下面说两件小事儿。

一个是我们清华因为女生少，在这方面就特别羡慕北大，经常偷偷跑到北大去，弹琴也到北大去弹，但每一次都能完胜北大的男生。为什么呢？因为清华的学生中弹琴的人数远远超过北大。大家想想清华出了多少音乐人，包括鄙人以及写《传奇》的李健、水木年华、今天中国最大的唱片公司的老总宋柯等等，都是清华的。北大虽然号称最著名的文科大学，但迄今也未出现一个在音乐等艺术方面特别有才华的、能跟清华比肩的人。为什么北大人弹琴不如清华？最简单的道理，因为清华女生太少了，男生之间的竞争太激烈，男生们练琴练得手指头都弹断了，都弹到《魔笛》这么高难度的曲子了，也还没找着女朋友。所以你到清华一看，晚上熄灯以后，宿舍里的同学都在认真学习，水房里则坐了一圈练琴的男生，大家各弹各的。而北大因为女生太多，长得又好看，男生都是练一些非常简单的练习曲，比如《爱的罗曼史》，就能受到女生们的欢迎，于是北大男生就没有练琴的欲望。那时候还有“查琴”的传统，就是输了的一方要把自己的琴砸了，每次清华男生到北大弹琴，北大的男同学就不同意“查琴”，说咱们就切磋一下，共同玩一玩，不要真的比赛。比赛完输了就要砸琴，这个真受不了。清华当时因为女生太少，在北大有一个我们的友谊宿舍，全北大最漂亮的女生都在那里，我们经常一起联欢。北大女生都是那种见多识广、落落大方的，清华男生在宿舍里特爱说豪言壮语，但每次去一起联欢的时候，到了北大宿舍都不好意思跟北大女生说话，一块儿玩的时候也是。有一次我们一起去昆明湖，我和一个同学跑到后山转了一圈，回来一看我们班男生都在昆明湖湖边的堤上坐着，北大女生都没了，问她们都上哪儿去了，说她们都上船划走了。我说："你们怎么不跟上去？"他们说："船满了。"很有意思！清华男生跟北大女生建立友谊宿舍唯一的结果就是，我们帮她们修录音机，修了四年，此外再没有任何结果。

我还有一个惨痛的经历，就是上大学的时候，因为和北大的学生打架，还被处分过。当时我们清华去了十几个男生，因为和北大的同学踢球产生了一些冲突，最后大家约好了，说晚上在北大东门，咱们来打架。那个时候北京的传统是打架要先约好，不能欺负人。我们清华去了十几个男生，北大也来了一些人，但是经过十五秒的战斗，北大的同学就被清华男生打翻了。结果北大使出了他们的独门祖传绝技——写大字报，第二天早晨居然贴出好多大字报，说校外流氓冲进北大，欺负学生。后来这事情闹得越来越大，导致我们当时去北大打架的清华同学，每个人都受到了很严重的处分，从此我们就对北大非常敌视了。

所以北大在我心里始终是一个让人又爱又恨的学校。其实依照我个人的性格，我后来还是做了艺术这一行，有时候想起来，觉得年轻的时候如果能够自己做选择，我估计还是会选择北大。因为我觉得北大在我心里，比清华更像一个国家的灵魂、一个国家的顶梁柱，它是一所非常伟大的学校。虽然北大现在的校庆日已经因为各种原因变成5月4日了，但我觉得还是要尊重传统，在1898年的这一天，北大正式建校。祝北大生日快乐！

| 汤姆·克鲁斯生日 |

祝大帅哥汤姆·克鲁斯生日快乐！咱们就不说阿汤哥是哪一年生的了，因为演艺界的美女、帅哥都是不暴露年龄的，不过大家百度一下也就都知道了。知道他的年龄之后我特别高兴，因为他比我大了很多，虽然看起来我好像能当他叔叔了，但他确实是比我大了七八岁，这让我心里很高兴。

汤姆·克鲁斯是非常不容易的，因为在全世界的电影圈，尤其是在好莱坞，像奥斯卡奖这种最重要的奖项，最不喜欢颁给长得好看的女演员和长得帅的男演员，因为大家对这些人总有一种偏见，觉得他们是偶像派，不是靠演技取胜的。这些帅哥美女，最大的梦想就是去扮演一个丑的、有个性的角色。所以汤姆·克鲁斯就得靠个人奋斗，他经常要去演一些把自己弄得特别奇怪的角色，像《香草的天空》里的男主角因为出车祸毁了容，汤姆·克鲁斯就扮演了这个角色。我个人最喜欢他的这部电影，我觉得这部电影是好莱坞作为一个商业电影的大本营拍过的最好的艺术片之一。也只有像汤姆·克鲁斯这种演员才会去演这种电影，他们自己特别向往的并不是《碟中谍》那种商业大片，他们很清楚演那种电影不管票房多高也不会得奥斯卡奖，而演《香草的天空》这种电影才有可能得奖。这部电影希望大家有机会去看看。

在汤姆·克鲁斯历任妻子里，我最喜欢的是那位西班牙大美女，叫作佩内洛普·克鲁兹，长得非常漂亮。祝大帅哥生日快乐！

7月4日

《晓松说——历史上的今天》来到了 7 月 4 日。不管是爱好历史的，还是爱好电影的，都知道今天这个日子非常重要。7 月 4 日是美国的建国日；1904 年的这一天，中国举行了历史上最后一次科举考试。

| 美国建国日 |

1775 年 5 月，北美十三个殖民地在费城召开第二届大陆会议；1776 年 7 月 4 日，会议通过了《独立宣言》，宣告美国独立。这一天是人类历史上一个重要的时刻，因为美国是第一个真正由人民建立起来的国家，之前这世界上还没有一个国家是这样建立起来的。费城的 NBA 篮球队称为 76ers——76 人队，就是为了纪念 1776 年的这个日子。

每年的 7 月 4 日是美国一年中最盛大的纪念日。记得每年在 6 月初的时候，我居住的洛杉矶就已经把 7 月 4 日大游行的时间、怎么游行，全都挂在城市中央大道的电线杆两边开始公示。美国是一个爱国主义教育空前强大的地方，每个星期一所有的学校都要升国旗、唱国歌，每年到7月4日的时候，到处都悬挂着国旗。国庆日的时候，美国所有的地方，大街小巷都在游行，游行时所有的伤残军人、服过役的老兵都会走在最前面。美国人民的爱国之心以及爱军队的情结，在全世界无出其右者，非常强烈，就连华纳电影公司一进门的地方都有一个牌子写着在职员工有谁当过老兵，有谁为国服过役。

说到7月4日，我跟大家说一个有意思的巧合，美国的前五位总统有三位都在7月4日离世，当然他们不是殉国，都是自然死亡的。其中第二任总统亚当斯跟第三任总统杰斐逊都是在美国建国五十周年的那一天去世的，也就是1826年7月4日。第五任总统门罗也是在7月4日去世的，我觉得这是一个非常有意思的巧合。美国的前四位总统都被称为Founding Fathers——开国元勋，其实Founding Fathers不光是指这前四位总统，也指当时通过《独立宣言》以及后来拟定宪法的那一批人，那批人被称为美国的立国先贤。美国独立时，世界史上没有任何一个可以参考的制度，除了古罗马的共和制，但那个共和制并不是人民建立的。在这种情况下，这些美国先贤不但通过了《独立宣言》，后来还制定了宪法。除了前面说到的巧合，还有一个巧合就是其中四位来自弗吉尼亚州。美国刚独立时有十三个州，当时叫殖民地，后来叫十三个创始州，弗吉尼亚州是当时最重要的州，包括华盛顿总统在内的前五位总统中有四位都来自弗吉尼亚州。

| 中国历史上最后一次科举考试 |

1904年的今天，中国举行了历史上最后一次科举考试，从此延续了一千三百多年的科举考试制度宣告结束。关于科举考试，有人说好，有人说不好，可以说是毁誉参半，我个人觉得应该算九一开吧，九成是功劳，一成是弊端。这个世界上没有任何一件事情是只有利没有弊的，弊端肯定是有的，我个人觉得整个科举制度在人类历史上、在人类的政治智慧上，都是功远远大于过的。

中国的最后一次科举考试在1904年举行，可以说这一次已经不像那么多年来，尤其是唐宋时代的科举考试那样重要了。最后一次科举考试时，日俄战争都已经在中国的土地上开战了，中国从鸦片战争开始，就被列强打得抬不起头来，整个国家都是暮气沉沉的状态，清王朝已是摇摇欲坠了。所以最后一次科举考试远没有过去那么辉煌，完全像开玩笑一样选出了最后一位状元。大家知道当时还是慈禧太后当政的时期，她的文化水平并不高，最后科举考试前十名进士的卷子呈给慈禧太后，由她御笔钦点，因为历史上状元、榜眼、探花一直都是由皇帝御笔钦点的。慈禧太后钦点状元的时候就像开玩笑一样。她不管文章的好坏，只看考生的姓名。当她看到内定第一名的考生叫朱汝珍时，心中便老大不快。大家知道明朝是朱姓的天下，清朝是打败了明朝后才建立起来的，而且清朝时一直有各种反清复明运动，所以一听这人姓朱，慈禧太后就觉得太不吉利了，说怎么能姓朱呢，这个人当状元不行，坚决不行。再一看这人是广东人，那更犯忌讳了。慈禧太后一向痛恨广东人，因为康有为就是广东人，是她最恨的人，孙中山也是广东人，是她痛恨至极的人。她一看这哥们儿是广东人，更不行了，就直接把卷子给扔了。然后再看看排第二的人，字迹娟秀，名叫刘春霖，那年正好是中国大旱，慈禧太后一想："春霖——春霖就是下雨的意思，我们中国正好大旱，这名字叫刘春霖，祥瑞祥瑞……"于是直接钦点了状元。这刘春霖就这样当了最后一个状元。

当然到了那个时候，科举已经没有多大意义，因为西方的教育体制已经在中国开始建立，世界潮流也浩浩荡荡向前，已经不是当年了。但我想说的是，这延续了一千三百多年的科举，应该说是中国历史上特有的人类的政治智慧，在全球其他文明体系里都没有产生这样的一套人才选拔制度。马克思在不太了解中国的情况下说过这样的话：奴隶社会后面就是封建社会，封建社会后面就是资本主义社会。其实在中国应该说，封建社会在秦代或者汉初之后就已经不存在了。因为封建社会讲的是按等级分封的贵族世袭统治，中国只有在周朝时才是典型的封建社会。那时由最高统治者天子将疆土分封给许多贵族，从而建立起众多诸侯小国，以世袭的方式进行统治，这才叫封建社会。封建社会在欧洲一直延续到近代，这是因为欧洲没有实行科举制度，所以并没有形成普通人的向上通道。今天大家特别热衷于讨论社会向上的通道有哪些，比如高考是不是普通人向上的通道，公务员考试是不是普通人向上的通道，等等。

一个国家的人民，怎么才能有凝聚力？一个国家，一个幅员辽阔的大国，如何让大家形成共同的信仰，不分裂？这些都是大家关注的问题。

形成凝聚力需要具备两个因素，一个就是大家有共同的信仰，这个共同的信仰其实就是你要考什么、大家学什么。你考四书五经，大家就学四书五经，当然那里面都是忠孝礼义廉这一套，大家十年寒窗苦，专读圣贤书。即使在交通、通信很不发达的情况下，中国也没有像西方那样分成那么多小国，因为不管你在遥远的广东南海当官，还是在天子脚下的京城，你都是学这套东西长大的，所以你心中信仰的不外乎儒家的那一套道理——忠君、爱国、做一个正人君子（即正直的知识分子）等等。所以说通过科举考试强行给大家洗了脑，这是能够形成共同信仰的一个非常重要的原因。

再有一个就是向上通道，在西方叫作 social ladder（社会阶梯），就是你怎么爱这个国家，你为什么爱这个国家。西方为什么分裂成那么多小国，因为大家并不爱这个国家，大国也好，小国也罢，国家跟我有什么关系？西方都是贵族之间通婚，然后生儿育女，生的孩子不够，再远远地通婚。统治者都是公爵，最小也得是伯爵、侯爵，这些人到处统治，跟我们老百姓有什么关系？所以在西方的历史上，唯一的向上通道就是通过军功、通过战争。罗马帝国最终崩溃就是因为统治者最后也没想出来，这么大一个帝国的人民，怎么才能通过 social ladder 进入上层，无法产生凝聚力。从恺撒大帝开始，罗马帝国就只剩下一条普通人的向上通道，那就是战争。最后只能走上穷兵黩武、民穷财尽这条绝路，这个帝国就崩溃了。所以庞大的军事帝国是不能长久的，因为它的向上通道是战争，是武力，人民没有向上通道，形不成一个大帝国的强大的凝聚力，于是就分裂成很多小国。而中国因为有这个科举制度，你在广东也好，你在甘肃也好，你在东北也好，不管你在哪里，这套体制给你提供了向上通道，你就会觉得这个国家是属于我们的，就会有归属感，就会去努力。所以中国从隋朝开始建立了科举制度之后，几乎再也没出现过全部由贵族统治的朝代，元和清出现过贵族当宰相，而在其他所有朝代，绝大多数的宰相都是平民出身，更不要说其他的部长——尚书以及各省的巡抚了，大多数官员都是平民出身，都是通过考试上来的。这样就形成了一个阶层，就是官僚阶层，或者叫士大夫（即知识分子）阶层。这个阶层一直统治着这个庞大的国家，中间不管这个国家怎么分裂，最后都能凝聚成一个大国。

我觉得科举制度是人类历史上最有智慧的制度之一，它建立了一套官吏分开的制度，人们必须通过考试中了进士才能做官（当然也有举人做官的，海瑞就是举人）。如果你没有通过考试，你就只能是个吏，一般而言吏是永远做不了官的。比如中国历史上宋江就是个吏，不可能说明天县太爷死了或者调走了，宋江就升上去，从一个刀笔小吏变成县太爷，那不行。县官以上的所有官都必须通过考试上来，否则只能是吏，而且吏永远都是吏，这里面有一套严格的制度。我觉得官吏分开是非常好的一种制度，如果官可以由吏一直升上来，那基本上做官的都会是本地人，由本地人管理自己，这样就很容易造成分裂。而科举制度中官全部都要通过考试，考上之后再分配到各地去，他们不是本地人，这样就都是外地人来当地做官了。但不是本地人就存在一个问题，就是他不了解这个地方，那他怎么管理这个地方呢？于是就由本地人来做吏，外地人来做官，这样整套制度的设计其实是非常先进的。今天西方的民主制度，就非常像中国科举制度中的这套官吏分开的制度。西方现在是民选官，然后官任命吏，吏可以当很久，但官有任期，官和吏永远是分开的，不能说这官没了，吏升上来当这个州的州长或者当市长，那不行，还得大家重新选举，就像我们要重新考试一样。所以科举制度是非常先进的一套制度，这个应该说是中国历史上以政治智慧，而不是以军事能力，维持一个大帝国的重要手段，先前一直维持着应该算是世界上历史最悠久的大帝国。其他靠军事手段维持的大帝国，包括罗马、蒙古、奥斯曼土耳其、西班牙等等，最后都崩溃了，因为他们都没有建立这样一套非常优秀的充满智慧的政治制度。

这里还要特别跟大家分享几件有意思的小事情，一个就是大家知道的犹太人，他们在世界各地坚守了两千年，一直都没有被同化。当然这也是因为世界各国都没有给犹太人一个 social ladder，也就是向上通道，所以他们融不进去。犹太人在欧洲两千年始终没有被赋予分配土地的权利，大家知道犹太人很会经商，也很有文艺才能，其实这都是因为这些人不能干别的，因为没有土地，他不能种地，只能去经商、搞文艺。唯独到了中国之后，由于科举制度对他们一视同仁，犹太人便逐渐融入了这个社会。宋代有一支两万多人的犹太人队伍从中东一带辗转来到开封。起初几百年他们一直保持着自己特有的宗教信仰与风俗习惯，名其宗教为“一赐乐业”（“以色列”的谐音）。由于中国人对他们从不歧视，只要他们学好儒学经典，通过科举考试，就可以名正言顺地做官当老爷，上升到统治阶层，所以鸦片战争后，来华欧美人士前去调查时，发现他们中的不少人已经融入当地社会了。到20世纪时，他们的后代虽然还能从长辈口中知道自己是犹太人，但是风俗习惯与周围人群已经没有什么不同了。犹太人从不被同化的历史第一次在中华大地上被改写了。所以从这里也可以看出来，这科举制度对于一个强大的国家的凝聚力是多么重要。

另外再跟大家说说唐代的三大诗人李白、杜甫、白居易，这三大诗人都跟科举有很有意思的关系。李白因为他爸爸是商人，所以不能参加科举考试。在古代，中国历朝历代都推行“重农抑商”的政策，所以参加科举考试的成员主要是号称“耕读起家”的乡绅，而住在城镇的商人与工匠是不能前去应试的。由于那些当官的乡绅在退休回家后往往会捐资助学办私塾，让本家族的子弟也走读书做官的路，所以古代乡间的教育水平并不比城镇差，甚至还会超过城市，一直到现代才变成城市里的教育水平超过乡村。中国的科举考试基本都是乡村的孩子们来参加，而城市里商人的孩子是不允许考的，因为商人唯利是图，朝廷就觉得你来当官不好。李白特别倒霉，就因为这个没能参加科举考试。

另外一位大诗人杜甫倒是去参加了科举考试，但杜甫当时赶上的主考官正好是李林甫。李林甫是唐明皇时代的宰相，是有史以来心眼儿最小的一个官。那个时候他当主考，居然创下了一个都没录取的科举历史纪录，杜甫和高适两位大诗人就是因为他当主考才谁都没有考上的，但是也挺好，虽然两个人没有当成官，却成了两个大诗人。

第三位大诗人是白居易，白居易也参加了科举考试，但他非常像现在的高考移民。当时的科举制度也是朝廷经过诸多考量后才决定实行的，不会让它变成只凭文章好坏的一刀切制度。朝廷也希望代表不同地域的人能够从考试中被选拔出来，不能只录取文化水平最高的某一个地方的人，否则几乎所有的状元进士都会是江浙一带的人，因为那边的教育水平最高。因为大家在一个统治阶层，不能全是某一个地方的人。所以当时的科举考试分过南北榜，各地录取率不同。白居易本来籍贯在山西，最后利用家里的关系，就跟今天的高考移民一样，把户口调到了宣城，因为这边名额多，这叫“冒籍”。后来白居易通过这种方式通过了乡贡考试，被推举去长安考进士，他一举考中，从而开始了仕途生涯。

7月5日

《晓松说——历史上的今天》来到了7月5日。1840年的这一天，英军入侵定海，震撼中国的鸦片战争正式爆发；1928年的这一天，大军阀孙殿英盗掘东陵；1946年的这一天，比基尼泳衣首次亮相。

| 鸦片战争爆发 |

1840年的这一天，英军入侵定海，这标志着鸦片战争正式爆发。关于鸦片战争，在我们的历史课本里有大量的描述，在各个博物馆里、在我们的人民英雄纪念碑上等地方都有关于鸦片战争的记录，大家对此都无比熟悉。这里只讲几点我认为在历史课本里或者是在很多地方没有讲到的小地方。

当年我在中学学历史的时候，有点儿不太理解，为什么鸦片战争后签订的条约，开放几个通商口岸就变成了不平等条约，这不就是通商贸易吗？我给你钱，你给我东西，或者大家互相交换东西，这不很正常吗？为什么这个条约就是不平等条约？这里我稍微介绍一下当时我们跟西方的贸易历史，大家就能明白为什么这个条约是不平等条约了。

大家知道历史上的中国是非常强大的，可以说是繁荣、富强的，当时跟西方进行贸易的时候，我们的丝绸、茶叶、瓷器等所有东西，在西方的贵族中都是炫富的工具，就跟我们今天有很多人拿外国跑车作为炫富的工具一样。西方在工业革命之前，没有什么东西是我们中国所需要的，可以说我们几乎不需要他们任何东西，包括美女我们都不需要。我们只需要银子，因为中国一直都是银本位的货币，但欧洲产的银子并不是特别多，最后导致我们的商品出口到欧洲以后，把欧洲的白银洗劫一空，当时在欧洲形成了严重的通货紧缩。这种通货紧缩也是欧洲大航海持续进行了两三百年的重要原因之一，欧洲人要靠大航海出去找银子，因为要买中国的东西没有银子不行。

众所周知，欧洲在大航海之初就发现了美洲新大陆，之后在美洲发现了大量的银矿。大家知道拉斯韦加斯所在的这个州叫内华达州，它的别名叫 Silver State，也就是银矿、银州。加利福尼亚州因为发现了黄金，所以叫 Golden State，也就是金州。那个时候加利福尼亚州、内华达州都属于墨西哥，所以墨西哥这个地方有大量的银子。欧洲人在南美像秘鲁等地，也发现了大量的银子。结果当时又出现了另外一种很奇怪的现象。以西班牙为首的欧洲国家找到了大量廉价的白银，他们用廉价的白银铸成银币，我们后来管它叫鹰洋，因为我们不认识那是什么，上面铸有一只鹰，就管它叫鹰洋。一枚鹰洋在墨西哥差不多只能买几个月饼，可是到中国来一称，一枚鹰洋就有七钱二分，即零点七二两银子，这在中国可不是买俩月饼，直接就能买牛、买地了，这就导致了严重的汇率不平等。当时我们整个统治阶层都是科举出身的，大家考的都是四书五经，没有人懂数学，也没有人懂得什么国际汇率。汇率其实是一个很复杂的概念，只有大家用不同的货币时才会有汇率，如果用的是相同的货币，他用的是银子，你用的也是银子，那是没办法用汇率来衡量的，那就没法儿定汇率。

实际上那时中国始终没有形成现代意义上的商法，对于如何开展贸易等都很不习惯，所以之后中国就开始长时间地封关禁海，不和国外进行贸易。但不进行贸易之后，还是有需求，这世界上只要有需求，就会有人提供，于是这种提供就变成了走私，大量的物品从潮州那边走私出去。中国的这些附属国，像朝鲜、琉球等等，当时也以进贡为名，获得了清政府大量的赏赐，然后再与西方进行贸易。最后这种情况越来越严重，政府也不能完全听任这种情况发展，于是我们也开放了一个口岸，就是广州口岸，可以直接进行贸易。但走私也好，贸易也好，我们还是有大量的顺差。虽然我们的军事实力不是最强的，但当时我们的GDP是全世界第一，还是世界上经济规模最大的国家，物产也非常丰富。在这种情况下，英国人想出了很阴险的一招，就是拿一种叫鸦片的东西来平衡贸易，于是开始走私鸦片，最后快成中国的硬通货了，后来中国军队恨不能军饷都发二两烟土，所以这鸦片贸易是英国很阴险的一招。今天我们讲的一点，就是贸易问题导致了鸦片战争。

我想说的还有一点，鸦片战争的时候虽然中国的整个经济规模是世界第一，却如同一个大土财主，虽然有很多很多钱，有很多很多物产，但是军队的实力太差了。打鸦片战争的时候，有点儿像今天的好莱坞科幻电影，对面简直就是僵尸军队，对面简直就是外星人，对面简直就是神鬼怪，对方的武器、对方的战斗方式等跟我们完全不在一个水平上，不在一个时代里。整个鸦片战争打下来，英国一共伤亡五百二十人，而中国伤亡两万多人，英国才阵亡六十九个人，四舍五入也才七十个人，比后来美国打伊拉克、打阿富汗死的人还要少。所以鸦片战争其实都不能叫战争，完全就是对方对中国人的一场大屠杀。对中华民族而言，军事上的惨败固然是一大耻辱，是一个悲剧，但更可悲的是朝野上下竟然与战前一样麻木不仁、妄自尊大，根本不许人们去找一下战败的原因，又浑浑噩噩地虚度了二十年光阴。直到第二次鸦片战争再次被人痛打，乃至北京城失守，圆明园被毁，这才有少数人开始觉悟到我们落后了，应该向西方学习，这才搞了一场有限的、局部的、缓慢的近代化运动，即洋务运动。中国终于开始向近代化的道路蹒跚而行了，但从鸦片战争算起，我们已经耽误了整整二十年的宝贵时间。在近代化的进程中，原本我们可以启动得更早，却都落在日本的后面，这就是酿成另一场更大的悲剧——甲午战争的惨败的一大原因。

还有一件小事要讲一下，我们的历史课本对于那个不平等条约只讲了大的方面，比如开放通商口岸、赔款多少等等，其实在那个条约中还有一个小小的条款，规定清朝皇帝要对那些与英国人合作、为英国人服务的华人实行大赦，这里面就包括了英国人招募的潮勇。潮勇是什么？就是潮州的那些鸦片走私犯、海盗，他们当时负责给英国军队带路乃至当兵打仗当炮灰，实际上就是地道的汉奸、卖国贼。在鸦片战争之后，为了保护这些人的利益，不平等条约里还特意加了这样一小条说不许清政府报复潮勇，意思就是要允许他们进行走私贸易。此后，中国就进入汉奸铺天盖地的时代，一直到抗日战争的时候，汉奸多如牛毛，这一直是我们的一个重大伤痛。

刚才说到鸦片战争，说到汉奸，说到外国人来欺负我们，大家还知道第二次鸦片战争英法联军烧了我们的圆明园。其实英法强盗固然可恨，而我们自己的强盗一点儿也不输给别人，别人跑到圆明园里来抢走了一些东西，点了一把火，但最后其实整个圆明园是被我们自己监守自盗也好，还是怎么样也好，拆成了现在这个样子的。比如民国时期那些称霸一方的大军阀都喜欢偷盗圆明园里上好的汉白玉石料来盖自己的坟墓。大家今天到圆明园看那几根大石柱子，那是国耻，国耻是两种原因造成的，一种当然是英法联军，另一种就是那些民族败类，是那些民族败类最终把圆明园毁成了这个模样。

| 孙殿英盗掘东陵 |

1928 年的今天，大军阀孙殿英盗掘东陵，这事跟外国人一点儿关系都没有，全是中国人自己干的。1928 年 7 月的时候，二次北伐基本上已经结束，中国在这一年年底从名义上讲算是彻底统一了，一个欣欣向荣的时期仿佛就要开始。但是就在这一年，大军阀孙殿英盗掘了东陵。孙殿英土匪出身，小的时候就是一个小流氓，由于学习成绩不好，考试过不了，他就放把火把私塾烧了，后来一路当土匪，到最后又建立了军队。他跟过张宗昌、跟过蒋介石、跟过阎锡山，还跟过日本人，总之是跟过各种各样的人，是一个品质极为恶劣的人。

在 1928 年的这一天，孙殿英这个土匪贼性不改，竟然干起了盗墓这种无耻勾当，公然开始盗取东陵。大家知道东陵是清朝历代帝王后妃的陵墓，包括慈禧太后在内共一百多人都埋在那儿，所以那里面埋了大量的金银财宝。孙殿英当时以演习为名，封锁了东陵。其实最开始孙殿英只是想砍点儿树。因为他率领的军队其实是个杂牌军，依附蒋介石也好，依附阎锡山也好，一直到后来跟日本人，其实都是不被重视的杂牌军。他的军饷也不够，武器破烂，是最不入流的那种半土匪、半军队的队伍。大家知道皇帝陵墓的绿化都是非常好的，那时候因为打仗，陵墓已经基本没人管了，老百姓就砍了一些树去卖。孙殿英就想，我也砍树卖钱吧。但最后砍着砍着，孙殿英想："我傻呀！这树底下埋着那么多财宝，我光砍树干吗呀，干脆把它占了。"于是他就对外说我的军队要演习，然后到处挂起标志，说我们十二军在此区域演习，所有人都不能进入。开始后他就想，谁最有钱呢？首先是慈禧太后，肯定墓里有很多东西，然后就是康熙、乾隆，所以就选了这三个陵来盗。

他找了一个满族人当向导，那个人比较熟悉东陵，于是首先找到慈禧太后的陵，把通往地下陵寝的正门炸开后就开始挖。这儿我就不多说了，大家看过很多细节。有记载说因为慈禧太后嘴里含着夜明珠，他们就把尸体从棺木中拖出来找，不管慈禧太后这个人怎么样，我觉得这样做也实在是太残忍了！孙殿英率军把慈禧太后的陵劫掠一空。慈禧太后的陵被打开的时候，还算是有组织的盗墓，第五师负责警戒，工兵负责炸开，支持部队负责清点东西，拉出去三百多车财宝，大概只有少数工兵偷偷摸摸地弄了几颗小珍珠。但是等到炸开乾隆陵的时候，已经完全是无组织、无纪律的状态，那部队简直就是土匪，所有的兵都冲进去，最后连孙殿英自己也控制不住，大家都是抢了东西就跑。其实如果不是这样混乱的话，盗墓的事情还不容易被发现，最开始外界只以为是土匪盗墓，这些跑出去的人也没人承认是军队在盗墓。

直到有一天人们在北京看戏的时候，这件事儿才败露了。这是真事儿，我觉得写在电影的故事情节里也很有意思。大家知道演戏的时候戏台底下很暗，只有台上是亮的，这时候在一个包厢里突然开始发光，大家都很奇怪这包厢里的光是从哪儿来的。突然人们就看见一双绣花鞋上有两颗夜明珠，这夜明珠发出的光把那个包厢都给照亮了，大家看到这个马上就联想到，这样的夜明珠必定是贡品，马上就有人报警，警察马上就把这个女的控制起来，询问她，你脚上的绣花鞋哪儿来的？再一查这女的，原来是孙殿英十二军下面一个姓谭的师长的老婆，于是马上把这个谭师长也控制住了。

东陵被盗案当时轰动全国，但是大家起初并不知道是军队自己干的，穷尽老百姓的想象力也不会想到当时国家的军队竟然这么不要脸，能干出这种事情，一直以为就是一些土匪盗墓贼干的。紧接着又在北平、天津、河北、山东等地连续抓到好多倒卖珍珠的人，或者到古玩店里去卖，或者在市场上卖，都是十二军中逃掉的那些士兵，把他们一一都抓起来了，那盗墓的事情肯定是这帮人干的。于是大家就开始说，你孙殿英居然干这种事儿，竟然炸开东陵去偷东西、抢东西。中央政府觉得自己跟北洋军阀相比，跟过去所有那些旧军阀相比，要文明、先进得多，没想到竟出了盗墓这样的事情，当时就震怒了。

当时北平、天津一带归阎锡山管，于是中央政府命令阎锡山一定要把这案子查到底，阎锡山也设了个军事法庭，由晋军的大将商震做庭长，开始审查这桩案子。这个审判过程，应该说完全变成了一个分赃的过程。谁来当这个审判员，孙殿英就直接把这些金银财宝分给谁，所以大家很清楚这个案子审到最后，就是孙殿英把东西吐出来，分一分。当时四大军阀各派了一个审判员，蒋系派了一个，冯玉祥系派了一个，阎锡山系派了一个，连远在中南一带的李宗仁都派了一个。各大军阀，除了张学良当时没派，剩下的全都派了代表。当时四个审判员坐在那儿，孙殿英是土匪出身，虽然他打仗不行，但是情商很高，心明眼亮，一看四个人在那儿，心想："你们不就是要钱的吗？"于是就开始给大家分赃，这分一轮，那分一轮，四大军阀全都把这些东西拿走，也没有牵连到孙殿英，也没有判他什么刑。大家都说是底下的军官自己干的，于是这个谭师长第一个被抓起来，判了死刑，当然后来也没执行，其他人也就是判了有期徒刑或无期徒刑。

紧接着 1929 年蒋桂战争、1930 年中原大战爆发，这个时候大家也就忘了东陵这个事儿，军队得赶快去打仗。打仗的时候什么东西最重要？当然是军队最重要，只要有军队，大家就要去拉拢。孙殿英盗墓之后得到了三十大车的珠宝，孙殿英拿起来一个翡翠西瓜，当场就晕了过去，这有很多人做证，因为他从来就没见过这么好的东西，醒过来以后哈哈大笑，激动得都不知道说什么好了。就这么一个翡翠西瓜就是无价之宝，这种无价之宝竟然有三十大车。后来孙殿英就把从东陵盗来的很多东西卖了，用了大笔的钱，把自己的军队装备得非常好。于是孙殿英的军队就从一个杂牌军变成了一支装备非常好的部队，蒋介石也好，阎锡山也好，大家都来拉拢他。紧接着就是军阀大混战，所以孙殿英再也没有因为盗墓的事情被惩罚。

阎锡山最后问孙殿英："你是跟蒋还是跟我？"孙殿英说："我跟你，但你得把我们谭师长给放了。"于是谭虽然被判了死刑，最后却没有执行。孙殿英不管是通过行贿，还是把自己的军队装备成香饽饽，最后跟阎锡山谈判，总归是把谭师长弄了出来。盗墓的事情，孙殿英最后也没有受到任何惩罚，唯一受到的惩罚就是后来日本人来了，他当了伪军、当了汉奸，最后被抓起来，病死了。这位谭师长后来还在天津做过义工，成了天津租界里非常有钱的人，而新中国成立以后他又当上了市政协委员，这个事儿很有意思。其他盗墓的那些人，因为是孙殿英的部下，有的当过汉奸，有的当过伪军，在20世纪50年代初的三反五反时期，基本上都被枪毙了，就是谭师长逃过去了。

盗墓这件事情我觉得是民国时期最大的耻辱之一，老百姓不来保护自己的传统文化就算了，竟然连正规军的军人也做出这样的事情来，这个是中国军人之耻。

| 比基尼游泳衣首次亮相 |

1946年的今天，比基尼游泳衣首次亮相。大家经常看到西方油画上有裸女，包括各种女神都会有裸体出现，到了现实生活中，也就是到了1946年，才第一次出现这么小的游泳衣，当时给美国带来了巨大的震撼。它为什么叫比基尼呢？比基尼是个岛的名字，美国曾在这座岛上试验原子弹，原子弹爆炸的那个威力很震撼，当女人穿着这么少的东西出来的时候，对美国的震撼就相当于在比基尼岛上爆炸的那颗原子弹的威力，所以这种泳衣就叫"比基尼"。

讲到这儿我多说一句，大家如果经常去西方看看的话，就会发现一个有趣的现象。游泳的时候，西方的女性穿得都很少，就是穿比基尼，但男的穿得特别多。其实，凡出席近代欧美的正式场合，无论是参加豪华宴会、颁奖典礼，还是观看歌剧，你都会看到身穿晚礼服的女宾皆袒胸露臂，而身穿燕尾服的男宾则捂得严严实实，而且无论冬夏都是这样。最早与欧美人打交道的广东人有句名言是专门形容此情此景的，叫作"冻死番婆、捂死番鬼"，十分贴切、十分传神。你去欧洲也好，去美国也好，会看到男性的泳裤都很长、很严实，而中国正好反过来，中国女性的泳衣包得很严实，男的不知道为什么这么开放，都穿三角裤。我第一次到国外海滩的时候，突然发现自己穿一个三角裤，别人都穿着那样长的泳裤，就赶紧去买了一条特别长的泳裤。这就是东西方文化的不同，但是到今天全世界已经都一样了，都喜欢看女性穿得少一点儿，所以大家看现在各种各样的选秀节目都有女性穿着比基尼，这种节目永远都有高收视率。

7月6日

《晓松说——历史上的今天》来到了7月6日。1785年的这一天，美国国会把美元选为美国法定货币单位；1947年的这一天，著名的AK-47步枪定型；还有在1976年的这一天，我们的开国大元帅朱德逝世，纪念朱德元帅！

| 美元被选为美国的法定货币单位 |

首先说说1785年的这一天，dollar（美元）被选为美国的法定货币单位。大家知道，1781年，美国独立战争（又称为美国革命战争）取得胜利，但直到1789年美国才有了第一任总统。在1785年时，实际上美国还没有成立联邦政府，但这时的美国还是有国会的，美国国会通过了以美元作为美国法定货币单位的法案。有了货币单位，也就有了相应的货币，这种货币称为美元。当时的美国还是一个很弱小的国家，美元也只是美国人自己使用的货币，和今天的美元完全不能比，到今天美元已经成为全世界的硬通货，是全世界人民投票选出来的最喜欢的东西。但这绿票子也不知道怎么设计的，不管面值多少都是一般大小，我在美国生活最痛苦的一件事，就是不拿起来看看美元上面的数字就不知道这是多少钱。还是咱们人民币好，人民币用手摸摸就知道这大的是一百元，小的是一元，而美元长得全都一样大，所以花之前必须得拿起来仔细看看，否则会经常弄错。

有关美元的问题，那实在是千头万绪，里面的知识得由经济学家来讲，我就说我自己一个小小的想法。最近我在国内的一些媒体，包括一些正经的媒体上看到大量的议论，说美国人多么坏多么不好，说美国人卖了那么多的国债给我们，他们通过不断地印美元就可以洗劫所有的人，洗劫全世界。我觉得这是一个特别小儿科的想法，这世界绝对不是这么简单的，说你在自己家印钱就能洗劫全世界，如果真是这样，那这个世界早就崩溃了，这个世界也就没有人再用美元了。那为什么全世界还都在用美元？就是因为美元的信誉还是空前强大，而这里面最重要的原因就是美元并不是由美国政府发行的，美国政府的收入来源除了税收和一些其他收入，其实最重要的就是发行国债，美国政府并没有权力去印美元。为什么呢？我之前在 7 月 4 日的时候讲过，美国实际上是世界上第一个自下而上由人民建立起来的国家，这样的国家最怕由一个强势的政府来管理，最怕这边刚刚打跑了英国人，那边又来一个比英国人还强势的政府，又管着枪，又能印钞票，还控制着媒体等。所以美国的宪法保障人民可以拥有枪支，美国的国会限制了美国政府的很多权力，包括拥有媒体的权力，美国的媒体是在人民手里的。还有特别重要的一点就是政府没有发行货币的权力。因为美国的国会代表人民，国会最怕政府又有军队，又能印钱，那就相当于猛兽出笼，政府可以随便发动战争，因为发动战争最需要的是钱。如果一个政府又能印钞票，又有军队，那这个国家就要被政府控制，就违背了美国三权分立的原则。

在全世界，像美国政府这样权力这么小的政府几乎没有，亚洲、欧洲等许多国家的中央银行都是政府管理的机构，政府都有印钞票的权力。其实这样的货币大家才不能相信，因为万一有一个疯狂的政府上了台，像希特勒政府那样，而大家都用马克的话，那就彻底崩溃了。美元最初是由一个私营机构发行的，最开始的时候美联储（美国联邦储备银行）还没有成立，由私营银行跟美国政府签订合同来发行美元，一般合同期都是二十年，这二十年你签了就由你来发行美元，然后下一个二十年再换一家银行。到1913年的时候，美联储才正式成立。其实美联储也是一家纯粹的私营机构，它跟美国政府一点儿关系都没有，美联储最大的几个股东都是大私人银行，像大家熟悉的花旗银行、JP摩根，以及在各种阴谋论里经常出现的罗斯柴尔德家族等，美国政府在美联储里没有一点儿股份，全都是这些私营的机构持有股份。美国政府只有一个盖图章的权力，就是美联储董事会选出主席后，由美国总统来盖章任命，但历史上还从来没有哪位总统否决过哪一届美联储主席，只能盖章同意。美国的国会也没有对美联储的实际监督权，美国国会有重新立法的权力，但是不管怎么立法，国会也不会授予政府印钞票的权力。

美国的货币体系也是经过了金本位、银本位等各种各样的变迁，才有了今天的美元。大家知道纸币背后是要有硬通货做支撑的，不然一张纸为什么能买东西，有的国家是靠黄金来支撑，中国过去是靠白银，后来是靠黄金，现在是保证金等。而直到今天，美元背后的所谓的硬通货储备是美国的国债，所以美联储和美国政府的关系，其实就是美国政府来发行美国国债，当然能卖给中国最好，卖给日本也好，最后实在卖不了可以卖给美联储，美联储接收一美元的美国政府发行的国债，就会发行一美元的美国货币。所以美联储实际上自己没有任何意愿去印美元，因为手里美元最多的是美联储，我觉得它绝不会自己去印一大堆美元，然后把自己的财产都给稀释了。美联储既没有这个欲望，也没有这个动力，它是私营机构，大家都唯利是图，凭什么要替美国政府去稀释国债？如果美联储多印了钞票，它首先伤害的就是这些拥有最多美元的银行，而这些银行的掌控者就是美联储的股东们，所以它干吗要用自己印的钞票伤害自己？

另外美国政府也没有这个意愿要去多印钞票，大家知道，美国人民手里的钱全都是美元，而其他国家的老百姓虽然也有美元，但肯定还有别的货币。如果美国真的敢于大批量开印刷机印美元，那首先伤害的是美国人民，因为没有几个美国人手里有日元、人民币或黄金，你开动机器印钞票，那首先不就把美国人民的钱给抢劫了吗？美国是靠人民投票选出来的政府，怎么可能干这种事来损害老百姓的利益呢？所以每当我看到电视上、报纸上讨论说“美国开动机器印刷钞票，那不是把我们都洗劫了吗”，我就觉得这样的观点特别可笑，要是微博上这么说说也就算了，有些重要的媒体居然也这么说，这太不可思议了。美国政府开动机器印钞票，这是绝对不可能的。

所以在可以预见的未来，美国不会拥有一个能控制中央银行的政府，美国国会也不会授予政府印钱的权力，而美联储在由这些大财阀做股东的情况下，也不会去帮助美国政府干什么，它还是要以自己的利益，包括美国的利益为出发点。大家知道，其他国家的利率都是中央银行决定的，而美国只能是由美联储来决定，美国的财政部没有权力去管理美联储，所以财政部也没有权力定美国的利率。美国就是这样一个体制和我们完全不同的国家，但是因为我们中国人习惯了，从秦汉开始，中国的一切都是中央说了算，所以我们在不理解美国体制的情况下，最好不要盲目地去讨论，这样的讨论没有任何意义。

| 著名的AK-47步枪定型 |

下面说一说 AK-47。女生可能会觉得没意思了，但是作为男生，一说到 AK-47 马上就会非常兴奋，甚至只要一说到 AK 大家就知道说的是 AK-47，但是实际上 AK 有很多个型号，AK-47 只是其中的一种。AK 是由卡拉什尼科夫设计的自动步枪，“A”就是自动，在俄语里虽然发音不同，但全世界的“自动”都是 Auto，不管怎么发音，都是 A 开头；“K”代表的就是这位设计师，叫卡拉什尼科夫。你可以说卡拉什尼科夫是这个世界上最重要的设计师，也可以说他是战争英雄或者杀人犯，这很难界定，因为一种武器生产出来，有时可以保家卫国，有时也可以屠杀平民。

从 AK-47 设计出来到今天已经无法统计到底生产了多少，有说两亿支的，有说更多的，但 AK-47 当之无愧地是世界上最著名的自动步枪。当然最重要的原因就是它结实、耐用、成本低，而且极其容易生产。其实作为一种武器，并不是越精密就越好，精密的武器可能在一对一的时候有优势，但是当一个国家进行大规模战争的时候，武器的生产能力是非常重要的。德国的武器都非常精密，但是德国在二战中伤员大增，就是由于这些精密的武器只有非常熟练的工人、非常好的工厂才可以生产，那么武器的产量自然就会下降。而当时苏联始终走的是另外一条路，苏联人觉得打仗不是户外游戏，也不是电子游戏，打仗是要成千上万的人真刀真枪地冲上去，每个人手里都要有枪。这些枪不但要成千上万地生产出来，而且在敌人不断地轰炸、进攻下，这些武器的生产基地可以放到任何一个地方，只要战斗一停下来，有一台机器也能立刻进行生产，这样的武器才是战争中最需要的武器。那些最精密，恨不得都要戴着手套、戴着口罩在真空中才能生产出来的，并不是最适合于大规模战争的好武器。AK没赶上二战，要是赶上二战的话，以 AK 的效率，战争中肯定会生产得更多。AK–47 差不多从 1949 年开始生产，全世界盗版生产、授权生产的至少是苏联本身生产的十一倍，所以到现在也没办法准确地统计到底生产了多少，有人说有两亿多支，这个数字很吓人。AK–47 诞生的时候，人类最大的战争二战已经结束，但到今天为止，AK–47 已经杀死了几百万人。而且据统计，被 AK–47 杀死的人数还在以平均每年二十五万人的速度增长。所以你说这是一种全世界最著名的枪也好，全世界最可怕的杀人武器也好，总而言之，武器永远是双刃剑。我们总说枪不杀人，是人杀人，最主要的是要看武器掌握在了谁的手中、被谁所用。

AK–47 不但可靠、耐用、成本低，而且极其容易生产，容易生产到什么程度呢？据说巴基斯坦与阿富汗边境有一个村子，这个村子大概有两千六百户人家，平时大家还每天种地，就是晚上回家捣鼓捣鼓，全村一年就能生产五万支枪。他们只需要把枪管和枪机买回来，除此之外的一切东西，都可以在村里生产，可见这种生产有多么容易。而中国生产的数量一点儿也不比苏联少，因为中国引进 AK–47 后，将其称作五六式，大家管它叫五六式冲锋枪。实际上那个 AK–47 不是冲锋枪，冲锋枪是用手枪子弹，比如九毫米、十一毫米的（这种手枪子弹的射程很近，但是是连发的），枪管比手枪长一点儿。

AK–47 按标准定义应该叫作突击步枪，它的枪管比二战时期所有步枪的枪管都短，射程也近，但是杀伤力很大，为什么呢？我给大家讲一个特别简单的原理，就是当步枪射程远的时候，子弹运行的轨迹就非常稳定，如果轨迹不稳定，它的射程就不会远。比如说日本的所谓三八大盖（三八式步枪），枪管就很长，射程最远可达上千米，这时由于射程远，子弹的运行轨迹就非常稳定。但是真正打仗的时候，其实都是在两三百米的范围内开火，如果你能用这种远射程步枪在二百米之内打中人，子弹就会从人身上穿进去，等子弹钻出来时还是这么小一个眼儿，因为这个过程非常快速。所以很多老八路回忆说，这三八大盖根本就打不死人，这一枪打进去人身上就一个小眼儿，过两天就养好了。当时打鬼子，今天明明打中了，怎么过两天这鬼子又来了，就是这个问题。二战之后，发现真正的战争也就是两三百米内射击，根本不需要有那么稳定的远射程的步枪。当步枪的射程没有那么远的时候，这子弹运行的轨迹就没有这么稳定了。运行轨迹不稳定会出现什么情况呢？当子弹打中人的时候，因为这子弹轨迹不稳定，在人的身体内就开始翻滚，所以当子弹飞出体外，人背后的创口就非常大。这种子弹还不是开花弹，开花弹是国际法禁止的。有不懂兵器的人说，你用了开花弹，其实不是。突击步枪在近距离射击打中的时候，由于子弹运行的轨迹不稳定，造成的杀伤力非常大。所以 AK-47 的成本低，生产也容易，而且杀伤力非常大。甚至到了越南战争时，美军也爱上了它。美军在越战开始时装备的是 M－14，后来装备的是 M－16。M－14 就是那种远射程的步枪，口径是七点六二毫米的，而实际上当时美军是在丛林里作战，根本就不需要这么远的射程。M－14 还特别娇气，掉到泥里再捡起来就不能用了，越南那地方又是丛林又是雨，极不适用。而 AK-47 是不管风沙、低温、高温、泥浆，不管掉到哪儿都能拿起来就直接用，是非常皮实的一种武器，所以很多美军在越南战场干脆扔掉了自己的 M-14，直接捡起越军的 AK-47 用。越军的武器有两个来源，一种就是 AK-47，另一种是中国仿制 AK-47 的五六式，用得更多的是我们的五六式。所以美军和越军最后用的都是同一种枪，可见这种枪的威力以及它的实用性。但我希望人类历史上不要再出现这种大杀器了，用这种大杀器杀的人已经够多了，希望以后我们的科技都是被用来让人类更幸福。

7月7日

《晓松说——历史上的今天》来到了7月7日。1937年的这一天，不用我说全中国人民都会记在心里，卢沟桥事变爆发；1927年的这一天，中华民国政府设立上海特别市；1930年的这一天，英国著名的侦探小说家柯南·道尔去世；再有就是1955年的这一天，越南民主共和国与我国政府签订了第一份大规模的援助协议。

| 卢沟桥事变爆发 |

首先来说卢沟桥事变。在课本里，在各种各样的历史博物馆、纪念馆里，在大家接受的各种爱国主义教育中，已经非常详尽地讲述了这段历史。我们的北京，现在还有赵登禹路、佟麟阁路，路名中的这两位都是七七事变的时候，牺牲在北京的爱国将领。北京还有张自忠路，张自忠将军也是七七事变时二十九军的重要将领。卢沟桥事变的具体过程我就不讲了，我只讲两个大家平时不太注意的事情。

大家知道1927年，就是北伐高潮的一年，北伐军占领了上海，虽然4月12日的时候，蒋介石在上海发动了反革命政变，但是国民政府的北伐还在继续。在1927年7月7日这一天，国民政府在上海成立了上海特别市。大家知道当时上海市区有很多外国租界，有法租界，有公共租界，这些租界沿着黄浦江与苏州河占领了上海市区很大一片地方。上海成立特别市以后就出现了一种比较奇怪的现象，因为上海市区在中间被外国租界分隔开了，真正归国民政府设立的特别市管理的区域只有南市与闸北这两小块地方，闸北与南市一北一南被中间的租界隔断。为了改变这一状况，当时的国民政府不仅建造了中山环路，将南市与闸北联系起来，还雄心勃勃地计划在市区东北的江湾一带规划兴建一座新城，称之为"大上海计划"。新城的面积将达七千亩，建成之后可与租界相抗衡。这应该是中国现代史上第一个完整的城市规划。从1929年到1937年，大上海计划中的建设项目分期分批得以实施，首先一个按照规划兴建、比较完整的大型道路网已经大体形成，其次一批富有传统民族风格的标志性建筑也已落成竣工。像故宫一样富丽堂皇的市政府大厦，像北京鼓楼一样的市图书馆、市博物馆，以及号称远东最大的体育中心（有四万人体育场以及大型体育馆、游泳池）均已建成使用。所以在1937年7月7日这一天，上海在江湾举行了盛大的纪念上海特别市成立十周年的庆祝仪式，中外记者与各界人士都应邀前来。但是就在这一天，当中国人民正在庆祝自己的建设成果的时候，日本发动了卢沟桥事变，不但给中国人民造成了深重的灾难，也彻底打断了中国的现代化进程。仅仅一个多月后，日军的魔爪就伸向了申城，大上海计划就此夭折，上述标志性建筑也都遭到日军炮火的摧残。好在岁月终于抚平了昔日的创伤，今天如果你再去江湾，就会看到它们已被列为保护建筑，在整旧如旧的原则下已整修一新了。

再有一个就是卢沟桥事变的后果。实际上卢沟桥事变并不是中国全面抗战的开始，真正的全面抗战是一个月以后，就是1937年的8月13日，我们主动在上海进攻日军，爆发了淞沪战役，这时大规模的抗日战争才真正开始。我军在平津一带的战役实际上打得并不漂亮，虽然我们的历史课本中并没有多讲，但后来的情况实际上是平津一带很快就失守了。二十九军虽然是当时中国规模最大的一个军，但由于不是中央军嫡系，而且在长城抗战之后，各方面的士气逐渐低落，再加上高层开始有些腐败，导致整个华北的西北军系统抗日都不是很坚决，从平津战役开始，一直到山东的韩复榘，打得都不好，打得最漂亮的就是淞沪战役。所以卢沟桥事变之后，整个华北的抗日战场几乎是溃不成军，远远没有华东这边打得精彩漂亮。

在七七事变之后，平津没几天就被日本人占领了，并没有爆发真正大规模的战役。有关被占领的这八年期间的一些时代背景，大家可以看老舍的小说《我这一辈子》《四世同堂》。自古以来，北平的老百姓见惯了兴亡，见惯了兴衰，见惯了改朝换代，见惯了一会儿从北边来了蒙古人，一会儿从南边来了朱家的人，一会儿又从北边来了满族人，一会儿又从南边来了北伐军。对那些飞黄腾达的人，也是眼看他起高楼，眼看他宴宾客，眼看他楼塌了。所以北平——现在叫北京的这个城市的人民，我觉得挺有意思，他们见惯了这些兴衰变迁，一直到今天也是。今天在北京做官、发财的那些人，很多都是外地人。因为这些历史的原因，抗战时期当外敌入侵的时候，北京人也一直都保持着那种相对平静的生活。大家知道在日本人占领上海的时候，不仅是军队，甚至包括上海人民，还有黑社会的那些人，都去刺杀日本人，刺杀汉奸，非常英勇地在抗击着日本的侵略。北京在外敌入侵的时候，北京军民也进行了坚决的抵抗，比如在南口战役中，英勇血战的士兵有很多被炸聋；南苑血战中，佟麟阁、赵登属等将士效死牺牲，千名学兵随将领捐躯；山里也有游击队在抗战，北平也有军统派人刺杀过两个日本皇族的一级军官。总而言之，北京几百年来作为中国的都城，见惯了历史兴亡，这个城市的性格就是这样。

| 越南与我国政府签订援助协议 |

1955 年的这一天，越南民主共和国的胡志明主席和中国政府签订了协议，由中国方面向越南提供三亿三千八百万美元的经济援助。大家知道，1955 年，越南人民已经把法国从越南北部打跑了，觉得自己可以开始搞经济建设了，而当时我们中国是亚洲社会主义国家的老大哥，所以越南就向我们提出了这个要求。就像我们当年开始经济建设的时候，包括在朝鲜战争期间，也和苏联有这样的援助协定，苏联当时作为整个社会主义世界的老大哥，也向我们提供了大量军事、经济等方面的援助，还有一百五十六个项目的大规模建设计划。全世界的社会主义阵营，当时都保持了这种高昂的士气，互相援助。

只是当时我们没有想到的是，接受了我们的援助以后，越南还没有进入真正的建设时期，美帝国主义就来了。1955 年的时候，时任美国总统的正好是军人出身、性格强硬的五星上将艾森豪威尔将军。大家知道军人当总统，总是比较好战，所以艾森豪威尔将军一方面结束了朝鲜战争，一方面又开始扶植南越的吴庭艳傀儡政权积极反共。到 1961 年时，肯尼迪总统在南越发动特种战争，挑起了对越南人民的战争。到 1965 年时，约翰逊总统则派出地面部队正式发动侵越战争。越战整整打了十五年，一直到 1975 年南越彻底解放，越南才真正统一，才算进入了经济建设的时代。

但是刚刚进入建设时代三年，又跟我们挑衅，这才爆发了对越自卫反击战。那场战争是非常令人伤感的，因为越南军队所使用的武器、汽车，甚至吃的大米，都是我们援助的。我们在这二十多年间（1950 年至 1975 年）一共援助了越南多少钱呢？据民间的统计，差不多有两百亿美元，如果按当时三十五美元合一两黄金计算的话，大约就是五亿七千万两黄金。这个数字相当于全中国人民在 20 世纪五六十年代和“文革”时期那么困难的情况下，平均每人拿出一两黄金来援助越南。而且那个时候我们还有抗美援朝战争，我们英勇的志愿军战士为了边境的安全，为了使我们的国家不会遭到美帝国主义的侵略，也为了整个社会主义阵营的团结，在朝鲜战场上牺牲了数十万人，帮助朝鲜赢得了这场战争的胜利。就在那样的情况下，我们全中国人民还要勒紧裤腰带来帮助越南这位社会主义兄弟。当然，现在这些都已经成为历史，至于它的功过，就由大家自己来评说吧！

| 柯南·道尔去世 |

在 1930 年的这一天，著名的侦探小说家柯南·道尔去世。因为他家喻户晓的作品《福尔摩斯探案全集》，柯南·道尔这个名字已经跟福尔摩斯连在一起了，以至于大家现在一听到柯南·道尔的名字，虽然不知道这个人具体长什么样，就觉得应该是福尔摩斯那个样子。

福尔摩斯的英文其实是 Holmes，不知道为什么中文翻译成福尔摩斯，而不翻译成何尔摩斯等。所以当时看到这个原名的时候我想了一下，觉得可能最初翻译这部作品的人是个福建人，因为福建人呼、福两个音经常发不清楚，所以把 Holmes 翻成了福尔摩斯。当然我不是歧视福建同胞，因为中国确实幅员辽阔，每个地方口音不一样。我在美国也见到过很多福建人。

福尔摩斯的故事是以英国伦敦为背景的，我也曾经去过伦敦，因为从小就特别喜欢看福尔摩斯，还专门去了他写的那些地方看，包括贝克街车站，如今依然保持着当年那个样子，和柯南·道尔的小说里描述的一模一样，现在大家去伦敦坐地铁还是能看到那一站。而柯南·道尔虽然在 1930 年的今天去世了，但他创作的《福尔摩斯探案全集》历经了这么多年，到今天依然长盛不衰。由小说改编而成的电影、电视剧，像 BBC 近年播出的改编剧集《新福尔摩斯》（又名《神探夏洛克》），也依然在焕发着新生，一集又一集地席卷着全世界的票房，这样的小说是极少见的。当然现在的荧幕上，福尔摩斯的形象也是与时俱进，已经不是最开始的时候温文尔雅的样子，而是变成了一个硬汉。而且福尔摩斯跟华生的关系，也从一开始的那种纯粹的朋友、哥们儿之间的感情，发生了变化，在最新的这两集《新福尔摩斯》里，这关系就有点暧昧的意思了。所以一切都是与时俱进，今天大家都对当年的那些兄弟情谊、那种绅士情怀不太理解了，觉得两个男人在一起，就要理解成那种感觉。但我自己拍《大武生》，写剧本的时候，我也好，邹静之老师、洪金宝老师也好，我们都是老一派的，思想相对传统，仍旧觉得韩庚和吴尊之间是兄弟情谊，大家也都能理解。

有关柯南·道尔，还有一个有意思的事情，跟大家分享一下，就是他在去世的时候，留下了高达六十万英镑的遗产。大家知道那个时候的六十万英镑就相当于现在的四千一百多万英镑，也就是四亿多元人民币。可见当时英国的版权保护已经好到什么地步，一个作家去世了，可以留下那么丰厚的遗产，而我们获得了诺贝尔奖的莫言老师，他的钱在北京还买不到一套房子。给大家再来对比一组数字就知道当时柯南·道尔的地位了。英国因为版权保护一直很好，所以很多作家都非常有钱，除了柯南·道尔，另外一位蜚声世界的大作家狄更斯，去世的时候也留下了八万英镑，但从中可见纯文学作品和商业文学、侦探小说这些畅销书还是不能比的。

还有一个数字也很有意思，就是达尔文去世的时候留下了十四万英镑的遗产，他的著作《物种起源》当时在全世界都非常畅销，可见西方对一些科技类的书也有着巨大的需求。还有两个数字，一个就是英国另一位著名大作家王尔德去世的时候只留下两百五十英镑。王尔德本来是一个非常优秀的作家，但后来因为他是个同性恋者（那个时候英国的思想观念还比较保守），就被判坐牢，出来以后处境就很落魄，所以在死后只留下了两百五十英镑。另外一位可以与之类比的是旅居英国的马克思，他写了《资本论》等那么多巨著，最后的遗产也只有两百五十英镑，跟王尔德一样。

7月8日

《晓松说——历史上的今天》来到了7月8日。1994年的这一天，朝鲜人民的伟大领袖金日成去世；1853年的这一天，日本发生了黑船事件，正式被西方打开国门。

| 金日成去世 |

首先说一下1994年的这一天，朝鲜人民的伟大领袖、朝鲜国家军队的缔造者金日成将军去世。有关金日成将军后期的故事，关于中国人民的抗美援朝、中朝人民坚守民族友谊等事情，大家都已经很清楚了，在这儿我来讲讲金日成早年的一些故事，很多人对此都不太了解，其实这些故事还是很有意思的。

金日成生于1912年，当时朝鲜已经被日本吞并，成为日本的一个行政区，所以他出生的时候，实际上朝鲜已亡国。朝鲜这个国家的地理位置很有意思，几百年以来一直是在中国、俄罗斯、日本三大国的环抱下，周围没有小邻居。

这样的国家其实非常危险，但它在周围三大强国几百年的包围下，却一直坚持了下来，所以我觉得朝鲜民族是一个非常勇敢的、坚韧不拔的民族。到今天为止，在区区二十一万四千多平方公里的朝鲜半岛上还存在着两个独立的国家。所以被日本侵吞后，朝鲜人民要复国、要独立的奋斗从来都没有停止过，直到成功。当年金日成出生以后就是处在这样的境况之下，接受的就是要复国、独立的教育。

金日成在很小的时候就来到了吉林，金日成的小学和中学都是在吉林读的，而且加入了中国共产党。朝鲜劳动党是后来才成立的，那当然是为了朝鲜最后的复国跟独立。金日成将军最开始加入的是中国共产党，并且参加了由中国共产党领导的抗联。金日成在抗联英勇战斗，从普通的一员开始，一直做到抗联第一路军的方面军军长。金日成将军可以说是一个非常坚韧不拔的战士，当年东北抗联失败以后，他率领东北抗联的一部，退到苏联境内，之后又在远东参加了苏军。金日成将军在苏军里做了一个营长，一直战斗到第二次世界大战结束，朝鲜半岛北部解放后才回国，任朝鲜共产党领导人。大家知道二战后美苏达成了协议，以“三八线”为界，南边由美国受降，北边由苏联受降。所以美国跟苏联分别扶持了一个政府，北边苏联扶持的就是金日成将军，成立了朝鲜民主主义人民共和国；南边美国扶持的是李承晚，成立了大韩民国。之后的事情大家都了解，我就不多讲了。金日成将军作为朝鲜人民的领袖，领导朝鲜长达四十多年之久，直到1994年的今天去世。

| 黑船事件爆发 |

下面来说1853年的这一天日本发生的黑船事件。日本长期以来闭关锁国，跟我们当年的清政府一样，非常保守，到1853年黑船事件发生的时候，日本已经进入幕府时代很多年了。日本长期以来没有一个非常权威的、统一的中央政府，虽然日本名义上有天皇，但其实天皇也就是名义上的首脑。日本还有个幕府——德川幕府，它对全国进行总的管理，但幕府下面又分了很多小国，所以日本实际上还是非常分散的，没有形成一个强大的国家。日本是个多山、多水的国家，山川纵横，水系交错，有点儿像意大利。日本在历史上主要就是因为地理位置比较好，一直没有被其他国家吞并。在元朝的时候，日本差一点儿被蒙古的铁骑踏破，当年蒙古一直打到了欧洲和东南亚，但打到日本的时候，因为台风的关系（日本称之为神风），竟两次把元朝进攻日本的大军船只吹翻在海里，所以，历史当然有着很大的偶然性。

然后到了 1853 年。大家想想 1853 年是什么时候呢？第一次鸦片战争在 1840 年爆发，中国的国门已经被西方列强打开。日本离中国这么近，日本一直仰视的大中华帝国都被西方打开了国门，虽然那时候西方列强还没有来到日本，中国的遭遇也已经让日本人明白了西方国家的强大。日本人知道他们早晚会来，因为工业革命也好，西方的文明、霸权也好，都一定会促使其向全世界拓展，这是必然的。

日本人终于等到了这一天，1853 年的 7 月 8 日，从日本海上远远地开来了四条军舰。日本那时候还非常落后，日本的船都是那种小木头船，日本人从来没见过这种蒸汽战舰，突然看见黑色的军舰开过来，就管它们叫“黑船”。率领蒸汽战舰开进日本的美国海军将领叫佩里。

当时佩里率领着蒸汽战舰进入日本，那可比英国、法国打开中国的大门容易多了。因为日本早就从中国那里知道了西方的强大，所以当日本人看到四艘蒸汽战舰以及六十多门大炮，看到黑洞洞的炮口时，就已经闻风丧胆，于是开始和美国人谈判，开始拖延。其实美国当时也没有更多要求，并没有让日本割地赔款或者怎么样，美国人就是让日本通商，让日本打开国门与其做买卖。美国是个新兴文明的国家，它采取的方式和英、法老牌帝国主义国家不一样，从西班牙大航海开始，英、法老牌帝国主义到处占领殖民地，到哪儿都插上自己的旗子，说这儿是我的；如果自己去不了，就和各种探险家、冒险家签订合约，让他们带着旗子插到那个地方，然后再一人一半平分。所以在那个大航海时代，英、法老牌帝国主义主要就是占领殖民地，你不让我占领，我就打你，如果你太难缠，就采取划分租界、修订条约等方式来侵占你的地盘与权益。而美国和英、法不一样，它就是要做生意。美国也有过开疆拓土的时候，也就是 1848 年，美国打败了墨西哥，把墨西哥西南部最大的那几个州，差不多墨西哥一半的土地都抢过来了，那是美国历史上最大规模开疆拓土的时代之一。

1853年佩里率领的蒸汽战舰开到了日本，日本开始跟美国谈判。对于美国人提出的通商要求，日本人说：“我们同意，可是我们天皇不同意，我们还得再找天皇问问。”其实那个时候日本天皇已经数百年都没什么权力了，天皇一直被德川幕府架空。于是这事儿就拖延了下来。第二年，也就是1854年，佩里率领的舰队又来了，这次的舰队更强大，当然美国还是没有和日本人正面交锋，最后日本人跟佩里舰队签订了通商协议。对于日本人来说，这也是不平等条约，美国的要求日本政府都同意了。当时日本的那些武士也进行了一点儿小小的反抗，但和中国比起来这些反抗还是差得多，中国当时是军队、政府都在反抗，而日本政府非常虚弱，因为日本确实没有像中国这样强大的中央政府。据说一些日本武士小规模地反抗了一下，杀了几个美国人，但感受到了来自佩里舰队的强大的压力。在这种强大的压力下，发生了非常恐怖的事情，日本人民可能觉得这是非常英勇的表现。当时日本的武士排着队走到城门外，在门外的广场上向佩里舰队、向美帝国主义剖腹抗争，这种情况把美国人也看傻了。美国人到全世界去也没见过哪一个民族有如此这般的表现，有的民族比较软弱就投降了，有的民族则会坚决战斗，但是像日本这样的民族很少见，当着美国人的面，日本武士一个一个剖腹自杀。有一个日本武士非常英勇，他不但剖了腹，而且把流出来的肠子用刀割断，投到了美国人的脸上，所以美国那个时候第一次对日本有了非常震撼的感觉。但是当时佩里没想到，在很多年以后，日美终于爆发了一次大战。

黑船事件使日本的国门被打开，但黑船事件对日本还有几个特别的作用。在讲鸦片战争的时候我曾讲过，鸦片战争打开了中国的国门，逐渐惊醒了中国这头睡狮，对当时整个中国的现代化进程是有刺激作用的。黑船事件对日本的影响就像当年鸦片战争对中国的影响，把日本传统、落后的封建社会的大门打开了，惊醒了日本这个民族。

黑船事件还带来了另一个影响。由于当时的日本德川幕府已经非常软弱，幕府不敢再出头去应对美国，就以请示天皇为名，真的把天皇给请出来了。于是天皇也好，大名也好，武士也好，大家都意识到当前是关乎国家存亡的关键时刻，都打出了爱国的旗帜。所以黑船事件不但打开了日本国门，也使多年来处于权力边缘的天皇站到了第一线，因此，才有了德川幕府和整个日本江户时代的结束，才有了后来的明治天皇推行的明治维新，所以我觉得黑船事件在日本其实是一个非常重要的事件。

7月9日

《晓松说——历史上的今天》来到了 7 月 9 日。1900 年的这一天，聂士成在天津壮烈殉国；1926 年的这一天，国民政府在广州誓师，正式开始北伐；1944 年的这一天，美军攻陷了塞班岛；1905 年的这一天，我国第一部电影《定军山》开始拍摄；今天还是大帅哥汤姆 · 汉克斯的生日。

| 聂士成在天津壮烈殉国 |

1900 年对我们中国人来说是往事不堪回首，因为发生了很多丧权辱国的事件，包括我们之前讲过的八国联军在大沽口登陆，还有今天要说的八国联军于这一年的 7 月 14 日攻陷天津的事儿。天津的命运是很悲惨的，作为京师门户与北方最大的工商业城市，在被攻陷以后，遭到了八国联军的疯狂破坏。他们在鼓楼上架起大炮轰击民众，又一连数日纵火烧屋，造成全城遍地死尸、一片火海的惨状。天津城内居民已十不存一。不过更可悲的是，早在天津被攻陷之前，人们就已遭受了劫难。从表面上看是义和团造成的，实质上根子在西太后等顽固派身上。由小农组成的义和团由于自身的局限性，其反抗侵略的正义要求只能通过暴烈的排外行动来扭曲地表现出来，因此进入天津后到处焚烧商店里的洋货并殃及拥有与使用这些洋货的人。游民乞丐等社会底层人员浑水摸鱼趁火打劫，公开偷盗抢劫乃至杀人放火。当时只要指责某人为信洋教者，便可对其进行抢劫与杀害。在此乱局中，生性耿直的聂士成陷入了左右为难的迷惘之中。在天津战役中壮烈牺牲的清末名将聂士成应该说是在那个黑暗、混乱而迷狂的世界里少有的亮点。聂士成从军四十年，从中法战争就开始抵御外敌，历经了大大小小无数的战役，而且在很多战役中都主动请缨出战。在中法战争中他曾主动请缨带兵入台，因为当时法军攻占了基隆。然后在中日甲午战争中，他又率领中国军队在朝鲜奋战，并在辽宁的连山关、摩天岭两处大败日军。在八国联军入侵的时候，他是清朝几支最精锐部队的主将之一。

当时清朝守卫京津的部队所装备的武器全部是德国式的洋枪洋炮，而且训练有素，非常精锐。聂士成本人也是身经百战的优秀将领。但是在当时那种混乱的局势中，他竟然痛苦地发现自己上与朝廷、下与义和团都搞翻了，处于处处碰壁、孤立无援的尴尬处境。首先作为忧国忧民的忠臣，他最痛心的是，自己一心想效忠的朝廷竟然被一群最昧于世界大势的顽固守旧派所掌控。他们荒唐到公然向世界各国宣战，为此他不管不顾地一再进行规劝，在大祸临头前设法制止。由于与朝廷盲目排外的政策唱反调，他得到的是上司无情的训斥与排挤。其次作为身经百战的宿将，他决不相信那种刀枪不入的低级骗术，更憎恨那些他认为开启祸端“四处焚掠”的“乱民”。所以当他奉命去制止义和团扒铁路、毁电线、烧机器时，便进行了无情的镇压，就此被义和团恨之入骨。因此虽然他在天津保卫战中率军与八国联军拼死恶战，其斩获、伤亡均较别军为多，连敌军也承认“自与中国交兵以来，从未遇此勇悍之军”，却被朝廷安上了收了敌人八十万两黄金，出卖了大沽口炮台的莫须有的罪名，遭到恶意诬陷与弹劾。7 月 9 日在八里台与八国联军进行最后一场决死之战，在三面夹击之下，他决心一死以报国，所以穿戴整齐之后便横刀立马站在八里台桥头。然后他冒着枪林弹雨，身先士卒，浴血奋战。他的双腿被打伤、战马被打死，犹忍死力战，直至腹破肠出、头胸中弹才轰然倒地壮烈牺牲。这是一个多么令人扼腕叹息的结局啊！天津保卫战的顶梁柱聂士成一死，战况便马上恶化。八国联军于 7 月 13 日发起进攻，天津城于第二天便告沦陷。如今有关天津保卫战所有参与者的名字，几乎都被历史所淡忘了，只有聂士成的名字留了下来。位于天津八里台的那座小小的木桥有一个悲壮的名字，叫聂公桥，它铭刻着那段催人泪下的故事，也提醒着人们真正的爱国将领是不会被历史遗忘的。

| 国民政府誓师北伐 |

1926 年的这一天，国民政府门前旗幡招展，国民革命军在广州正式誓师北伐。这次北伐跟之前孙中山先生在世时的历次战争都不一样，这一次可以说是士气高昂，大家都觉得这是一场必胜的战役。当时中国的南方，尤其广东、广西已经彻底统一起来，大家众志成城，跟当年孙中山先生在世时大家各怀鬼胎不一样。当时的国民革命军集中了南方最重要的七个军，其中最能打的是第一、第四和第七军。黄埔军校的建立对于国民党来说是一个战略性的转折，第一军以黄埔军校的学生军为主，国民党从此终于有了自己的党军。由粤军组成的第四军后来在北伐战争中被称作“铁军”，第四军里有一个由共产党指挥的独立团——叶挺独立团，由于叶挺独立团战功赫赫，再加上第四军其他部队的努力，这支部队在北伐中发挥了重要作用。然后就是广西部队——由李宗仁、白崇禧指挥的第七军，是非常精锐的部队，在北伐战争中被称为“钢军”。

前面说的这三个军是北伐能够取胜的一个很重要的因素。但我觉得北伐能够取得胜利最重要的原因还是当时的形势，大家要看北伐是在讨伐谁。1926 年的这个时候，可以说是北伐最好的时机，因为这时在整个中国的北方，已经没有一个强势的政府，也没有一支统一的军队能够听一个人指挥。袁世凯死了以后，整个北洋体系发生了各种各样的分裂，北洋的三大派系都遭遇了沉重的打击，当然也是因为他们自己内讧。首先是爆发了直皖战争，北洋的直系打败了段祺瑞的皖系，段祺瑞就成了孤家寡人，变成了一个傀儡，所以皖系后来就消亡了。而直系由于大将冯玉祥的叛变，在第二次直奉战争中大败，在这场战争中直系基本上被打断了脊梁骨。奉系是东北的张作霖指挥的，奉系打败了直系以后，就跟冯玉祥联合在北京掌权。但奉系的大将郭松龄，也是张学良的老师，在北伐之前倒戈了。郭松龄早在四川保路风潮前就加入了同盟会，是倾向进步、十分爱国的。如果他真的遇上北伐军，一定会加以支持的。他早在 1925 年年底就公开倒戈反奉，亲率七万精兵攻打张作霖，开始时攻势非常顺利，很快逼近奉天（即沈阳），但很快就遭到了日本军队的干涉。奉系虽然最后靠着日本人镇压了郭松龄，但郭松龄率领的部队是奉系最精锐的一支部队，数万的主力部队被消灭后，奉系元气大伤。经过这一系列的战争，当时的北方基本上已经没有非常强大的军阀势力了。直系变得支离破碎，只剩下孙传芳、吴佩孚的一些残兵败将。皖系也已经没有了。奉系虽然还在，但也元气大伤。

在这种情况下，北伐胜利的可能性几乎是90%。北方当时还有两支重要的军队在观望。一支是一直占领着山西的阎锡山率领的晋绥军。山西当时还算是稳定，没有参加内战。当北伐军打到中原腹地后，晋绥军竖起了青天白日旗，加入了北伐军。实际上晋绥军算不上是北伐，因为从山西直接出娘子关几乎就到北京了，离北京非常近。再有就是刚刚被直奉联军打败的冯玉祥。冯玉祥的军队还是保持了很强的实力，冯玉祥当时又去了一次苏联，得到了一些支持。冯玉祥当然是倾向于广东革命政府的，1926年秋，冯玉祥的西北军就在五原誓师参加北伐了。当年北伐誓师主要有两次，一次是前面说的广州誓师，另一次就是西北军在五原誓师。五原誓师后西北军直下西安，出潼关，在郑州跟北伐军会师了。实际上北伐军渡过长江，最后打奉系军阀的时候，是由北伐军、西北军以及晋绥军一起来打的。最后奉军不得不通电全国，宣布撤离北京，退回到东北。后来大家都知道，张作霖撤出关外以后就被炸死了，奉系一时群龙无首。紧接着张学良执掌东北，也没经过战争就直接把五色旗换成了青天白日旗。中国在那个时候终于又一次实现了名义上的统一。所以北伐这次誓师，对整个20世纪中国的历史是有重大意义的。

| 美军攻陷塞班岛 |

在1944年的这一天，美军在太平洋战争中攻陷了塞班岛，塞班岛攻陷对太平洋战争有着重大意义。大家知道在此之前，美军在太平洋上没有距离日本本土很近的、能起飞大型轰炸机的军事基地，所以当时依靠中国丰富的人力资源，在四川成都附近修建了大型机场，供美军的B-29超级空中堡垒这样的重型远程轰炸机从那里起飞去轰炸日本本土。但是由于当时中国的西南一带完全被封锁，滇缅公路也还没有重新打开，运输极其不便，所以美军极度缺乏燃油、弹药等物资。这些燃油和弹药只能从印度飞越驼峰航线辗转运到四川。当时的条件非常艰苦，飞机要从印度起飞，翻越那么高的喜马拉雅山，穿越驼峰航线把油运到四川，七架飞机运的油才能供一架轰炸机起飞一次，美国就是有再强大的国力也支撑不住。这条航线又非常危险，在驼峰航线上牺牲了无数的飞行员。今天大家去旅游的时候，还经常能听说在哪座深山里、雪地里，发现了二战时失事飞机的残骸、烈士的尸体，所以美军当时完全不能支持这样大规模的轰炸，只轰炸了日本一两次就坚持不下去了。

为了避免这种不利的境况，美军急于在日本东边的海上占领一座岛屿作为基地，那样从海上运油、运弹药就方便多了，搭乘轮船运输就行了。在 1944 年的这一天，美军攻占了塞班岛，终于得到了能轰炸日本本土的重要军事基地，所以说攻陷塞班岛是一场非常重要的战役。从这一天开始，美军开始大批进驻塞班岛，所有的 B–29 轰炸机都是从塞班岛基地起飞的，对日本进行狂轰滥炸，后来日本本土几乎被夷为平地。美国最后向日本投掷原子弹的 B–29 飞机，也是从太平洋的塞班岛基地起飞的。

塞班岛战役还有一个一直到今天都有争议的事情，就是大家会看到很多影像资料里说，当时驻守塞班岛的几万日军最后几乎全军覆灭，只剩下了一千来人，指挥官最后也剖腹自杀，当时有很多的塞班岛居民也从悬崖上跳海，等等。日本军队以及日本政府到今天都说那是由于这些日本国民热爱大日本帝国，所以最后一起殉国了。实际上有很多资料表明，大量老百姓是被日本军队逼迫自杀的。大家想一想就会明白，塞班岛原来是西班牙的殖民地，美西战争是 1898 年爆发的，美国趁西班牙弱小之时把西班牙海外的殖民地几乎一扫而空，包括夏威夷，包括菲律宾，包括关岛、波多黎各等，这些西班牙殖民地全都被美国占领。西班牙最后在保不住塞班岛的情况下，觉得与其让这座岛屿被美国占领，还不如把它卖了，所以在美西战争打到最后的时候，西班牙就把包括塞班岛在内的一些岛屿卖给了德国。德国当时很强盛，那时的德国可以说正在爆发期，所以塞班岛就这样归了德国。但后来德国在一战中战败了，塞班岛又被日本占领。当时日本在一战中加入了协约国一方，实际上主要就是去占领德国的地盘。

日本抢了很多德国的地盘，包括德国在山东的租借地胶东半岛，还有太平洋上的塞班岛，所以塞班岛只是在一战以后才归了日本。大家想想，一座岛上的居民，长期说西班牙语，然后归了德国不到二十年，直到一战以后才归了日本，对日本能有多深的感情？虽然日本占领塞班岛以后，确实有一部分日本人移居于此，但他们也不是来军事屯垦的，而是来种甘蔗、种地的。怎么可能最后日本战败了，大家都一下子从悬崖上跳下去投海，陪日军一起去殉国？我觉得这是说不过去的。实际上日军在战争中不光是对其他国家的人民犯下了罪行，在塞班岛上也犯下了很多反人类的罪行。但日本直到今天都只承认他们在塞班岛上发放了手榴弹，实际上就是在逼迫军民自杀，所以这也是日本在战争中犯下的罪行之一。

| 我国第一部电影《定军山》开始拍摄 |

所有的历史记载都说在 1905 年的这一天，我国的第一部电影《定军山》开始拍摄。其实严格来说，《定军山》还不能叫电影，它实际上就是用胶片把一部京戏给拍摄了下来，可以说是一部京剧表演的实录。《定军山》的故事，讲的是著名的老将黄忠老当益壮，在定军山斩了夏侯渊，这是中国非常著名的一部京剧，在戏里有各种各样的唱段，大家把它拍下来就成了一部电影。

实际上很少有人看到过当时拍的《定军山》真正的样子，我依稀记得在电影院看过，但据说并不是当时拍的第一版。当时的《定军山》肯定是默片，大家知道 1905 年的时候有声电影还没有出现呢。后来我也问了很多人，包括历史专家，大家都说并没有看到这部影片本来是什么样子。这部电影不像卢米埃尔兄弟拍摄的《水浇园丁》《火车进站》等，确实是历史上的首创。《定军山》这个片子到底在哪里？能不能定义为我国的第一部影片？这些其实都是有待进一步考证的。当然了，每一个国家的历史都希望能往前写一点儿，往前多说一点儿，所以我们今天依然说《定军山》是我们的第一部影片，即使原片已经找不到了。

| 汤姆·汉克斯的生日 |

今天是汤姆·汉克斯的生日，汤姆·汉克斯 1956 年出生，比我大了十三岁，看他今天依然这么活跃，我对未来充满信心。汤姆·汉克斯是美国当代最重要的影星之一，获奖无数。他曾经连续两年获得奥斯卡最佳男主角奖，而且他得奖的那两年，是好莱坞最重要、最辉煌的年代。他当年主演的电影《阿甘正传》打败了《肖申克的救赎》这样优秀的电影，获得了奥斯卡最佳影片奖，其本人也获得了最佳男主角奖，不过《肖申克的救赎》今天依然被全球影迷评为最优秀的影片之一。如果把《阿甘正传》拿到今天来，那可能就把所有的奖包揽了，可以说是毫无对手。

在《阿甘正传》获奖的前一年，也就是 1994 年，汤姆·汉克斯还凭《费城故事》毫无争议地获得了奥斯卡影帝。《费城故事》这部电影本身也是非常好的，它是根据真实的故事改编而成的。好莱坞很多优秀的电影都是根据真实的故事改编的，要把真实的故事改编成一部优秀的电影其实是非常难的，但好莱坞有一套编故事的技巧，怎么起承转合，怎么吸引人，让人爱看，这是好莱坞的一大本事。我们也可以编出一些故事，像《泰囧》什么的就编得很神奇，而且可以说是大卖，但是拿真实的故事去改编成电影，我们很少能做到非常优秀。

汤姆·汉克斯因为《费城故事》这部电影获奖可以说是实至名归。汤姆·汉克斯在这部电影中饰演一个患了艾滋病的律师，为了抗议律师事务所的歧视，不断地去抗争。大家知道在美国有平等就业法，公司不能因为员工得了艾滋病或者是同性恋而歧视员工、开除员工。汤姆·汉克斯在电影里饰演的这个律师，开始长得非常圆润，后来由于得了艾滋病，遭遇了一系列的事情，人变得越来越瘦，最后躺在床上快死的时候，已经非常瘦了。汤姆·汉克斯为了演好这个电影，身体上做了巨大的牺牲，为了配合戏里的角色，他一边演一边减肥，最后瘦了二十几斤，特别憔悴。一个演员为一部戏付出这样的努力，再加上这部戏是由真人真事改编的，所以汤姆·汉克斯在好莱坞最辉煌的年代、最难得奖的年代，在 1994 年、1995 年连获两届奥斯卡影帝，这个荣誉是极少有人能够获得的。

汤姆·汉克斯还得过好几个金球奖，以及电视剧领域的艾美奖。他今天不光是著名的影星，还是重要的制片人，大家看到的《兄弟连》，就是由他和斯皮尔伯格做执行制片的一部非常著名的电视剧。还有一部他演的电影叫《西雅图夜未眠》，这部电影被改编成了各种各样的戏剧，包括音乐剧，在中国好像还改编成了一部大卖的电影——《北京遇上西雅图》。

祝汤姆·汉克斯生日快乐！

7月10日

《晓松说——历史上的今天》来到了 7 月 10 日。1943 年的这一天，以美英军为主的盟军在西西里岛登陆；1961 年的这一天，张学友大哥出生，生日快乐；1946 年的这一天，著名演员秦汉出生。

| 西西里岛登陆 |

1943 年的这一天，盟军在西西里岛登陆。西西里岛登陆战是二战中非常重要的一场战役，这是整个第二次世界大战期间，反法西斯军队第一次登上敌国领土作战，这次登陆也是二战的重要转折点。大家想想 1943 年是什么时候，1943 年我们中国的抗战还在苦苦地支撑着；1943 年太平洋战场也还处在东太平洋的进攻战阶段，美军还没有登上日本的领土；1943 年苏军还在库尔斯克一带跟德军激战，德军依然能够在东线、在苏联领土上发动进攻战。在这个时候，盟军在西西里岛登陆，大涨了全世界反法西斯阵营的士气。这是反法西斯部队第一次登上敌国的领土，是二战期间，其实也是人类战争史上第一次大规模的海陆空协调登陆战。登陆战在所有的战争类型中是最复杂的一种作战形式。6月6日我们讲诺曼底登陆的时候就讲过关于登陆战的知识，在这里就不多说了。诺曼底登陆能够那么成功，和在意大利的西西里岛登陆的成功实践有很大的关系。

盟军在每一次大战之前都进行了大量的情报战，在这方面始终胜德、意、日三个轴心国一筹。西西里岛登陆的情报战也很有意思，美英盟军当时也是先做了一个假情报迷惑对方。他们找了一具尸体，化装成盟军参谋军官的样子，然后扔进海里，装成掉进海里淹死的样子，尸体漂到了西班牙海岸。这时的西班牙是亲德国的，西班牙海军突然发现海上漂来了一具尸体，竟然是英军参谋军官。从他的公文包里，找到了一份盟军的登陆作战计划，这份计划说盟军要在撒丁岛和希腊登陆，这份假文件一下子就把希特勒迷惑住了。于是希特勒就把防御西西里岛南线的德军主力都调到了撒丁岛，还调了一部分去希腊。但这时盟军突然在西西里岛登陆，一下子把德军打得措手不及。

我们前面多次讲过意大利军队，意大利军队实在是乏善可陈，他们唱歌是全世界军队里唱得最好的，画画也是全世界军队里画得最好的，打仗却是全世界军队里最差的。从二战爆发开始意大利就给德国添乱，要不是意大利非要去打希腊，害得德国不得不推迟进攻苏联，东线也不会打成那样。意大利军队基本上属于那种“一触即溃”型，而且失败以后特别高兴地去投降，因为投降以后就会有好吃的。所以每次俘虏意大利军队的部队都报告说，我们俘虏了两亩地的意大利军官、五亩地的意大利士兵，因为俘虏太多了，黑压压一片数都数不清楚。西西里岛上虽然有十几万的意大利军队，但实际上没什么战斗力，还是靠德军来打，但是德军又分散了很多兵力在撒丁岛以及希腊，所以实际上只有几万人在西西里岛。

在这之前，英国还有一块硬骨头要啃，这块硬骨头就是马耳他。马耳他是嵌在西西里岛和北非之间、扼守地中海东西交通要道的一个岛，当时德军和意大利的军队非常想把马耳他拿下来，那样就掌握了地中海的制海权和制空权。在二战中，英国空军曾经打了两场非常英勇的战役，一场是英吉利海峡之战，当时德国大批轰炸机来轰炸英国，把英国的很多城市都夷为了平地，伦敦也被炸得乱七八糟，以致整个伦敦到了晚上都不敢开灯，英勇的英国空军在海峡上空和德军奋力搏斗，保卫英国领土。英国空军的另外一场光辉战役就是在马耳他。当时德国出动了强大的空军去轰炸驻马耳他的英国空军，而围攻马耳他的意大利海军比驻守在地中海的英国海军还要强大。在这种情况下，马耳他就变成了一座孤岛，补给很难运输过来，要等很久才能有一两条船突破过来，补给一点儿弹药和粮油。在这种情况下，驻守马耳他的英军一直在地中海坚守着这条东西要道。有马耳他在，登陆西西里岛可以说已经是事半功倍，因为大批的盟军从北非各个地方出发，可以就近在马耳他集结与中转，十分方便。原来归德国与意大利的所有的殖民地当时都已经归了盟军，在北非的轴心国军队都已经被打败了。德军名将隆美尔就是在北非被打败的，北非也已经完全成了盟军的地盘，所以美英盟军从北非出发集结在马耳他，那里离西西里岛已经很近了。

还有一个有意思的小故事跟大家分享。一说到西西里岛，很多人就会想起《教父》这部电影，想起那些在纽约的意大利黑手党家族。黑手党原来不在纽约，西西里岛可以说是黑手党的大本营。大家知道一个民主社会对黑社会可以说是无计可施，因为很多时候没有办法强势地去抓他，去强行镇压他，民主社会必须依靠法律和证据。就像电影《教父》里演的那样，我明明知道你就是教父，我可能追了你一辈子，你就坐在我的对面，但作为警察我也抓不了你，因为我没有证据。所以在一个民主社会里，黑社会是有很强的生存能力的，他们可以找大量的律师用法律的名义保护自己或者去洗钱等等。但是一旦独裁政府上了台，像德国的纳粹政府、意大利墨索里尼的独裁政府上台以后，黑社会就完全没有办法生存了。独裁政府上来就可以禁枪，可以强势地镇压黑手党，政府也不管什么法律，直接就抓你，于是当时的很多黑手党成员就从西西里岛逃到了美国。逃到美国以后，在纽约又慢慢建立起新的黑社会组织，大家在《教父》中看到的那些事情就是这样。黑手党十分痛恨墨索里尼，所以当美军在西西里岛登陆的时候，他们就在里面做内应，找情报，带路。这是一个小插曲，跟大家聊一下。

西西里岛登陆战，盟军非常强大，光空降师就出动了两个。而德军没有强大的作战部队。当时的盟军空中有空降师，有四千余架飞机；海上还有强大的舰队，几千艘船。两个集团军由两位名将率领登陆，一位是美国著名的巴顿将军，另一位是英国著名的蒙哥马利将军，这也是这两位美、英名将第一次同场竞技，他们在北非打了一场具有转折意义的阿拉曼战役。这两位将军其实互相不服气，蒙哥马利特别看不上巴顿，也看不上美军，因为英军觉得自己都打了好几年了，美军这才刚刚来，全是一些菜鸟，且英军都是那种绅士，而美军都是牛仔。巴顿也看不起蒙哥马利，因为美国当时觉得自己强大极了，而英国已经没落了。所以两人登陆以后，除了共同打德军以外，剩下的就变成了他俩的竞赛，在《巴顿将军》那部电影中，这是非常重要的一场戏，也是非常精彩的一幕。当时巴顿率先占领了西西里岛的首府巴勒莫，然后蒙哥马利就拼命地向西西里岛最北边的城市墨西拿跑，最初的战役规划是巴顿将军指挥的美军第七集团军要占领西北角，蒙哥马利指挥的英军第八集团军要占领墨西拿。大家知道巴顿是一个特别有个人荣誉感、特别爱出风头的将领，他当时就没有遵守军令，自己偷偷摸摸地分出了一支军队拼命地赶往墨西拿。德军撤走以后，就变成了美英盟军一边数着意大利战俘，一边赛跑看谁先到墨西拿。结果最后在上午十点半，巴顿率先进入墨西拿。仅仅在一小时之后，英军吹着风笛，打着小鼓，进了城。进城一看，美军早已经到了，巴顿这次又胜蒙哥马利一筹。

所以西西里岛战役是一场很有意思的战争，它的直接后果就是墨索里尼下台。西西里岛战役最重要的成果是最终让意大利投降了，意大利是二战中第一个投降的轴心国。接下来的意大利战争，实际上是盟军跟德军在意大利打。

| 张学友生日 |

今天是张学友大哥的生日，生日快乐！张学友大哥是华语乐坛的杰出人物，如果说他是男歌手里的第一大唱将，我猜很多人也会同意。因为唱歌本身其实很难比出第一、第二，我每次去当歌唱比赛的评委时都在想，这唱歌怎么能比出个胜负，但是当你真正有作品的时候其实是可以比出来的。在张学友的数十张唱片里，有几十首金曲，去看看卡拉 OK 大家都唱哪些歌，张学友的歌应该算是唱得最多的了。到今天为止，很多人的演唱会已经成了一个花架子，靠拉赞助、冠名等等，甚至靠自己倒贴，就是为了自己的江湖地位，而张学友在全国一直在开大规模巡回演唱会，并且一直都是赚钱的。张学友大哥的演唱会，一直是所有演出商的抢手货，一直是香饽饽，因为他的演唱会门票一定能卖光，是一定能赚钱的。

张学友大哥在“四大天王”中的地位也是毫无争议的，应该说他唱得比那三位加在一起都好，当然那三位天王后来主要是去演戏了，所以唱歌当然跟张学友大哥不能比。张学友大哥的戏也演得很好，尤其是演王家卫导演的那些电影的时候，非常像一个演技派演员。香港是一个很神奇的地方，香港没有音乐学院，没有电影学院，没有戏剧学院，直到现在才开始在一些大学里有了电影系，在张学友大哥那个年代这些是都没有的，大概只有无线艺员训练班这样的地方在培养演员，唱歌就更没有什么地方可以学习了，只有一些比赛。但香港在那个辉煌年代居然培养出那么多优秀的歌星，那么多优秀的电影演员、导演，我觉得这真的是我们华人的奇迹！中国香港很长一段时间在世界的娱乐实力排行榜上都是仅次于好莱坞的，张学友大哥就是香港娱乐黄金年代的最杰出的代表之一。学友大哥生日快乐！

| 著名演员秦汉出生 |

1946 年的这一天，著名演员秦汉出生。在这儿我为什么不管秦汉叫大哥或者大叔那么亲密呢？因为我以及千千万万的林青霞的影迷，对秦汉是非常有意见的。秦汉当然是一个优秀的演员，长得非常帅，但是长得非常帅也会害人，长成我这样就没关系了。秦汉长得帅，戏又演得好，可以说是当时台湾电影黄金年代毫无争议的第一男星，琼瑶电影的男主角几乎都是由秦汉演的。

秦汉其实不姓秦，他姓孙，他的父亲是抗日名将孙元良将军，秦汉是个艺名。大家一想这种名字就像艺名，因为这是两个朝代的名字。秦汉的演技就不用说了，还是不错的，年轻的时候他曾抚慰过很多人的心灵，但是由于他在已婚的情况下，跟林青霞产生了很长一段时间的爱情，两个人可以说是分分合合、纠纠结结、拧拧巴巴很多年，导致我们喜爱的林青霞最终“老大嫁作商人妇”，在所有林青霞的影迷看来，秦汉都是难以原谅的，以致我在洛杉矶的时候，每次大家经过圣马力诺市都会想到这件事儿。圣马力诺市是洛杉矶著名的富人区，最开始是禁止华人进去的，现在已经倒过来，华人成了主流，几乎所有华人富豪都住在圣马力诺市，秦汉也住在那里。每次大家路过他家的时候，很多林青霞影迷就会说，我们现在就要到秦汉家去敲门，我们要揍他一顿，他怎么能这样对林青霞？可以说林青霞影迷们对秦汉是怀着各种切齿的仇恨的。但秦汉毕竟是一位优秀的电影演员，他给我们带来了很多的快乐，感情的事情外人是说不清的。

7月11日

《晓松说——历史上的今天》来到了 7 月 11 日。今天是比较文艺的一天，因为要给大家讲的三位都是文艺界的大师级人物：1989 年的这一天，英国历史上最伟大的演员劳伦斯·奥利弗去世；2009 年的这一天，季羡林大师去世；1937 年的这一天，台湾著名作家白先勇先生出生。

| 劳伦斯·奥利弗去世 |

劳伦斯·奥利弗，这位英国历史上毫无争议的最伟大的演员，也是好莱坞著名影星。劳伦斯·奥利弗是戏剧演员出身，他十五岁就在英国登台表演莎士比亚的戏剧，从十五岁一直演到了八十多岁，他一生除了在好莱坞演过一些卖座的电影以外，基本上都是在演莎士比亚的戏剧。中国观众最早看到的莎士比亚的作品就是由他主演的，大家一想到莎士比亚就想到他那张帅脸。我记得在中国公映的第一部莎士比亚的作品叫作《王子复仇记》，现在叫《哈姆雷特》，莎翁这部作品曾被好莱坞以及世界各国无数的电影导演用过，后来冯小刚导演还用这个故事拍过《夜宴》，它的核心内容就是家族复仇。《王子复仇记》当初在中国上映时，译制版是由孙道临大师配音的。这部电影当时可谓风靡全中国，我小的时候就看过这部电影，当时劳伦斯·奥利弗饰演的这个长得帅而忧郁的王子给我留下了极为深刻的印象。大家知道莎士比亚的作品其实都是戏剧，成名的电影并不是很多。而《哈姆雷特》在这里面是非常成功的一部，获得了四项奥斯卡奖。之前他演的其他的莎士比亚电影，也得过奥斯卡奖提名。

劳伦斯·奥利弗是莎士比亚作品中最主要的演员，甚至连他本人都快要成为观众心目中莎士比亚的代言人了。而且他以自己在好莱坞的地位，推动了很多莎士比亚的作品被改编成电影。《威尼斯商人》《亨利五世》等这些以前没有被人拍成过电影的著名作品被搬上银幕，劳伦斯·奥利弗功不可没。当然，不仅在美国，他在英国的地位也非常高，最后甚至被封为 baron，就是男爵，这在英国可以说是空前绝后的。大家知道英国音乐界最重要的明星是 The Beatles（披头士乐队），到今天他们在世界唱片排行榜上依然保持着销量第一；在 2012 年伦敦奥运会的开幕式上，其成员保罗·麦卡特尼还作为重要的嘉宾登台演出，这样风靡世界的歌手，最后也只是被封为爵士。还有在曼联担任多年主教练、创下无数辉煌战绩的足球大师弗格森，多次在电影中出演 007 的英国著名演员肖恩·康纳利，以及球王贝克汉姆等，他们也都只是被封为爵士。

当然，这些明星虽然被封为爵士，但和英国那些真正的贵族，就是所谓的公、侯、伯、子、男，还是不能比的。大家知道公、侯、伯、子、男本来是我们中国从周朝开始使用的爵位制，因为正好英国的爵位也是五级，所以我们就把最高一级的 duke 翻成了公爵，把 earl 译成了伯爵，把 baron，也就是最低的一级，译成了男爵。男爵是贵族里最低的一级，但即使是最低一级，他也是贵族，贵族是可以世袭的，这就是那些被封为爵士的名人和真正的贵族之间最大的区别。最高等级的公爵必须姓皇家姓氏，大家知道莎士比亚的作品里写了很多伯爵夫人偷情的事情，但是他最终也不敢写公爵夫人如何如何。因为莎士比亚要靠给皇室写文章获得经济支持，他如果写公爵夫人偷情，那这事儿就大了。公爵是姓皇家姓的，公爵夫人生出来的孩子就是有皇家血统的，将来还有可能继承王位，如果写她偷情，就有可能是说皇家血统不纯，这可是死罪啊。公爵以下就是侯爵，它在公爵、伯爵之间，是人数最少的贵族，这些人有封地但又不姓皇家姓。而到了伯爵这个等级，人就已经很多了，伯爵大多数都是因为战功、姻亲这些事儿而获封的。

伯爵再往下就是子爵、男爵，子爵是公爵的非继承人孩子，子爵实际上还是要姓皇家的姓，只不过不是最大的孩子，没有公爵爵位的继承权。而男爵都是些立过大功的人，这些人也是为数不多的。所以可以说劳伦斯·奥利弗获得的是空前绝后的荣誉，其他人获得的那个叫sir的爵士，爵位是不能世袭的，只是相当于给你一个荣誉称号，在英国并不算是贵族。

劳伦斯·奥利弗在英国的地位是非常崇高的，他以这样的地位去了好莱坞，在那里除了演莎士比亚的剧以外，还演了很多畅销的电影。在我们中国还都是黑白电影的那个时代，我们看到的很多重要的外国电影都是劳伦斯·奥利弗演的，包括我小时候看的《蝴蝶梦》，其实这个电影原来叫*Rebecca*（《丽贝卡》），我们翻译得特别好听，就是讲一个庄园里的爱情故事，《蝴蝶梦》里的男主角，就是大帅哥劳伦斯·奥利弗演的。还有当年的《呼啸山庄》《斯巴达克斯》等很多风靡全球的电影，都有他的身影。他后来又有了一个身份，就是从英国来到好莱坞的另一位超级影星费雯·丽的丈夫。劳伦斯和好莱坞的很多大影星一样，也结过好几次婚，其中最重要也是时间最长的一次，就是与费雯·丽维持了二十年的婚姻。大家知道费雯·丽也出演过许多经典的电影，像《乱世佳人》《魂断蓝桥》《欲望号街车》等等，她是好莱坞历史上最伟大的女演员之一。费雯·丽在英国的时候就是劳伦斯·奥利弗的狂热粉丝，她从小就看劳伦斯·奥利弗的戏剧，一部戏能够连看十几场。两个人后来都成了好莱坞光芒璀璨的大明星，最后他还是毅然决然地离婚，跟费雯·丽走到了一起，真是“金风玉露一相逢，便胜却人间无数”。两人可谓是好莱坞历史上最让人津津乐道的一对金童玉女，他们的婚姻维持了大概二十年，后来因为费雯·丽晚年受到病痛折磨等各种原因，两人才最终分开。

劳伦斯在好莱坞也取得了非常高的成就，获得了各种各样的奖项，一直演到他生命最后的时光。他既是英国也是美国的最重要的男演员之一，让我们在这一天共同纪念这位伟大的演员！

| 季羡林去世 |

2009 年的这一天，季羡林先生去世。最近几年国内有一个不好的风潮，就是把“国学大师”这个名头往各种各样的人脑袋上扣，以至于原来只是在文学杂志里做过编辑，日子混得稍微久些的人也都能被扣上“国学大师”的名号。实际上我觉得，像当年清华国学院的梁启超、赵元任、陈寅恪等真正的国学大师，在新中国成立之后已经很少出现了。季羡林先生的确是一位大师，但他是一个国际语言文学大师，而不是国学大师。据说当他听到有人给自己冠上“国学大师”的名头的时候，自己都忍不住笑了。季羡林最大的成就，就是他通晓多国语言，尤其是很多非常生僻的语言，在梵文领域他就是数一数二的大师，还有巴利文，以及中亚一带很多小语种，他都懂。他对当年那些久远的文化做了系统的研究，在比较文学的领域做出了非常大的贡献。像钱锺书先生，他的主要贡献也是在比较文学方面，比如他的著作《管锥编》就是关于比较文学的。钱锺书先生还是英语大师，他曾经把《毛泽东选集》翻译成英文。不能给所有人都胡乱扣上“国学大师”的名号，季羡林先生是一位比较文学大师，也是外国语言文学大师，但他不是国学大师。

记得小时候，每年到春节的时候，我都会跟着家人到季羡林先生家里去拜年，有的时候他也会回拜。后来在先生晚年的时候，就都是我们去他家看望。我的外公、外婆和季羡林先生一样，当年都是留德的，我们两家人的关系一直非常好，老人家们见面还要说德语，非常有意思。在这里纪念季羡林大师！

| 白先勇先生生日 |

今天是白先勇先生的生日，白先勇大哥生日快乐！白先勇大哥是白崇禧的儿子。白崇禧大家都了解，他是国民党的重要将领与桂系的三大首领之一。在国民党军队中，他曾先后担任过北伐的副总参谋长、抗战时的副参谋总长与抗战胜利后的国防部长，因参与指挥台儿庄战役与武汉保卫战，对抗战做出过贡献，升一级上将。白先勇是他的几个孩子中最有出息的一位，在今天所有旅美的中国作家里，他应该算是排在第一位的。他最为大家熟悉的作品就是在中国公演的昆曲《牡丹亭》，以及他的重要作品《金大班的最后一夜》。祝白先生生日快乐！

7月12日

《晓松说——历史上的今天》来到了 7 月 12 日。1943 年的这一天，东线苏军在库尔斯克战场转入反攻，这是二战历史上具有转折意义的一天；再有就是在 1998 年的这一天，法国队 3：0 击败巴西队，获得世界杯冠军。

| 东线苏军在库尔斯克战场转入反攻 |

1943 年的这一天，在二战东线战场上，库尔斯克战场的苏军转入反攻，这是二战期间规模最大的陆战——苏德战争中的一场战役。在这一天之前，从 1941 年 6 月 22 日德国进攻苏联开始，两年多的战争中，主旋律都是德国进攻，苏联防御。而从这一天开始，整个战争的主旋律转为苏联的全面反攻，德国再也没能发动过战略性的进攻。

库尔斯克战役创造了战争史上很多纪录，首先它是整个二战东线规模最大，同时也是最激烈的一场战役。因为在这之前，德军的整体素质明显要高于苏军。大家知道德军从 1941 年夏天进攻开始，到年底就俘虏了两三百万苏军士兵，说明那个时候的苏军在实力上和德军还存在不小的差距，还没办法跟德军平手作战。后来到了斯大林格勒（今伏加尔加格勒）会战，苏军终于以明显的优势击败了德军，可是并没有造成整体战略上大的转变。为什么呢？因为斯大林格勒会战之后，德军在哈尔科夫还打了一场漂亮的以少胜多的战役，叫作哈尔科夫反击战。这次战役在我们东方的历史上很少记载，但是在西方非常著名。大家如果有机会看到苏德战争时期几千里前线地图的话，就会发现，当时斯大林格勒会战结束之后，德军在整个南线已经没有多少可供防御的军队了，苏军当时如果从斯大林格勒出发可以长驱直入攻到罗马尼亚。于是在这种情况下，大批的苏军潮水一般向西进攻，但当时南线的德军在二战中德军最著名的统帅曼施泰因元帅的率领下，以极少数的部队左冲右突，诱敌深入，使出浑身解数，最后在途中成功地截断了已经突向西部的苏军，重创了苏军，收复了在斯大林格勒会战之后刚刚被苏军占领的哈尔科夫，把南部战线稳住了。所以苏军在哈尔科夫失败后，没能形成战略性的大反攻。斯大林格勒会战之后苏军向西大举进攻，收复了库尔斯克与哈尔科夫这两个地区。但之后的失利又迫使苏军不得退出哈尔科夫，于是库尔斯克地区便成为一个明显的大突出部，向西深入德军的战线之中。这个突出部在北边面对着德军最强大的中央集团军，南面则对着曼施泰因率领的南方集团军。

这个突出部在地图上只要一显现，不要说身经百战的苏、德两军的统帅，即使是菜鸟上阵，也知道下一仗要在哪儿打了。因为南边的战线没有拉直，出现一个突出部，那么只要德军向库尔斯克突出部的根部实施向心突击，那么当南北对进的两军会师之后，就可将这一突出部内的苏军彻底包围歼灭。当然在正常情况下，苏军是不敢守卫这个突出部的，一定会往后退一点儿把战线拉直。但这个时候的苏军已经不是刚开战时那种混乱的局面了，两年前刚开战的时候，苏军连指挥官都没有，只剩下政委带兵打仗。而现在，经过两年的浴血奋战，大批的将领在战争中脱颖而出，整个军队也在两年的战争中获得了大量的经验。再加上这个时候苏联得到美国援助的大量武器装备，苏联本国的军工生产能力也在恢复，整个军队配备了大量的先进武器，坦克和飞机也都装备到了前线，所以苏军这时史无前例地，同时也是充满信心地守卫着这个库尔斯克突出部。

苏联方面在千方百计地增强防卫力量，德军方面则是铁了心要攻打这个突出部，因此这场战役几乎把苏、德两军的所有主力都拉上了前线，最终爆发了一场规模空前的坦克大决战，成为二战中最大规模的陆战。这场战役的规模大到什么程度呢？用数字来形容的话，苏军方面有将近两百万人，而德军从内线的守卫到外线的包围，集中了当时前线最精锐的九十多万大军。当然大家不能光从人数上想，两年前刚开战的时候，九十万德军很轻松地就能打败两百万苏军。但这时候两军实际上已经是势均力敌，德军还装备了当时世界上最先进的坦克——虎式坦克。虎式坦克对德军来说也是一把双刃剑，如果当时德国部队没有等待虎式坦克运输到前线的话，可能这场战役的形势会完全不同。因为最初按曼施泰因的想法，在哈尔科夫反击战苏军大败之后，就应该立即夺取这个突出部，趁势转入反攻。但希特勒总觉得应该再等一等，无敌的新武器马上就要来了。当然虎式坦克也确实非常厉害，它所装备的正面装甲，是全世界除了虎式坦克以外，没有任何一辆坦克能击穿的极厚的装甲。它当时所装备的炮，就是德国当时最先进的八十八毫米高射炮，这种炮本来是专门用来打飞机的，现在装在了坦克上，可以说是所向无敌。所以希特勒觉得，这样的武器到了前线肯定能横扫敌人。但实际上战争不是那么简单，不是光依靠武器强弱就能决定胜负的。

因为德军在作战过程中非常依赖虎式坦克以及各式各样先进的装备，所以库尔斯克战役还创造了一个纪录——二战中最大规模的坦克战。不仅是二战，到今天为止也没有任何一场战争出现过超过它的规模的坦克战。当时苏、德双方出动了约六千辆坦克在前线，其中在最大规模的一场坦克战里，双方在一个小村子里竟然出动了一千两百辆坦克。大家知道一辆坦克能控制的范围至少有一平方公里，一千两百辆坦克上来，掀起来的烟尘简直能遮天蔽日，什么都看不见，所以在那种情况下，你就是用再先进的武器也没有多大的优势。而虎式坦克在小规模的战役中可以取得非常惊人的战绩，比如德军曾经取得过一辆虎式坦克击毁二十几辆盟军坦克的胜利。但是像东线的库尔斯克这种大规模的战斗，就没有那么简单了，不是说你的军队开着坦克躲在一座房子或者篱笆后面，等敌人过来再开炮就能轻松取胜。那是成千上万的坦克在冲锋，结果已经不是单辆坦克的优劣能决定的了。而且虎式坦克还有一个非常大的弱点，就是它的侧面跟背后的装甲没有正面那么厚。当然德国方面也是综合考虑之后才这样设计的，因为如果一辆坦克侧面跟背后的装甲都和前面一样厚的话，就没有发动机能拉动这么重的坦克了。即使是这样，虎式坦克由于重装甲，行进的速度也已经很慢了，它的机动性远远不如苏联的 T–34 中型坦克强。所以最后的战斗就变成了群狼扑虎，苏军抓住了虎式坦克的这一弱点，驾驶着 T–34 直接冲到德国坦克的后面，从四面八方向虎式坦克射击，大大降低了它的威胁性。在这场大规模坦克战中，虽然最终是苏军获得了胜利，但就具体的损失来说，苏军还是伤得不轻。因为苏联军队的素质跟德军依然是不能比的，其实一直到柏林战役，苏联的伤亡都大于德国，但是在这样重要的战役中，伤亡人数的多少已经不是最重要的了，最重要的就是打败德军。所以在这次大规模的坦克战中，苏军以重大伤亡的代价，最后击败了德军。

库尔斯克战役还创造了世界战争史上的另一项纪录，叫单日最大规模空战，就是作战双方单日在空中出动了最多的飞机。大家知道美国的飞机是最多的，但是在美国于西线进攻的时候，德军已经没有那么多飞机了，只有在库尔斯克战役的时候，德军和苏军的空军实力都处在顶峰时期。双方在陆地上爆发了世界上最大规模的坦克战，在空中则爆发了世界上最大规模的空战，这两个纪录迄今为止都还没有被打破。具体来说，在空战和陆战中，德军在战术上是稍微占优势的，因为德国飞行员的素质以及德国飞机的数目都超过了苏联，德国出现过几个击落敌机三百架以上的王牌飞行员，而在苏联当时还没有出现过这种飞行员。

最终，经过非常激烈的战斗，到了 1943 年 7 月 12 日这一天，已是强弩之末的德军的疯狂进攻终于结束了，苏军按照原定计划转入了大规模反攻，最终在库尔斯克击败了德军。从此之后，德军再也没能组织起大规模的反攻，到了 1944 年，苏军已经开始向德军发动全面进攻，大家都听说过著名的苏军对德军史诗般的“十次打击”。所以这一天是二战历史上一个非常关键的转折点。

| 1998年世界杯决赛法国队击败巴西队 |

1998 年的这一天，法国队以 3：0 击败了巴西队，获得世界杯冠军。这是一个让全世界人民都瞠目结舌的结果，因为那时的巴西队可谓是众星云集，应该说是有史以来最强的一支队伍。巴西队上场队员的总身价，简直是高到难以置信的地步。还记得罗纳尔多当时踢了一个特别怪的球，大家都准备看巴西队屠杀法国队，虽然法国队也很强，也拥有齐达内等很多大球星，但它并不是传统的世界强队。法国作为东道主有一些优势，但也是微乎其微的。这场比赛的结果让许多人都非常诧异，包括我在内。我在足球方面是坚定地持阴谋论的态度的，我一直认为欧洲的各大博彩公司和国际足联已经形成了一个全世界最训练有素、管理得最完整、玩得也最漂亮的产业链。我觉得这种足球比赛已经不能称为体育了，因为能从中获得的利润太多。大家记住，什么东西钱太多，它就会离开纯粹的体育范畴。今天我觉得马拉松还是一个非常纯粹的比赛，因为马拉松还没有那么高的商业利益可图，而足球比赛里，在运动员上场之前，下注的人就已经把几十亿投在了里面，台球比赛也是一样。

那场比赛如果有机会看的话，你注意观察巴西队队员上场时的表情，就能感觉到有一些不对劲儿的地方，似乎已经没有那种王者之师的气概了。其实巴西队这些球员只要能发挥出自己的水平来踢这场球，我个人觉得，他们夺冠的概率应该在 90% 以上，因为这支队伍实在是太强了。有多强呢？打个比方，当时巴西队在足球上的强大有点儿像现在咱们国家在乒乓球、羽毛球这些项目上的强大，中国如果组四支乒乓球队去参加比赛，那前四名一定都能拿下，就到了这种地步。而就是这样的巴西队，最后居然以 0：3 败北。然后那一场比赛下来，欧洲三大博彩公司是赚得盆满钵满。当然，这种足球博彩完全是合法的生意，不像某些国家那种打黑球的非法生意，它们和国际足联是一种长线的、合作式的经营。多年来这些球员、球队都是由各大博彩公司和国际足联一起养着的。大家知道欧洲一场正常联赛的门票才十几二十几欧元，如果稍微算一下的话，即使这一场球赛所有的门票都卖出去，一个八万人的体育场都坐满了，那才多少欧元。迈克尔·杰克逊一个人开演唱会，他也不能十九欧元一张票，最起码要五十欧元一张，而这么多著名的球星哪一个人的身价都不比迈克尔·杰克逊低，而且还是二十多个人一起上去，相当于二十多个迈克尔·杰克逊开演唱会，如果光靠门票收入的话，哪来这么豪华的俱乐部、这么高的身价呢？所以实际上整个国际足球运动是一个大的游戏，球星们那么高的身价从哪儿来，中间这个差价是谁付的？这就要靠和足联长期合作的那些博彩公司了。博彩公司靠足球吃饭，它挣来更多的钱，回过头来再反哺足球。所以大家都知道自己的饭碗是谁给的，也都知道该怎么默契地配合。

当然也不是说所有的球赛都要这样运作，但是在一些关键的场合，它就会发挥非常大的作用。比方说2010年世界杯巴西队对朝鲜队的比赛，居然打了个2∶1，大家难以相信，如此强大的巴西队还能让朝鲜队踢进一个球吗？大家知道那场比赛的赌局以巴西队净赢朝鲜队两个球为胜出（即俗语所讲的巴西队让朝鲜队两个球），没想到最后巴西队竟让朝鲜队踢进了一个球，这样一来所有下注巴西队的都输掉了，但全球的博彩公司可乐了。这场比赛巴西队还给全世界观众造成了一个假象，就是朝鲜队很厉害啊，你看即使是强大的巴西队，也只能赢它一个球。接着是葡萄牙队和朝鲜队的比赛，这场比赛的赌局也是以葡萄牙队能净赢朝鲜队两个球为胜出，也就是说葡萄牙队让朝鲜队两个球。有很多球迷就把注下到了朝鲜队的身上，觉得连巴西队都只能赢朝鲜队一个球，葡萄牙队要想赢两个球，那是相当不容易的事儿，即使最后葡萄牙队能赢两个球，自己也不亏。结果那场比赛葡萄牙队打了朝鲜队7∶0，所以这两场球是一个漂亮的配合，先让巴西队示弱，让全世界都认为朝鲜队强大，紧接着葡萄牙队上来再7∶0横扫朝鲜队。这两场球下来，博彩公司可是赚得盆满钵满。

这一次世界杯的冠军赛结束后，包括法国人自己，对这个结果都有些难以置信。我记得当时整个巴黎都陷入狂欢，有记者去采访法国球迷，他们自己都说，我们虽然也有信心能赢巴西队，但是没想到居然能打成3∶0。说实在的，谁都没想到。这样的博彩在西方的确是合法的，在我们看到的一些比赛背后，其实都有一盘很大的棋。

7月13日

《晓松说——历史上的今天》来到了7月13日。首先是2001年的这一天，北京申奥成功；1954年的这一天，墨西哥著名女画家弗里达逝世；公元前16年，同样在这一天，赵飞燕被立为汉朝皇后。

| 北京申奥成功 |

2001年的这一天，全中国人民至今都记忆犹新，尤其是作为北京人的我。当时的场面我记得非常清楚，全北京都在等着看投票表决结果公布的直播。北京有一条著名的酒吧街叫三里屯，那天整个三里屯人山人海，所有的酒吧都摆出了大银幕、电视等装备，我们也挤在激动的人群中焦急地等待。所有第二天的报纸也都准备好两版，如果申奥成功了，版面为表示庆祝就都是红色的；如果没成功那也没关系，再换成另一种版面，因为在这之前，我们也经历过一次没有成功的申奥。

申办没成功的那次，我记得也很清楚。那次是1993年，我在一个朋友家里，他叫林海，是一位非常著名的钢琴家，也是我心目中这几十年来中国最好的钢琴家之一，他的几张唱片都是我的至爱，像《城南旧事》等。当时我们在他家看央视的直播，大家都还有一种感觉，就是只要是我们的媒体大张旗鼓直播的东西，那肯定是成功的，从来没有失败过。所以 1993 年的那一天，我们都坐在那儿特别高兴地等待着结果，还开了瓶酒，结果最后突然宣布，主办城市是悉尼。我们当时都惊呆了，说怎么回事儿，在中央电视台直播的事儿居然会出现失败，这在我们国家的历史上的确是很少有的。

后来到了 2001 年这一天，大家已经有了经验，成功了怎么庆祝，失败了怎么做，媒体和观众们都已经准备好了。那天宣布北京申奥成功的时候，我还记得当时直播里有一个胖子，突然就从现场的人群中蹦了起来，特别高兴，那时杨澜也在现场。申奥成功的一瞬间，整个三里屯都是一片欢腾，酒吧里的人都打开香槟开始喷，每个人都被淋得浑身湿透，然后就开始唱各种庆祝的歌，一边唱一边向天安门进发。一路上遇到的警察也都特别和气，他们指挥大家把车停这儿，别往前开了，因为前面走路比开车还快。我记得我才到东四环就下了车，随着大部队开始庆祝。北京那天晚上几乎成了一座不夜城，有几百万人云集在天安门广场唱歌跳舞，欢庆成功。

当然不仅是北京，申奥成功之后全中国人民都很振奋，因为我们中国是举国一体，不光在体育方面，还有人们那种集体的、国家的荣誉感。这一点和西方很不一样，西方办奥运会是一座城市的荣誉，而不是一个国家。可能因为西方办奥运会办得太多了，光伦敦就办了三届，美国也是在洛杉矶、亚特兰大等不同的城市办过好几届，所以西方人会觉得这只是主办城市的荣誉。但是中国不一样，中国相比其他的国家，把奥运会的意义看得要重大得多。而且我们等了那么多年，终于能够扬眉吐气地屹立于世界民族之林，所以那天晚上是举国欢腾。北京奥运会最终能够圆满成功，实际上也依赖全国人民的努力和贡献，可以说是全国人民一起把北京奥运会办成了历史上最盛大的一届奥运会。这跟西方国家可不一样。西方国家是一个城市要申办奥运会，和这个国家的其他地方是没有关系的。举办一届奥运会所需要的开销，有很大一部分是要靠市民纳税来取得的。所以西方国家申办奥运会成功的时候，有人上街游行庆祝，也有一队人上街反对。因为这说明又要收税了。

加拿大蒙特利尔曾经办过一届奥运会，欠下十亿美元的债务。当时借了很多钱，所以那座城市的人好多年都在纳税还债。我后来在美国洛杉矶住过一段时间，这个城市也办过奥运会，那一次更加极端，因为美国是绝对不可能由人民纳税来供养一届奥运会的。所以 1984 年的洛杉矶奥运会（那一年也是新中国第一次派出代表团全面参加奥运会）的主办权是承包给了个人，不要人民纳一分钱的税，政府也不出一分钱，而是全都交给个人来办，让他自己去运作，去卖电视转播权，去卖各种各样的周边产品，等等。这听起来是一个不可能完成的任务，但是最后这个人不但办成了，而且还赚了一笔，这个很有意思。加拿大蒙特利尔那届奥运会虽然是由政府来承办，但是所有的经费都靠人民纳税来取得，结果还债好多年；而洛杉矶那届是由个人承办，最后还赚了钱。当然奥运会对于我们来说主要的目的并不是赚钱，而是振奋这个国家的士气。所以 2001 年那天晚上是让中国人非常难忘的一个夜晚，到今天已经是十多年过去了，真是岁月如梭啊！

| 赵飞燕被立为皇后 |

赵飞燕大家都非常熟悉，其实在美女这一点上，不论国籍，全世界人民都有着极大的兴趣。中国这么多年的历史上也出过很多著名的美女，当然最有名的还是那四大美女，一般公认是西施、王昭君、貂蝉与杨玉环（杨贵妃）。赵飞燕也是史有记载的一致公认的大美女。中国人民自古以来对美女有着各种美好的传说和描述，其中形容美女有一个非常重要的词，叫“环肥燕瘦”，“环肥”大家都知道是说杨玉环，而“燕瘦”就是指的赵飞燕。赵飞燕是汉成帝的皇后，但她是私生子，还是婢女出身，这样出身的女子被立为皇后，在中国历史上是极少见的，大概也只有在西汉时期，儒家的理念还没有那么普及的时候，才有可能出现这种私生子加婢女的人被立为皇后的情况。而在西汉之后，尤其是到了宋朝这样理学开始占统治地位的时代，这种有悖礼法的情况就绝不可能再出现了。

赵飞燕和她的孪生妹妹赵合德，出身卑微，传说是郡主跟乐工的私生子。

虽然郡主的地位非常高，属于汉代女性贵族中比较高的爵位，但是乐工的地位非常低，在古代中国主人家中吹奏音乐的人，均等同于奴仆与佣工，故称乐工。所以既然是乐工的女儿，就只能是地位低下的婢女。当时虽然已经罢黜百家，独尊儒术，但是还没有后来唐宋时期那么严重，那个时候还没有那么严格的礼法，于是赵飞燕尽管是婢女出身，也只是一个舞蹈演员，最后却坐上了皇后的宝座。“环肥燕瘦”里的“燕瘦”就是说她的身材非常曼妙，跳舞也跳得极好，大家在电视上看到那些芭蕾舞演员都很瘦，赵飞燕就是那样。她的身材到底轻巧到何种令人难以想象的程度呢？有一句妙语和一段趣闻流传于世。这句妙语叫赵飞燕“掌上能舞”，形容她的身材轻巧到可以站在你的手掌心上跳舞。那段趣闻则告诉你，有一天她跳舞的时候，忽然一阵风来，差点儿把她吹到水池里，旁边人将她一把抓住才没掉下去。当然这都只是野史的记载，实际上《汉书》中有关赵飞燕的记录只有几句话，但有关她的各种各样的传说，在野史中记录得非常详尽，其中形容她是红颜祸水的数不胜数，那在这一点上我们是不是应该相信野史呢？野史就是这样，总是不愿意把责任推到皇帝身上，所有的坏事都是因为女人，尤其是在王朝灭亡的时候，不管原因是什么，总要有一个女人在作怪。中国历史总是这么写，我觉得这一点对女性不太公平。

但是从种种有关赵飞燕的记载来看，她这个人确实比较残酷，她和她的孪生妹妹赵合德，两个人都是醋坛子，传说她们两个人为了美容，服用了一些药物，最后导致自己不能生育。大家知道过去在皇宫里，生育可是天大的事情，没有子嗣，一个妃子在皇宫里的地位是很难保住的。所以她俩仗着皇帝的宠爱，拼命地迫害所有怀了孕的宫女、妃子。大家几乎不能想象当时残酷到什么地步，在赵飞燕当皇后期间，皇宫里只要有人怀孕，这孩子一定是保不住的，生之前就得流产。总而言之，她们做了很多坏事。所以就像评书里讲的那样，坏人肯定是没有什么好下场的，最终汉成帝死在了赵合德的床上，赵合德难逃干系，为此被逼自尽；赵飞燕苟延残喘了几年，当了几年皇太后，王莽当政的时候为了收买人心，以她杀害皇子的名义将她逼死。所以你说红颜薄命也好，红颜祸水也好，总而言之，美女最好还是不要嫁进皇宫，否则命运一般都比较凄惨。

|墨西哥著名女画家弗里达逝世|

讲完了中国的美女，下面来讲一讲一个外国美女。1954 年，墨西哥著名的女画家弗里达去世。弗里达长得非常漂亮，但是因为年轻的时候出过一场严重的车祸，所以她一直处于半瘫痪状态，出门需要坐轮椅。她最为著名的不是她的画作，而是另外两件事情。一个是她与当时苏联红军的缔造者，也是列宁的亲密战友——托洛茨基，发生过一段恋情。托洛茨基是在列宁去世以后，因为党内斗争被迫流亡到墨西哥的。两人的这段感情当时非常轰动，这才使得弗里达声名鹊起。托洛茨基的结局比较令人唏嘘，他在异国他乡流亡了很多年，但最终还是没有被苏联当局放过，在 1940 年 8 月 20 日遇刺身亡。这不禁让人想起另一件历史名人的遇刺案。那是在 1793 年 7 月，法国大革命的著名领袖之一马拉在浴缸里被一名女杀手刺死。

如果说马拉是因为那幅著名的油画《马拉之死》被大家所熟悉，那么弗里达则是因为一部以她为主题的电影为大家所了解。那部电影的名字就叫《弗里达》，曾经获得奥斯卡奖，有机会大家可以看看。在我看过的艺术家传记片里，它应该是最好的一部。这部电影不是在歌颂她有多么辉煌、多么美丽，只是讲一个女人如何去看待并且面对这个世界，这是一部非常优秀的电影。这部电影同时也捧红了演弗里达的女明星萨尔玛·海耶克，她后来成为好莱坞一位重要的女明星，演了很多著名的电影。

7月14日

《晓松说——历史上的今天》来到了 7 月 14 日。1789 年的这一天是法国大革命爆发的日子，也是法国的国庆日；1917 年的这一天，旧中国最大的游乐场上海大世界开业；1889 年的今天，法国大革命一百年后，第二国际在巴黎成立。

| 法国国庆日、第二国际成立 |

1789 年的这一天，法国大革命爆发，这个日子后来也成了法国的国庆日。法国每年在国庆日都要举行阅兵、游行等各种各样的庆祝，大家高唱《马赛曲》，沿着那条穿过凯旋门的巴黎最宽的香榭丽舍大街，开始阅兵、游行，每年的 7 月 14 日都是法国人民狂欢庆祝的日子。1789 年的这一天，法国人民推翻了王权统治，从此站起来了，这也是欧洲历史上，或者说是世界历史上的第一次。美国的独立战争是在 1789 年之前爆发的，但美国独立战争并不是推翻王权统治，因为美国没有国王，只是殖民地，所以美国的战争只能说是独立战争。法国大革命是世界历史上人民第一次推翻了以国王与贵族为代表的封建制度，从此人民开始当家做主。虽然法国大革命最后一波三折，但这依然是一次改变世界的革命。

整整一百年之后，1889 年的今天，同样在巴黎，第二国际成立。大家知道第一国际是马克思主持建立的，第一国际是比较激进的，主张革命，主张战斗，尤其到巴黎公社时期更是激进，但在巴黎公社被镇压以后，第一国际就基本解散了。时隔二十几年，马克思已经去世，在 1889 年的这一天，二十多个国家的社会民主党齐集巴黎，由恩格斯主持成立了第二国际。当时欧洲各国大都已经成立了社会民主党，社会民主党在议会里也逐渐有了议席，变得越来越强大，尤其是法、德等国的社会民主党已经非常强大。各国的社会民主党之间也不和睦，而恩格斯借助自己极高的革命威望，经过巨大的努力，最终组建了由二十多个国家的社会民主党参与的第二国际。第二国际经历了很多变迁，先是在第一次世界大战的时候解散了一次。当时就是因为第二国际里的社会民主党跟第一国际里那些战斗的工人党不一样，社会民主党在议会里大都是有议席的，像德国的社会民主党当时在议会里是第一大党。所以一战爆发的时候，各国的社会民主党出于狭隘的民族情绪，都投票支持自己的国家加入战争。于是各国之间打起了仗，第二国际也因此解散。

在苏联成立以后又成立了比较激进的共产党组织，称为第三国际，或者叫共产国际。中国的革命后来就曾得到共产国际的很多帮助。第三国际从一成立就和第二国际彻底不同。到今天为止，在欧洲各个国家轮番执政上台的左翼政党，像法国的社会党、德国的社会民主党、英国的工党，这些党派都称自己不是资产阶级的党，而是左翼政党。这些政党上台的时候都会对富人征高税，增加社会福利。而当右翼政党上台的时候，像英国的保守党、法国的右翼联盟、德国国家民主党等，他们就会采取另外一套政策。欧洲经常会出现左、右翼政党交替上台的时候，把整个国家搞得比较混乱的情况。今天的法国是左翼党在执政，所以法国今天也是对富人征收高额税，逼得好多法国富人都跑到其他国家了。像法国的国宝级演员大鼻子德帕迪约前段时间就加入了俄罗斯籍，成了俄罗斯人。

| 当时中国最大的游乐场上海大世界开业 |

1917 年的这一天，当时中国最大的游乐场上海大世界开业了。1917 年的中国是什么时代呢？清朝刚刚灭亡没几年，当时上海已经成了远东最繁华的大城市，号称“东方巴黎”。大家今天看到的外滩依然保留了当年的繁华。繁华的大上海当然要有跟大城市配套的东西，发达的娱乐业就是大城市最重要的标志之一。于是，在 1917 年的今天，当时中国最大的综合性大型游乐场——上海大世界开业了。上海大世界的规模之大在当时应该不比美国百老汇逊色，百老汇的一条街上有好多剧院，上海大世界里面也有十几家剧院。这些剧院跟百老汇的还不一样，百老汇演的差不多都是那种美式的音乐剧，但上海大世界里上演的都是各地的地方戏。为什么呢？因为上海是一个大规模的移民城市，上海有来自全国各地的移民，江浙一带的人最多，包括宁波人、无锡人、扬州人等等。

当时中国人民最大的娱乐就是看戏，不同的地方都有自己的地方戏。像北方人喜欢看京剧，京剧是国剧，现在叫国粹。上海有沪剧。绍兴也有自己的地方戏，叫越剧。鲁迅先生在他的小说里还介绍了绍兴的社戏。各种各样的地方戏都会在上海大世界里上演，这极大地安慰了那些到大上海来淘金、到大上海来讨生活的人。上海大世界的票价还非常便宜，它不同于那些专供欧美侨民出入的外侨俱乐部，如英国总会、美国总会或法国总会等，那里只对洋人开放，华人不能入内。去那里消遣的项目，除了喝咖啡抽雪茄吃西餐品洋酒之外，主要是开展各种体育娱乐活动，如跳舞、喝酒、游泳、打台球等，完全是西方流行的那一套。上海大世界虽然也在法租界内，但它是为广大中下阶层市民服务的，门票很便宜，而且一张票进去就能玩一天，从中午可以一直玩到晚上。大世界里不光有各种地方戏上演，还有各种各样的魔术、杂技等表演，西方的、东方的各种新鲜玩意儿都有。据说当年里面还有一些比较开放的项目，比如说有一个项目就叫照 X 光。当时在刚刚开始脱离了蒙昧状态的上海市民的心目中，X 光透视就是通过 X 光可以看到人的衣服里面是什么样子。当然现在大家都知道，X 光透视其实是只能看到人的骨头，而不能看到人的裸体。那时候说我们这儿有 X 光仪，能看到你平时看不到的东西，然后就亮一下光，姑娘脱点儿衣服，再亮一下再脱点儿衣服，最终脱到裸体的时候，光灭了，大家就觉得这几毛钱花得好值。

上海大世界当时可以说是非常繁华。大家知道在那个时期，一个能有巨大利润的游乐场，一定是需要黑白两道一起来维护的。大世界每天有这么多的人出出进进，有这么多的戏要演，治安等各方面都需要有人维护，这时候黑社会就要介入。所以大世界最开始虽然是由商人办起来的，后来却由上海的黑白两道大亨黄金荣接手了。黄金荣就是租界的探长、法租界巡捕的头儿，等于是当地的警察头子，同时又是当地的黑社会大亨，所以黑白两道他都能摆平。也只有他这样的人，才能控制住这样的地方，让大世界成为一个既稍微沾上点儿黄赌毒，又不会失控到场内秩序混乱吓得游客不敢入内的程度。所以黄金荣接手以后，大世界照旧顾客盈门、生意兴隆。因为黄金荣也懂得一点儿经营之道，晓得只有让演得好的戏班子进大世界，才能吸引住更多顾客。据说他会亲自把关，看戏班子表演，只有得到他点头允许，方可进场演出。当年的大世界成了中国最繁华的地方，成为上海最大的标志，有所谓“不到大世界，枉来大上海”的说法。上海大世界直到 2008 年才关闭，很多到上海的人，包括小时候，我还有比我们再小一点儿的，到上海后都会到大世界去看看。

说起上海大世界的衰落，其实有两个原因。一个就是随着电影、电视等各种娱乐项目的普及，地方戏就开始慢慢地衰落了。我小的时候，我家有个保姆杨奶奶，我记得她看电视永远要看地方戏，因为她看不懂别的，也不会说普通话。她在我家待了二十多年，到最后她的话我仍有很多听不懂。当时她只要看到电视里演越剧，就特别高兴地坐在那儿一遍又一遍地看，一看到那个林妹妹就特别高兴。后来她老了也还一直住在我们家，我们都习惯了只要一有戏，就会说：“杨奶奶快来看！”她就在那儿一遍又一遍地看那儿出戏。现在的年轻一代可不会像杨奶奶一样，一辈子就喜欢地方戏。年轻一代与时俱进，会喜欢电影，喜欢西方音乐，喜欢各种各样的东西，所以地方戏以及杂技等这类东西慢慢就衰落了。

再就是黄金荣本人是黑白两道的大亨，到新中国成立以后就不允许他再经营了。有一张新中国成立后镇压反革命时期的著名照片，就是当年的大老板黄金荣在上海大世界门口扫地。上海人民看到这张照片都拍手叫好，旧社会为非作歹的流氓黑社会从此被扫进了历史的垃圾堆。大世界也变得干净了，那些黄赌毒的污泥浊水被清扫一空。这张照片非常有震慑力，据说传到香港以后，吓死了上海另一位大亨杜月笙，当然这只是一个美好的传说而已。之后大世界就逐渐在历史大潮中，伴随着各种各样新兴的娱乐项目衰落下去了，到了 2008 年的时候，无以为继，就关闭了。

7月15日

《晓松说——历史上的今天》来到了 7 月 15 日。1990 年的这一天，英国的大美女戴安娜王妃，与查尔斯王子签订离婚协议；再有就是 1904 年的这一天，世界上最伟大的短篇小说家之一契诃夫去世。

| 戴安娜王妃与查尔斯王子签订离婚协议 |

大家比较熟悉的戴安娜王妃，于 1996 年的这一天跟查尔斯王子，或者说跟威尔士亲王签订离婚协议。因为查尔斯王子的封号是威尔士亲王，所以戴安娜王妃的封号就叫威尔士王妃。戴安娜王妃在离婚之前，被人们称为威尔士王妃殿下。离婚之后戴安娜其实也受到了王室非常大的优待，主要就是因为她在婚后诞下了两个王子，所以她只是去掉了“殿下”的称号，但还是被称作威尔士王妃。她依然住在原本的宫殿里，享受着每年四十万英镑的赡养费。因为离婚，她还获得了上千万英镑的补偿。

但是，这个结局让所有曾经见证现实中王子与公主童话般结合的那些普通人，尤其是英国人民，觉得这一童话幻灭了。因为查尔斯王子和戴安娜当年的婚礼，可以说是轰动了全世界，BBC用三十三种语言全球直播，全世界共有七亿多人目睹了这场盛大的婚礼。我记得当时自己还很小，家人专门拿回来一本这场婚礼的画册给我看。那本画册非常厚，里面讲到为了婚礼的顺利进行，伦敦事先专门进行了人工降雨。大家知道，伦敦是著名的雾都，经常不出太阳，于是在那天早晨就先通过人工手段让伦敦下了一场雨，然后雨过天晴，太阳出来了，王子就驾着马车出现了。这场豪华的婚礼应该是英国战后最盛大的一次皇家婚礼，结果十五年之后这份感情却以离婚告终，这让所有人的美梦都破碎了。

我觉得这次离婚也是英国王室慢慢走下坡路的一个重要征兆，因为连查尔斯王子和戴安娜王妃这种原本世界瞩目的幸福婚姻，最后都维持不下去了，童话里的灰姑娘最后还是回到了自己原本的位置。戴安娜王妃其实也不能完全算是灰姑娘，她毕竟是伯爵的女儿。历史上英国王室真正迎娶平民是非常少见的。爱德华八世娶过一个美国寡妇，但是他最后被迫退位了。当然，到我们现在这个时代，迎娶平民王妃已经没有问题了，大家看到前些年威廉王子娶凯特王妃的时候，她就真的完全是个平民。但在戴安娜那个时代，王室还是要娶贵族的。

再跟大家说点儿鲜为人知的趣事儿。就是我们刚才提到的英国国王爱德华八世，他不爱江山爱美人，在娶了一位美国寡妇而被迫退位之前，还追求过戴安娜王妃的奶奶。但戴安娜王妃的奶奶并没有同意国王的追求，她没当上王妃，而是嫁给了伯爵，成了伯爵夫人。再有就是戴安娜王妃她爸爸斯宾塞伯爵，曾经追求过伊丽莎白女王的妹妹。所以英国这个民族虽然本身不太浪漫，但王室始终都是非常浪漫的。戴安娜王妃他们家是伯爵，爵位并不是很高，但跟王室有着很近的关系，而且保有那种大型的城堡、豪宅，还有一百一十五英尺长的大画廊，收藏着许多欧洲名画。但是这一切跟戴安娜本人没有太大关系，为什么呢？因为她的妈妈始终没能生下能继承他们家爵位的儿子，而是先后生了她两个姐姐跟她三个女儿，最后承受不住巨大的压力，就与戴安娜的父亲离婚了。戴安娜实际上是跟着她妈妈长大的，并没有享受过那么多贵族的待遇。当然她自己也不喜欢父亲那里，那儿到处都是仆人、管家、车夫等，每年还要去王室参加各种典礼，非常受拘束。戴安娜从小跟着妈妈，在一种比较自由的环境下长大，就跟英国的普通青年差不多。而且她的学习成绩很差，她没有遵循王室一贯的传统，没有上过什么私立的贵族学校，连高中都没毕业。而查尔斯王子自然是毕业于著名的剑桥大学。

其实查尔斯王子最早是和戴安娜王妃的姐姐约会的，而戴安娜当时只有十六岁，只是旁边的一只丑小鸭。查尔斯王子跟她姐姐的恋情大概维系了九个月。她姐姐这个人和她不一样，姐姐特别爱出风头，一心想着当真正的贵族小姐。英国的这种贵族制度有时候特别要命，如果是真正的公爵，那真的无所谓了；不然还不如干脆做个平民，这些伯爵、男爵、子爵夹在中间，地位是非常尴尬的，虽然表面上很尊贵，却又没有那么好的条件。我自己就认识一个英国伯爵的儿子，他是子爵。如果父亲去世，他就会继承伯爵的爵位。他就是典型的那种一方面要维持自己的尊贵地位，可一方面又没那么多钱的人，想做生意还要到处借钱。当时我觉得很奇怪，就问他："你们家不是有一座大城堡吗？怎么还需要找我借钱？"他说："我们家虽然有座大城堡，但光是请园丁维护城堡植物的钱就是不得了的数目，这都得靠我去打工挣。我们家城堡卖五英镑一张票，一年一共只有十五个旅游者来参观。"所以其实英国有些伯爵、子爵一类的贵族，心理是非常扭曲的。戴安娜王妃的姐姐，当时就因为过于虚荣，一跟查尔斯王子谈恋爱，就高调地和媒体宣布，还出席各种活动，引起了王室的警惕。其实查尔斯王子本来也无所谓娶谁，他只是需要一个年轻的王妃来为他生一个继承人而已。对他这样的王子来说，爱情不是童话，爱情是很难得的，他一生的爱情，其实就只在卡米拉身上。当时王室就觉得戴安娜的姐姐太高调、太张扬，两个人在交往了大约九个月之后最终分手。

分手以后，查尔斯王子就喜欢上了戴安娜。当时戴安娜还很小，只有十六七岁，但两个人接触了两三年后，查尔斯王子就向她求婚，她嫁给查尔斯王子的时候差不多二十岁。戴安娜在收拾自己的东西进宫前，一位护送她的苏格兰警官说："这是你在这个人世间最后一天自由的生活，要好好珍惜。一旦进了宫，就会有无数的繁文缛节等着你。"我记得那时候戴安娜还有很多小绯闻，她学习很差，又喜欢听流行音乐、打网球。网球虽然在普通西方国家已经算是比较高级的运动了，但还是为皇家所看不起。婚后戴安娜王妃的个人生活也受到了媒体非常大的关注，我还记得，有一次她抠了一下鼻子，就被狗仔队照下来了，这张照片后来被登出来，全世界的人都评论说王妃怎么能抠鼻子呢。她的这些毛病都让英国王室特别紧张。

大家知道日本现在的这个太子妃，原本也是一个才貌双全的外交官，自己还获得了好几个学位，就是因为最后进了宫，嫁给了日本太子，又生不出皇子，现在已经患上了严重的抑郁症，把自己整个人生都毁掉了。当然日本人民以及天皇本人也都非常同情他们的太子妃，最后天皇同意太子妃搬出皇宫，和平民一样去住普通的公寓，但是直到现在也没有治好太子妃的抑郁症。所以从这些事例大家就能看出来，嫁入皇宫这件事儿是一把双刃剑。虽然你表面上会很风光，会被全世界亿万人民所关注，但是真正的人生实际上是很落寞的。

戴安娜王妃和查尔斯王子之间还有一个很大的问题，就是他们的文化水平相差非常大。查尔斯王子从小接受的就是皇家的教育，没有任何出风头的欲望，也并不健谈，就喜欢看书，还喜欢到乡间去打猎，音乐方面也只听歌剧，戴安娜王妃喜欢的那些流行的东西，他一律不喜欢，所以两人之间没有共同语言，隔阂就越来越严重。我觉得他们如果不是先后有了两个儿子，早就离婚了。即使是戴安娜生这两个儿子的时候，查尔斯王子也都比较冷漠，于是戴安娜王妃抗争了很多次。戴安娜在产后还患上了抑郁症，多次割脉、吞安眠药，想要自尽。这种事儿对于皇家来说是非常难以接受的，所以他们最后只得两害相权取其轻，逼迫戴安娜王妃跟查尔斯王子离婚。两人最终在 1996 年的这一天，达成了离婚协议。其实在正式宣布离婚之前，两人早已经分居。两人离婚后，皇家因为心里有愧，也给了戴安娜许多的补偿，除了“殿下”这个封号取消以外，其他一切待遇都和原来一样。

总而言之，戴安娜的人生，真的是比较悲惨的。如果她没有做王妃的话，也就不会成为埃尔顿·约翰为纪念她而写下的“风中的蜡烛”，而是会成为一个快乐的年轻人，和一个与自己情投意合、地位相当的人在一起，谈论自己喜欢的话题，背着包一起出去旅行，度过幸福美满的一生。但人生毕竟是没有那么多如果的。

| 俄国著名作家契诃夫去世 |

契诃夫是我从小到大读的那么多文学作品里给我影响最深的作家之一，因为小的时候我读长篇小说还是很困难的，而契诃夫的文章都是短篇小说，而且非常幽默，具有很强的讽刺意味。我小时候看契诃夫极其入迷。

说起俄国的文学，我觉得很多作家的水平都被严重地低估了，包括果戈理、契诃夫这些伟大的作家。契诃夫今天和莫泊桑、欧·亨利并称世界三大短篇小说大师，我个人觉得莫泊桑还可以跟契诃夫媲美，但是欧·亨利的水准是完全比不上他的。这里面可能还有文化霸权主义的问题，就是俄国人虽然也是西方人，但是你必须特别特别厉害，像柴可夫斯基、肖斯塔科维奇或者陀思妥耶夫斯基这种程度，才算得上被西方主流接受的大师。契诃夫是大师级的伟大作家，是大师级的人物，但是美国出来一个欧·亨利，写过几篇短篇小说就能跟他并称了。所以我觉得这个还是因为美国、英国这些国家国力强大，他们的那些作家、艺术家才能更加轻易地得到认可。俄国其实在文学、音乐、绘画和电影等很多方面都有非常优秀的传统，俄国的整个文化，实际上也是世界上一个重要的流派，它既不像英国、美国、法国、意大利，也不像东方的国家。当然现在看来，它还融合了苏联的音乐、绘画以及文学等。在世界电影史上，苏联电影学派也是一个单独的流派。

契诃夫当年写的东西，今天我们再回过头来看，仍然有巨大的社会意义。什么是伟大的作家？我觉得就是你的作品隔了一百年再看，依旧不过时。契诃夫写的一些著名的作品，像中学课本里的《变色龙》，还有《小公务员之死》，现在仍然非常经典。《小公务员之死》大家如果没看过，我可以用一句话讲完，就是一个公务员在看歌剧，前面坐着他的部长，他不小心打了一个喷嚏，刚好部长动了一下，他就觉得可能有唾沫溅到了部长的脖子上，于是担心部长会因此对他怀恨在心，甚至撤掉他的职位，再三道歉，最后抑郁而死。这篇文章里描写的社会现实，拿到今天来看依然不过时。前段时间我就在某个国家的机场遇见过四个公务员模样的人，走在前面的人一看那架势就是一个领导，跟在后面的三个人都以那种极为卑微、深情、虔诚的表情看着他的背影，但是领导一直也没回头。我就忍不住走过去问他们："你们这是送谁呢？送哪个领导？"结果这几个人根本就没听见，他们全部的注意力都集中在领导身上了。伟大的作家就是这样的，为什么他写出的作品能历经百年仍然不朽？因为他洞悉了人性，他的作品留下了那些时代的烙印，写出了人性最深处的东西。在这里纪念伟大的契诃夫大师！

7月16日

《晓松说——历史上的今天》来到了 7 月 16 日。1940 年的这一天，希特勒发动了不列颠空战；1945 年的这一天，人类历史上第一颗原子弹在美国试爆成功；1989 年的这一天，古典音乐界的指挥大师卡拉扬去世。

| 希特勒发动不列颠空战 |

今天很巧，说的两件二战的事情，都跟科技竞赛有关。实际上我以前也多次讲过，科技发展最重要的推动者就是战争，如果没有战争，人类科技远远发展不到今天这种程度。战争中拼的不仅是一个国家军人的素质，还要拼科技的实力。今天说的两件事情都是第二次世界大战中德国在科技领域犯下的严重错误。

我们先讲不列颠空战，不列颠空战的成败跟科技有很大的关系，一方面是英国有雷达，德国没有；另一方面是英国有强大的战略轰炸机——有四个发动机的大型轰炸机，而德国没有。这两个科技要素可以说对最后的战局起到了非常关键的作用。

不列颠空战开始之前，德国在世界战场上几乎是所向无敌。它在二战正式打响之前就占领了奥地利、捷克等，还和苏联签订了共同瓜分波兰的条约，开战以后先是不费吹灰之力地把波兰灭亡，紧接着又打败了法国、荷兰、比利时、挪威等数个欧洲国家，所以当时纳粹正是处在士气最高昂的时候。而英国当时的处境是孤立无援，它只有为数不多的几个盟友，就是波兰、荷兰以及比利时、法国这些国家在伦敦的流亡政府，几乎等同于依靠一己之力来面对占领了大部分西欧大陆的强大德国。

但是就在这个危急存亡的关头，英国人民迎来了一位伟大的政治家，同时也是坚毅的战争领袖——温斯顿·丘吉尔。丘吉尔在国会发表了非常激昂的演讲，就是说我们决不投降，我们要保护祖国的天空、海洋、沙滩、村庄，以及城市的每一个地方，我们要抵抗纳粹。这个演讲也是丘吉尔一生之中最重要的演讲，使当时的英国人民有了一股置之死地而后生的勇气。举国上下开始以高昂的士气准备独自对抗纳粹的入侵。当时的形势非常严峻，因为英国的陆军刚从敦刻尔克撤退回来，把几乎所有的重武器都丢了，所以其战斗能力根本无法与纳粹相比。幸好英国有欧洲最强大的海军，这是德国所不具备的优势。意大利的海军虽然实力也比较强，但是远远不能跟英国海军相提并论，并且意大利海军的士气相对低落，让他们离开地中海跑到大西洋来挑战英国，那是绝对不可能的。所以德军在进攻英国的时候，如果想要把他们强大的陆军运到英国的土地上来，肯定不能走水路，那么唯一的办法就是动用本国强大的空军，首先获取制空权，然后再以强大的空军去打垮英国海军，夺得制海权，从而控制整个英吉利海峡，为德国陆军创造登陆的机会。当然，双方都心知肚明只有这一条路可走，所以彼此之间也没有什么可隐瞒欺骗的。当时英国那些经验丰富的空军将领早已经预料到了这一点，以至于在法国战役的时候，他们违抗了丘吉尔首相的命令，坚决不把主力空军放到法国去，而把大部分战斗机留在英国，因为大家知道在这里与德国人必定会有一战。英国当时甚至还制订了飞机生产、飞行员培训等很多紧急计划，从英国、加拿大、新西兰甚至澳大利亚等很多国家招募飞行员，还有一些热爱英国的美国飞行员也自愿来到英国参战，再加上当时流亡到英国的捷克、波兰等国的飞行员，各个国家的人团结在一起，就等着纳粹来的那一天。最后在1940年的这一天，德军进攻英国，不列颠空战爆发。这在当时是人类历史上最大规模的空战，当然二战后期因为美国、苏联的参战还爆发了更大规模的空战，但是在当时，在不列颠空战中，一天之内有上千架飞机在空中作战，这在之前的人类历史上是从来没有出现过的。

英国还有一个优势，它是世界上第一个研发并使用雷达的国家，当时在英国的东南海岸雷达已经被广泛使用。雷达有一个非常大的好处，就是它可以侦察敌机的方位。如果没有雷达，就要派出战斗机前进到至少二百公里以外的地方去巡逻。大家知道用于战争的资源毕竟是有限的，如果在没有敌军来袭的情况下，派出战斗机在空中飞，不仅会浪费大量的燃油，还会消耗飞行员的体力和精力，很可能得不偿失。而如果采用雷达，一个最大的好处就是不用再派出那么多战斗机去巡逻了，可以极大地节省资源。战斗机就停在机场，如果雷达发现敌机，就可以直接起飞应战，而且雷达能够非常精准地确定方位，无须飞行员自己再去搜索。当时英国在飞机的数量、质量和飞行员的素质上，跟纳粹德国相比还是有一定差距的，但雷达恰好极大地缩小了这个差距。当然作为当时世界上科技最先进的国家之一，德国其实早已经有科学家在研制雷达这个东西了，但追随希特勒的那些空军头目，像戈林等，很多人都是情商特别高，但在科技、文化方面素质不是很高，希特勒本人也是，所以他们在这场空战里并没能把握住使用雷达的机会。

在这场长达几个月的激烈战争中，有时候一个飞行员一天要出动很多次，回来都不下飞机，直接躺在驾驶舱里睡觉，技术人员就趁这个机会赶紧给飞机维修、加油、装弹等等，然后再起飞去继续战斗。在不列颠空战中整个英国空军，包括飞行员、机械师等在内，一共有不到一万人参战。所以最后胜利的时候，丘吉尔说了那句非常著名的话，就是“在人类战争的领域里，从来没有过这么少的人对这么多的人做过这么大的贡献”。他所说的“这么多的人”不光指英国人民，还有全世界所有坚定地反对法西斯的人，其中还包括远隔万里、在亚洲战场上与日军浴血奋战的中国人民。

最终在连续进行了一个月的轰炸后，德国发现依靠他们现有的装备是没办法战胜英国的，英国当时有强大的装备了四个发动机的战略轰炸机，能直接去轰炸德国的首都柏林，而德国没有。德国当时因为纳粹上台时间太短，所有的军备计划，包括武器的研发、试验计划，在短时间内还不完善。大家知道一种武器研发出来，如果没有经过一两年的实践，是没办法投入实战的。所以纳粹当时的武器实力还没有英、美这些国家强，德国的坦克是轻型坦克，飞机也是轻型战斗机，航程很短，而英、美都有很多强大的重型战略轰炸机。希特勒上台时也没有想到那么长远，制造的陆海空装备大部分都是战术武器，适用于近距离战斗，没有太多的战略武器。所以不列颠空战时，德国既没有像英国的兰开斯特那样配有四个发动机的重型轰炸机，也没有后来美国的B-17、B-24、B-29这些重型战斗机。他们那些所谓的重型轰炸机其实在英国、美国都成了中型轰炸机，载弹量不大，航程也短，飞到英国上空，最多战斗十分钟到十五分钟，所以这就要求德国空军的飞行员有更高的技术才能弥补这个缺陷。

德军在武器装备上吃了大亏，最后发现他们的元帅戈林是个只会吹牛说大话的家伙。戈林这个人在战争中吹了很多次牛，第一次是在英军从敦刻尔克撤退的时候，他吹嘘说德国不用出动陆军，只用空军就能消灭沙滩上的三十多万英法军队，结果最后不但没消灭，还让人家撤走了。这次戈林又吹牛，说德国海军力量太弱了，只用空军就行了。当时德国海军实力也确实非常弱，几乎可以忽略不计了，而空军比较强大。但是整个空军上下弥漫着一种骄傲的气氛，这种骄傲达到什么程度呢？就是在开战前，战斗机飞行员请求轰炸机飞行员在攻打英国空军的时候给他们放两架喷火式战斗机过来，让他们打一打，让他们也当一回王牌飞行员。然后轰炸机飞行员说，估计你们都没机会了，英国那些飞机恐怕都没能起飞，直接就被我们消灭在地上的机场了。当时纳粹空军已经膨胀到这种程度，所谓骄兵必败，结果遭到了英军的迎头痛击。

当然，英国在这场战役中也付出了惨重的代价，全国一共有一百万栋房屋被炸毁，约十五万人伤亡，这个数字大约占了英国在二战期间伤亡总人数的12%。一些城市，尤其是考文垂，几乎被夷为平地。考文垂这件事儿也很令人伤感，因为英国当时其实已经通过破译德国的密码，得知了他们的作战计划。英国当时知道德国计划空袭考文垂，考文垂有很多机械厂，尤其是飞机上使用的轴承的制造厂都在考文垂，但是当时知道了也不能马上采取特别的防御措施，因为如果把战斗机、雷达、防空炮火大规模地调到考文垂，那德国肯定就会怀疑这个情报是怎么泄露出去的。所以最后英国也没有提高考文垂的防空能力，就眼睁睁地看着它被夷为平地，这也是英国战争史上重要的伤痛之一。英国人民在战争期间也一直保持着他们特有的骄傲，坚决要跟纳粹战斗到底，决不投降。伦敦人民在战争中用各种各样的幽默来表达他们继续战斗的决心。在德国轰炸伦敦期间，整个伦敦都要宵禁，夜里不能开灯，否则就相当于给德国人提供了清晰的目标。德国用了一种很先进的无线电指向技术来引导炸弹，所以对轰炸目标的定位非常准。伦敦在实行宵禁时还把老人和妇孺疏散到郊区去。幸亏当时伦敦有全世界最庞大的地铁系统，这个系统就成为伦敦人民的避难所，人们一到夜里就到那里面去睡觉，白天再出来继续工作。英国人以一种非常乐观的态度面对这场战争。当时英国的肉店老板都把挂出来的香肠的名字改成戈林香肠，因为戈林长得很胖。还有在一次轰炸过后，英国的一家裁缝店门口挂出一个“继续营业”的牌子，结果第二次轰炸之后整座房子都被炸成废墟，但裁缝在废墟上又挂出一个“更加继续营业”的牌子。英国人民就是以这种坚强的意志和幽默的性格在继续战斗着。他们还自发地组织了五十万人的国民自警团，因为当时雷达技术还没有那么先进，只能看出飞机大致的方向，所以人们都自发去海岸观察德国飞机到底飞到了哪里。最终希特勒发现是赢不了英国的，于是转而进攻苏联，英国获得了这场战役的最终胜利，这也是在二战中对希特勒德国的第一次胜利。

|第一颗原子弹在美国试爆成功|

接下来讲的依然是德国在科技决策上的失误。大家都知道虽然原子弹是美国研制出来的，但是研制原子弹的这些科学家，大部分都是德国犹太人。爱因斯坦本人就是从德国流亡到美国的犹太科学家。大批的犹太科学家因为在德国遭受迫害跑到了美国，对美国的原子弹研发制造事业起到了重大的推动作用。美国原子弹的总负责人奥本海默就是从格丁根留学回来的。格丁根是当时整个欧洲也是整个世界的学术中心，很多著名大师，包括高斯、空气动力学奠基人普朗特等，都在格丁根教书。我的外婆也是在格丁根留的学，师从普朗特大师。

当时奥本海默是从格丁根留学回国，又在德国学完了原子弹技术，最后主持了美国的原子弹计划。

其实德国科学家并不是没有跟希特勒讲过，说美国有可能研制出这样一种威力巨大的炸弹，但是以希特勒一个下士的文化水平，他根本不相信，甚至不能想象这种东西的存在。不过说实在的，当时除了科学家自己，的确很难有人能想象研制出这种强大的炸弹。美国研制的第一颗原子弹爆炸以后，杜鲁门在和斯大林、丘吉尔开会的时候还讲，说我们研制出一种叫原子弹的大炸弹，相当于多少颗炸弹一起爆炸。斯大林当时面无表情，因为他当时也想象不出来这是个什么东西。（当然还有一种说法是斯大林通过在美国的内线已经掌握了这一绝密消息，所以才显得那样波澜不惊。）后来直到另外两颗原子弹被美国投到日本，人类才知道原来还有这样可怕的科技成果。这个科技成果原本应该是由德国最先研制出来的，但是德国由于决策失误，导致大批优秀的犹太科学家流失，最终使美国成为第一个研制出原子弹的国家。

我在这里还要提一句，在美国整个原子弹制造计划中，那些德国来的科学家最后也都入了美国籍，只有一位非美国籍的科学家参与了核心的研制，就是我们的华人科学家吴健雄女士。为了制造原子弹，美国动员了全国的力量，有许多著名的公司与高校都参加了，其中就有吴健雄所在的哥伦比亚大学。她于1944 年在该校战争研究部从事原子弹的辐射探测研究，为反法西斯战争的胜利做出了自己的贡献。另外，仅在杨振宁与李政道从理论上提出宇称不守恒定律（他们因此荣获 1957 年的诺贝尔物理学奖）几个月后，吴健雄就用实验证实了这一理论，从而震惊了全球的科学家并受到了高度的赞扬。

| 古典音乐界指挥大师卡拉扬去世 |

在我心目中，卡拉扬大师应该是 20 世纪最伟大的指挥家。因为我从小听家里那些古典音乐唱片的时候，大家就跟我说，要先听柏林爱乐乐团的，因为柏林爱乐在卡拉扬时代是最伟大的乐团。每一个爱乐乐团演出的曲目可能都差不多，但是在卡拉扬的指挥下，柏林爱乐出的唱片是所有唱片中的首选。大家知道在一个乐团里，指挥的地位比导演还重要，导演的任务只是导这一部戏，而指挥不光要指挥这一场演出，还要塑造这个乐团整体的风格。有的指挥长期在一个乐团里工作，还同时担任音乐总监、艺术总监这样的职务，从招人开始就是他负责，在全世界寻找优秀的人才，整个乐团都是由他组建起来的，这比导演还要厉害。而且因为古典音乐是没有录音的，一首曲子多快多慢、强弱在什么地方，这些东西全部都是由指挥在下面排练的时候贯彻落实到这个乐团的，所以从选人开始，需要什么样的演奏风格、怎么去演奏，甚至让谁来演奏，这些都是指挥来决定的，指挥可以说是一个古典音乐乐团最重要的灵魂。我们在看演出时，看到的只是指挥站在台上，其实指挥上不上台已经不重要了，因为乐团要演奏的作品在指挥的指导下早已经排练好了，每个乐手心里对自己要负责的部分都很清楚。曾经就出现过这种情况，指挥在台上晕倒了，但是全乐团，根本没有受到影响，依然在首席小提琴手的带领下有条不紊地继续演奏，直至结束。

卡拉扬大师还有一个特点，就是他人长得非常帅，非常有绅士风度。其实各个音乐学院招人的标准都是这样的：指挥系和作曲系考核的内容是一样的，但是考完以后，长得帅的进指挥系，长得不帅的就进作曲系。像我这样的就只能进作曲系。指挥系的男生一般一届只有一两个，而且是又会弹钢琴又会作曲的大帅哥。所以在每个音乐学院里，指挥都是最受女生欢迎的。中国著名的作曲家三宝，以及最近很受欢迎的电影《致青春》的作曲人窦鹏，这两位都是中央音乐学院 1986 级指挥系毕业的，两人当年确实都是大帅哥。

在这里纪念卡拉扬大师！

7月17日

《晓松说——历史上的今天》来到了7月17日。1402年的这一天，永乐大帝朱棣在南京登基；1955年的这一天，在加利福尼亚州洛杉矶建起了世界上第一家迪斯尼主题公园；1958年的这一天，王家卫大导演出生，生日快乐！

| 永乐大帝朱棣在南京登基 |

1402年的今天，永乐大帝朱棣在南京登基，关于这件事情大家看过很多电视剧、电影，各种各样的，我就不多说了。大家都知道朱棣是篡位的，他在家里是老四，最后篡了自己侄子的位。因为当时老大死了，皇上没法儿把皇位传给长子，就只能把位子传给长孙，朱棣就篡了侄子的位。中国古代的规定我觉得很有意思，你只能“立长”，而没办法去“立贤”，因为“立贤”的话到底谁贤，这可是一件没有标准的事儿，说不清楚。如果不立长而立贤，那就会打得一塌糊涂，王朝很快就会灭亡、就会分裂。所以中国大部分的朝代都不会“立贤”，贤不贤都不行，无论如何还是要“立长”。但是非常能干的“老四”们实在是不愿意，这朱棣就是一个著名的老四，还有另外一个清朝时著名的老四雍正，他们总是觉得自己这么能干，这皇位为什么就不能是我的？朱棣是朱元璋所有的儿子里最雄才大略、最能干的一个，而且文武双全，上马能打仗，下马能治国。

下面说一个有意思的事情。大家都知道朱棣上台以后，除了治国以外，终其一生，其实主要就是在干一件事儿，就是要证明自己统治的合法性。篡位的人嘛，心里老是不舒服，我这位子是篡来的，总是有点儿名不正言不顺，所以他想尽各种办法来证明自己的合法性。他后来派郑和下西洋可以说是一个策略，一方面他想找到建文帝，另一方面就是找不到建文帝，那么在1421年紫禁城落成的时候，也要把全世界各个国家的国王都给我弄到北京来向我朝拜，来证明我的合法性。朱棣在做皇帝期间干了几件大事儿，其中一件就是迁都北京。他原来是燕王，在南京的故宫里住着，他总觉得到处都是建文帝的影子，到处都是忠于建文帝的那些大臣的影子。他非常害怕，就想干脆搬回老家，所以最后朱棣决定迁都北京，他在北京修建了紫禁城。朱棣干的另外一件大事儿就是修建了现在的长城。今天留下来的长城不是秦朝时建的，大家看到的用大砖块建起的长城，是明朝建的，其中有朱棣的贡献。1421年，些禁城建成，这也是朱棣的重大贡献。朱棣还修了《永乐大典》。这部类书把当时所能看到的图书几乎都搜寻了来，然后进行分类汇编，编成之后总共有二万二千多卷、三亿七千多万字，堪称规模空前，不愧为我国图书史上极其荣耀的一页。当然了，无论是筑长城、下西洋，还是编纂《永乐大典》，都是为了向世人表明自己的文治武功绝对是天下第一，所以自己的统治也完全是合法的。

我再跟大家说一件不太为人知的事情，就是朱棣当年还曾灭了方孝孺满门，这个在《明朝那些事儿》中都写到了。方孝孺铁骨铮铮，朱棣希望方孝孺为他写登基诏书，方孝孺说，你是篡位的，当然不能替你写！还在朝廷上对朱棣破口大骂，最后被朱棣灭了“十族”。“灭十族”这件事情在中国历史上很少见，就是不光灭掉他所有的亲人，连他的门生都要斩首，这比“灭九族”还厉害。但是，据潘光旦先生说（当然这不是学术考证，这是他有一年来我们家私下聊天的时候说的），他私下考证了一下，但是没有写在著作里，其实方孝孺被“灭十族”之后，有一支方家的后代逃出来了，逃出来以后，当然不能姓方了，就改姓了施。我觉得这个很有意思，大家都知道“施”这个字怎么写——方人也，就是为了说明这是方家的后代，坚定地告诉大家我们是方孝孺的后代，我们是方家人，但是又不敢再姓方，所以改姓了施。据潘光旦考证，这支姓施的，有可能就是后来民国时期北京著名的大中医世家施家，施家到今天也还是最著名的中医世家之一。这是跟大家说的一件有意思的小事情，叫野史吧。

朱棣应该算是朱元璋之外明朝所有皇帝中最有雄才大略的。大家知道明朝的皇帝，通常都有点儿什么毛病，要不然爱杀人，要不然爱做木匠，要不然就是有各种各样的怪毛病，几十年没上过朝的皇帝都不止一个，还有喜欢瓷器的，总之喜欢玩什么的都有，就是治国没有一个超过朱棣的。朱棣是篡位的皇帝，反而雄才大略，这在中国历史上也是一个很有意思的现象。大家想想中国历史上经常有那种篡位上去的皇帝具有雄才大略，比如李世民，他杀了哥哥、弟弟才上的位，可以说是雄才大略，开创了贞观之治，太平盛世。雍正也有人说是篡位上去的，他虽然谈不上像永乐这么雄才大略，但非常勤勉。所以篡位的皇帝到底是好还是不好呢？这个大家自己判断吧，我就不下结论了。

| 王家卫导演生日 |

我最崇敬的导演之一是王家卫，而且在我心中，王家卫导演永远是第一的。我自己也是搞电影的，已经拍了四部电影，但都不是很成功。我拍电影没有做音乐成功，甚至还没有做脱口秀成功。但我还在努力，第五部电影将于 2016 年启动。作为一个电影人，放眼世界，我最崇敬、最喜欢的导演就这么几位，一位是意大利大导演托纳多雷，大家看过的《天堂电影院》《西西里的美丽传说》《海上钢琴师》等都是他的作品；然后就是王家卫导演，我对王家卫导演的崇敬超过了欧美各种导演；此外，科恩兄弟也是我喜欢的导演。

王家卫导演的风格我特别喜欢。我是做音乐以及写歌词出身的人，始终都觉得文艺作品不光是简简单单地讲一个故事。我觉得电影是一种最综合的艺术形式，它综合了戏剧、文学、音乐、绘画等各种各样的艺术。如果仅仅拿电影来给大家讲一个故事，我觉得这是一种浪费。电影有这么多的手段，如果只干这一件事儿，有点儿不太合适。我觉得电影应该能够做很多很多事儿，电影可以用来记录时代，也可以用来编编故事，当然还可以用来让大家笑一笑，还可以用来展示功夫。这种用深刻的手段来展示人类精神最柔软的地方，或者说把内心深处非常柔软的东西外化出来，充满了气质的另类的电影，是我特别喜欢的，这就是王家卫导演的风格。其实大家能看出来，我崇敬的大导演托纳多雷的电影也没有讲故事，大家也不知道《天堂电影院》讲的是一个什么故事。因为那个故事一分钟就讲完了，就是说有一个老放映员生活在一个小镇上，一生热爱放电影，也因此爱上了电影，镇上的每一个人也都喜爱他，就这样一个故事。《海上钢琴师》其实也没什么故事，就是说有一个人始终生活在一条船上，描写他在寂寞状态下的内心的爆发，其实这就是用电影把人内心深处的东西外化，就是我自己喜欢的那种风格。

王家卫导演的每一部电影，我都很喜欢，也都看过很多遍，包括很多人并不太关注的，比如说《堕落天使》，金城武在里面的表演是他所有电影中演得最好的，王菲在《重庆森林》里的表演也非常棒。我觉得在一个大导演手下，任何人都能化腐朽为神奇，因为大导演给你指出了方向。我曾经看过梁朝伟的一个很长的专访，梁朝伟讲得很好，他说："其实本来也跟大家一样，在无线艺员班里培训了一下。在香港这种超级娱乐商业的环境里成长，如果没有王家卫导演，我会跟大家一样，演演那些要耍宝、搞搞笑也就算了。但是因为自己多年来一直追随王家卫导演，所以才能从王家卫导演身上学到非常深邃的对人的理解，以及对人的内心最深处的那些柔软的理解与体会。"王家卫导演调教出来的演员，其实也并不是什么大帅哥，但就是有独特的气质，梁朝伟就拥有那样的气质。王家卫导演的电影，从他对演员的控制到对电影整个画面的控制，都弥漫着一种他自己内心深处对人、对这个世界最柔软的理解，这是我特别喜欢的。哪怕是他不太成功的电影，比如他去美国拍的那个《蓝莓之夜》，我也很喜欢。在这部电影中他敢于起用非职业演员，敢于起用诺拉·琼斯——诺拉·琼斯是一个歌手，让她去演女主角，而且演得非常好。

我觉得王家卫导演是大师级的导演，应该也是在世界艺术电影这个领域里做到最高水平的中国导演，还是获得了最高荣誉的中国导演。李安导演、吴宇森导演都是在美国电影市场上做到了最高，但王家卫导演是在整个世界电影史上、在电影艺术的高度上做到了最高。他还做过戛纳电影节的评委会主席、柏林电影节评委会主席等，这些都是崇高的荣誉，我觉得这对他来说是实至名归。我是一个非常崇敬王家卫导演的人，以至于我从来都不关注他其他的事情，我就喜欢看他的电影。《东邪西毒》我看了不知道多少遍，那里面的每一句台词，我觉得都非常好。一个导演拿起笔能写字、拿起摄像机能拍摄，我觉得这是非常了不起的。包括他拍的《一代宗师》，很多人对这部电影说这道那，而我看《一代宗师》依然能体会到，王家卫导演内心深处对于到底什么是武、什么是武人、武人的内心深处是什么，看得非常清楚。

大多数导演还是要遵从规则、遵从预算、遵从老板，但我觉得还是要给电影艺术留下一些具有特别风格的导演，像托纳多雷导演、王家卫导演。王家卫导演，生日快乐！

| 第一家迪斯尼主题公园在洛杉矶建成 |

迪斯尼乐园是非常美好的地方，不光孩子喜欢，我也很喜欢。我在洛杉矶的家离迪斯尼乐园很近，差不多吃完晚饭，就可以抹抹嘴去一趟，去看晚上的烟花。迪斯尼乐园每天晚上都会有花车巡游，花车巡游简直太美好了，里面有你所有的童年记忆，不管是舞蹈还是音乐，它都具备了。每一辆花车都代表着一部重要的动画电影或者是漫画书里的人物，这辆花车是白雪公主，那辆车是扫烟囱的，那辆花车是灰姑娘，特别美好。我曾经陪女儿看了无数次，我也特别喜欢。

迪斯尼乐园现在已经发展成一个综合的大型乐园，虽然它没有给我代言费，但我还是希望能介绍一下它。迪斯尼乐园现在已经不光是给孩子玩的地方，每个迪斯尼乐园都有给儿童的园区，但还有一个冒险乐园是给成人的。现在建在奥兰多的这个最大的迪斯尼乐园，大概有四个主题乐园之多，其中一个园是给孩子的，其他园大人去玩完全没有问题。在奥兰多的总园里，还有一个园是Animal Kingdom，叫动物王国，那里面的动物之神奇，我就不再说了，再说我就成代言人了，大家应该去看看。如果想去迪斯尼乐园的话，最好是去奥兰多，奥兰多的那个非常大，一天是玩不完的，需要待四五天的样子才能玩遍。其次比较大的就是洛杉矶的那个，它是第一个建成的迪斯尼乐园，没有奥兰多的大，只有两个园子。我还去过巴黎的迪斯尼乐园，巴黎的没有洛杉矶的这个大，香港的那个就更小一点儿。听说上海也正在建一个非常大的迪斯尼乐园，我也很期待上海的那个能建成像奥兰多那么大的，那大家就不用飞到奥兰多去了。奥兰多在美国的东南方，特别靠南，2 月去都非常热。奥兰多那个地方就因为迪斯尼乐园完全成了一个迪斯尼城市。迪斯尼在奥兰多成功以后，奥兰多慢慢就变成了世界主题公园城，各种主题公园都会在那儿建一个园，世界上最大的主题公园都建在那儿。在奥兰多还有哈利·波特主题公园，连洛杉矶都没有。

迪斯尼乐园是一个非常迷人的地方，其中一个小小的迷人之处就是熏火鸡腿，非常美味，大家去的话一定要去尝尝。熏火鸡腿虽然在美国的其他地方也有卖的，但是没有一个地方的味道能跟它比，在迪斯尼外面它也不开餐厅，只有在迪斯尼乐园才能买到，大家到那里去一定要买这个东西尝尝。环球影城里也有卖熏火鸡腿的，但是难吃极了，而迪斯尼里做的熏火鸡腿很美味，每次我都会买一个给自己吃，再给妈妈带一个回去，因为我妈每次都会说："你带女儿去迪斯尼，要给我带一个火鸡腿。"妈妈也很喜欢那种熏火鸡腿的味道，个头非常大的一个火鸡腿，拿起来就跟一个大棒槌一样，但外焦里嫩，很美味。

7月18日

《晓松说——历史上的今天》来到了7月18日。1898年的这一天，居里夫人和居里先生发现了钋。

| 居里夫人和居里先生发现钋 |

1898年的这一天，居里和居里夫人（当然通常大家都说居里夫人和她的丈夫，这个没办法，谁有名谁就排在前头，咱们也就说居里夫人和她的丈夫吧）发现了放射性元素钋（Po）。发现的这个放射性元素为什么叫钋呢？大家知道，元素周期表的这些元素是谁发现了就由谁来命名，他们俩发现了这个元素，就把它命名为“钋”，因为居里夫人非常热爱她已经消失的祖国波兰（Poland）。波兰在历史上是个特别奇怪的国家，曾多次被灭国，而且一灭就很多年。在1898年的这个时候，波兰这个国家已经没有了，早就被俄、奥、普所瓜分，连一寸土地也没有剩下。可是波兰人民一直都记着自己是波兰人，他们非常有凝聚力，虽然三次被灭国，但过了很多年后又复国。居里夫人永远记着自己是波兰人，虽然她身在法国，嫁给了法国人居里，也入了法国籍，还是法国的科学院院士，但她并没有忘记自己的祖国。居里夫人是有史以来获得荣誉最多的女科学家。她发现的元素总共有两个，其中一个命名为“钋”，是为了纪念波兰，她的祖国；另一个叫“镭”，就是后来大家知道的具有放射性的元素，也就是第 88 号元素。所以说居里夫人是世界历史上最伟大的女科学家，无出其右，没有“之一”两个字。

居里夫人非常热爱自己的祖国，在 1918 年，也就是二十年之后，波兰终于又复国了。波兰在历史上曾多次被灭国，当波兰于 1795 年被沙俄、普鲁士与奥地利三国最终瓜分后，波兰的国名在欧洲地图上消失了整整一百二十三年。所以居里夫人于 1867 年出生时，波兰已经亡国多年。

波兰人民是非常骄傲的、爱国的民族，不管这个国家是灭亡了还是存在着，波兰人民都永远热爱自己的祖国。除了波兰，大概只有犹太人能与波兰人相媲美。犹太人两千年来都没有自己的祖国，但是他们依然坚持了下来。所以像波兰这样的国家是不会被灭亡的，这样的国家会永远屹立于世界民族之林。波兰今天仍然是一个相当重要的欧洲国家。

7月19日

《晓松说——历史上的今天》来到了7月19日。在1864年的这一天，湘军攻破天京（今南京），太平天国运动失败；1958年的这一天，李宗盛大哥出生，生日快乐！

| 湘军攻破天京 |

在1864年的这一天，湘军将领曾国荃率兵攻破了太平天国的首都天京，也就是现在的南京，之后湘军在天京城内进行了大屠杀。曾国荃是曾国藩的弟弟，曾国藩是湘军统帅，曾国荃是前线的悍将，这一家子可谓文武双全，很难得。太平天国本身应该说是一个半宗教、半封建的不成熟的政权，当年太平天国从南方开始，一直打到长江流域，总共坚持了十多年。在这十多年里，他们在中国最富庶的长江中下游地区与以湘淮军为主的清兵进行了持续多年的充满血腥的拉锯战。作为一个政教合一的政权，太平天国还有许多非常落后蒙昧与完全违背常理的制度与规定。比如说他们曾经严格规定夫妻不许同房，男女要分开住。据说有一个王（即西王萧朝贵）知道自己的爹妈同了房，就下令把自己亲生的爹妈给杀了，真是令人匪夷所思。但太平天国规定所有的女人都可以拿来给天王享用，洪秀全自己的老婆多得都数不清，以至于每个老婆都编上了号，所以说洪秀全算是第一个数字化管理后宫的。后来洪秀全的儿子在城破这一天被清军俘虏，清军问他有多少个妈，他说他不知道，可能得有八十多个。当年太平天国的每个王都可以拥有很多女人，普通士兵与平民百姓却不能结婚成家。这项非常古怪的政策在起义之初曾实行了较长一段时间，因为实在太违背人之常情，后来不得不放弃了。

由于之前太平天国对待清军从不手下留情，所以湘军破城以后报复起来也是非常残暴的，当然最倒霉的还是老百姓。其实不管太平天国曾让清军付出过多大伤亡的代价，也不能以天京城的老百姓作为代价进行报复。湘军在破城之后，对天京城进行了史无前例的大屠杀，几乎就是屠城。当时长江都被尸体堵塞，杀的人都没法统计，最保守的估计也得在几十万人。曾国藩还有一个外号叫“曾剃头”，以至于南京后来流传下来一个小段子，就是小孩只要一哭，妈妈就会吓唬孩子说：“你再哭，曾剃头来了啊！”于是小孩就吓得不敢哭了，已经到了这样的地步。

近年来，虽然对洪秀全这位农民起义领袖在反抗清政府腐朽统治上仍肯定其有一定的贡献，但是对于他的专制落后乃至荒唐的一面也进行了深刻的反思与批判。而过去被批判为汉奸与屠夫的曾国藩，近年来名声却越来越好，我对这个稍微有点儿不同的意见。曾国藩本人虽然被封为曾文正公，写了很多非常冠冕堂皇的信，但是他确实也屠过城。我们不能因为他是个汉人，是个知识分子，就可以把屠城这件事儿抹去不讲。外族的人，像成吉思汗，当年就屠过城，每次要驱除鞑虏的时候，我们都会把他拿出来说他屠过城。汉人知识分子也屠过城，那为什么就能被忽视、被原谅呢？大家现在很多时候还把曾国藩奉为和王阳明差不多一样了不起的人，我觉得这是不对的。曾国藩不管有什么样的好思想，这种有过屠城罪行的人都是属于反人类的。曾国藩、曾国荃当年的屠城，比七十多年后日本在南京屠城时杀的人可能还要多，为什么我们自己人杀自己人，就不会被送上历史的审判庭？虽然已经没法再判决他了，但是我觉得曾国藩在历史上所犯下的罪行是不能被原谅的，不管是汉人还是知识分子，这都是不能原谅的。

在天京城被攻破的一个多月之前，也就是在6月1日的时候，洪秀全就已经死了。洪秀全知道自己已经无路可走，他也知道清军破城以后会怎么做，当时双方的战争都是非常残酷的。大家知道，当年太平天国的翼王石达开在四川大渡河被俘，准备被凌迟处死，这时翼王身旁的一位重要将领先被凌迟。当第一刀割到他头上时，这个将领发出了惨叫。当时石达开就跟他讲："你不要叫，这就是我们的命，如果我们抓住了他们，我们也会这么对待他们。"所以一旦被抓到就什么都不要说了，一声不吭就等着被凌迟吧。太平天国跟清军之间打了这么多年，可以说是有着难以化解的血海深仇。

洪秀全死后，实际上太平天国就由忠王李秀成率领。他应该算是整个太平天国后期的栋梁。当时太平天国发生了内讧，北王杀了东王，然后翼王来又杀了北王，最后翼王石达开带着主力部队出走，太平天国从此元气大伤。太平天国最高潮的时候，北伐都快打到北京了，但内讧之后元气大伤。后期的太平天国主要是以忠王李秀成为核心的，应该叫领导班子吧，当然大家知道的还有英王陈玉成以及少数几个能征善战的王，但是后来大部分将领已经非常腐败，没有当初揭竿起义时那样强悍的战斗力了。

当年忠王李秀成曾经多次率兵外出征战，一路上横扫江浙，打下苏州、杭州等地，他连战皆捷，可以说是战无不胜，但是他始终被洪秀全所牵制。李秀成有点儿像三国时期的姜维，姜维那个时候只要打赢了，刘禅（阿斗）就叫嚣着，快回成都来，快回来，保护我。李秀成也是这样，不管他在外面怎么打胜仗，洪秀全总是牵制着他，只要自己身边有个风吹草动，包括在天京城外挖了一条壕沟，都赶快把李秀成叫回来。李秀成也没有办法，只好率兵回来。最后太平天国已经山穷水尽，李秀成也只能困守天京，无计可施了。

6月1日洪秀全死后，实际上整个朝政都是由李秀成来掌管。李秀成辅佐洪秀全很小的一个儿子当了新的天王，最后突围的时候，李秀成还把自己的好马让给了他，但是谁也没逃出去。最后队伍全都被打散了，李秀成只能独自一人躲在一座庙里。他身上带了很多财宝，虽然伪装成一个普通老百姓，但还是被当地的农民发现了，结果被扭送到清军大营。

李秀成虽然被俘了，但最后在清军大营被处死之前的这些天，还是做了一件很重要的事情。他大概用了十天的时间，以极快的速度，记录了太平天国的整个历史。据说他当时写的速度平均一天七千字，最快的时候一天写一万字。大家知道，拿毛笔一天写一万字是非常不容易的。当时他和清军说他要写告白书，或者叫自白书、投降书，其实他是在骗清军，要不然清军不会给他纸和笔。在得到清军给他的纸和笔以后，他就以飞快的速度，把整个太平天国的历史都记录了下来，其实这所谓的告白书并没有显示出要投降的意思。在这份告白书里，他依然称清军为妖，依然管太平天国的同胞叫天兵。后来的很多历史学家说李秀成实际上变过节，以至于李秀成在后来的历史里被严厉地批评。其实我觉得李秀成是太平天国最重要的栋梁之材，是文武双全的、非常杰出的人才。实际上每一个政权不管它多么腐败，依然会有这样优秀的人才。李秀成最后是英勇就义，如果没有他最后这十天的记录，大家根本就看不到太平天国真实的历史，因为只看清朝那方面的记载当然会有失偏颇，最后李秀成的这个记录在一定程度上还原了太平天国。

曾国藩最后杀李秀成，也要讲一下。当时李秀成在天京被俘后，并没有被押解到北京去，曾国藩在没有得到朝廷命令的情况下，直接在天京就把李秀成处死了。这里一个很重要的原因就是李秀成写的太平天国历史，因为李秀成在里面描述了很多太平天国打的胜仗，这些胜仗其实在当年曾国藩给皇上谎报军情时都被说成是他打赢的。如果李秀成写的太平天国史被皇上看到，那曾国藩当年所描述的胜仗就全都露馅了，所以这样的东西坚决不能呈送到朝廷去。活人李秀成也绝不能押解到北京去，因为皇上一旦与他当面对质就会发现曾国藩曾经谎报过很多次军情，假传过很多次莫须有的捷报。曾国藩在前期经常被打得想要投河自尽、狼狈逃跑。曾国藩管这叫“屡败屡战”，其实是“屡战屡败”。但是他上书皇上的时候却说我是屡败屡战，大家一下子就觉得这个人好忠诚好坚强。所以会用词很重要，尤其当别人臣子的时候，要学会怎么遣词造句。曾国藩怕之前的事情露馅，最后就在没有朝廷指示的情况下，在天京直接把李秀成给处死了。

李秀成自白书的原件后来一直就藏在曾国藩家里，真正呈上去给皇上的并不是原本，而是大家现在看到的经过曾国藩删减的东西，他把李秀成自白书里的很多东西删减以后才呈给了皇上。所以今天大家看到的其实并不是真正的原本，原本藏在了曾国藩家里，不知道什么时候能见天日。

| 李宗盛生日 |

今天是李宗盛大哥的生日，生日快乐！大家知道在整个流行音乐行业里，只要说到大哥，前面是不带姓的，不说叫什么，一说大哥那就一定是讲李宗盛。大家经常会说大哥如何如何，昨天大哥来了，后天大哥要去哪里……大家就都知道是在讲李宗盛。就像在电影圈里，如果大家不带姓地谈起大哥，说大哥如何如何，那讲的就是成龙。成龙在电影圈的位置是非常高的，但李宗盛在音乐圈的位置比成龙在电影圈的位置还要高。以李宗盛在音乐圈的位置，可以称得上是“华语流行音乐第一人”。因为在华语流行音乐创作者当中，没有一个像李宗盛那样写过那么多金曲，大家去卡拉 OK 唱的也好，平常听到的也好，很多都是李宗盛的作品。还有那么多滚石旗下的明星，几乎全是李宗盛捧红的。李宗盛曾一手捧红过十八个大明星，他们都是唱李宗盛的歌红的，就连已经岁数挺大的、三番五次都唱不出来的，比如辛晓琪，最后唱了一首李宗盛的“多么痛的领悟”，马上就火了起来。周华健唱李宗盛的“你这样一个女人”，赵传唱着李宗盛的《我是一只小小鸟》，陈淑桦唱着李宗盛的《你走你的路》，等等等等。

这么多年来，滚石几乎就是华语流行音乐的一面大旗。滚石当时有一张合影，这张合影中所有的人都戴着墨镜，有的站着，有的坐着，但是全都抄着手，照片上面写着“在滚石，每一个名字都是经典”。滚石当时就这么牛，不光是老百姓，连别的唱片公司都在深夜听滚石的音乐。照片的中间是李宗盛，旁边的旁边是罗大佑，当时台湾最美好的黄金年代的最著名的歌手、创作者都在里面。所以说李宗盛是当之无愧的华语流行音乐的第一大哥，虽然在个别地方，比如有时说崔健是一面旗帜、罗大佑是一面旗帜，那是从他们个人的音乐风格来讲，但李宗盛不光是个人的音乐很有风格，他还曾经捧红了那么多明星，曾经主持了滚石很多年，是当之无愧的大哥。

李宗盛大哥现在和我的关系很好，大哥现在已经完全看透了世间所有的东西，已经不像当年那样去描写情，当年大哥对情的描写比女人还细腻。我经常听大哥写的歌，经常会感叹他对女人的了解、对情感的了解、对这个世界的了解怎么会细腻到这种地步。大哥就是这样一个人，他也是多愁善感的、非常敏感的、易碎的，在生活中也经历过很多波折，起起伏伏，但今天的大哥已经云淡风轻。前一阵我和大哥坐在一起聊天，他早已经超越了人生的那些喜怒哀乐，因为这些在他心里早已经变得很淡了，他现在在经营一家工厂做吉他。现在的选秀节目那么多、那么火，很多节目都请他去做评委，连罗大佑都上去做评委了，就差崔健了。摇滚乐的郑钧也去当评委了，韩红也上来当评委了……但李宗盛大哥从来不为所动，大哥已经对这个行业、对名利场，对所有的这些东西，包括对自己的过去，都看得非常淡。所以现在每当我自己有中年危机的时候，就去找大哥聊聊天，听大哥说几句话，你就觉得人生其实就这样，最后就叫作“一壶浊酒尽余欢，今宵别梦寒”。

祝大哥生日快乐！

7月20日

《晓松说——历史上的今天》来到了 7 月 20 日。1944 年的这一天，著名的七二〇谋刺希特勒事件发生；1954 年的这一天，罗大佑大哥出生，生日快乐！

| 罗大佑生日 |

祝我心中神一样的罗大佑生日快乐！大佑哥是对我的整个流行音乐事业发展影响最大的一个人，其实不光是我，我们这一代人或者两代人，都是听着罗大佑的歌、唱着罗大佑的歌成长的。大家记得我有一首歌叫《睡在我上铺的兄弟》，其中有一句歌词是“你刻在墙上的字依然清晰，从那时候起就没有人能擦去”。那时候宿舍墙上刻的什么字呢？就是罗大佑的歌词。这个宿舍只要有一个文艺青年，墙上就会有罗大佑的歌词。罗大佑对我们这一代人有重大的影响，当然最重要的是他对台湾的影响。罗大佑是台湾解冻时期的旗手，大家知道在罗大佑出道的时候，正好是台湾在向解冻期转型的时候。所谓的解冻期就是取消戒严令，取消报禁、党禁。解冻时期的罗大佑是台湾最大的一面旗帜，十多年前，在台湾，罗大佑就被评价为二十年来单枪匹马和台湾恶劣的社会环境做斗争的勇士，或者叫台湾的堂吉诃德。我觉得罗大佑对我们的影响不单是在美学、音乐、技术这些方面，更重要的是在罗大佑的笔下、在罗大佑的琴声里，流行音乐从原来的完全不能跟电影或者文学比肩的雕虫小技上升到了一个全新的高度。在罗大佑之前，大家知道的流行音乐只是情歌，当然情歌也很美好，邓丽君、刘文正等等，唱了很多美好的情歌，但是这些东西在当时和电影、戏剧、文学、绘画是完全不能相提并论的。古典音乐还能和这些东西比肩，而流行音乐只是一个小小的、好像不太上台面的东西。在罗大佑的手中，当然大陆这边还有崔健，在这两位的演绎下，流行音乐变成了时代的呐喊，流行音乐上升到能够和电影、戏剧、文学比肩的高度。这也成为我们当前这些音乐人的最重要的一座灯塔，有罗大佑这座明亮的灯塔指明道路，我们在投身音乐行业的时候，就不只是再写写小情小爱的东西。我们会追随着罗大佑的脚步，去讴歌这个时代，或者去批判这个时代，去记录这个时代。

我们那一代人对罗大佑的歌都非常熟悉，我会唱、会弹他的每一首歌。当时罗大佑的专辑有三首歌献给台湾的过去、现在和将来，这三首歌中，我觉得头尾两首写得特别有意思。头一首歌是写台湾岛的过去，叫作《鹿港小镇》。这首歌的曲子非常好，我以前从来没有听过一首歌以这样的方式开始，“假如你先生来自鹿港小镇，请问你是否看见我的爱人……台北不是我的家，我的家乡没有霓虹灯”，这首歌讲的是台湾岛的过去。第三首歌《未来的主人翁》是写台湾岛的未来，这首歌大家现在再去听，就会发现他已经提前写到了我们当下这个时代的弊病，歌中写道：“我们不要被你们发明变成电脑儿童。”其实在他写这首歌时电脑还很少，没有普及呢，但今天当大家一大桌子人凑在一起吃饭时，你们常看到每个孩子手里都会拿一个 iPad（苹果公司一款平板电脑），每个大人手里也都会拿一个 iPhone（苹果公司一款智能手机），就都这样在低着头玩。大家互相之间连眼神的交流都没有，过去那种觥筹交错的感情交流全都没有了。这一切都被罗大佑在《未来的主人翁》中言中了，所以我觉得罗大佑是提前写好了我们这个时代已经消逝的风俗人情的每一首挽歌。今天听他当年的歌，再感叹今天的时代，我觉得只有罗大佑这种大师级的人物才能做到。

罗大佑在我心目中的地位是至高无上的，后来我还有机会和他相识，而且关系还不错。在之后的年代中我也成为流行音乐界的一员，有人说我也是一个流派的旗手，或者是一个什么样的人，但是我在罗大佑面前从来没有谈过音乐，因为我觉得我自己根本就没有资格跟他来谈音乐，他一直都是我的灯塔。有一天，我们在一个小酒吧里聚会，酒喝多了，罗大佑就上台唱歌，他喝多了酒就会这个样子。那天那酒吧里的客人实在是太幸福了，罗大佑上台唱歌，我和张亚东两个人上台为他伴奏，张亚东弹键盘，我弹吉他。哇！当时的客人简直都惊呆了，全都热烈鼓掌，然后我跟亚东心里都觉得特别幸福。因为罗大佑是我们从小崇拜的偶像，你很难想象自己有一天能站在台上为他伴奏，那是我从小心中的灯塔，那天我特别幸福，因为我会弹他所有的歌。

罗大佑对整个流行音乐创作做出的贡献是划时代的，从他之后整个华语流行音乐就进入了一个新的时代。罗大佑的国文底子极其好，他会用那种很长的句子去写歌。在他之前写的歌词都是短句式的，像“你问我爱你有多深，我爱你有几分”，就是押着这种比较俗的韵，但从来没有人像他那样去写歌。罗大佑已经抛弃了押韵这个概念，他用特别长的句子来写，“为何梦中清清楚楚我看到的你简直像看到的我自己”，这么长的一句。三段式写歌也是罗大佑首创的，他大部分的歌都是三段式的，大家因为看《中国合伙人》又开始重新唱《光阴的故事》。《光阴的故事》就是典型的罗大佑的三段式风格，这三段副歌非常有意思，其实是绝大部分字都一样，只改了几个字，第一段是“流水它带走光阴的故事，改变了一个人，就在那多愁善感而初次等待的青春”，第二段是“流水它带走光阴的故事，改变了两个人，就在那多愁善感而初次流泪的青春”，第三段是“流水它带走光阴的故事，改变了我们，就在那多愁善感而初次回忆的青春”。这是中文里非常高级的写法，就是不要让每段都不一样，人家会记不住的，但如果每段都一样，就变成港台那种工厂生产的罐头歌曲。他每段就改一点儿，整个流水带走光阴的故事，是个什么故事全都写出来了。

罗大佑有一首写得非常漂亮的歌，整个副歌都是用回文来写的，完全可以颠过来倒过去地唱，这首歌就叫《沉默的表示》。它的副歌特别有意思，“轻轻问一声，是否还要我再等，因为夜已这样深”，之后倒过来唱，“轻轻问一声，是否夜已这样深，是否还要我再等”，再倒过来就成了“夜已这样深，轻轻我想问一声，是否还要我再等”。这种写作方法在中文里叫回文，是非常有意思的写法。他的歌能写到这个地步，可以说是举世无双的，他的文学造诣之深应该算是整个流行音乐创作界的第一人，无出其右。后来的林夕、方文山，包括我本人在内，都难以望其项背。林夕当年是被罗大佑发现的，后来一直追随着罗大佑，罗大佑当年在香港发展的时候，那些粤语歌的歌词都是林夕帮着写的，包括《皇后大道东》等等。林夕后来被称为“一代词圣”，这当然跟他多年追随罗大佑有很大的关系。

罗大佑在我们这代人心中就是神一样的存在。2000 年他第一次来到大陆，那时我们都已经三十多岁了，第一次看罗大佑的演唱会，几乎都疯掉了。罗大佑在上海开演唱会的时候，从北京包机、包火车来上海的大概将近一万人，而且大多数人选择坐火车，大家在火车上基本上都是一夜没睡，高唱着罗大佑的各种歌曲，唱了一夜来到上海。我到上海后，就提前来到了体育场门口，就站在门口等，我想今天我一定能遇见很多原来觉得终生不会再见到的人，在人海里我一定能遇见。于是我就站在门口等，果然一会儿看见一个师兄，一会儿看见一个师弟，一会儿看见一个以前上海的好朋友。大家都三十多岁了，但怀着同样的期待，一个个夹着小包全都来到了演唱会的现场。

罗大佑演唱会开场的时候，我记得特别清楚，没有人报幕，没有主持人，也没有灯光，甚至没有前奏，他深知他在我们心目中的地位。在黑暗中，我们看不见他在哪里，他直接先唱出一个“我”字，开场就是“我将真心付给了你”，钢琴才起来，“哗——”全场一下子就沸腾了。当时演唱会的整个内场坐的几乎全都是北京人，上海同胞们都坐在看台上，最贵的内场票全部被北京这帮哥们儿包了。我旁边坐的是老狼和老狼的媳妇，后边是央视五套那些足球解说员，都是跟我差不多年龄的，1968 年、1969 年的样子。演唱会到高潮的时候全场哭作一团，一直哭到周华健出现，大家去卫生间。

罗大佑是我们那一代人成长中的灯塔，不光是音乐，可以说是我们那一代人人生的灯塔，他在我们心里永远是最明亮的引航灯。大佑哥，生日快乐！

| 七二〇谋刺希特勒事件 |

1944 年的这一天，七二〇谋杀事件发生。这个谋杀事件不是牯岭街少年谋杀事件，而是一群德国国防军包括上将在内的高级军官刺杀希特勒，具体执行的这位叫施陶芬贝格，是一位上校。当然如果想刺杀希特勒，一个普通的卫兵是刺杀不了的，你的地位至少得到能在会议室里参加作战会议才有可能，如果你是高级军官，出入都不用被人查公文包里装的是什么，这才有机会去刺杀。当时这位叫施陶芬贝格的军官的公文包里装的就是一枚定时炸弹。他在开会中途提前走了，临走的时候特意把那个装炸弹的公文包放在了离希特勒座位较近的桌子底下。炸弹一爆炸，不但希特勒会被炸死，其他与会的高级军官都会性命难保。所以他在会议开到一半时就提前离席，因为他还没有那么舍生忘死，不会像后来的人体炸弹一样和被袭击者同归于尽，还没到那种疯狂的地步。他只是想在刺杀希特勒后能与英美讲和，以此来挽救德国的命运，很多将领也都同意了这一计划，所以才实施了这次刺杀行动。不幸的是，如此周密的刺杀行动却因一个小小的无意识的动作而宣告失败，其原因说到底我觉得还是希特勒的气数未尽。当时，坐在会议桌边的一哥们儿不知道怎么一伸腿就碰到了那个公文包，可能觉得有些碍手碍脚，于是顺手就把包放到桌腿的另一边去了。这桌腿可不像普通桌子那样只是一根细细的木条，而是一块又宽大又厚实的竖立着的木板，厚得简直像堵墙一样。所以爆炸之后希特勒只是被震昏，而没有被炸死。这种事儿我觉得都是命运，这个人气数未尽，你谋划得再严密，他也死不了。

设想一下，如果这个公文包仍然放在桌腿另一侧，也就是说仍在希特勒这边，那他肯定被炸死了。但放到另一侧就不同了，虽然桌子被炸飞了，但希特勒居然只是摔了一个跟头，受了点儿轻伤而已。我觉得这张德国制造的桌子也确实是太结实了点儿，如果换作一张山寨的桌子，希特勒肯定还是难逃一死，在此我们不得不感叹德国人确实是一个非常严谨的民族，他们制作出来的东西质量确实非常高，所以希特勒因此也逃过了这一劫。

希特勒虽然逃过了一劫，但这件事儿还是严重影响了希特勒对战争的判断以及对军队的判断。其实希特勒不是德国人，他是一个奥地利人，在一战中他也只是个下士。大家知道，德国有普鲁士军官贵族阶层，那些贵族世世代代都是军官，普鲁士军官中有很多叫冯某某的人，其实他们并不是姓冯，“冯”是个荣誉称号，这些“冯”世代都是普鲁士军事贵族。在他们眼里，希特勒这样一个奥地利人，还是个下士，说德语还有口音，他来指挥这些贵族军官，大家根本就不太服气。刚开始时，希特勒所做的决策都取得了预期的效果。在胜利不断的凯歌声中，这些贵族军官不得不低下高傲的头颅，听从他的命令，向他宣誓效忠。但那其实是希特勒在赌，不过一开始都赌赢了，《慕尼黑协定》赌赢了，打捷克赌赢了，打奥地利赌赢了，打波兰赌赢了，打法国赌赢了，这一路下来大家也就没的说了，你说的都是对的。你虽然不是真正的将军，但是你老能赌赢，那就听你的吧。但是在1944年七二〇谋杀事件发生以后，情况就不一样了。大家知道在1944年夏天的时候，苏军已经打出了国门，兵临波兰与罗马尼亚，正在连续不断地打击东线的德军主力。在西线，英美盟军已经取得了诺曼底登陆战的完全胜利，正准备乘胜收复法国，进军德国。而在意大利，盟军已收复罗马，向北进军。德国此时面临的是东、西、南三面夹击，可以说是必败无疑。在这个时候，德国那些高级贵族军官认为自己肩负着德国的未来，要对德意志民族的未来负起责任，而不是让一个奥地利来的下士担当这样的重任。他们觉得，这个时候就不能让希特勒这样一个奥地利人再乱来了，于是这群国防军军官就发动了这次刺杀。但是刺杀没有成功，结果导致希特勒开始了大清洗。这些军官从上将开始，自杀的自杀、被处决的被处决，非常惨烈，以至于连并没有参与这件事儿的隆美尔也被赐死。当时隆美尔正在西线打仗，有人前来敲门，就说元首给你两条路选择，一是被我们逮捕后进行公审，一是先悄悄自杀，再由我们举办隆重的国葬。当然他选择了自杀。隆美尔作为最能征善战的德军将领，就这样被希特勒赐死了。

从此，希特勒对国防军极度怀疑，极度不信任。德国国防军是一个有着非常光荣的传统的独立阶层。德国是一个有着特殊的军官阶层的国家，不像美国，美国全民都有枪，没有专门的军人阶层。德国国防军对它的党纳粹党、对它的元首希特勒始终有点儿貌合神离。大家知道德国犯下的所有那些罪行，在奥斯威辛集中营也好，在波兰的屠杀也好，包括到了苏联以后的屠杀，等等，其实都是党卫军干的。

希特勒德国的武装力量实际上是由两部分组成，一部分就是有着自己独立的传统和管理机构的国防军。在国防军的高层将领中有不少人始终与希特勒格格不入，以后又卷入推翻希特勒的密谋当中。例如原先国防军的总司令贝克上将，就是这次刺杀希特勒的策划者，不过他早在二战爆发前就已经被希特勒撤职了。而国防军的总参谋长也因为不听希特勒的话，被换了很多次。另一部分就是由希特勒亲手培养出来的一支嫡系部队。这支军队是属于纳粹党的，叫作党卫军。这支党卫军一切都听命于希特勒。当然党卫军的数量跟国防军不能比，但是比较精锐的几个师，包括戈林师、骷髅师，这些主要的装甲力量都集中在党卫军。实际上国防军在整个苏德战争期间，或者说在二战中所犯下的战争罪行，明显要比党卫军少。屠杀犹太人也好、伤害平民也好，主要都是党卫军干的。尤其是在 1944 年 7 月 20 日之后，希特勒已经不敢相信国防军了，因而非常依赖党卫军，所以各种好的武器装备都向党卫军倾斜。这之后的几场战役，包括在西线的阿登森林反击战以及最后的柏林保卫战等，都是由党卫军主打。国防军在这个时候已经失去了希特勒的信任，其实信不信任已经不重要了，德军这时大势已去，没有多长时间就彻底失败了。战后，军事法庭对国防军的军官也没有进行非常严厉的审判，包括国防军最重要的统帅曼施泰因元帅等，这些人最后都没有被处决。后来，曼施泰因还写了战争回忆录《失去的胜利》。而对党卫军这些头目，军事法庭在战后给予了极为严厉的处罚。

7月21日

《晓松说——历史上的今天》来到了7月21日。今天是一个值得全人类纪念的日子，在1969年的这一天，人类首次登上了月球；今天是张艾嘉大姐和许巍哥的生日，就不说他们的出生年份了，生日快乐！还有一件伤感的事情，就是2012年的今天，北京遭受了六十一年未遇的特大暴雨，全国人民记忆犹新！

| 摇滚歌手许巍生日 |

“没有什么能够阻挡你对自由的向往。”这是我最喜欢的许巍的一首歌中的歌词。我跟许巍相识大概有二十年了，迄今犹记第一次见到他是在北京平安里的胡同里一个叫“旅游棚”的地方，现在这个“旅游棚”已经拆掉了。北京当年的录音棚都有各种各样的怪名，像给腾格尔录音的那个棚就叫“三一四一棚”，其实就是因为它那个分级是三一四一，大家就管那个棚叫“三一四一棚”。这个棚为什么叫“旅游棚”我至今也没搞清楚，可能是旅游局下属的什么地方吧，反正大家都管它叫“旅游棚”。

那个时代的音乐确实是非常纯洁、干净的，大家都充满了对音乐的热情，充满了对音乐的热爱，在一起做音乐也非常团结，跟今天的状态完全不一样。今天音乐圈的人相互都见不着面，即使到一个地方去走穴，也是每个人都带着一堆助理，然后都是单独一个人在化妆间化妆，每个人都是演完就走，谁跟谁也不打招呼。而那个时代完全不一样，整个音乐圈子的人都非常团结，大家一天到晚在一起。那时候演出也不分化妆间，大家都在一起化妆；出行也不分说谁坐奔驰、谁坐奥迪，大家全都坐一辆大轿车一起去。那个时代是非常美好的，当年北京音乐圈的这些人基本上是以搞摇滚乐为主的，当然我们这些搞民谣的也还行，在当时也算是一个重要的流派，但主要是摇滚乐。当时北京的摇滚乐有一个重要的独立厂牌，叫红星。大家知道许巍、郑钧、田震等等，这些都是红星的摇滚歌手。红星是由 Beyond 的经纪人创立的，Beyond 是香港当时最辉煌的摇滚乐团，Beyond 的经纪人来到内地后建了红星生产社，后来这个品牌卖给了我们太合麦田。太合麦田当年可以说集中了中国民谣最好的作品，以及摇滚最好的作品。当时红星签了一个叫许巍的歌手，之前谁都没听说过这个人，只知道他来自西安。我们那时对西安有一种特别美好的想象，因为大家知道西安来的张楚、西安来的郑钧，现在西安又来了一个人，所以都特别感兴趣，于是好多人就跑到“旅游棚”里去听他唱歌。我记得当时还有窦唯，大家都在那儿站着听。许巍当时来北京只带了两首歌，一首歌叫《两天》，另一首歌叫《青鸟》。许巍现场唱了这两首歌，当时我们听得几乎都傻了。当时的许巍还不像现在，现在他已经云淡风轻了，因为宗教的原因，他现在变得很平淡。许巍是一种大摇滚铁嗓，那时候刚来到北京的许巍还不像现在这样，他用那种极为激昂的方式唱《青鸟》、唱《两天》。我们当时全听傻了，哇！西安又来了个大家伙。我们觉得西安虽然不是延安，但也快成摇滚乐的革命圣地了。

后来我跟许巍成了朋友，亲眼见证他从住在北京郊外石景山一座马场山上的一个阁楼里开始，一点儿一点儿地奋斗。许巍是一个外表非常沉静的人，虽然内心充满着火焰。他永远跟你微笑着，但其实内心深处有很多这样那样的纠结，大家听他早期作品就完全能听出来。当年他伤痕累累地来到北京，其实当时进入音乐圈的人，并没有多少是要来选秀、要来成名的，很多人都是因为心里有太多的话要说，内心有太多的伤痕需要抚慰，有很多的东西想要唱给千百万人听，才来到了北京。那个时候大家的内心还是非常纯净的，所以所有的事情都是在一起做，在一起做音乐，在一起排练，在一起演出。不像后来进入音乐圈的这些年轻人，你再问他为什么要唱歌，他会说："我要出名啊，我要红。"我想，你能不能哪怕稍微虚伪一点儿，你其实心里是想成名，但跟我说一句你爱音乐总可以吧。现在连这都没有，直接就说："我要红，高老师您说我怎么才能红？"我说："你怎么红？你回家把红药水涂到身上就红了。"所以今天的音乐圈已经改名叫娱乐圈了，充满了欲望、追求名利等等，当然我们也不免会陷入这个旋涡里。但那个年代不一样，那个年代确实是一个美好的年代，是中国音乐圈的黄金年代。许巍和我们一样，都诞生在那个年代，我们觉得自己是音乐圈中幸运的、幸福的一代人。

| 人类首次登上月球 |

1969 年的今天，载着阿姆斯特朗等三名宇航员的美国"阿波罗"11 号载人飞船，第一次把人类送上月球。1969 年也是我出生的这一年，我是 11 月出生的，在我出生的时候，人类已经登上了月球。我觉得这是人类最幸福的一天，也是全人类最骄傲的一天。20 世纪 60 年代全世界处在冷战时期，各国都在进行太空军备竞赛。1961 年，苏联的加加林乘坐宇宙飞船进入了太空，苏联成为第一个把人类送上太空的国家。美国一看再上太空已经来不及了，那我先上月球吧，于是八年后的今天，也就是 1969 年的今天，美国人率先登上了月球。人类能够登上月球即使是因为军备竞赛、冷战，也依然是人类迈出的重要一步。当阿姆斯特朗登上月球的时候，全人类不管东方、西方都觉得这是自己的骄傲，人类终于从只能用故事解释这个宇宙、这个世界，只能把月亮解释成嫦娥、吴刚、桂花酒，可能还有猪八戒，到登上了月球，看见了它真正的样子。科学终于追上了艺术，重新诠释着这个世界。

大家知道月球的引力只有地球的六分之一，人到了月球以后，体重就会只有原来的六分之一。我在地球上是一百六十斤，到了月球以后，就会变成一个只有二十多斤的人。但我的力气还是很大的，我有这么大的力气，然后撑着一个二十多斤的身体，一蹦就能蹦得很高，在月亮上每一个人都会觉得自己是飞毛腿。阿姆斯特朗登上月球以后，他就在月球上蹦了一下，然后说："对一个人来说这是一小步，对人类来说这是一大步。"这确实是人类向前迈出的一大步。在这儿再跟大家分享一个有意思的小故事，阿姆斯特朗小的时候，他的邻居家有一对夫妇，有一次丈夫逼着老婆干一件老婆很不喜欢干的事情，老婆说："你休想，我不会干这种事儿，除非邻居家小孩能登上月亮！"她觉得没有人能登上月亮，那是不可能的，所以那件事儿你休想让我干。结果邻居家的小孩有一天真的登上了月球，这个小孩就是阿姆斯特朗，不知道那对邻居夫妇做何感想。

当然了，关于登月这件事儿美国也有各种各样的阴谋论，有的还拍成了电影。其中有本书说其实美国人并没有登上过月球，美国的登月镜头是在好莱坞的摄影棚里拍的。他们说："你看那旗子它为什么能飘呢？月亮上没有空气，没有风，那旗子肯定是耷拉的，可是那美国国旗为什么是展开的，而且还在飘？可见是在摄影棚里有风在吹。因为好莱坞的人没有科学知识，以为月亮上的旗子也是飘的，其实月亮是没空气的，不然宇航员不会带着那东西，所以这就是证据，登月的事情一定是个阴谋。"他们找出了很多很多证据，来证明其实美国人并没有登上过月球。那本书在美国卖得特别好，美国所有有关阴谋论的书都卖得特别好，反正那是个自由的地方，你想说什么都可以。还有人为此专门去采访美国宇航局，问他们是不是在伪装，是不是他们并没有登上月球，等等。美国宇航局的人对此也已经习惯了，反正你爱说什么说什么。他们说："我们拒绝回答这个问题，回答这个问题就是对成千上万的科学家的侮辱。"

当然了，我坚定地相信人类登上了月球，因为确实从月球上带回来了很多东西，那些东西在地球上是不存在的，包括土壤也好，石头也好，那些古怪的元素都是完全属于月球的。所以我坚定地相信人类登上过月球，而且我坚定地相信人类有一天会在月球上生活。

| 台湾美女张艾嘉生日 |

张艾嘉是台湾美女的典型代表，台湾美女最大的一个特点就是有非常好的气质。台湾女子拥有非常好的中国诗书传家的那种气质，张艾嘉就是其中的典型代表。张艾嘉年轻的时候可以说是风华绝代，我个人觉得张艾嘉比其他那些影星的气质好得多。当然张艾嘉也是一个大才女，才貌双全，自己又做导演，又是作家，又是歌手，又是演员。这样一个全才的大美女，被每一个男人爱，被所有的文艺青年爱，被大才子爱，尤其是被罗大佑、李宗盛两位大才子爱。罗大佑曾经为张艾嘉写过一首非常好听的歌，叫《春望》，“无所事事地面对着窗外……”，大家有空可以去听听，非常好听。当然李宗盛给她写的歌更有名，就是那首《爱的代价》，“还记得年少时的梦吗……”，第一次听到这首歌的时候，我都流下了泪水。两位大才子都深爱着张艾嘉，张艾嘉集万千宠爱于一身，婚姻却反而不是那么幸福，她先后有过两次婚姻，并不太美满。张艾嘉得到了那么多人的宠爱，她自己又是一个独立的知识女性，我觉得她在人世间已经很成功了，她是造物主的恩宠。

| 北京“7·21”大雨 |

在我的故乡北京，2012 年 7 月 21 日发生的特大暴雨灾害中，七十多人丧失了生命，一百九十万北京人受灾。我非常惭愧地说，我虽然是北京人，但北京发生的历次大事儿我都没有经历过，我都没有在北京。1976 年唐山大地震的时候，北京的震感也非常强烈，北京的损失也很大，但真正地震的时候我在上海，我只是后来感受到了一些余震。包括后来 1990 年北京亚运会的时候，2008 年北京奥运会的时候，到 2012 年北京下大暴雨的时候，我都没在北京，北京大暴雪的时候我也没在。所以身为一个北京人，北京所有最重大的时刻我都缺席了，很惭愧啊！

如果“7·21”大暴雨的时候我在北京，我相信我自己、我的家人也会像当时的很多北京市民一样。当时在整个北京的交通已经全部瘫痪的情况下，大量的北京市民自发地开着自己的私家车到机场去接受阻的客人，甚至很多住在机场附近的市民说，如果走不了就住在自己家里吧，于是很多人就住在机场附近的人的家里，很多人后来因此成为朋友，听说还成了好几对恋人，非常感人！

7月22日

《晓松说——历史上的今天》来到了 7 月 22 日。1862 年的这一天，美国总统林肯宣读《解放黑奴宣言》初稿；1999 年的这一天，微软公司开发的即时通信软件 MSN 上线。

| 林肯宣读《解放黑奴宣言》初稿 |

1862 年正是南北战争打得最激烈的一年，在这个关键时刻，林肯总统宣读了《解放黑奴宣言》初稿。这是一个划时代的宣言，关于它的目的、意义，我们在历史教科书上已经讲了很多，就不多说了。在这儿我想说的是，实际上，林肯本人并不是一个非常坚定的废奴主义者，他对废除奴隶制也没有特别强烈的态度，不像北方的很多州，很多人的立场都是非常坚定的。包括这次看斯皮尔伯格导演的电影，我在美国经常看到电视上一天到晚有历史学家跳出来批评斯皮尔伯格，说他把林肯描写得太伟大了。他拍林肯的角度有点儿像我们这儿拍光辉人物，使用像拍耶稣一样的光，从上面那样打下来，把林肯说得都有一点儿神话了。如果林肯真的是这样一个伟大的人，那他在战前就应该发布这个宣言，在战前就应该解放黑奴，为什么两边都开战了，他也没有解放黑奴呢？所以南北战争的原因，其实并不完全是因为黑奴的问题，更重要的是南方的价值观和北方的价值观的不同。所以黑奴并没有在一开始就被解放，而是打到1862年的时候，南军节节胜利，而北军却经常被打败，这时林肯才站出来说要解放黑奴。

大家知道南北战争期间，南方军队的战斗力远远强于北方，南方的这些军人要么是庄园主，从小能骑善射，大家看《飘》这样的电影就能知道，要么就是西部片里的牛仔。这些南方白人可以说天生就骁勇善战，再加上南方将领们的水平远远超过北方将领。南军的总司令是曾任西点军校校长的罗伯特·李将军，南方的将领都是那种绅士型的，所以南军当时打得北军节节败退。在整个南北战争期间，美国估计死了七十五万到八十五万人，其实这个数字很难统计，不像现在，每个士兵身上都挂一块牌，上面有编号，即使炸得只剩下一小块，这块牌也还在，所以现在的战争伤亡人数能统计到个位数。而南北战争期间的统计可没有那么详细，基本上从美国各方面的史料中所能看到的，就是死亡了八十万人左右。这个数字说明了什么呢？大家算一算就知道了，美国后来参加过的所有战争，包括之后的美西战争、一战、二战、朝鲜战争、越战、伊拉克战争、阿富汗战争，死亡人数加起来都没有八十万人，所以从这里大家可以看出当时美国的内战是多么残酷。

在我的印象中，整个南北战争期间死亡的七十五万到八十五万军人中间，有六十二万人是北方人，而南方军人一共才死亡了十几万人，所以南方军队的战斗力是远远强于北方的。从这儿大家就知道当时北方已经开始衰落，需要采取其他的措施来赢得战争。当时南方虽然占据了优势，但南方的资源跟北方是不能比的。首先南方的人口跟北方不能比，南方的人口中还有大量的黑人，按照美国的规定，黑人是不能参战的，因为南方歧视黑人，真实的历史是有不少黑人在南方参战了，但是美国历史从来不提这件事儿。那么是一些什么样的黑人参加了南方的军队呢？在南方有一些奴隶主对奴隶还是很好的，不是每一个奴隶主都像电影里演的一样，拿鞭子抽奴隶等等。就像我们的地主，也不是每一个地主都像《收租院》里描写的那样，也有像《白鹿原》里描写的那样的地主，对长工很好。当时南方有一些奴隶主，他们对奴隶很好，当奴隶主上前线的时候，这些奴隶就会觉得你是我的主人，那我要追随你。所以南方的军队里就会有这样一些黑人，但是数量比较少。

李安导演曾经拍过一部电影叫《与魔鬼共骑》，里面讲的就是南方士兵中有黑人的事情，在正式上映前要先进行试映。大家知道，美国电影在正式上映前会先有一个 test，也就是试映，看看观众喜不喜欢，会有一个调查表，你要填上看到第几分钟你就不想看了，要走了。结果在试映中就发现，所有来看电影的观众都不能接受南方军中有黑人这个事实，大家也都是被美国式的历史洗了脑，觉得南方的历史就是这样的，而北方就是要解放黑奴。结果大家一看到南方军队中竟然有黑人，十五分钟内就全都走光了。最后李安导演的这部电影在美国被限制公映，这样李安导演就欠了哥伦比亚电影公司一份很大的人情，因为这部电影是哥伦比亚电影公司投拍的。后来为了还哥伦比亚电影公司的这份情，李安导演才去拍了《绿巨人》这种电影，但《绿巨人》并不是李安导演的风格。

所以说到这儿，大家就会知道南方军被打败首先还是因为人力与资源不够。南方主要是一些棉花种植园，这些种植园是不能直接生产枪炮的，他们需要卖掉棉花来换武器。而北方工业实力比较强大，但他们需要大量的劳动力，北方要解放黑奴的重要目的就是要获得这些劳动力。当时南方就斥责北方说，你名义上是解放了黑奴，实际上是让他们无家可归，在北方当工人，弄不好会失业，会睡在大街上，还不如在南方种植园里有吃、有喝、有地方住，所以两边当时互相攻击得非常厉害。总而言之，美国当时的状况就是南方的资源不充足，而北方的工业已经足够强大。

南北战争打到 1862 年的时候，林肯通过对战局的判断，认为必须解放黑奴，这样黑人就可以参加北方军队，于是就发布了《解放黑奴宣言》。一下子南方的黑奴被解放了，大量的黑人加入了北方军队，大大充实了北方军队的战斗力，充实了北方军队的兵源。而且还有很重要的一点，就是黑人知道为何而战，因为这个宣言，黑人才真正感觉到原来联邦政府是来解放我们的，所以就有了战斗的动力。而在这之前，黑人也不知道为什么而战，之前你们南北双方就是在打仗，打来打去，也没有人知道为什么。所以林肯在这个时候解放黑奴，实际上并不是因为他内心深处的信仰而要去解放他们，完全是因为战争的需要，因为战争需要士兵，需要兵源，需要劳动力，所以北方政府才解放了黑人，大批的黑人才加入了北方军队。这些黑人怀着对南方奴隶主的切齿仇恨，即使没有当奴隶的黑人，至少也看过《汤姆叔叔的小屋》，里面描写了南方那些奴隶主多么残暴等等，也会对奴隶主有一种仇恨。大家知道，一支军队知道为何而战就是无敌的，黑人加入了北方军队，知道为何而战，所以拼死作战。到最后南方实在支撑不住了，最终南北战争的结果我就不多说了，北方战胜了南方，但是不一定是叫正义战胜了邪恶。

南北战争的结束，并不是说以南方投降这样的结果结束的，而是以双方签订了和解协议而告终的。当然军事上南方是失败了，李将军投降了，但是在政治上双方签署了和解协议，因为这是内战。后来的美国也没有完全将北方的价值观强加给南方，南北战争结束以后，一直到今天，美国的总体价值观实际上是南方的价值观加上北方的价值观，大家在折中解决，大家都做了妥协，共同塑造了今天的美国。美国内战的结果其实还是比较好的，但它的牺牲是极为惨重的，当时美国只有三千多万人口，死掉七十五万到八十万军人，已经占到人口相当于百分之二点几了，这已经是非常大的伤亡了。所以今天谈到《解放黑奴宣言》，跟大家讲一讲当时的背景。

| 即时通信软件MSN上线 |

下面来说一下曾经风靡世界的即时通信软件 MSN。这个说起来又是一个很伤感的事情，当年曾经风靡世界的很多东西今天都没有了，很多东西也开始衰落了。曾经用胶片记录了每个人的悲欢离合，记录了这个世界一百年的伟大或者悲伤时刻的柯达公司没有了；曾经全美国人民都用雅虎邮箱，全美国人民都用雅虎地图，现在雅虎的股票已经缩水到只有二十多块钱一股了。曾有一段时间我比较关注股价，那时美国的科技股又在暴涨，谷歌都已经涨到八百块钱一股，然而雅虎的股票现在已经跌得很低。今天我们要说的就是另一个在科技大潮中被淹没的，但是曾经每一个人都在用的 MSN。

1999年的这一天，微软公司开发的即时通信软件MSN上线。其实想起来并不遥远，1999年就是十几年前，不像柯达是百年老店，但是在科技日新月异的今天，十几年已经很长，在科技发展日新月异的今天，五年就可以淘汰一个大公司。曾经在美国号称强大的王安电脑公司，几年之内就倒闭、被淘汰了。MSN风靡度最高时曾经全世界几乎人手一个，只要用电脑的人几乎都会用MSN，在中国的普及率可能会低一些，因为中国有个山寨版的MSN，就是QQ（腾讯）。当时我记得周围的很多人都是用MSN的，因为大家都说QQ是普通人才用的，我们怎么能用QQ，我们要用MSN，于是很多高端人士都用MSN。我记得当时很多小孩喜欢用QQ，现在大家都用QQ了，因为QQ刚开始出来的时候虽然是山寨的，但是它现在做得越来越好，日新月异，一直追随着这个时代。后来QQ捆绑了腾讯各种各样的东西，包括邮箱，包括各种传输方式，到现在的微信，QQ越做越好。而MSN就一直故步自封，没有什么技术上的创新，一直就觉得我是微软的，我是一个大牌子，它慢慢地就衰落了。

现在在中国大家都用QQ，在西方大家都用脸书，而且脸书代替MSN之迅速，几乎就是一夜之间，大家全都改用脸书了。脸书不光是一个即时通信的软件，最重要的是它融合在整个社交媒体中，成为社交媒体的一部分。如果你坚持自己只是即时通信工具，而没有把社交媒体这一块全部都用上的话，那你注定会死的。所以在美国，脸书迅速代替了MSN，而且脸书的出现才几年的时间，脸书的创始人非常年轻，当时才二十几岁。从2013年开始，脸书的股价又开始腰斩，迅速往下。脸书现在又被移动互联网Twitter迅速地赶超。从这里大家可以看出来，在未来新科技迅速发展的大环境下，一个公司时时刻刻都得如履薄冰，时时刻刻得观察这个世界，随时向前走，才能不被淘汰，MSN被淘汰真的是很一件伤感的事情。2012年微软正式宣布，MSN已经剩下了为数不多的用户，而脸书已经有了七八亿用户，MSN的用户已经都被转移到另一个通信工具，叫Skype。MSN现在在中国大陆不能用了，在台湾也已经不能用了，转到Skype里去了。

微软的操作系统，让最复杂的电脑，从只有专业人士才会用的东西，变成了每一个人，从小孩到老人都可以用，为人类做出了这么大的贡献。但我想说，上帝是公平的，上帝没有再给微软一个机会，让它再次创造出一个风靡世界的产品。MSN 昙花一现，现在已经没有了；微软曾经开发过的电视机机顶盒项目也失败了；曾经提倡和开发过的 IC 概念最终也失败了，大家知道 PC 是个人计算机，IC 就叫内部计算机。微软开发的游戏机虽然还在卖，但始终也没有打败过那几个风靡世界的游戏机；微软的手机操作系统也完全被谷歌给打败了，谷歌的安卓系统现在可以说是横扫世界。

大家老说到底是比尔·盖茨伟大，还是乔布斯伟大，我觉得两个人同样伟大。比尔·盖茨的操作系统，给全世界每一个普通人都带来了最大的生活的进步；而乔布斯是精英的，苹果电脑很成功，现在在国外也大部分是精英在用。乔布斯还重新定义了手机，让苹果手机风靡天下，实际上也不是每个人都用得起苹果手机，包括在美国也不是每个人都用得起。所以乔布斯的贡献是对精英人类的贡献，他们用的是苹果电脑，用的是 iPhone、iPad 这些东西；而比尔·盖茨所做的贡献是对全人类的贡献。从这一点上来讲，我认为比尔·盖茨的贡献更大，但在之后这么多年，比尔·盖茨再也没有做出像微软操作系统那样风靡世界的产品，真是风水轮流转！

7月23日

《晓松说——历史上的今天》来到了7月23日。在1885年的这一天，美国前总统格兰特将军去世；1892年的这一天，孙中山先生大学毕业；1227的这一天，长春真人丘处机去世，应该叫仙逝吧！

| 孙中山先生毕业与假学历 |

1892年的今天，孙中山先生大学毕业。孙先生毕业于香港西医书院，香港西医书院在当时应该说是一个不太成熟的大学，后来并入了港大医学院。有很多人想把孙先生的求学经历说得更辉煌、更伟大一点儿，于是就说孙先生就是港大医学院毕业的。实际上，后来的港大医学院是由很多家医学院合并组成的，在组成的各个医学院当中，香港西医书院应该算是一个比较弱的学校，而且这就是孙先生的最高学历，孙先生并没有获得过博士学位。

讲到这儿我要稍微讲一下，民国是一个出枭雄的时代。其实历史上很多混乱的时期都是枭雄辈出，像三国时期就是枭雄辈出。这些时期造就的枭雄往往有个共同点，就是大家都会有意提高自己的身份。比如说刘备就说自己是中山靖王刘胜之后，其实刘备只是姓刘，就是一个卖草鞋的，跟中山靖王一点儿关系都没有。就像我姓高，我跟高俅也没什么关系。但是在枭雄出来的时候，总要把自己的履历编得非常漂亮。孙中山先生也是，他并没有拿到博士，但后来为什么大家都叫他孙博士呢？公平地说，孙先生自己并没有主动地去造假，不像后来有一个叫唐骏的，总说自己是加州理工学院毕业的，实际上不是，最后被查出来其实是毕业于一个叫西太平洋大学的学校。孙先生当年确实上了大学，也学了医，但他不是博士，远远没读到博士，并且孙先生也没有考到行医执照。在香港要考取行医执照是很难的，因为大家知道英国对于律师执照、医生执照的要求是非常严格的，以孙先生当年的学历以及所毕业的学校，他是考不取行医执照的。所以孙先生后来就去澳门行医，结果在澳门他也没考上行医执照，只能开个药铺，卖卖药之类的。后来孙先生一想反正也不能行医救人了，即使能行医也只是救一个人，救不了大众，所以就去参加革命了。参加革命以后，孙先生到处跟大家说我曾经从医，是个医生。1894 年时孙先生想要去北京见李鸿章，就请自己在澳门行医时认识的郑观应先写封推荐信给盛宣怀，再由盛转荐给李。郑观应一想，这位孙先生是位医生，所以就在这封推荐信上写了 Dr. 孙，推荐 Dr. 孙去见这些大人物。大家知道，Doctor 这个词在英文里既有博士的意思又有医生的意思，结果人家看到 Dr. 孙就以为他是博士，见面的时候就很客气地称孙先生为孙博士。孙先生为了维护革命领袖的形象，也一直没有否认，孙博士的叫法就传下来了。所以说孙先生并没有主动做假学历，而是别人误解了，他只是默认。今天给孙先生正正名，孙先生并不是博士。

说到学历伪造，其实接下来孙先生的继承人蒋先生——蒋介石是真正地伪造了学历。蒋介石一直说自己是日本士官学校毕业的。大家知道，日本士官学校是日本陆军的最高学府，相当于美国的西点军校。日本海军最好的学校就是江田岛海军兵学校，陆军最好的学校就是日本士官学校，日本陆军的所有将士都毕业于这个学校。蒋介石说自己留学日本，也是从日本士官学校毕业的，对于这一点必须予以驳斥。那么蒋介石到底是哪里毕业的呢？当时确实有很多中国留学生到日本去，那时到日本也不需要签证，大家就都坐着船去了，所以当时很多日本的学校，包括日本士官学校都聚集了大量的中国留学生，当时连秋瑾都在日本，郭沫若、鲁迅先生也都在日本学医。日本士官学校是一个非常严格的军官大学，它接收的学生要求日语好，有基础的军事知识，但很多人都达不到要求，所以日本士官学校当时就专门为了这些清朝留学生开设了一个预科学校，叫振武学校。振武学校的学生里没有日本人，全都是这些清朝来的中国留学生，在里面学日语，相当于一个语言学校，也学一点点基础知识。蒋介石当年去日本留学，上的就是振武学校，他根本就没有考进士官学校。但是蒋介石回来以后，因为需要一个名分，就说自己是日本陆军士官学校毕业的。当时还没有黄埔军校，黄埔军校是后来孙中山提议、蒋介石建立的，那是后来的事情。当时在中国的陆军界，如果没有出身是很难做到高位的。陆军当时分成两大派，一派叫保定系，全部是保定军校毕业的，保定军校是中国陆军的最高学府，像白崇禧、陈诚、顾祝同等等，这些人都是保定军校毕业的，所以保定系是一大派，这一派在中国各个军阀中间、陆军中间是非常有势力的；另一派叫士官派，全部是从日本留学回来的，像阎锡山、张群等等，这些都是正经日本士官学校毕业的。蒋介石一想我这是从振武学校毕业的振武派，实际上根本就没这派，振武学校就是一个学语言的地儿，那不行，我得说我是日本陆军士官学校毕业的，这样才有面子。蒋介石当时还编了一个年号，说我是日本陆军士官学校第六期毕业生，到处跟人讲，其实日本陆军士官学校到今天为止，第六期没有，你查所有的名单，从来就没有蒋介石的入学记录。

蒋介石当年靠着这个假资历，回国后就当了团长。当年那些日本陆军士官学校毕业的，回来基本上都是团级干部，蒋介石当时就是到了陈其美的部队里当团长，后来他的位置越爬越高，最后继承了孙中山的衣钵，开创了黄埔军校。但是蒋介石的心里一直有鬼，大家知道伪造学历的人特别怕提之前的事儿，他心里不踏实，所以人这一辈子最好还是说实话，不然会睡不着觉。蒋介石心里有鬼怎么办呢？于是他就拿了五万大洋，派人找到日本陆军士官学校第六期的中国同学会，捐了五万大洋，然后要求说把我的名字写到同学录上去。人家同学会一想，五万大洋，在那时候是很多很多钱，不是一般地多，当时两千大洋就能买个四合院，所以五万大洋一拿来，为什么不要呢？那就把他的名字写上去吧，而且我们学校有个蒋介石这样的校友不是很光荣嘛，黄埔军校的校长是我们的同学，这又不丢人，于是就把蒋介石的名字写到同学录上去了。所以在中国的日本陆军士官学校的校友名单里是有蒋介石的。当时还有一个人天天去给蒋介石正名，就是正经的日本士官学校毕业生张群。大家知道，张群一直是蒋介石的左膀右臂，是蒋介石最重要的心腹。张群天天拉着蒋介石到处说："这是我的师兄……"大家知道张群确实是日本士官学校毕业的，就以为蒋介石也是真的。所以当时的蒋介石既有用钱买来的同学会的名单，又有张群天天在旁边说："这是我师兄，这是我师兄……"最后大家就信了，其实蒋介石的学历完全是假学历。

所以说孙中山先生的假学历不是主动造假的，而蒋介石的假学历是自己主动编造的。民国有很多这样混乱的事情，大家知道胡适先生一开始也没拿到博士，当时胡适先生回来任教的时候，把这件事情先稍微美化了一点儿，说我是哥伦比亚大学的博士，其实当时他还没有拿到博士学位。不过胡适先生本身的学历并不是编造的，他确实是在哥伦比亚大学读博士，也确实写了博士论文，但是因为一些手续问题，没有拿到学位。最后哥伦比亚大学还是授予了胡适先生博士学位。所以假学历有很多，有机会讲到某某人的时候再跟大家讲。反正在风起云涌的年代，大家经常会编造自己的学历、资历、履历。但是最后，中国叫"胜者王侯败者寇，出水才见两腿泥"，最后你胜了，你成了，这最重要，不管你以前到底是什么样子，孙悟空还是石头里蹦出来的，那都不是最重要的。

| 格兰特将军去世 |

格兰特是美国内战时期的重要将领，也是美国历史上的总统之一。美国是一个非常奇怪的国家，一方面它是全世界第一个由人民自下而上建起来的国家，有各种各样的法律来限制中央政府的权力，美国人最怕政府军事独裁，最怕强权政府；可是美国人又尚武，人人带枪，特别喜欢战争英雄，所以这在美国是一个很奇怪的现象。今后慢慢会给大家讲到美国的各个总统，美国到现在一共有四十三个总统，但是是四十四任，因为克利夫兰当过两次总统，中间隔了一任。在这四十三个总统中有三十多位是从过军的，这在全世界的总统或者首相历史中都是独一无二的。更神奇的是，在这三十多位从军的总统当中，有二十多位是真正上过前线的，其中还有十几位是将军，这十几位将军中还有得胜回朝的大将军统帅，但是这三十多位军人出身的总统没有一位像希特勒一样，或者像日本等很多国家一样形成军事独裁。

美国总统中第一个得胜回朝的就是华盛顿，华盛顿总统可谓是高风亮节。第二位得胜回朝的，也是美国有史以来的第一位上将，就是格兰特将军，后来成了格兰特总统。大家知道，华盛顿在独立战争期间佩中将军衔，格兰特将军是美国第一个佩上将军衔的，也是美国总统中的第一位西点军校毕业生。当然格兰特将军本人是个又爱喝酒又比较暴力的人，北军的很多将领都是这样的，净是酒鬼、屠夫，而南军将领基本上都是那种很正派的绅士，像罗伯特·李将军那样的绅士型。北军将领当中的两位上将，格兰特将军是一个酒鬼，谢尔曼将军是一个屠夫。南北战争的时候，北军将领打到南方去，烧杀奸淫，把南方搞得一塌糊涂。但美国人民还是热爱战争英雄，所以战后他们把格兰特将军选为总统，得胜回朝的大将军最终当了总统，但并没有造成军事独裁。格兰特总统在任期间，是美国有史以来被媒体骂得最多的总统，因为他被认为有贪腐问题，其他的总统要么是桃色事件，要么是错误地发动了战争，等等，但是贪腐问题是个人人品问题。美国媒体集中火力说他的贪腐问题，导致格兰特总统连任两届以后在总统的位子上干不下去了，当然宪法并没有规定他不能连任，是他自己灰溜溜地跑了。

格兰特总统本人跟中国有很大的渊源，他在卸任以后跑到全世界去巡游。1879 年他来到了中国，正好这个时候日本灭了琉球，琉球国的太子带着一群大臣，天天跪在北京午门外磕头恳求，要求清朝复国。于是李鸿章就托来华游历的格兰特居间调停。格兰特主张琉球应由中日两国分治。美国当时虽然没有现在这么强大，但也是一个大国，而且格兰特是大将军，是内战统帅，所以名声是极大的。而当时日本还是很弱小的，明治维新刚刚开始，还不敢跟西方这些大老爷来劲。于是从表面上看，日本似乎挺给格兰特面子的，同意把琉球南部的两处岛屿（即宫古与八重山岛）让给中国，自己则继续占有琉球的中部与北部的所有岛屿。而且这一让步是有条件的，要让日本人像欧美人一样可随意进入中国这个大内地通商航运。中国政府当然不会同意，提出了把琉球一分为三的方案：即北部诸岛归日本，南部诸岛归中国，而把首都那霸在内的中部诸岛留给琉球让他们复国。可惜由于先后发生了沙俄侵占伊犁、法国侵占越南、日本侵占朝鲜等边患，清政府处处告警，无暇东顾，遂使日本非法鲸吞琉球一事终成事实。格兰特调停一事也就这样不了了之了。当然不论琉球是独立还是亡国，与之相邻的钓鱼岛始终是属于中国的，这一史实是绝不会改变的。有关南北战争，有关格兰特，有关美国的军人总统，有机会的时候再跟大家仔细讲。

| 长春真人丘处机去世 |

1227 年的今天是长春真人丘处机驾鹤西去的日子，羽化成仙。丘处机其实并不是金庸先生杜撰出来的一个人物。金庸先生小说中的很多人物都是真实的，尤其是《射雕英雄传》中的成吉思汗、木华黎、拖雷等等，都是历史上的真人。丘处机、全真七子、王重阳等等也是真人。丘处机当年远赴西域去陪伴成吉思汗，给成吉思汗讲道经，劝成吉思汗不要杀生太多，这都是真事儿。丘处机从山东莱州前往万里之遥的中亚细亚，地处阿姆河畔的撒马尔罕（当年属于花剌子模的都城，今在乌兹别克斯坦境内）。成吉思汗原意是要询问长生不老之术，丘处机率直地说自己没有长生不老之药，只有清心寡欲的养生之道，并一再告之要以敬天爱民为本。在此之前，成吉思汗在攻克花剌子模各座城池时曾一再进行极其残忍的屠城，即先抢光所有财产，再杀光所有男女，然后纵火焚烧全城，最后掘开河堤将其彻底冲毁淹没。在丘处机的一再劝说下，成吉思汗之后终于下令攻下城邑不再屠杀掳掠。所以说丘处机挽救了无数生灵，可谓功德无量。我觉得丘处机是不会武功的，至少他的武功没有金庸描述得那么神奇，但丘处机确实是一位非常好的修行者，他是一位悲天悯人的道家大师。纪念丘处机大师！

7月24日

《晓松说——历史上的今天》来到了7月24日。1875年的这一天，在日本的逼迫下，琉球国停止向中国朝贡。

|琉球国停止向中国朝贡|

1875年的这一天，在日本的逼迫下，琉球国停止向中国朝贡。关于琉球国的事情，从钓鱼岛事件爆发以来，大家就不停地谈到琉球国和琉球国的历史。钓鱼岛当年到底是属于琉球国的，还是台湾大陆架的？中日对此有很大的争议，我坚定地认为钓鱼岛属于台湾大陆架，是中国的领土。琉球国大家都比较熟悉，在这儿我就不多讲了。在琉球国停止向中国朝贡四年以后，也就是1879年，琉球国最后被日本灭国（从此改名为冲绳），灭国以后再也没有能复国。

下面我跟大家说另外一件有意思的事情，就是朝贡这件事儿。日本在1875年逼迫琉球国停止向中国朝贡，当然这件事儿在面子上中国好像有点儿吃亏，实际上这对中国还是有点儿经济上的好处的。为什么呢？大家知道自古以来中国一直以天朝自居，自认为“天朝物产丰盈，无所不有”。我什么都不缺，我不需要你们其他国家的任何东西，所以中国从来也不去跟西方进行贸易。总而言之在那个时候，中国因为各种各样的原因封关，排斥对外贸易。可是外国又特别需要中国的这些茶叶、瓷器、丝绸，欧洲那些贵族与小姐对这些东西简直都着了迷，那怎么办呢？于是除了在广州一地进行有限的贸易之外，就只能走私了。当年潮州人就爱走私，但走私总归是犯法的。

后来外国人突然发现还有一条渠道也可以获得这些东西，就是从中国的朝贡国手里去买。当年中国赏赐给朝贡国很多瓷器、丝绸等等，他们就拿出去卖了赚钱。由于这种转手买卖十分有利可图，于是这些小国家就一天到晚来天朝进贡。据说朝鲜曾经一年进贡过一百五十三回。大家知道一年一共才三百六十五天，他们每隔两天半就来一回。其实朝鲜并没有什么特别的好东西可以进贡。开始朝鲜还弄点儿什么人参，还有冷面、狗肉类的东西，到后来干脆就直接进贡人了。此人叫作朴不花，把自己阉割了之后直接到宫里去当太监。但是朝鲜每次来都能获得大量的赏赐。天朝上国就是这样，你给我一亿，我要还你十亿，这样才显得我们天朝上国富有，我是你们的主子嘛。于是这些朝贡国每次来进贡都有四五百人。我看到的记载很详细，这一堆人来就是为了来把那些东西运回去。这四五百人来到中国，我们的礼部（相当于现在的外交部）还要接待他们，给他们安排住国宾馆，然后给吃给喝。这帮人吃完了喝完了，抹抹嘴，然后扛着大批的中国丝绸、瓷器就走了，回到朝鲜以后转手就把它们高价出卖了，卖给西方人。

这世界上还有比这更好的事儿吗？来天朝上国旅游，不但吃香的喝辣的，还背走了那么多东西。那琉球国一看这朝鲜的发财方式不错，连吃带喝还拿，这实在太好了。于是琉球国就也来进贡，一年可能进贡了五十多回，没事儿就拿点儿东西来了。这琉球国还实在点儿，至少进贡点儿鱼翅、夜明珠、珊瑚之类的东西。大家知道，慈禧的绣花鞋上就有夜明珠，这夜明珠就是琉球国进贡的。琉球国每次进贡也是来好几百人，然后背好多东西走，到了琉球再卖出去。最后清朝实在受不了了，在这之前的某一年，正式下旨说，朝鲜、琉球（就点了这两个国家的名字，说明越南还是比较老实的）每年最多进贡两回。就是说你别来老搞这些了，天天拿点儿破鱼翅、人参就来进贡了，结果我们的国库都快被你们搬空了，从此之后这些国家两三年就只能来进贡一回。

当时在琉球国内始终存在两派，一派是亲日派，因为琉球国这个民族，在语言各方面都跟日本很像，所以一派是亲日的，另一派是亲华的。琉球太子是亲华派的，还有一些文臣也是亲华的，他们这帮人还专门学了中国的四书五经。而琉球国中那些比较勇武的一般都是亲日派，为了打击亲华派，还专门请来了日本军队。其实当时朝鲜也是，后来的甲午战争中，就是朝鲜的亲日派把日军请到了朝鲜，亲华的那一派请了清军，两边在朝鲜半岛那一带打起来了。后来琉球也是完全处在了日本的控制之下，已经不再是中国的属国，停止向中国朝贡了。四年以后，也就是1879年，琉球藩被废除，编入日本鹿儿岛县，同年设置冲绳县。自此，日本、琉球合并，原琉球国的领土被分别划入冲绳县和鹿儿岛县，琉球国被灭国。

7月25日

《晓松说——历史上的今天》来到了 7 月 25 日。1981 年陈楚生出生，楚生生日快乐！

| 陈楚生生日 |

楚生兄弟，生日快乐！岁月如梭，长得那么清纯的、那么年轻的楚生弟，也已经三十岁了，祝你生日快乐！三十几岁还很年轻，当然不怕啊，男歌手不怕老，美国很多男歌手，到了六七十岁都没问题。大家看保罗·麦卡特尼，披头士的保罗·麦卡特尼，伦敦奥运会开幕式时依然老当益壮，白发苍苍地在那儿弹琴，依然娶了新的老婆，依然给老婆写了很好听的歌——《我的情人节》。所以楚生不怕，才三十几岁，男人需要阅历，男人需要磨炼，男人需要更加了解生活和世界，因为是创作型歌手嘛，这样才能创作出更好的歌来。

楚生是一位非常好的歌手，我特别喜欢他那种民谣嗓子，我也是做民谣音乐出身的，他在比赛中唱过很多我的民谣作品，他的琴弹得也非常好，人也非常低调，是一个非常可爱的人。他是海南人，楚生当时比赛的时候，海南人民对他的支持简直可以说是狂热的。那时候还是投票来选，当时所有到海南的游客一上车，海南的导游就会跟大家说恳请大家给我们海南的骄傲——陈楚生投票，所以游客一到海南在车上就先开始投票。陈楚生是那一届快乐男声里我最喜欢的歌手，我喜欢的歌手都比较质朴，我不喜欢唱歌拐弯的歌手。我觉得拐弯是黑人的事情，白人唱歌都很少拐弯，摇滚音乐在美国都是白人音乐。楚生就是那种不拐弯的、直嗓子的，但是特别能表达心灵的、能打动人的歌手。楚生的嗓音是特别质朴的、特别纯真的、特别美好的，如果不创作的话，本身就是一个国宝级的嗓子，我非常喜欢他。楚生，咱们早就说好的合作，差不多该开始了，生日快乐！

7月26日

《晓松说——历史上的今天》来到了7月26日。在1945年的今天，中、美、英三国对日发表《波茨坦公告》；1944年的这一天，德国首次在实战中使用V-2导弹；1724年的这一天，纪晓岚出生。

|《波茨坦公告》发表|

首先来讲一下1945年发布的《波茨坦公告》。李克强总理出访德国的时候，在柏林的勃兰登堡门发表了一个讲话，强调必须维护二战以后形成的国际秩序，李克强总理提到的二战以后形成的国际秩序其实就是波茨坦会议决定的整个战后的格局。《波茨坦公告》中有一条就是《开罗宣言》的条件必须实施，《开罗宣言》是在开罗会议后发布的。当时开罗会议是中、美、英三国参加，而波茨坦会议是苏、美、英三国参加的。《波茨坦公告》中包括了《开罗宣言》的所有要求，其中就有关于琉球群岛地位的问题，也就是钓鱼岛问题。所以李克强总理才在柏林再次重申，战后的秩序是不容破坏的，当年的战败国要接受战胜国的处置，不能因为时间久了，你就不认账了。

《波茨坦公告》实际上是整个波茨坦会议的各项成果中的一项，这个公告非常重要。大家知道，德国在1945年5月8日就已经投降了，所以从7月中旬开始，苏、美、英三个大国就在波茨坦开会，来决定如何对德国进行处置，并确定对日本的处置方案。但是这次会议只有苏、美、英三国参加，并没让法国参加，因为法国在二战中间表现不佳。二战主要是这三个大国打的，所以在法国没有参与的情况下，就替法国做了决定。由此可见，这个世界还是由强权来决定的。

《波茨坦公告》最后是以中、美、英三国的名义发表的，实际上中国也没有参加波茨坦会议。当时在波茨坦会议之前，罗斯福是非常强硬地支持中国的，罗斯福对中国一直都非常友好。在罗斯福当政的这十几年，他给予中国的援助是相当多的，从这一点来看罗斯福是非常亲中的。当年开罗会议召开的时候，罗斯福就坚决要求中国参加，那时候蒋介石也非常高兴，咱们当时还是那么弱一个国家，结果突然跟美、英并肩参加开罗会议，觉得自己好光荣。但斯大林对此强烈地反对。在波茨坦会议之前，罗斯福总统去世了，罗斯福总统一去世，杜鲁门副总统继任当了总统。杜鲁门总统就没有那么亲中了，所以在开波茨坦会议的时候，由于没有了罗斯福总统的坚持，中国就没有被邀请参加会议。

波茨坦会议的主要内容就是苏、美、英三个大国决定战后如何处置战败国。其中首先是决定如何对德国进行瓜分，苏联在打败德国的过程中付出的牺牲最大，所以在各大国瓜分德国的过程中，苏联获得了最大的利益。《波茨坦公告》中的重要一项就是将德国东部的边界向西推了很远，把德国割出来一大块补给了波兰，为什么呢？因为苏联占领了波兰的东部，这块地方直接就划给苏联了，然后又补偿一块德国领土给波兰。在这次会议上还把东普鲁士首府，也是德国民族的重要发源地柯尼斯堡划给了苏联，这个地方后来改名叫加里宁格勒。大家看欧洲地图的话会觉得很奇怪，欧洲这边有一个特大的俄罗斯，然后中间隔着白俄罗斯、立陶宛、拉脱维亚、爱沙尼亚，怎么突然又有这么小一个俄罗斯在西边出现了，跟俄罗斯的主要领土都不连着。这块地方就叫加里宁格勒，是俄罗斯飞地，实际上就是东普鲁士当时的首府，在波茨坦会议的时候割让给了苏联。当时因为白俄罗斯、立陶宛、拉脱维亚、爱沙尼亚都属于苏联，所以它们是连着的。苏联解体以后，中间那四个国家一独立，就把加里宁格勒给隔开了，就成了现在漂在西面的一块飞地。

波茨坦会议除了决定了德国的赔款，决定了各种各样的有关德国的事宜，同时还决定了对日本作战。这个事情也很特别，特别在哪儿呢？就在 1945 年的 7 月 16 日美国才爆炸了第一颗原子弹，但美国当时也不知道这原子弹能不能试制成功，所以这之前美国就非常想要苏联也一起参加对日作战。在之前的雅尔塔会议的时候，美国就以各种各样的方式让利给苏联，包括出卖中国的利益，就是希望苏联能参战。因为美国明白，如果单独对日作战登陆的话，美国估计了一下，差不多要牺牲一百万人，所以美国在雅尔塔会议的时候，就背着中国同意了苏联对中国的各种不合理的要求，包括外蒙古独立，包括在旅顺、大连的特权等等，苏联提出的各种各样的要求，美国都答应了，就是因为美国希望苏联赶快对日本参战。美国知道苏联在打败了德国以后，有能力派出几百万强大的身经百战的苏联红军，向东经过西伯利亚攻打日本占领下的中国东北等地区。

大家知道这个会议是在 7 月 17 日开的，而美国在 7 月 16 日就爆炸了原子弹，因为还有时差，所以这会刚开的时候，美国的原子弹就试制成功了。当时这个消息马上就报告给了正在波茨坦开会的杜鲁门。杜鲁门收到电报后，立刻就跟斯大林说，我们试验成功了一个你不能想象的大炸弹，比太阳还厉害……斯大林是一个老谋深算的人，虽然听到这个消息内心很震惊，但当时他的脸上一点儿表情都没有。另一种说法是斯大林已从苏联安插在美国的情报人员那里知晓了原子弹研制进程与试验即将成功的消息，所以才能处变不惊。斯大林回到旅馆后连夜召集苏联的科学家，问他们这是怎么回事儿？这是什么炸弹？苏联科学家听到这个消息以后，立刻反应说这是原子弹，于是向斯大林汇报说美国研制成了原子弹。斯大林立刻就意识到自己的地位要降低，因为美国有了原子弹以后就不需要苏联一定要对日宣战了。所以波茨坦会议的前半段是美国要求苏联对日宣战，而后半段又倒过来，变成苏联死活要对日宣战，然后美国死活拦着说不用了不用了。因为美国知道苏联只要对日作战，马上它要求的东西就多了。

当年如果苏联不对日作战，朝鲜也不会分成现在的朝鲜和韩国，就是因为苏联对日作战进入了朝鲜，才以“三八线”为界。当年如果苏联不对日作战，中国东北也不会被苏联几乎洗劫一空。大家知道，苏联到 8 月 8 日才正式对日本宣战，8 月 9 日出兵，而到了 8 月 10 日日本就已经有意接受《波茨坦公告》投降。苏联参战实际上并没有对日本投降起到关键性的作用，只打了一天日本关东军就投降了，苏联实际上只是为了利益，参加了对日作战。

当然从另一个角度来讲，苏联参战对我们全国解放倒是有很大的好处，因为苏联占领中国东北以后，一直不让国民党军队进去。我们共产党的军队先进入东北，所以共产党才有了一个强大的后方，这样后来才有了东北野战军——四野，这对新中国的成立当然是有好处的。但是从国际关系来看，实际上这个时候已经不是全世界团结起来反法西斯的时候了，而是互相争夺利益的时候，所以波茨坦会议在没有中国参加的情况下，只是发了一封电报告知蒋介石，让其同意。就在 1945 年的今天，《波茨坦公告》发表，要求日本无条件投降。而且公告中说得非常清楚，之前的《开罗宣言》必须无条件执行。所以《波茨坦公告》中有关日本战后的地位实际上是讲得非常明确的，就是李克强总理重申的战后的国际秩序是不容破坏的，日本不能因为今天有钱了，就不承认当年战败了要受处置。

| 德国首次在实战中使用V-2导弹 |

1944 年，德国的 V-2 导弹首次在实战中使用，其实这也是人类首次在实战中使用弹道导弹。大家知道弹道导弹的技术比巡航导弹难得多，巡航导弹实际上就相当于无人驾驶的飞机，把驾驶舱从飞机上拿下去，用无线电遥控，或者用其他方式制导。但巡航导弹就跟飞机一样，它需要在稠密的空气里飞行，需要靠机翼提供升力，所以它的射程是远不了的。要想提高射程的话需要很多很多燃料才可以，但这样速度又太慢了，很容易被对方的战斗机击落。当时巡航导弹是德国唯一的导弹，当年它的研制成功也是划时代的。后来德国在二战中又研制出了各种导弹，除了没有研制出原子弹以外，所有导弹的雏形基本上都有了。德国的科学技术确实非常发达，在二战中德国还研制并且使用了空对舰反舰导弹，还使用了自导鱼雷、防空导弹，但是产量都不大。尤其是使用了V–1巡航导弹，可以远程打击盟军的各种基地。1944年的这一天，德国又研制出了新型的V–2弹道导弹。

弹道导弹是先向上发射，要穿过大气层以后飞行。大家知道导弹一旦穿过大气层，没有稠密的空气阻力，就可以大大增加航程，而且速度极快。等弹道导弹再次飞回大气层的时候，速度是非常快的，多倍于音速，几乎没办法拦截。到今天拦截弹道导弹的技术都不是很成熟，大概也只有美国为首的几个国家能有限地拦截弹道导弹，更不要说在二战时期了。V–1导弹还能被拦截，二战中也确实有很多击落V–1导弹的战例，但是在当时V–2导弹几乎是没办法防御的，于是V–2导弹就变成了希特勒准备翻盘的大杀器。大家知道，就在这7月26日之前的六天，希特勒刚刚在他的狼穴遭遇了刺杀，受了轻伤。当时希特勒几乎都快疯了，他立即就下令说，我们用新的V–2导弹开始狂轰滥炸，于是直接向伦敦的平民区大量发射V–2导弹。而盟军防御V–2导弹也只有一个办法，就是通过空中侦察先找到V–2导弹的发射架，然后再将它炸毁，除此之外没有其他任何防御办法。当时V–2导弹用的都是露天的发射架，还是比较容易找到的，但希特勒还是发射了大量的V–2导弹。

伦敦在二战期间实际上遭到过两次大空袭，一次就是在1940年英吉利海峡之战时，大量德国飞机轰炸伦敦。之后的几年基本上就是英国的军队轰炸柏林，后来一直到1944年，突然有大量V–2导弹向伦敦袭来。这个时候已经不像之前那样靠人驾驶着飞机来轰炸伦敦，而是直接用V–2导弹轰炸盟军。但最终希特勒想翻盘是做不到的，因为盟军实在是太强大了，德军在空中没有制空权，在没有制空权的情况下，根本没办法保护自己的导弹发射基地，所以最终V–2导弹的所有发射基地还是都被盟军炸毁了，之后V–2导弹就再也没有能发挥作用。当时德军还有一个作战计划，就是把V–2导弹装在发射筒里，那个发射筒是能漂浮的，德国想要通过远程潜艇拖着发射筒，一直穿过大西洋，拖到纽约外海去，在距离纽约一二百公里的地方，向纽约发射 V–2 导弹。他们竟然连这种办法都想出来了，不过后来并没有实施，因为德军当时已经连潜艇出海的港口都没有了。所以光靠一两种先进武器是拯救不了纳粹的，正义必将战胜邪恶！

| 纪晓岚出生 |

1724 年的这一天，纪晓岚出生。关于纪晓岚大家都特别了解，应该比我了解的都多，因为我都没怎么看过关于纪晓岚的那几部电视剧，在这儿我只说一点点我觉得有意思的事情。

在关于纪晓岚的那部电视剧中，为了把和珅描述成一个大坏蛋，把纪晓岚描述成一个好人，有很多事情是颠倒过来的。因为戏剧，包括在舞台上也是，就得有黑脸和白脸，就得有好人和坏人，牛仔电影里就得有黑帽子和白帽子，所以在电视剧中把历史上纪晓岚干的很多坏事儿，都推到了和珅身上。这电视剧里讲到和珅有个亲家，这个亲家也是巨贪，贪了很多很多钱，和珅一直保护着他。后来和珅亲家被发现的时候，和珅还给他写了一封信，让他赶紧跑。那封信当然是封空白的信，亲家收到这封空白信，就知道出事儿了，然后就跑了。其实那件事儿在真实的历史中是发生在纪晓岚身上的，纪晓岚的亲家是一个巨贪，而不是和珅的亲家，而且是纪晓岚在保护他的亲家，最后亲家出问题的时候，是纪晓岚给他写了一封空白的信，通知他的亲家，说要来查你了，赶紧逃。结果在电视剧中，这件事儿从纪晓岚身上拿走，安到和珅头上去了。

当然纪晓岚是很有才华的，我记得小时候就背过很多对联，还抄在纸上，其中一副对联就是乾隆出的上联，叫作“塞外黄花恰似金钉钉地”，这个上联很难对，为什么呢？“金钉”“钉地”，这两个“钉”是同一个字，但是第一个钉是名词，第二个钉是动词。所以在对的时候，也要有这样一个字是名词和动词连着用。纪晓岚非常有才，他对的下联叫“京中白塔犹如银钻钻天”，非常漂亮！因为“银钻”那个“钻”和“钻天”的“钻”是同一个字，而且也是前面是名词，后面是动词。小的时候，我对纪晓岚的第一印象就是这副对联，说明他非常有才华。

7月27日

《晓松说——历史上的今天》来到了7月27日。1953年的这一天，《朝鲜战争停战协定》签署；1958年的这一天，飞虎队的陈纳德将军逝世；今天是甄子丹大哥和陈奕迅的生日，祝甄子丹大哥生日快乐！祝Eason陈奕迅生日快乐！

|《朝鲜战争停战协定》签署|

1953年的今天，《朝鲜战争停战协定》签署，这对中国、对朝鲜、对韩国、对美国，甚至对日本、对中国台湾都是有重要意义的一个协定。大家知道，1950年的6月25日，朝鲜发动了统一祖国的战争，接下来就是美国以联合国名义介入，然后中国再介入，先后差不多有二十个国家介入了这场战争，朝鲜战争也因此成为二战以后爆发的最大规模的国际间的战争。从参战国家的数量以及战斗的激烈程度来看，朝鲜战争比越战的规模要大得多，差一点儿导致第三次世界大战。朝鲜战争一开始其实是一场祖国的统一战，但打着打着变成了整个社会主义阵营和资本主义阵营的战斗。打到1953年的这一天，终于签署了停战协定。最终的停战也有各种原因，各方都不愿意真的最后爆发第三次世界大战，这是其中最重要的一个原因。再一个重要的原因就是1953年的时候，二战的欧洲盟军总司令、五星上将艾森豪威尔当了美国总统，这位将军当了总统以后，在各方面妥协的情况下，最后签署了停战协定。

在这里我稍微讲一句，其实在中国人民志愿军参加朝鲜战争以后的第二次战役中，就重创了联合国军，在东线重创了美陆战一师，在西线把美国军队一直打回了三八线。第二次战役取胜的时候正是我军军威赫赫的时候，到后来停战时的第五次战役，实际上我们并没有打赢。在第二次战役后，联合国就有多个国家联合提出了一个朝鲜战争的停战方案，那个停战方案中和我们有关的一些条款，比最后我们签署的那个停战协议还要更优厚一些。在最后签署的停战协议中，我们一直要求的战俘全部遣返原则并没能坚持住，由于台湾国民党方面的各种威逼利诱，以及各方面的综合原因，我军的很多战俘都去了台湾，并没有全部回到祖国大陆。最终停战的时候，我方和朝方控制的领土也没有第二次战役结束时联合国这些国家提出的那个方案多。那当时为什么没有接受第二次战役后联合国提出的那个停战方案呢？主要是因为当时新中国刚刚成立，外交经验非常欠缺，简单地认为资产阶级是铁板一块，他们是一家子，他们是一伙的。我们没有意识到其实资本主义阵营并不是团结成铁板一块，有想打的，也有不想打的，有继续打对自己国家有利的，也有对自己国家不利的。第二次战役之后的那个停战协定就是很多不想继续打的那些资本主义国家提出来的，但我们没有经验，这当然还跟我们当时一边倒的外交政策，也就是全部靠向苏联有关。最后就说资产阶级提出的停战协议我们不接受，我们要继续打，再加上朝鲜北方也特别想统一国家，所以这个停战协议就搁浅了。大家就继续打下去，到1953年这仗实在打不下去了，才最后签署了停战协定。

朝鲜战争中确实打出了中国的国际威望，美国的克拉克将军在签字之后说过这样一句话："我是第一个在没有战胜的协议上签字的美国将军。"大家知道在二战中我们虽然战胜了日本，但实际上那是在整个反法西斯同盟强大的支援下取得的胜利，尤其战胜日本主力的战争是美国在太平洋战场打的，而这次在朝鲜战争中，是以中国为主要力量击败了联合国军。我们刚参战的时候，联合国军已经打到了鸭绿江，最后被我们打回了"三八线"，这次战争可以说是中国一百年来取得的最大一次胜利，所以说中国人民志愿军在朝鲜战争中确实是打出了国威，当然在这次战争中损失也很惨重，最后在历史上的今天签署了停战协议。

有关停战协议，我再说两件有意思的事情。我曾经在汉城（现在叫首尔）的战争纪念馆里看见过这个协议。这个协议签字的位置是个四方的格子，但是只有三方签了字，有我们的彭德怀老总用毛笔签的字，有金日成的签字，然后有美方将领的签字，唯独韩国方面没有签字。这件事儿很有意思，韩国没有在停战协定上签字，从法理上来说，就是韩国到今天为止还处在战争状态，可是它没有对手，因为另外三方都已经签字停战了。当时韩国的李承晚政府坚决拒绝签署停战协议，一定要求各方帮它继续打，要统一朝鲜半岛，但没有人愿意再打下去了，没有人愿意再为此流血。朝鲜战争中美国也伤亡惨重，在华盛顿特区有一座长长的朝鲜战争纪念碑，在朝鲜战争中阵亡美军将士的名字都刻在那儿，密密麻麻的，有好几万人，巨长的一座纪念碑。朝鲜战争只打了三年，美军死亡人数就达到五万四千二百四十六人，而越战打了十几年，其中美军大规模参战也长达八年之久，死亡人数也只达到五万八千三百人，朝鲜战争的激烈程度由此可见一斑。所以当时已经没有人愿意再去为李承晚政府流血牺牲了，李承晚政府虽然拒绝签字，但是后来也没有再继续发动战争。当然在法理上它依然处于战争时期，也就是戒严时期。在停战以后的很多年里，南朝鲜也就是后来的韩国，连续出现过多个军政府，每次在镇压人民、镇压学生运动的时候，都会说我们还处在战争状态，我们还处在戒严时期。这就像中国台湾一样，台湾一直到 20 世纪 80 年代才解除戒严状态，之前台湾一直认为自己处在战争状态，所以这是一件比较有意思的事情。

此外，停战协定的签署还有一个小小的插曲，就是各国在谈判的时候，都要插上自己的国旗，在谈判桌前朝鲜插了一面小国旗，美国也插了一面小国旗，都是那样的小旗。后来朝鲜觉得不对，我应该竖一面比美帝国主义大的国旗，所以第二天就带了一面大一点儿的国旗来；然后美国一看说这不行，朝鲜的旗子比我大，第二天就带了一面更大的国旗。所以在谈判的过程中，两边的旗子变得越来越大，大到都拿不进谈判室来了。最后两边说，那咱们先别谈别的，咱先坐下就这旗子尺寸多大谈一下，最后达成协议说，咱们先各自做一面尺寸一般大的旗子，然后再往下谈，很有意思。

丨飞虎队陈纳德将军逝世丨

1958 年的这一天，美国飞虎队陈纳德将军逝世。陈纳德为了中国人民的抗战事业做出过卓越贡献，他的贡献不在白求恩之下。大家知道，最开始中国单独对抗日本的时候，中国的空军是非常弱的，第一年中国空军的全部将士差不多就已经打光了。中国空军当时有少数在国外受过训练的优秀飞行员，包括高志航，在 1937 年 8 月 14 日淞沪战役中，高志航第一次击落日本飞机，这个日子就被作为中国的“空军节”。在对日战争中，以高志航为首的这些在国外受过专业训练的中国空军的第一批飞行员全部牺牲了。大家如果看梁思成、林徽因的传记的话里面就有记载，当年梁思成夫妇收留了八个空军学校的学员，后来这八位飞行员以及林徽因的亲弟弟林恒，都在和日本侵略者的作战中先后为国捐躯，他们的阵亡通知和遗物，都是寄给“家长”梁思成、林徽因夫妇。梁思成和林徽因每一次收到这些东西，都为这些年轻的勇士泣不成声、悲痛欲绝。

一开始中日作战的时候，苏联还有一些援华的航空队，后来因为苏联跟纳粹的关系缓和了，签了互不侵犯条约，苏联和日本的关系也有所缓和，于 1941 年 4 月签订了《日苏中立条约》。这样，苏联就又把援华航空队全部撤走了。到后来在对日作战中，我们的空军几乎瘫痪，整个天空都是日本人控制的。在我们完全没有办法的情况下，最后蒋介石派人找到了美国飞行员陈纳德。陈纳德当时已经从美国空军退役了，但是由于他在美国的名声很大，是一个特技飞行员，飞行的技术非常高，蒋介石就派人找到了他，问他愿不愿意组织志愿航空队帮助中国人民：“我们中国政府出钱，你帮我们去买飞机，帮我们去找飞行员，帮我们来战斗。”陈纳德是军人出身，尤其是空军，空军是永远属于天空的，于是退役之后的陈纳德就接受了这个邀请，说那好吧去中国。于是，陈纳德就这样在顶着美国政府压力的情况下来到了中国。他买了一些旧式的飞机，招募了一些在美国的退役飞行员，还有一些预备役的飞行员，组织了一支飞行队，也就是后来的飞虎队。美国政府当时给了陈纳德非常大的压力，一开始美国在中日战争中是中立国，陈纳德这样一弄美国就怕自己不是中立国了。就是在这样的压力之下，陈纳德将军还是坚定地来到中国，坚定地帮助中国人民。

陈纳德组建的飞虎队，靠着临时拼凑起来的这些破旧的装备以及一些退役的飞行员，最终击落了两百多架日机，一直坚持到珍珠港事件爆发，美国正式对日本宣战。美国对日宣战后，陈纳德一下子从一个抗日志愿者，从一个退役军官，被提升为将军，就以飞虎队为基础，组建了美国陆军航空队。大家知道美国当时并没有空军，美国空军是到 1947 年才独立出来的一个军种，当时的空军就叫美国陆军航空队，或者叫美国陆军航空兵，陈纳德将军当时组织了第十四航空队，基地就设在中国。陆军航空队组建以后，大量的先进装备来了，大量的飞行员来了，航空队的实力大增。整个抗战期间，陈纳德的飞虎队以及后来组建的十四航空队，以损失了五百架飞机的代价，击落了两千六百架日机，为中国人民的抗战事业做出了重大的贡献。后来，陈香梅女士，当时中央通讯社才貌双全的美女记者，嫁给了陈纳德将军。

7月28日

《晓松说——历史上的今天》来到了 7 月 28 日。1976 年的今天，发生了唐山大地震；1984 年的今天，洛杉矶奥运会开幕；1750 年的今天，著名音乐家巴赫去世。

| 1984年洛杉矶奥运会开幕 |

1984 年洛杉矶奥运会对中国人民来讲有重要的意义，那是我们新中国成立以来，中国代表团第一次全面参加奥运会，也标志着在改革开放以后，中国第一次回到了国际大家庭。对于一个国家来说，体育是最容易先融入国际大家庭的。本来在 1980 年的时候，我们就已经准备好要参加莫斯科奥运会了，当时中国的改革开放刚刚开始，但是因为突然发生了苏联入侵阿富汗的事件，全世界几十个国家为了抗议苏联入侵阿富汗，共同抵制了 1980 年的莫斯科奥运会。当然，抵制奥运会主要是国际政治上的原因，但是对于运动员来说就非常伤感，大批运动员因为不能参加 1980 年的莫斯科奥运会，那么多年训练的汗水就白流了，因为很多运动员之后就退役了，没有机会再参加 1984 年的奥运会了。抵制奥运会是国家的选择，但对个人来说就是非常大的损失。

到了 1984 年洛杉矶奥运会，中国运动员终于举起了五星红旗，走进了奥运会的主会场。令人感慨的是，旧中国第一次参加奥运会也是在洛杉矶，就是 1932 年的第十届奥运会，正好在五十二年以前。我们的中国代表团入场时只有一位运动员，但当时国家连这一位运动员参加奥运会的经费都没有，还是张学良本人自己掏腰包资助他去参加的。五十二年以后，半个多世纪的时间，同样在洛杉矶，中国从当年只有一位运动员参加奥运会，到 1984 年两百二十五位运动员在五星红旗的引导下入场，实现了历史的跨越。这届奥运会上，中国一共获得了十五枚金牌，是一次空前的大胜利。许海峰在洛杉矶奥运会上获得了我国历史上的第一枚奥运会金牌，现在这枚奥运金牌就放在中国历史博物馆（今中国国家博物馆）里。当时中国并不是每个家庭都有电视机，1984 年的时候中国的老百姓还远没有今天富裕。我记得当时每个有电视机的家庭都挤满了人，大家都去看比赛，其中就包括我们家，每天都挤满了各种各样的人，为每一块金牌欢呼。以前大家从来没有见过这个阵势，我们都是第一次看到这么盛大的场面，所以非常令人振奋。

说到当年中国奥运代表团获得的十五枚金牌，在这里我多说几句。洛杉矶奥运会的时候，为了报复西方国家抵制了 1980 年莫斯科奥运会，当时整个东方阵营——以苏联为首的华约集团的所有社会主义国家，除了中国以外，包括朝鲜、越南、阿尔巴尼亚、古巴等等，一共十九个国家联合抵制了 1984 年的洛杉矶奥运会。这也使得在一定程度上，我们这十五枚金牌的获得容易了很多。大家知道在奥运会的历史上，就是在冷战结束之前，德国当时还没有统一，每一届奥运会的金牌排行榜，前三名里都会有两个社会主义国家，也就是苏联和民主德国。前三名要么是苏联、美国、民主德国，要么是美国、苏联、民主德国，还曾经出现过民主德国排第二的时候。苏联跟民主德国作为当时最强大的两个体育大国，抵制了洛杉矶奥运会，在很多项目上，本来我们得金牌是比较困难的，比如举重等，这些项目苏联和民主德国都是强项，因为他们没有参加，所以我们一下子获得了十五枚金牌。到了 1988 年汉城奥运会的时候，全世界的国家都来参加了，没有人抵制了，所以我们获得的金牌数量一下子就少多了。

洛杉矶奥运会还有一件创纪录的事情，就是开创了从 1896 年第一届现代奥运会以来民间办奥运会的先例。在这之前，所有奥运会都是由国家办的。当然有些是由国家政府办的，有些是由申办城市的政府办的，但每届奥运会都让申办城市或者国家背上了巨大的财政包袱。因为奥运会的成本是非常高的，1972 年的慕尼黑奥运会就花了十亿美元，那时候的十亿美元对于一个政府来说是非常大的数目。1976 年的加拿大蒙特利尔奥运会，则产生了十亿美元的亏空。在西方国家，不能由中央政府来补贴一个城市办奥运会，也不能由全国的纳税人来分摊，所以只能由蒙特利尔的市民负担这十亿美元的债务，这笔沉重的债务还了好多年才还完。到了 1980 年莫斯科奥运会的时候，因为苏联是社会主义国家，是由国家政府来出钱，当时花了有九十亿美元之多。等到 1984 年洛杉矶办奥运会的时候，美国这种纯粹的西方自由市场经济的国家，绝不可能出现由国家出钱来办奥运会的情况。洛杉矶市政府也不愿意补贴，因为办奥运要花的钱太多了，人民也不同意加税，为了办一个奥运会，人民就要勒紧裤腰带，大家说那我们不干。当时美国的法律还不让发行彩票，靠彩票业集资也不行，那怎么办呢？最后就把奥运会的举办权承包给一个叫尤伯罗斯的人，后来他在美国非常有名，他也因此成为世界历史上第一个承包奥运会的个人。

尤伯罗斯为洛杉矶奥运会专门组织了一个非常强大的商业团队。大家知道美国有华尔街，有强大的融资能力，有非常优秀的商业精英，这个商业团队就去融资。当时办奥运会的预算只有五亿美元，本来打算只要做到持平就可以了。最后因为他们非常出色的经营，包括出售电视转播权、和大企业签订赞助合同，以及提高门票价格、降低运营成本、尽量不修新场馆等等，极大地降低了成本，极大地开源节流。就这样，世界历史上第一个由民间承办、个人承包的奥运会，最后还盈利了两亿多美元，当时在世界上传为美谈。当然前提是因为洛杉矶本身的基础设施确实很好，所以可以不用专门建奥运场馆，不用专门建奥运村。当时正好是暑假，他们就临时租用了加利福尼亚州大学的两个校园使用。洛杉矶有加利福尼亚州大学的好几所分校，有加利福尼亚州大学洛杉矶分校（UCLA）、加利福尼亚州大学欧文分校（UCI）、加利福尼亚州大学河滨分校（UCR），UCLA、UCI、UCR 都在洛杉矶，所以最后尤伯罗斯没有建新的奥运村，把放暑假的加利福尼亚州大学的各个校园租下来，当作奥运村，给运动员、官员、记者们住。在1984年洛杉矶奥运会上，中国获得了巨大的成功，总共获得了十五枚金牌，极大地鼓舞了刚刚开始改革开放的中国的士气。

洛杉矶奥运会的运作方式获得了极大的成功，但之后的奥运会成本还是变得越来越高。到了北京奥运会的时候，就已经不是十几甚至几十亿美元的预算了。北京奥运会的花费，应该说是有史以来最高的一届。因为那个时候我们中国已经很强大了，为了向全世界展示我们强大的国力，这样做也是值得的，所以北京奥运会是有史以来最盛大的一届奥运会，后人也没有办法再超越了。

| 唐山大地震爆发 |

下面来说一说我们新中国历史上最惨痛的一次灾难。纯粹由自然灾害导致的伤亡，唐山大地震应该是新中国历史上伤亡人数最多的一次，是非常惨痛的。唐山大地震当时波及周围很多城市，包括北京也发生了强烈的地震。但是我幸运地没有赶上，当时我在上海，也不知道为什么我的这些家人，当然我们家有好几位都是科学家，他们就老觉得要地震，后来就把我送到上海，我家在上海有很多亲戚。地震以后我才从上海回到北京上小学，回到北京以后我还是赶上了很多次余震，当然余震已经很小了，但也把我吓坏了。我记得当时躺在床上，突然觉得好像有人在踢门，当当当地响，很大的声音，打开门一看根本没有人，特别害怕。我还把门特意锁好，锁得特别严，一会儿又当当当地开始响，紧接着就听见外面有人喊："余震啦！余震，余震！"我这才又出去。这次亲身经历的余震都把我吓坏了，真正大地震的时候肯定就更厉害了。

地震的时候，我爸爸妈妈都在北京，据他们讲当时是非常恐怖的。大地震发生那天是7月28日，正是非常炎热的夏天的深夜，以至于从楼里冲出去的所有人都衣衫不整，大家也不敢回去拿衣服，也不敢回家做饭。我们当时住的清华园大院还比较好，国家首先要保证那些重要大院的安全以及住宿。当时院里开进来好多军队的大卡车跟吉普车，没有孩子的青年教师的家庭，每家一辆吉普车，大家就住在吉普车上，有孩子的家庭，比如我们家，就分配给一辆大卡车，那种带篷子的大卡车，我们就住在大卡车里。这是因为我们那个大院算是北京最好的大院之一，比普通的北京老百姓受到的照顾要多得多，普通老百姓全都是自己搭抗震棚。我记得当时去同学家玩的时候见过很多抗震棚，就是在路边挖一个小坑，然后搭一个棚子，住在里面。当时不管是住卡车，还是住抗震棚，每家都会用一只瓶子倒立在旁边，瓶子倒了，有时候是因为地震倒的，有时候是因为风吹倒的，有时候是因为呼噜声太大给震倒的，反正不管是什么原因，只要瓶子一倒，大家都会大喊“地震啦”，然后赶紧跑出去，这些都是当时非常恐怖的经历。当然对于我们这些小孩来说特别高兴，因为大家都不住在家里了，全都住在一起，住在外面的卡车里、地震棚里，孩子们能天天在一起玩，也不用去上学，大家都觉得特别高兴。

唐山大地震是新中国有史以来由于自然灾害导致的伤亡最大的一次，我妈妈有两位大学同学，当年在唐山的建筑设计院工作，地震的时候都失去了生命。我的很多同龄人都是地震的亲历者，我的很多朋友，后来在美国的也好，在中国的也好，每当谈起唐山大地震，大家都记忆深刻，那是中国重大的伤痛。1976 年是中国的多事之秋，我们的毛主席、周总理、朱总司令都是在那一年去世的，再加上唐山大地震，这应该是新中国历史上最惨痛的一年吧。

| 著名音乐家巴赫去世 |

1750 年的今天，著名的音乐家巴赫去世。巴赫在今天的世界古典音乐史上是和莫扎特、贝多芬齐名的，如果说三大古典音乐家，那应该就是这三位。巴赫的儿子也非常有名，为了和他的儿子区分，有的时候大家会把他称作老巴赫。巴赫出生于一个音乐世家，他的爷爷、爸爸、叔叔、哥哥等等，都是当时优秀的音乐家。德国在当时有非常好的音乐传统，大家知道欧洲的音乐传统是全世界最好的，德国在欧洲又是最好的。当时的德国分裂成了近三百个小国，有王国，有公国，有伯爵国，有子爵国等等，差不多一个城堡就是一个小国。德国本来也不大，还分成这么多小国，但这些小国每个都会有一支大乐队，可见德国的音乐之普及。德国有那种强烈的热爱音乐的传统，所以音乐家在德国是很容易生存的，你想近三百个国家每个国家都有乐队，你可以跑到这个国家，也可以跑到那个国家，除了这些国家的乐队之外，还有很多教会的乐队。

巴赫当年就是在一个教会的乐队中，他是一个非常虔诚的教徒，巴赫一生的音乐都跟教会有关，这也是巴赫在生前没有特别出名的原因，而像贝多芬、莫扎特等等在生前就已经很出名了。巴赫觉得自己做音乐就是为了献给上帝，他觉得音乐是上帝的声音，所以巴赫生前每天做的事情就是为教堂写曲子，曲子演奏完了就把它放在书架里，巴赫从来没有想过要把这些曲子拿去出版，使自己成为一个著名作曲家。他只是觉得自己应该默默地为上帝写作，为上帝写音乐。其实在教会的乐队中，他的主业还不是作曲家，他主要是个演奏家。巴赫是个非常优秀的演奏家，当时在德国甚至在欧洲，他都是最优秀的管风琴演奏家，同时是优秀的小提琴演奏家，他在很多乐队做过首席小提琴手，还做过大提琴手，所以他在演奏方面的才能比贝多芬、莫扎特要好很多。贝多芬主要是作曲家，在演奏方面只会弹弹钢琴，还达不到演奏家的级别。而巴赫是各种乐器都优秀的演奏家，他主要是靠演奏为生，同时做指挥，他生命的最后二十七年一直在做一个乐队的指挥，但也只是一个教会的乐队的指挥。巴赫的一生致力于教会音乐，他并没有做出很多突破性的贡献。

巴赫生前一直很贫困，当时的演奏家、音乐家跟在中国的地位差不多，也就是个艺人，跟园丁差不多的地位。所以巴赫一生也没有享受过什么荣华富贵，什么名望都没有，但是他也不在意，他就是一个虔诚的教徒，默默地为上帝写着音乐。巴赫十岁就成了孤儿，他九岁的时候母亲去世，十岁的时候父亲去世。所以巴赫的音乐中融入了非常浓重的悲怆的因素，他曾经目睹过自己父亲、母亲的去世，目睹过自己的十一个孩子去世。他一生共有二十个孩子，第一个妻子生了七个，妻子去世后他又娶了第二个妻子，又生了十三个孩子，所以一共有二十个孩子，其中十一个在他活着的时候就已经夭折了。他的一生目睹了这么多亲人的离去，我觉得这样的一生，如果没有宗教做支撑，是很难坚持下来的。所以巴赫的音乐比贝多芬、莫扎特的要悲怆得多，贝多芬的音乐被称为“上帝的怒火”，莫扎特的音乐被叫作“上帝的欢笑”，而巴赫的音乐被后人称为“上帝的语言”。巴赫的音乐也是最严谨的，他创立的古典音乐复调作曲技法，融合了法国、意大利、德国音乐的风格，融会成巴洛克风格，对整个古典音乐的风格都产生了重大影响，所以他应该被称为古典音乐的创始人。巴赫的曲子没有莫扎特那么浪漫，也没有贝多芬那么恣意、自由，大家管他的音乐叫上帝的音乐，但他在世的时候并没有贝多芬和莫扎特那么出名。

他活下来的九个孩子也非常出色，其中四位成了著名的作曲家，巴赫有一个儿子几乎和父亲齐名，所以我们今天谈到巴赫，说到老巴赫就是指他，小巴赫就是他的儿子。最近一两百年，巴赫的作品不停地被发掘、整理，他的名声和影响力变得越来越大。巴赫死后之所以能够越来越出名，并逐渐成为世界最伟大的作曲家，这其中贝多芬、莫扎特起了重大作用。因为贝多芬和莫扎特在看了巴赫的作品以后，慢慢变成了他的铁杆粉丝，他们不但推介这些曲目，而且经常演奏他的作品。因为贝多芬和莫扎特的名声，巴赫才开始被大家熟知。最近一两百年，巴赫开始慢慢被全世界认同。到今天，巴赫已经成了和贝多芬、莫扎特齐名的古典音乐时期最伟大的三位作曲家之一。

7月29日

《晓松说——历史上的今天》来到了7月29日。1890年的这一天，凡·高去世；1928年的这一天，李嘉诚出生；再有就是1836年的今天，法国巴黎的凯旋门落成。

|伟大的画家凡·高去世|

1890年的这一天，凡·高在一片麦田里结束了自己的生命。在凡·高死后的这么多年里，我觉得他在全世界文艺青年的心中，已经远远超越了一个画家的地位。当然他首先是一位伟大的画家，但是由于他的整个人生、他昂扬的生命力以及他悲怆的生活，给人们带来的那种冲击和怀念，尤其是那本描写他的传记《渴望生活》，以及那首关于他的歌 Vincent（Starry Starry Night，《繁星，繁星夜》），这首歌因为他那幅著名的画作《星夜》而得名，这一切让凡·高在所有人的心中成为生命的代表，而不只是一个画家。有关他的绘画我就不多说了，因为我自己不太懂画，我看凡·高的画的时候，就觉得这人怎么画的东西这么怪，尤其是这个《星夜》，星星都画得那么大，挂在天空中，这凡·高是不是有散光啊？因为最开始不懂画，也不懂艺术，不懂什么叫生命，不懂什么叫印象派或者表现主义，所以小的时候我就奇怪这星星怎么那么大，一颗颗星星都那样打转，我说这个人肯定有散光。

很多年之后当我读了《渴望生活》，当我仔细地把Starry Starry Night这首曲子弹出来，把歌词全部记住的时候，我对凡·高才有了新的认识。Starry Starry Night是一首特别特别长的歌，歌的最后几句词写得特别好，在写到凡·高最后自杀时，它说："When no hope was left inside on that starry starry night，you took your life as lovers often do."——在所有希望都已经失去的繁星繁星夜，你对待自己的生命像所有相爱的人一样。因为很多相爱的人最后是自杀的。写得非常凄美。"But I could have told you，Vincent，"——但我想告诉你一句话，文森特"this world was never meant for one as beautiful as you."——这个世界再也没有遇见像你这样一个美丽的人。歌词的作者叫Don Mclean（唐·麦克林），是一个美国人，美国人通常歌词写得都不好，没有英国人写得好，但是这首歌写得特别好，后来我去唱卡拉OK时也经常点这首歌，这首歌还被很多中国歌手翻唱过。大家如果去卡拉OK，一定要听一下这首歌，特别美。

因为这一切，凡·高在我们的心目中远远超过了同时代的其他艺术家。当时，塞尚、凡·高和高更被称为"后印象派三杰"，但是在大家的心目中，凡·高远远超过了塞尚、高更。不光是因为凡·高的自杀，人们从他的整个人生跟绘画作品中体会到了"生命"跟"生活"其实是两回事儿，我也深深地体会到了这一点。艺术是从一个人的心灵出发的。凡·高其实是个最典型的例子，包括我后来也做艺术，看了那么多艺术家的作品之后，我觉得艺术就是艺术家的生命力。我觉得"生命"是一种东西，"生活"是另外一种东西。就像有时候听人唱歌，你觉得大多数人都是在歌唱生活，于是就管歌唱生活的叫作"唱歌"。但一些非常伟大的歌者，他们并不是在歌唱生活，他们是在歌唱生命，歌唱生命的人我就认为他们在"歌唱"，而不是"唱歌"。

凡·高是一个生活特别简单的人，他一辈子除了画画，就是谋生，没干过什么事情，爱情也没有那么丰富多彩，他所经历的爱情就是曾经向一个房东的女儿求婚被拒绝，后来爱上过一个怀过孕的妓女，就这样简简单单的生活，一生都在画他的画。他的家庭生活也非常简单，只有一个爱他的弟弟，他的弟弟是他一生中唯一的挚友。凡·高一生穷困潦倒，实际上并没有卖出一幅画，有一次他非常高兴地去跟自己的弟弟说，我终于卖出去一幅画，实际上这幅画就是他弟弟出了钱，找一个人当托儿来买的。弟弟一生都崇拜他、爱他、支持他，在凡·高自杀之后半年，他也因病追随哥哥而去，这是一对非常感人的兄弟。凡·高曾经跟一些画家比较要好，比如说跟高更，但最后还是爆发了激烈的冲突。凡·高有一幅著名的画，叫《割耳后的自画像》，一个灰暗的人在那里，脸色都是铁青的，就是跟高更爆发了激烈的争吵之后，凡·高把自己的耳朵割下来了。高更当然最后也疯了，他拿着凡·高的耳朵，跑到南太平洋一个叫塔希提的小岛上待了一辈子。那时候的画家都有着昂扬的生命力，包括音乐家、作家，大家都觉得他们有一些精神上的问题，正常人看起来就是觉得有病，其实那不是病，那就是昂扬的生命力。

凡·高在最简单的生活中绽放了最昂扬的生命力。他画的所有东西不是因为散光，那是我小时候的认识，那是因为在他自己心里，星星就是那么大，向日葵就是那样昂扬。印象派也好，或者说表现主义也好，最重要的就是画出来的并不是眼睛看到的东西，不是我在生活中看到的东西，而是心灵看到的东西。就像贝多芬，贝多芬晚年聋了，根本听不见声音，可他也能写出美妙的音乐。音乐、绘画这些艺术，尤其是像凡·高这样的绘画，本身就是生活中没有的。你在生活中听到的全世界的海潮声、伐木声、鸟叫声，那都不是音乐，客观的世界中，没有一样东西是音乐，只有从人心里流淌出来的音符才是音乐，音乐是纯粹来自音乐家内心的东西。贝多芬在耳聋以后，写出了《月光奏鸣曲》，写出了《第七交响曲》，他不需要听见什么声音，他也不需要出门去看月光，那些月光是在心里的月光，那些欢乐是在心里的声音。凡·高的画也是如此，这个世界就是他心里的样子，而不是他眼前看到的样子。我觉得这是我长大以后对艺术的最深刻的体会。

凡·高是一位生活中虽然悲惨，但是绽放出自己最昂扬的生命力的画家。我曾经在世界上好几个博物馆里看见过凡·高的画，包括我这次在纽约去MoMA——美国现代艺术博物馆，也看到了凡·高的画。MoMA越往上的那些楼层我越喜欢，因为那里陈列的主要是印象派时期、表现主义时期的作品，往下的所谓现代艺术简直就没法看了。大概是在 MoMA 的五楼，有一幅凡·高的画，我通常是不爱给自己照相的，因为觉得自己长得不好看，但是见到凡·高的画，我还是非常认真地站在那儿，给自己和那幅画合了个影。凡·高给了我们所有做艺术的文艺青年以最深的影响和最大的鼓舞，纪念凡·高！

| 华人首富李嘉诚出生 |

今天说的这两个人正好是完全相反的两个人，一个是充满了昂扬的生命力的艺术家凡·高，但他在生活中是一个失败者，彻彻底底的失败者；另外一个是非常冷静，在生活中非常特别、非常理性的李嘉诚。李嘉诚 1928 年出生，今天已经八十多岁了，但是他依然在工作，这是我们很多人特别不理解的地方，说一个人为什么有那么多钱了还要工作。这就是我们不能成为成功的、像李嘉诚这样的人的原因。我们有一点儿钱就要去旅行，就要到处去玩，躺在床上看书、弹琴，就不去工作。但是李嘉诚已经不只是为了挣钱、生存，只有他这种从小有坚定的社会责任感和对生活坚定不移的态度的人，才能做到这样，依然在八十岁的高龄还在工作着。

李嘉诚是香港这样一个市民社会成功的最典型的代表。香港是一个很怪的城市，当然这也跟它的历史有关，香港先是作为中国最不想要的地方割让给英国。大家知道，一个国家割让领土给其他国家的时候一定是选择最不想要的地方，中国肯定不会把上海割让出去，当年割让台湾和辽东半岛给日本的时候，就是由于当时不想要台湾了，但后来觉得辽东半岛很重要，所以就又赎回来了。当年香港割让给英国以后，从一个非常不重要的渔村，本身就没有什么真正文化传统的地方，变成了世界上非常重要的城市。所以香港后来成了一个非常有意思的地方，香港的经济非常发达，但大学非常少，香港在很长的一段时间就只有三个大学和几个教会学院，这几个教会学校直到最近几年才升为大学。到今天为止，香港大概也就有七个大学，七百万人口的城市只有七个大学，大家知道这个比例是非常低的，像广州都有数十个大学，非洲的一些大城市，像内罗毕、开罗等大学的数量都多得多。

香港一直是一个没有知识分子精英阶层的市民社会，但是这也让香港能够甩下包袱快速向前。大家知道，一个国家、一个城市，如果存在大量所谓的士大夫阶层、知识分子精英阶层，就像鲁迅先生曾经讽刺的一些大教授什么的等等，实际上是会给很多市民奋斗以及世俗发展带来阻力的。因为精英知识分子通常都会说你不能这么做，你得听我们的，我们是精英，我们是知识分子，我们是士大夫，但是由于香港没有这个精英阶层，所以一直是一个市民奋斗的社会。香港最初是一个一穷二白的地方，既没有资源，连淡水都没有，之所以能发展到今天就是因为香港是市民奋斗的社会。香港的每一个市民都在努力奋斗，包括香港的娱乐业经过长期奋斗，曾一度是全世界仅次于好莱坞的第二大娱乐中心。香港没有音乐学院，但是诞生了那么多优秀的作者和歌曲；香港没有电影学院，却诞生了世界前列的电影市场；香港也没有戏剧学院，却诞生了那么多好演员，在全世界都占有一席之地。

香港的娱乐业中也没有什么精英知识分子，不像我们这儿一个电影学院毕业出来的都觉得自己是艺术家，年纪轻轻地就称自己是艺术家。大家统计一下香港那些明星的文化素质，如果按我们这样的精英知识分子说，都算是没文化的，四大天王平均高中都没毕业，还有他们的导演等等，可是他们做出了那么好的作品，他们创建了那么好的城市。记得那是二十多年前，我第一次到香港去，站在九龙的大歌剧院那边，望向港岛的时候，我当时情不自禁地眼泪都掉下来了："香港太伟大了，这是中国人，这是华人的双手建立起来的世界上如此伟大的一个城市！"香港是一个永远要靠个人奋斗的地方，香港人教育孩子，不像中国内地那样，说你要好好读书，你将来要怎么样等等，香港人就说你要奋斗，香港是一个靠打拼、奋斗的社会。他们教育孩子的时候就会举例说："你看李嘉诚，十四岁就上街当行街仔。""行街仔"是粤语，其实就是沿街推销的意思。也会举例说："你看包玉刚十二岁上船跑船，他们都奋斗到今天。"香港的文化就是靠个人奋斗，奋斗成功了再把孩子送到英国去读书。所以香港人都会去学习包玉刚、学习李嘉诚、学习四大天王，大家来打拼，来奋斗。

李嘉诚的成功就是这样一个最典型的奋斗史，当年因为战乱，李嘉诚全家从潮州逃到了香港，寄居在舅舅家。后来李嘉诚的父亲去世，那时他只有十四岁，由于贫困就辍学了，一开始在舅舅的钟表店里做钟表匠学徒，后来就变成行街仔，沿街推销塑料。在推销塑料的过程中，十几岁的李嘉诚敏锐地发现，这个塑料制品太单一了，完全可以做出更有意思的东西，所以他后来在香港第一个做出了塑料花。当然李嘉诚自己说做塑料花的手艺是偷学来的，因为意大利早就有塑料花，他偷偷学会了做塑料花的方法。后来他自己做出塑料花，自己去推销，挨家挨户地上门去卖，慢慢这么积累起来，然后自己开了工厂。最后在香港房地产最低潮的时候，李嘉诚进入房地产行业，一直做到今天。他今天不但是香港首富，在全球富豪榜上也经常排在前十名，这就是香港式成功的最杰出的代表。

有关李嘉诚的故事有很多很多，我今天就不跟大家多聊了，只说一件有意思的事儿，这件事儿特别能体现出香港是一个什么样的社会，以及李嘉诚是个什么样的人。李嘉诚的儿子曾经被绑架过一次，绑架他儿子的是一个非常疯狂、非常凶残的人，叫张子强。张子强在绑架李嘉诚的儿子之后，居然还到李嘉诚府上来敲门，到李嘉诚家里来坐了一会儿。李嘉诚还和他谈了人生，然后给了他大概是十亿港币，反正是装满一辆大卡车的现金。李嘉诚当时是怎么做的呢？我觉得特别有意思，他打电话给香港警署的署长说："我儿子被张子强绑架了，我现在正让人在各个银行提现金，我要跟你商量一下怎么把现金给他？"署长接到这个电话就不停地问李嘉诚："你现在给我打这个电话，是视同你报警吗？要不要我出动警察？"李嘉诚说："我这不是报警，我没有报警，我打电话给你，是因为我们是老朋友，我来跟你商量一下我要怎么做。"最后李嘉诚付了十亿现金的赎金给张子强，装满了整整一大卡车。

张子强是非常狡猾的一个人，当年他绑架香港另一个大富豪时也弄了几个亿。大家知道香港是个没有死刑的地方，他后来是在广东被内地警察抓住，以走私爆炸物、走私军火等等罪名在内地被枪毙的。但是从李嘉诚儿子被绑架这个事件中，大家也可以清楚地知道李嘉诚是一个什么人。他知道在香港报警的话，张子强是不会死的，儿子还会有危险。他作为一个从底层打拼上来的大富豪，对香港的社会、内地的社会，黑白两道都非常熟悉。所以他最后做的选择就是在香港不报警，给绑匪现金，保住儿子。从这件事儿大家就可以看出一个枭雄，一个李嘉诚这样白手起家奋斗起来的人，应对事情的时候的那种判断力。

| 法国凯旋门落成 |

1836 年的今天，法国巴黎的凯旋门落成。巴黎有很多世界著名的建筑，有巴黎圣母院，有圣心大教堂，有香榭丽舍大道，有卢浮宫，最宏大的就是在巴黎市中心伫立的凯旋门。巴黎整个市中心就是以凯旋门为中心，从凯旋门分出十二条大道。香榭丽舍大道就是其中的一条，香榭丽舍大道通向总统府，每次游行都会走在这条大街上。在巴黎开车特别痛苦，每次一开到凯旋门就晕了，因为十二条大道都是以凯旋门为中心的，你都不知道应该往哪儿拐。

当年凯旋门是为了纪念拿破仑的军功建造的。拿破仑在 1805 年指挥了打败俄奥联军的奥斯特里茨战役，我们小时候看过电影《拿破仑在奥斯特里茨战役》，这次战役是拿破仑一生辉煌的顶点。拿破仑曾经跃马在全军面前说："当你们老去的时候，你们可以光荣地对你们的儿孙说，我曾经参加过奥斯特里茨战役。"为了纪念这次战役，拿破仑下令修建凯旋门，但是还没修完他就失败了。拿破仑战败以后，凯旋门的修建也停了下来。后来波旁王朝复辟，波旁王朝当然是不会继续给拿破仑修凯旋门的。直到法国人民再次推翻波旁王朝以后，才又继续修建凯旋门，1836 年的时候，凯旋门终于落成。

凯旋门内刻着曾经跟随拿破仑征战的三百多位将军的名字，以及拿破仑曾经打过的九十六场胜仗。拿破仑几乎是战无不胜，他曾经率兵打过的九十六场胜仗都记录在此。一战以后，还有一个无名烈士墓建在了凯旋门的正下方，纪念在一战牺牲的法国一百五十万官兵。凯旋门历史上曾经受过两次屈辱，大家知道凯旋门是为了法军得胜归来建立的，但是德军曾经两次从凯旋门下穿过。第一次应该说是普鲁士军队，在普法战争中普鲁士打败了法国，他们在凯旋门下阅兵，戴着德国那样的缨盔的普鲁士军队穿过了凯旋门，这对法国来说是奇耻大辱。再有一次就是二战以后，希特勒打败了法国，再次在凯旋门下阅兵，德国纳粹士兵戴着钢盔从门下穿过。一座凯旋门记录了法国的历史，记录了法国曾经最荣耀、最光辉的时刻，也曾经记录下法国最羞耻的两次被德军穿过的历史。

7月30日

《晓松说——历史上的今天》来到了 7 月 30 日。2007 年的这一天，英格玛 · 伯格曼导演与安东尼奥尼两位大导演同年同月同日去世；1947 年的这一天，阿诺 · 施瓦辛格出生，生日快乐！ 1992 年的这一天，中国正式加入《世界版权公约》。

| 伟大的导演英格玛 · 伯格曼去世 |

英格玛 · 伯格曼没有在美国导演过电影，没有导演过好莱坞电影，所以他可能不被年轻人熟悉，因为年轻的一代都是看着好莱坞电影长大的，是看着施瓦辛格的电影长大的，但英格玛 · 伯格曼应该算是世界电影史上最伟大的导演之一。实际上电影除了娱乐功能以外，还是一门艺术。世界电影史上有很多大导演都不是在好莱坞拍电影的，包括美国的一些载入史册的大导演，但他们依然推动了电影艺术的发展，他们的名字依然载入了世界电影史。美国电影严格地说分成了好莱坞电影流派和纽约电影流派，纽约电影流派就是把电影作为艺术作品的那个流派，而好莱坞电影流派是把电影作为工业产品以及娱乐产品的流派。在美国的纽约派大导演中，每一个人几乎都受到了英格玛·伯格曼导演的影响，如纽约派大导演伍迪·艾伦。英格玛·伯格曼导演可以说是把存在主义融入电影中的最伟大的电影导演，他一生拍了六十多部电影，他的电影风格是典型的存在主义，在电影中讲的都是信仰的丧失、人类的孤单、存在主义等等。

我当年学电影的时候，曾经在电影资料馆里坐了一个星期，把英格玛·伯格曼导演的电影全部看了一遍。其实不光是我，每一个学电影的，不管你是在美国的电影学院，还是在中国的电影学院，或者在波兰的电影学院，更不用说在瑞典的电影学院（英格玛·伯格曼是瑞典人），英格玛·伯格曼的作品都是必须学习的。我在看了英格玛·伯格曼所有的电影之后，觉得他最好的电影跟在电影史上大家公认的那几部电影还不太一样，大家一般公认英格玛·伯格曼最好的电影有《第七封印》《野草莓》《呼喊与细语》等等，我最喜欢的他的电影是《夏夜的微笑》。可能我是一个比较温暖的人，我比较小资而温暖，我没有那么强烈的那种绝望感，所以我看《第七封印》的时候，就觉得这部电影太绝望了，包括后来的《芬妮与亚历山大》《呼喊与细语》，我都觉得太残酷了。这可能也是我始终成不了大师的原因，因为我只能拍拍我自己喜欢的那些小玩意儿，而大师得有残酷的态度去面对世界、面对自己。伯格曼的电影充满了那种绝望的基调，大家如果心情不好的时候最好别去看，心情好的时候看两部还不错。尤其我推荐大家去看《夏夜的微笑》，这是一部没有后期那么绝望的电影，还是挺美好的。

伯格曼一生之勤奋是很多人所不能及的，他一生拍了六十二部电影，导演了一百七十部舞台剧。伯格曼在瑞典不光以大导演成名，他还是一个杰出的舞台艺术家，他导演的戏剧是瑞典最主要的文化代表之一。英格玛·伯格曼长期合作的那些电影演员，实际上就是在剧院里那些演出他戏剧的演员。大的导演通常都会这样，他就是喜欢这几个演员，就一直带着这几个演员演，除了在好莱坞成功地和瑞典大明星英格丽·褒曼合作过一部电影之外，其他的电影基本上用的都是舞台剧中的那些演员。英格丽·褒曼是一直演好莱坞的那种商业电影的，回到祖国瑞典的时候，英格丽·褒曼已经很老了，她和英格玛·伯格曼——两位瑞典世界级的大明星，曾经合作过一部电影，但是并不是很成功。

伯格曼曾写过一本书，我看过不同的版本，翻译成中文有的叫《镜与灯》，有的叫《魔灯》，那是伯格曼导演写的自传。这部自传给我带来了深刻的影响，甚至比他的电影给我的影响更深。在这部自传中，他有一个重要的观点，他说教堂倒了，大家都看见了，可是有很多人就到处去喊教堂倒了、教堂倒了……敲锣打鼓地到处去说，你知道吗？教堂倒了，你知道吗？告诉你教堂倒了啊，好绝望，好绝望。那些连教堂倒了的轰然大响都没有听见的人，能听见你的一点儿呐喊吗？教堂倒了是多么大的声响，那些人没听见，他们就是聋子。你就不要再去到处喊说教堂倒了，你应该去做什么呢？应该俯身去捡起一块砖，再捡起一块砖，虽然你知道这个教堂不可能在你手里再建起来，但是你总是要做一点儿努力，哪怕砌一块砖……这段话给了我特别大的冲击，每一个做艺术的人在成长的过程中，都会非常依赖于前辈大师的灯塔。伯格曼导演就是这样的灯塔，不光是我，包括伍迪·艾伦，包括日本很多大导演，都把伯格曼导演视作灯塔。《魔灯》这本书当时给了我重大的影响，后来我就非常不愿意写，或者不愿意去拍那些呐喊的东西，因为我觉得伯格曼导演说的对，那些连教堂倒了都没有听见的人，他们就是聋子，你冲他呐喊，你的声音还没有教堂倒的声音大，他们能听得到吗？那你应该去干什么呢？你应该去写一些人性的美好，写一些温暖、纯良的东西，所以包括我自己写的音乐，都是那种比较温暖的东西，我从来不去写那些呐喊的东西。当时在北京，我还跟做摇滚乐的人做过一次辩论，大家知道摇滚乐就是去呐喊，但是你能叫醒谁呢？你还不如去写一些温暖纯良、人性美好的东西，慢慢地再把教堂的砖一块一块地重新砌起来，因为所谓教堂代表的就是敬仰，其实都是最美好的东西。伯格曼这本书带给了我重大影响，大家有机会可以去看看现在的版本。如果搜《魔灯》的话，可能也会搜到另一个中文版本，所有读艺术、搞艺术的年轻人，都应该去看一看。

意大利导演安东尼奥尼去世

意大利的导演安东尼奥尼，是跟伯格曼导演同年同月同日一起携手离去的。

安东尼奥尼其他的电影作品我就不多说了，他也属于典型的艺术导演，最重要的是他曾来过中国。在“文革”的时候，安东尼奥尼来到了中国，回去后还拍了部电影就叫《中国》，后来这部电影遭到了狠狠的批判。我记得当年妈妈回到家里曾跟我说，我们那里有个军代表，这个军代表是个安徽人，他说有一个反动的导演叫作安东尼奥尼，然后批判他如何丑化中国等等。大家都知道，“文革”的时候，中国有很多大院、大学都被军代表管理，这个军代表批判的就是导演安东尼奥尼，这让大家对他的名字非常熟悉。其实安东尼奥尼在《中国》这部长达三个多小时的大型纪录片中（上集拍北京，中集拍河南林县与江苏南京、苏州两市，下集拍上海），既没有丑化中国，也没有美化中国，只是非常客观地记录了 1972 年中国的真实状况。

| 施瓦辛格当选为加利福尼亚州州长 |

今天讲的都是和电影有关的人，前面讲了两位导演，下面我们来讲阿诺·施瓦辛格。施瓦辛格在电影方面的成就我就不讲了，因为他的电影我看得其实并不多，他演的那种类型的电影我也并不太感兴趣，相比而言，我对英格玛·伯格曼导演的电影更感兴趣一点儿。当然施瓦辛格确实是给全世界人民，尤其是男人们带来了很多欢乐，看完施瓦辛格的电影，男人们都梦想着自己有一天也成为那样强壮的一个人。施瓦辛格本身是练健美出身的，他有一身漂亮的肌肉，曾获得过“欧洲先生”“世界先生”“环球先生”等称号，后来才去做演员。施瓦辛格是奥地利人，奥地利人跟德国人是同一民族，具有德国人那种典型的认真、努力奋斗的精神。

施瓦辛格最后居然还做了加利福尼亚州的州长，大家知道加利福尼亚州是民主党的一个铁票仓，这个我想跟大家多聊几句。美国有民主党和共和党两个党，用蓝和红来代表两党的话，蓝代表民主党，红代表共和党。一般东、西海岸的这些州都支持民主党，像西岸的加利福尼亚州、东岸的马萨诸塞州等等。因为民主党更自由一点儿、更开放一点儿、更进步一点儿，而东西、海岸因为移民比较多，都比较自由、开放，所以一般都支持民主党，这些州就被称作海岸州。而共和党是遵从美国传统价值的，是比较保守的党，东部的一大堆州都比较保守，所以支持共和党。

加利福尼亚州是民主党的铁票仓，他们支持民主党到什么程度呢？今天的加利福尼亚州，不但是民主党成员担任州长，而且在议会里的议席超过了三分之二，到了可以修改加利福尼亚州宪法的地步。而施瓦辛格当年是代表共和党参选的，最后他居然选上了州长。加利福尼亚州这个州北边是硅谷，南边是好莱坞，所以这个州的人特别喜欢这些文艺明星、体育明星。每次共和党只要能在加利福尼亚州赢得州长这个位置，就一定是一个特别招人喜欢的，也就是个人魅力非常强的人参选。在这之前，加利福尼亚州共和党出身的州长还有里根，里根也是演员出身。我在洛杉矶生活的时候，也体会到这一点，在那边经常只要有点儿什么事儿，比如说被警察拦住了或者什么，你只要一跟人说，我是拍电影的，我拍过什么电影，警察就会特别痛快地把你给放了，因为他们特别喜欢文艺。所以共和党在加利福尼亚州的竞选占上风的时候，就永远要选一个特别招人喜欢的、长得帅的，或者是明星这样的人来参选州长。老百姓一看，这人我喜欢，那就投票吧，所以最终施瓦辛格就代表共和党当了加利福尼亚州州长。

施瓦辛格当选后就去了一个很小的城市任职，而且他当时是不拿工资的。大家知道，美国很多州的首府，除了南部几个州以外，都是特小的城市，加利福尼亚州的首府是一个山里面的小城市，叫作 Sacramento（萨克拉门托），华人管它叫“三块馒头”。萨克拉门托有一个篮球队还比较出名，就是 NBA 的萨克拉门托国王队，施瓦辛格就是去那个小地方当州长。他家住在洛杉矶，每周末就乘坐自己的私人飞机飞回洛杉矶，周一再飞到萨克拉门托上班，但是施瓦辛格从来没有报销过一次油钱，更不要说报销饭费什么了。施瓦辛格本身就是个大富豪，他在做演员期间就写了很多健身的书，赚了很多钱，还开了自己的餐馆等等，是一个非常精明的老板。他老婆是肯尼迪家的女儿，大家知道肯尼迪家族是美国政治上重要的家族，所以施瓦辛格娶了肯尼迪家的女儿以后，再走上政坛就会获得很多重量级的支持。

最后施瓦辛格当选为加利福尼亚州州长，总共任了两届，执政八年，前几年才退下去。施瓦辛格当州长的这段时间正好也是我在加利福尼亚州生活的时候，应该说他做州长的这些年，政绩乏善可陈，财政状况搞得极为恶劣，到最后加利福尼亚州的一座监狱都被卖掉了，犯人都没地可关，听说连洛杉矶学校里的粉笔都开始定量供应了。大家想想美国这么富足的国家竟然会规定一学期只能用几盒粉笔，确实是不可思议。当时加利福尼亚州还提高了消费税，因为州政府没有钱，加利福尼亚州的消费税从八点几提高到九点几，大家每天买东西都是要付消费税的，这是我们老百姓非常反对的。所以加利福尼亚州的人最后对施瓦辛格不是非常满意，他做了两任州长以后就退出了。

施瓦辛格竞选的时候还有一个有意思的小插曲，当时加利福尼亚州的记者协会发表了一个公告说："我们反对施瓦辛格当州长，这和他是共和党还是民主党没关系，这不是因为我们的政治倾向问题，反对的原因是他的名字实在太长了。"大家知道，德语名字都特别长，施瓦辛格这名字有十几个字母那么长。加利福尼亚州记者协会说："我们反对他当州长是因为我们的报纸没那么大地方写他的名字，标题那里还得写 Governor Schwarzenegger（施瓦辛格州长）。"确实他当选以后，每当有他的新闻的时候，报纸上就得有特别密集的字母堆在那里。

| 中国加入《世界版权公约》|

早在 1992 年，也就是二十多年前，中国就已经加入了《世界版权公约》，可是到了今天，我们的音乐还是被盗版把持着。加入《世界版权公约》就是要求各国互相保护对方的版权，比如在中国你用一个美国作曲家的作品，或者用美国作家的东西，你找不到这个人，那就把它交给中国的版权保护组织，让它转交给人家。所以中国加入《世界版权公约》只是极大地保护了全世界其他人在中国的版权，可我们中国作家、中国作曲家、中国音乐人的版权依然被各方面尤其是互联网疯狂地盗版。我希望我们加入《世界版权公约》二十多年以后，要保护一下自己的版权。

7月31日

《晓松说——历史上的今天》来到了7月31日。1941年的这一天，纳粹将大批犹太人赶进集中营；1991年的这一天，美苏达成《削减进攻性战略核武器条约》。

| 纳粹把大批犹太人赶到集中营 |

1941年的这一天，纳粹把大批犹太人赶到集中营。从很多影像资料中可以看到犹太人就是老老实实的，也不反抗，他们就这样排着大队进了集中营，进了毒气室，进了万人坑。大家都觉得犹太这个民族就是一个只会做生意的民族，莎士比亚写剧本都天天挤对犹太人，说犹太人抠门、犹太人骗钱等等，欧洲人都觉得犹太人就是这个样子的。当然犹太人后来有了自己的祖国，在二战以后，以色列跟周围的阿拉伯国家战斗了这么多年，从来没有打输过，而以色列军队，不管空军也好、陆军也好，都被公认为是世界上最能打的军队，犹太人一旦有了祖国，就焕发出了这个民族的尚武精神。

以色列的农业现在在世界上也是领先的，因为以色列占领的那块地方，处于沙漠干旱地带，水资源匮乏，有一个海还是死海，都是盐，那里的水也不能用来灌溉。但就是在这块干旱的土地上，以色列发明了滴灌等各种各样的农业技术，现在以色列已经成为农业技术的出口国。我们中国也是一个农业大国，现在还要从以色列引进先进的滴灌技术。大家想一想，犹太这个民族，你说是上天眷顾的民族还是上天诅咒的民族？上天眷顾他们，让他们什么都会，他们干什么成什么；可是他们又被上天诅咒过，遭受过很多灾难。我觉得这可能就是命运，给了你这个，拿走你那个。

当年犹太人不停地在欧洲被欺负、被驱逐，1492 年被赶出了西班牙，其实驱逐犹太人也对西班牙造成了很大的损失。大家知道犹太人有思想，会做生意，他们走到哪里，哪里的经济就会非常发达。当年犹太人离开了西班牙，被赶到中欧一带，中欧一带的经济也发达起来。德国的经济发达那么多年，其实跟犹太人的到来有很大关系。犹太人到了中欧，到了德国以后，很多人都把名字改了，因为他们从西班牙离开的时候，说的是希伯来语，结果到了中欧谁也听不懂他们的语言，问他们叫什么名字，说了一通，人家也听不懂，所以犹太人现在的名字全都是到了德国以后改的。都叫什么名字呢？正好这旁边有座山，那就叫什么什么山，山在德语里就叫 berg（伯格），所以犹太人中有很多都叫 berg 的，Spielberg（斯皮尔伯格）、Zuckerberg（扎克伯格）等等。大家在全世界只要看到这人的名字里面有 berg，他就一定是犹太人。有的人的名字里没有山，正好旁边有块石头，那就叫 Einstein（爱因斯坦），也就是一块石头的意思，ein 就是德语里 a 的意思，也就是一，stein 就是石头，所以就变成叫 Einstein 了。所以，很多犹太人的名字就变成了什么 berg、stein、witz 之类的。

犹太人不但改了名字，他们还把希伯来语跟德国中欧一带的语言，融合成了一种他们自己的语言，叫作 Yiddish（意第绪语）。全世界犹太人差不多有一千四百万，基本一半在美国、一半在以色列，美国犹太人基本上都说意第绪语，因为美国的犹太人基本上都是从中欧来的，从德国这边来的，基本上都受过比较好的教育，也比较有钱。后来从东欧以及其他地方又去了很多犹太人，东欧来的犹太人的名字基本上都叫什么 ski（斯基）。我在美国拍的第一部电影的制片人就叫艾伦·斯瑞斯基，一听这名字就是东欧犹太人。这些叫斯基的犹太人是被叫伯格的犹太人看不起的，因为他们从东欧来，没有受过什么教育，也不会说意第绪语。虽然犹太人自己在欧洲到处被排挤，但他们自己跟自己之间以及不同的犹太人之间还有分歧。

犹太这个民族非常神奇，不但会做生意，而且极有思想。大家知道，对今天的世界带来重大影响的有好几个都是犹太人。比如说，让大家知道天空是什么样的、宇宙是什么样的，那里可能真的没有上帝——相对论的提出者爱因斯坦就是犹太人。马克思证明了历史上没有上帝，历史是生产力、生产关系互相推进造成的，马克思也是犹太人。弗洛伊德证明了人的心里头其实都有一种libido——叫“力比多”的东西，也就是原欲，而不是上帝，弗洛伊德也是个犹太人。

1941年的这一天，犹太人再度遭遇厄运，纳粹把大批犹太人赶到了集中营。有关纳粹对犹太人犯下的罪孽，那是罄竹难书，有无数的影像资料记录了这段历史，残酷至极。犹太民族当年被屠杀了有六百万人，到今天为止这个世界上只有一千四百万犹太人，在二战期间就被屠杀了六百万，整个民族几乎被灭族。但是犹太这个民族生生不息，他们坚持自己的信仰，到每个地方去，即使被圈起来，即使没有土地，也坚持自己的信仰，建自己的教堂。今天大家到洛杉矶，只要周末到市中心就能看到成群的戴着小黑帽、有胡子的人，这些人都是犹太人，他们依然坚持自己的信仰，依然坚持种族内通婚。犹太民族是一个非常坚强的民族，一直坚持了两千年，不管怎么被迫害，最后终于在他们自己的《圣经》里记载的那块地方复了国。

| 美苏达成《削减进攻性战略核武器条约》 |

1991年美苏达成《削减进攻性战略核武器条约》，这个条约贯穿了整个冷战时代。大家知道，冷战是有史以来两个全世界最强大的军事集团——以美国为首的北约和以苏联为首的华约的对峙。这种军事对峙还不如真正的战争，战争打完了就能分出胜负，咱们就能和平建设。军事对峙期间干什么？那就是军备竞赛，为了打赢对方，要不停地研制和生产新的武器，你研制新的武器，我也研制；你生产新的武器，我生产得比你还多。最后美苏手里都各自拥有上万个核弹头，毁灭一个国家有几百个核弹头就够了，这么多的核武器，双方都能毁灭世界两三次。所以最终都到了这个地步，大家说再这么弄下去，两边的人民都别生活了，就全成军备竞赛了。

从20世纪60年代开始，美苏就决定咱们坐下来谈谈吧。尤其是在1962年古巴危机的时候，双方正面较量过一次，全面核大战处于一触即发的高危状态。但是，美苏双方谁也不敢率先按下手中那个核按钮，发动核战争。后来两边一想，反正我们也不敢按这个按钮，你也不敢，我也不敢，那咱还花那么多钱，生产那么多核武器干吗？有现在这些就够了，咱还不如省点儿钱干点儿别的，那咱们来商量商量吧。所以古巴危机之后，从1963年开始，美苏就开始了漫长的谈判。首先是在1968年签订了《不扩散核武器条约》，然后经过艰难的谈判，又在1972年签订了《美苏关于限制反弹道导弹系统条约》以及限制进攻性战略武器的临时协定，将美苏双方拥有的进攻性洲际导弹数量冻结在现有水平上。大家知道，反弹道导弹是一种强大的防空导弹，那个东西成本高极了，比打飞机的导弹贵多了，美苏两边到后来都负担不起，于是双方就先签了一个反弹道导弹条约，限制反弹道导弹的生产。后来两边又开始商量这个中程导弹，美苏双方除了拥有射程达一万多公里的远程导弹外，还在欧洲部署了大量中程导弹，美国的叫潘兴，苏联的叫SS-22，又花了很多钱。后来双方觉得有远程导弹就行了，我从本土也能打你，我干吗还花钱在这儿弄这个中程导弹。于是又经过漫长的谈判，双方在1987年时达成了一个协议，把中程导弹也销毁了，销毁中程战略核导弹是削减核武器的重要一步。

最后美苏越来越觉得这个世界还是咱俩共管吧，原来叫你死我活，要不你来当大哥，要不我来当大哥。苏联的战略于是就从我要打败你自己当大哥，变成了企图和美国共同管理这个世界，我管我这摊、你管你这摊就完了。双方又开始谈，谈到最后，在1991年7月31日签署了协议。其实这协议签了已经没用了，大家知道1991年就是苏联解体那一年，那年冬天苏联就解体了，苏联解体以后等于这个条约也没什么用了。苏联解体后俄罗斯继承了苏联的核武器，俄罗斯后来的国力跟美国已经不能比了，最后冷战结束变成了只有美国一个大哥。苏联大批的战略核武器也用不着削减，因为实在没钱维护，所有的战略核潜艇全都生了锈放在那儿，苏联的战略轰炸机有的在乌克兰，有的在哈萨克斯坦，苏联解体以后也不用跟美国再搞什么条约、协议，自己已经不行了。后来，美国还很高兴地出钱帮俄罗斯把在乌克兰、哈萨克斯坦的核武器都销毁了。

今天这个世界核武器发展的大方向，已经不是两强在对峙、威慑，重点变成了那些刚刚拥有核武器的国家和想要拥有核武器的国家，像朝鲜、伊朗等，防止核武器扩散变成了当今世界的主流。

Today

in History

❽月

8月1日

《晓松说——历史上的今天》来到了8月1日。今天是“八一”建军节，1927年的这一天，南昌起义爆发；1291年的这一天，瑞士独立。

| 八一建军节 |

今天是八一建军节，有关“八一”南昌起义，我们已经在很多日子聊过很多次了，今天就不多说了。庆祝一下“八一”建军节，各位军人为国服役，辛苦了！在这里我只讲一句话，就是南昌起义诞生了我们十大元帅里的八位和十大将里的七位，从中也可以看出南昌起义缔造了我军。十大元帅中除了彭德怀参加平江起义、罗荣桓参加秋收起义之外，朱德、林彪、贺龙、陈毅、刘伯承、聂荣臻、徐向前、叶剑英这八位元帅都是南昌起义的参加者。

| 瑞士独立 |

下面我们来讲一讲1291年的这一天，瑞士独立。一年365天每天都是不同国家独立的日子，因为一年一共就有365天，全世界有那么多国家，在历史上的每天都会有独立的国家，但除外好像历史上没有哪个国家在2月29日独立。在这么多独立的国家里，我们只挑选了几个国家来讲。比如说我们挑选了美国，在7月4日独立。还有法国，在7月14日独立。另外就是挑选了我们中国，10月1日。这是因为很多国家的特点不够鲜明，确实没什么可讲的。瑞士这个国家的独立是非常独特的，所以今天我要来讲一讲瑞士的独立。

一提到瑞士，大家首先想到的是瑞士是中立国，然后会想到瑞士银行里存着很多钱，还会想到瑞士手表，以及瑞士军刀。瑞士有很多大家熟悉的东西，但我觉得最值得一提的是瑞士一直保持着中立国的地位。大家知道，瑞士地处欧洲最中心的位置，1815年之后欧洲在不停地打仗，不停地爆发各种战争，欧洲科技的进步、工业的进步、文明的进步都是用战争来检验的，这是欧洲一个极大的特点。瑞士地处欧洲的中心，但是瑞士一直保持着中立，一直保持着繁荣和富强，不断地发展着。尤其是在两次世界大战中，一战和二战全都那么残酷，一战中至少有850万名士兵战死在前线，二战中至少有1500万名士兵阵亡。两次世界大战把中欧的各个国家都打得非常厉害，一战以后，整个法国几乎都瘫痪了，德国、意大利在二战中也瘫痪了。这些国家包围着瑞士，瑞士的北边是德国，东边是奥地利（被德国吞并），西边是法国，而南边就是意大利，围着瑞士的所有国家在大战中都被打得一塌糊涂，只有瑞士坚定地保持着中立，我觉得这是一件特别有意思的事情。

当然大家都希望和平，谁也不愿意有战争，但是怎么才能真正地保持中立呢？世界历史上有很多国家都说我要中立，其实你光说中立根本就没用。一战与二战的时候，比利时都说要保持中立，但很快就被德国占领了。欧洲还有很多小国，比如列支敦士登、摩纳哥等其实也是想保持中立的，但是你光说中立根本就没用，只要战争需要很多国家立刻就可以占领你。而像瑞士这样骁勇善战而且地形极为复杂的国家，它所宣称的中立实际上叫“武装中立”，就是说我要中立，我要和平，你最好给我，否则的话你来试一试，看你能不能占领我。我觉得这样的中立才是真正的中立。瑞士的发展和繁荣能够保持到今天。我觉得和瑞士这个民族的骁勇善战，以及瑞士的复杂地形都有直接的关系。瑞士地处阿尔卑斯山脉中央，如果打它，要付出的代价会非常高，连路过都会非常困难，所以瑞士的中立是有条件的。

瑞士人高大勇武，一向骁勇善战，是有悠久历史传统的。早在中世纪后期，罗马天主教的教皇就以瑞士雇佣兵作为自己的卫队，不少欧洲王室也加以效仿。在法国大革命中，当巴黎起义如潮水一般围攻国王所在的杜伊勒里宫时，只有少数瑞士卫兵拼死抵抗毫不退缩。从此，他们忠于职守、誓死不渝的名声传遍整个欧洲。所以当年在拿破仑的近卫军里就有很多瑞士人。现在如果大家去罗马的梵蒂冈（那里是教皇所在的地方），你会惊讶地发现教皇的卫队仍然是来自瑞士的雇佣兵。他们仍然身穿几百年前的制服，手执古老的冷兵器，从而构成一道独特的风景线。

瑞士到今天为止都是全民皆兵，这在欧洲的其他国家是没有的。欧洲其他国家的年轻人都是像工作一样来参军，只有在战争状态下国家才会大量征兵。而瑞士一直保持着全民皆兵的状态，瑞士这样做倒也没有什么特殊目的，就是每个男子到二十岁就必须为国服役，到四五十岁开始退役，服役是每一个瑞士男子的义务。瑞士虽然平时常备军只有四万多人，可是在四十八小时之内，就能集结起好几十万大军出来打仗。瑞士男子从二十岁开始就要参军，发的武器都可以带回家。所以大家如果去瑞士旅游，有机会去瑞士人家里的时候，一定要跟人家提出一个要求，说我看看你的枪，那枪不像是美国人为了玩随便买的，瑞士人的枪是政府发的。所以瑞士人在退役之前，武器弹药都可以放在家里，一旦开战，政府说到哪儿去集合，你就要马上穿好军装，带着自己的枪，带着自己的装备去集合。瑞士就是这样一个全民皆兵的国家，所以也没人敢招惹它。在世界大战中全世界各个国家打成那样的时候，其实大家心里也希望能有一个地方让大家坐下来谈一谈，如果全都是交战国，大家连个谈判的地方都找不到，总不能在海上、在空中来谈吧。所以瑞士这个中立国在当时也是全世界的需要，大家需要这样一块中立的地方坐下来。瑞士作为中立国，不听任何国家的指挥，别人存到瑞士银行的钱就是保密的，其他国家的什么政治压力我也不接受。所以也有很多流亡者会跑到瑞士去，当年列宁就在瑞士的某个地方躲起来了，在美国被迫害的卓别林也跑到瑞士去了。

瑞士这个中立国给大家提供了一个非常好的谈判场所，一战也好，二战也好，大量的谈判都跑到瑞士去了，连朝鲜战争与越南抗法战争等战争的谈判最后都是跑到瑞士去谈（即1954年的日内瓦会议），就因为瑞士是中立的，它没有什么倾向性。后来包括日本投降接受《波茨坦公告》，都是通过瑞士与瑞典这两个中立国转达给盟国，因为当时打仗各方的联系都中断了，最后通过瑞士通知其他盟国，说我们日本接受投降。瑞士不但武装中立，而且还起到这样的一种作用，所以瑞士中立是非常有保障的中立，不只是口头上的中立。瑞士人民也是世界上最幸福的人民，这么多年里没有经受战争之苦。现在有很多大型的会展、论坛也都是在瑞士召开，瑞士是全世界每年举办各种会展、论坛最多的国家，包括每年我们总理都要去参加的达沃斯论坛——这个全世界的经济大论坛也是在瑞士举办的。

瑞士还是全世界最美的国家之一，因为没有经历过战争，所以没有受到战争的摧残。我曾经去过几次瑞士，非常漂亮。瑞士有“千湖之国”的美称，是全世界环境最好的地方，到处都是漂亮的森林以及湖泊。瑞士有个著名的滑雪胜地叫英格堡，这个地方被称为“天使之乡”。当你乘缆车到达海拔一万英尺的山顶，俯瞰全城，你会为之震撼，世界上竟然有如此美丽的地方，世界上竟然有这么多美好的东西。如果失恋的话一定要去瑞士，看到如此美景，你的心情一定会好起来。那里有很多美丽的湖泊，如莱芒湖（日内瓦湖）、苏黎世湖……一眼望不到对岸，特别大，碧蓝的湖水一直伸向天边。瑞士还有无数的小湖，一边滑雪一边看着两边的湖水，心情极其好。瑞士是滑雪胜地，滑雪就是他们民族最基本的运动，瑞士人个个都是滑雪高手。所以一般人到那里滑雪，特别受刺激，从大雪道上滑下来的时候，两边没有任何防护网，一看就觉得胆战心惊。万一从在这拐弯的地方冲下去，下面就是万丈悬崖，只有一根跟毛线一样细的红线告诉你这是边界。我的滑雪技术本来不错，如果有防护网我肯定能够直接滑下去，但是为了以防万一，每到拐弯的时候我都是自己先趴在地上，然后把滑雪板拿下来，扛在肩上慢慢走过这个弯，再接着滑。每当这个时候，我都会看见很多五六岁的瑞士小孩儿直接就从我旁边滑过去了。对瑞士这个民族来说，滑雪就跟走路一样，极其潇洒自如，大家可以一直滑到酒店里，脱掉滑雪板直接吃饭。

瑞士最著名的美食叫作Cheese Fondue——芝士火锅。瑞士的芝士是全世界最好的，在世界各国吃西餐的时候，如果你点的芝士是瑞士的，那一定是最贵的。瑞士的芝士很有特点，即使芝士都腐烂了，都长毛了，切开以后依然特别好吃，不像美国芝士看着特别漂亮，但一吃起来味道完全不对。瑞士地处山区，常年气温较低，所以能产出全世界最好的芝士。在吃火锅的时候，把芝士放在热腾腾的火锅里融化了，简直美味极了。一道芝士火锅可以使用好几种芝士，把这些芝士一起放在火锅中融成一个糨糊一样的东西，然后用面包块拿一个叉子卷起来，把芝士拉出很长的丝。大家去吃饭的时候，看芝士火锅好不好，就要看这拔丝的长度，这丝拉得越长，就说明这芝士火锅做得越好，如果丝刚拔出来就断了，说明这火锅不好。

在瑞士吃芝士火锅和我们在其他地方吃火锅不一样，我曾经在瑞士的一个古老的饭馆里吃芝士火锅，结果因为不懂规矩被轰了出来。在西方，包括德国、英国、美国都有很多芝士火锅。美国有一个很大的芝士火锅连锁店，叫作The Melting Pot，就是“融化的锅”的意思，美国各大城市全都有分店。这种芝士火锅因为在美国改良过，所以它能涮很多东西，不光是可以涮面包块，还可以涮香肠、蘑菇、土豆之类的玩意儿，我在美国都吃过。后来，有一次我就到瑞士的这家火锅店去吃芝士火锅，一开始端上来的只有面包块，我说：“怎么只有面包块，我还要香肠、土豆等东西。”人家说我们这里没有那些东西，我说：“没有那就去切啊。”我们在中国习惯了，认为没有你到厨房里给我准备不就完了？我在那儿说了一通，一会儿他们经理出来了，一看就是中欧瑞士那种大绅士的形象。他走过来说：“先生，请您离开我们这里。”我说：“为什么？”他说：“您影响了我们的其他客人，您看我们这儿都是几十年的老客人，您不尊重我们的传统，我们瑞士芝士火锅就是只有面包块。所以请您离开这里。”旁边坐着那种特别绅士的老头儿老太太这时候都在看我，我说：“好好，那我不要了，光是面包就行了。”人家说那也不行，那也得请你出去，因为你已经闹了，已经影响了我们。最后我只好站起来，出去了。

瑞士还有一种火锅叫 Fondue Chinoise，Chinoise 在法语里就是“中国”的意思，Fondue Chinoise 就是中国火锅。那天我被轰出去以后怒气冲天，不管怎么着今天就要吃到火锅，于是就找到一个地方去吃 Fondue Chinoise。结果上来一看，这 Fondue Chinoise 跟中国火锅一点儿关系都没有，就是一大锅清水，涮一堆大肉片，大概有七八种酱，肉片蘸各种各样的沙拉酱吃。结果我又把人家叫来，我说这不对，在中国火锅不是这样的，又跟人家讲一通。中国人只要见到吃的，话就特别多。

瑞士按照所讲的语言主要分为三大区，瑞士北部以苏黎世为中心的地区，主要讲德语，人口最多，约占全国的三分之二；西部以日内瓦为中心，主要讲法语，人口约占全国的五分之一；南部以洛迦诺为中心，是说意大利语的，人口约占全国的十分之一；东部还有一小块地方，是讲拉丁罗曼语的那么一个少数民族，人口极少，不足全国的百分之一。可见瑞士人的语言地图主要是由讲德语、法语、意大利语的这三大区所构成。有一天我在看世界杯转播的时候，看到黄健翔当评论员，说瑞士队怎么怎么样，说着说着他们就提到了瑞士语，说瑞士语别人听不懂怎么办等。黄健翔是我特别好的哥们儿，我一听赶紧给黄健翔发一短信告诉他，我说：“这世界上没有瑞士语这种东西，瑞士人没有自己的语言。”瑞士这三大区中不管是说德语也好，还是说法语和意大利语，都有严重的口音。在瑞士一听你说德语，就知道你是德国人还是瑞士北部人，或者是奥地利人。瑞士人最讨厌的就是当他们说德语的时候，有人就会说：“你是德国人吧？”瑞士人一听这个就会特别生气，然后说：“我们不是德国人，我们是瑞士人！”他们觉得身为瑞士人特别自豪。瑞士的旗子是全世界人民最熟悉的旗子，就是国际红十字会所用的那个红十字旗。红十字就是从瑞士诞生的，瑞士人觉得自己可骄傲了。

到今天为止瑞士是世界上最富有的国家，它的人均 GDP 是世界上排前几名的。瑞士是一个资源极度匮乏的国家，它那儿只有树，但瑞士人从来不砍树，自己的树都留着，用的木材都从外国进口。瑞士的地底下也都挖空了，到处都是隧道，在瑞士开车几乎一半的时间都是在暗无天日的隧道里。瑞士的高速公路非常发达，在 20 世纪 90 年代的时候，那时候还没有 GPS，我们在瑞士开车总要有一个人看着地图，一个人开。一般都是我拿地图，因为我会看地图，地图上的虚线就是告诉你这儿是山洞，进了山洞以后再一看那虚线还分了好几个叉，山洞里还有红绿灯，然后在这边左转，那边右转，里面四通八达。瑞士的山几乎都被掏空了，除了战备就是公路。瑞士最美的公路是沿着湖边的山凿出的半隧道，一边开车一边欣赏周边的景色，漂亮极了的湖水，各种各样的帆船，瑞士人民几乎是生活在天堂里。

瑞士也是资源匮乏的国家，所以它不发展重工业，像造汽车、造轮船等，那要消耗大量的钢材，其实也增加不了多少附加值。瑞士着重发展的是精密制造业，同样一块钢要是拿来造手表，大家想想能做出多少块，一块手表能卖多少钱，附加值简直太高了，所以瑞士手表世界第一。还有瑞士军刀，都是世界上最精密的，一把瑞士军刀拿来能干无数事儿，出去旅游带一把就够了。所以瑞士发展的都是这种非常精密、高附加值的产业，瑞士的经济非常发达。

瑞士人均资产世界第一。为什么呢？大家知道瑞士银行因为中立，所以战争期间大量的钱都往瑞士存，战争以后很多贪污犯也都愿意把钱存到瑞士银行里，包括菲律宾的总统费迪南德·马科斯夫妇，大贪污犯，几十亿美金都存在瑞士银行，陈水扁的钱也都存在瑞士银行。战争当中，大批犹太人的财产很多都存在瑞士银行里，六百万犹太人被纳粹屠杀，最后很多人的账目就变成无头账目了。瑞士特高兴，这钱谁来要也不给，以色列来要也不给，说这是人家个人的财产，存在我这儿，谁也不能给。当然这件事儿一直在国际上引起很大的争议，但是瑞士一直说，我为什么能提供全世界最好的金融服务，就是因为我能为用户保密，纳粹的钱存在这儿，犹太人的钱存在这儿，谁都不让查。瑞士就是这样一个国家，反正它也不怕你，你说什么它也不听你的。

瑞士一直到 2002 年才加入联合国，大家想一想，其他国家恨不得建国第一天就申请加入联合国，想方设法地要在联合国占有个席位。瑞士 1291 年已经建国，联合国也在二战后期就成立了，但瑞士就是不加入联合国，就是为了不受任何人控制，做一个中立国。一直到 2002 年，瑞士才加入联合国，大概是全世界最后一个加入联合国的国家。瑞士是一个非常有意思的国家，瑞士到今天也不加入申根协定或者欧元区什么的，所以去欧洲旅游，你拿着申根签证，可以去二十七个国家，但就是去不了瑞士，一定要再单独签一个瑞士。其他欧洲国家都用欧元，而瑞士还用瑞士法郎，就是不用欧元。瑞士法郎在全世界是最受信任的货币，很多贸易最后都用瑞士法郎来结算。瑞士是一个很有意思的国家，大家有机会可以去瑞士看一看。

8月2日

《晓松说——历史上的今天》来到了 8 月 2 日。今天说两件大事儿，这两件事儿有一个共同的主题，叫作铤而走险。1990 年的这一天，伊拉克铤而走险，吞并了科威特；再有就是 1934 年的这一天，德国总统兴登堡去世，希特勒继任，成为德国的元首兼总理，带领德国走上了一条铤而走险的道路。

| 伊拉克吞并科威特 |

世界历史浩浩荡荡，无数的历史事实证明，当一个国家陷入内忧外患的时候，或者陷入极大危机的时候，就会出现军事独裁，就会出现军事冒险，这个国家就会铤而走险。1990 年的今天，伊拉克因为两伊战争陷入最大的危机，进而铤而走险，吞并了科威特。伊拉克跟伊朗打了很多年的仗，两伊战争持续了有八年之久，伊拉克和伊朗都是盛产石油的国家，本来都很富有，但两伊长期纠缠在一起打来打去，把两个国家都打得非常残破。伊拉克打到最后的时候，已经负债三千八百三十亿美元，实在打不下去了，于是就提出和伊朗停战。这个时候，伊拉克不但欠了科威特和沙特等这些阿拉伯国家很多钱，沿海的港口也全部被摧毁，连石油输出的港口都没有了。停战后的伊拉克就不想再继续还债了，于是它到处宣扬说，伊朗是波斯人，我们是阿拉伯人，我们在打他们，伊拉克在替阿拉伯世界打仗，你们还让我还债，这个不公平。

伊拉克战后欠了科威特很多钱。科威特虽然国土面积很小，但当年它是一个大富翁，它的地下边全是石油，随便在哪儿钻一下，下面就能钻出石油。科威特这么小的国土面积，石油储量位居世界前列，跟沙特阿拉伯的储量差不多，所以科威特这块地方实在是太好了，在那儿什么都不用干，坐在那儿就能发大财。所以科威特人民很多都不工作，他们全都雇用巴基斯坦等国的外籍劳工来工作，自己有钱也存在国外，然后到处去投资，在国外有很多科威特投资的项目。于是伊拉克就跟科威特谈，伊拉克说，我替你们打仗，防止伊朗输出革命，你为什么要让我还债呢？我看这债就别还了。但是科威特坚决不同意。结果伊拉克总统萨达姆说，既然这样，咱们干脆直接把它占领了算了。伊拉克当时还用了一个被很多国家经常用的办法，他们拿出一张古老的地图说，当初科威特属于伊拉克，现在应该收复失土了。其实历史上伊拉克和科威特所在的地区都属于奥斯曼土耳其帝国。但是由于科威特地处沿海，所以英国攻打奥斯曼土耳其帝国的时候，先从科威特这儿登陆，然后就把科威特给占领了。但是英国并没有占领整个伊拉克，所以伊拉克还是属于奥斯曼土耳其帝国，而科威特就成了英国的殖民地。直到后来科威特从英国独立了，伊拉克也从奥斯曼土耳其帝国当中独立了出来。

正是因为这段历史，伊拉克就找了两个出兵科威特的理由。第一个是科威特自古以来就是伊拉克的领土，第二个是以宗教的理由，要把阿拉伯革命继续下去，于是伊拉克就悍然出兵占领了科威特。因为科威特本身是个小国，没有多少人，也没什么军队，没什么其他武装，仗只打了一天，伊拉克就把它占领了。当时科威特有一位亚洲人民都非常熟悉的亲王，他是国际奥委会委员以及亚奥理事会的主席，率领国人英勇抵抗，一直抵抗到宫门口，最后牺牲了。这件事儿令全世界人民目瞪口呆，因为二战以后几乎就没有出现过一个国家悍然出兵，吞并另一个主权国家的事儿。二战以后的主要战争，比如朝鲜战争，南北朝鲜是一个国家，是统一国家的战争；越南战争，南北越南，也是统一国家的战争，只是其他国家有的帮这边、有的帮那边而已。二战后苏联打阿富汗，也是组织了一个傀儡政权，并没有把阿富汗吞并了。大家都知道科威特是一个主权国家，它已经独立了那么多年，在联合国还有席位。二战后一个主权国家悍然出兵吞并另一个主权国家，还从来没有过。所以这次伊拉克占领科威特，当时世界各国不管是东方的或西方的，也不管是资本主义或者是社会主义国家，全都一致加以谴责。联合国安理会也空前一致地同意授权联合国成员国出兵帮助科威特复国。当时中国在表决时没有投反对票，大家知道中国一向是坚持“和平共处五项原则”，从来不支持联合国通过任何出兵的决议，对这种出兵决议一般情况下中国都是否决的，但是这次伊拉克的侵略行动实在是太出格、太明目张胆了。

1990 年科威特被灭国以后紧接着在北京召开了亚运会，这也是中国第一次举办大型国际运动会。我记得当时的开幕式上出现了非常感人的一幕，当科威特的国旗举起来，后面科威特的运动员走进运动场的时候，队伍虽然很小，但是全体中国观众起立为科威特队热烈鼓掌。大家就是同情这个国家，虽然亡了国，但是还来参加运动会。在出兵帮助科威特复国这件事儿上，大家都非常踊跃。我还记得当时为了帮助科威特复国，军费大家分担，当时主要是哪几个国家出的钱呢？首先是科威特跟沙特阿拉伯。科威特非常有钱，而沙特阿拉伯和科威特之间有漫长的边境线，沙特也怕伊拉克再打它一下。由于沙特也没什么军队，所以它也很积极地参与这次行动，这两个国家各出了三百六十亿美金。另外两个出钱的国家是日本跟德国，我记得总共出了一百六十亿美金。为什么日本、德国出这么多钱呢？因为日本、德国既是二战战败国又是经济发达国家，作为战败国，根据它们的宪法规定是不能派兵到国外去打仗的，但作为发达国家就可以多出点儿钱来尽到自己的责任。当时共有三十四个国家在一起，成立了以美国为首的多国部队。就这样，四个国家，科威特、沙特各出了三百六十亿美金，德国跟日本共出了一百六十亿美金，加在一起有近千亿美金，支持多国部队帮助科威特复国。

我从小就是个大军迷，当时正在上大学，我就跟同学打赌说：“这要是多国部队发动进攻，一星期之内战争一定结束。”他们说：“为什么？”我说：“你看，这伊拉克和伊朗不刚打完仗吗，它连伊朗的民兵都打不过，根本组织不起来任何三个师以上的战役，只会那种最古老、最笨的打仗方式。所以这仗根本就没法打！”果不其然，最后第一次海湾战争几乎就变成了美国的先进武器实验场，多国部队第一次在战争中大规模地使用各种各样的制导武器，空中的、激光制导的、毫米波制导的等各种精确武器，动用了各种各样的先进武器。最后地面部队进攻的时候，包括了大量的阿拉伯军队，其实阿拉伯军队跟伊拉克人是同一个民族，但是你悍然吞并了我们的阿拉伯兄弟科威特，这种事儿在阿拉伯国家之间是不能容忍的。所以海湾国家都出了兵，而且武器还很先进，最后只打了近百小时，就把伊拉克军队全部包围在科威特，准备全歼的时候，萨达姆投降了，所以这个仗只打了近百小时。我当时还说多了，一个星期，实际上只用了四天多一点儿。

| 希特勒带领德国进入军事独裁时期 |

1934 年的今天，德国总统兴登堡去世，当时只是总理的希特勒，继任成为元首兼总理，等于是独裁者了，标志着德国正式进入了军事独裁时期。和伊拉克一样，德国当时处于更大的内忧外患之中。内忧是什么呢？大家都知道 1929 年全世界爆发了有史以来最大的经济危机，不光是德国，美国股市也崩了盘，很多美国人都失业了，日本也是一样。但是在危急的时刻，不同的国家做了不同的选择，为转移国内的困难和矛盾，日本走上了军国主义道路，对外发动了侵略战争。而美国人民则选举富兰克林·罗斯福出任总统，走上了跟德国、日本完全不同的道路。美国依靠自己的体制，逐渐地改革，逐渐地实施各种新政，罗斯福向国会提出申请，大量建设公共工程，先让人民有工作，这样吸收了大量的失业人群，稳定了社会，稳定了经济，然后逐渐带领美国走出了经济危机的泥潭。

德国跟美国一样，也是有宪法的民主国家，德国当时的宪法称为魏玛宪法。根据宪法，德国人选举希特勒做总理，总统是兴登堡，兴登堡是一战时期的老英雄，德国的老元帅。但是德国当时不但有经济方面的内忧，还有外患。在第一次世界大战战败以后，根据《凡尔赛条约》，德国要对法国进行各种赔款、割地，阿尔萨斯、洛林割给了法国，铁路也被拆走了，最重要的莱茵区不许德国驻军等，所以德国人还承受着战败后的民族屈辱，而美国人民没有这样的经历。希特勒在竞选的时候告诉德国人，如果你们想废除《凡尔赛条约》那些条款，那么大家就选我吧！所以当时的美国只有内忧，德国是内忧加外患，最后德国民众选择了纳粹党，选择了希特勒。这时候兴登堡正好又去世了，没人再能压制住希特勒，最终导致德国走上了战争的不归路。

当然，希特勒上台以后确实也进行了大规模的经济建设。他修建了全世界第一条高速公路，也就是说高速公路是德国发明的，到今天为止修高速公路是最能吸收劳动力的，修建高速公路能解决大量人口的就业问题，所以德国当时为了振兴经济修了欧洲最好的高速公路。之后德国大力发展军工产业，军事实力迅速膨胀。紧接着德国在1936年举办了奥运会。这时候经济飞速发展，军工产业随之迅速发展壮大，大量新式武器亮相，这些都极大地振奋了德国民众的信心，随后德国便开始向所有有争议的领土主权提出要求。这时候的德国已经完全变成了一个军事独裁国家，德国军队开始向希特勒个人效忠，开始向纳粹党效忠，到最后造成了希特勒带领德国铤而走险，对外发动战争，就像萨达姆带领伊拉克一样，最后走向了灭亡。今天的德国再也不会向任何以前的争议领土，哪怕是自己普鲁士民族的发源地柯尼斯堡（现为加里宁格勒）提出主权要求，主要就是因为汲取了从前的历史教训，不再让自己走上军事独裁的这条不归路。军事独裁已经成为历史，和平发展才是当今世界的主流。

8月3日

《晓松说——历史上的今天》来到了8月3日。在1923年的这一天，鲁迅的著名小说集《呐喊》出版；1958年的今天，人类第一次从水下航行到北极；1978年的今天，罗瑞卿大将去世。

| 鲁迅的著名小说集《呐喊》出版 |

首先说一下鲁迅的小说集《呐喊》，在1923年的今天，《呐喊》结集出版。我不知道在今天的小学和中学课本中，是不是还有很多鲁迅先生的文章，至少在我们读书的时候，当时我们的小学、中学十二年的语文课本里，收录最多的作品就是鲁迅先生的文章，小说也好，杂文也好，对联也好，诗也好，各种各样的作品。所以鲁迅先生对我们每个人的成长过程都产生了巨大的影响，在我们的心目中，他就是一位文学巨匠。虽然近年来对鲁迅先生的争议开始多起来了，但我觉得这是好事情，互联网时代以及多元化时代，跟过去的一言堂时代有很大的不同，那个时候给各种人都贴上标签，规定这个人是个好人，那个人是个坏人。现在的多元化时代开始对人和事物有各种各样的解构和反思，实际上大家真正再回头去看历史，也没有什么人是完美的好人，也没有多少人是真正一无是处的大坏蛋。

对鲁迅先生的争议主要集中在杂文方面，他在自己的杂文中批评了各种各样的人，实际上他所批评的那些人，大家后来一看其实这人还挺好的。像梁实秋，他曾经被鲁迅批评为“丧家的资本家的乏走狗”，其实梁实秋人挺好的，他还主编过《远东英汉大词典》。还有梅兰芳也被鲁迅先生批评过，大家现在都知道梅兰芳是一代巨匠、名伶，当年也被鲁迅骂。各种各样的人都被鲁迅先生骂过，还包括林语堂等。我个人认为鲁迅先生的杂文，其实也有很多值得商榷的地方，有时候鲁迅先生吵架吵急了，就跟现在人们在微博上吵架一样，吵急了就不讲理了。但是鲁迅先生总的出发点还是好的，鲁迅先生对这个国家、对这个民族、对自己所处的那个时代充满了忧患意识，至于他犯的小过错，我觉得还是可以理解的吧，因为当时他是很孤单的，一个非常孤独的战士。

鲁迅先生的小说，我个人觉得还是非常伟大的。鲁迅先生的杂文主要是政治斗争的产物，而他的小说的水平远远超过他的杂文。鲁迅先生的白话文短篇小说，迄今为止，在我心目中还没有其他人的作品能够超过，我个人认为鲁迅先生是第一名。虽然我们自己的文学奖，包括全世界的文学奖一般都是颁给长篇小说的作家，像诺贝尔文学奖的获得者一般都是长篇小说作家，很少有短篇小说作家获诺贝尔奖，但是我觉得短篇小说是文学的精髓之一。鲁迅先生的短篇小说中最精彩的几篇都在 1923 年 8 月 3 日出版的这本小说集《呐喊》中，每一个中国人都耳熟能详，像《狂人日记》《孔乙己》《阿 Q 正传》等。《阿 Q 正传》《狂人日记》都对当时短篇小说的发展做出了巨大贡献，当然做出最大贡献的还是《狂人日记》。《狂人日记》不但在文字上，而且在对我们这个民族的剖析上，对人性的那种描述上，放到今天我觉得一点儿都不过时。大家去微博上看看那些狂人、妄人，然后再和鲁迅先生的《狂人日记》比较一下，我觉得那真是不愧为整整一个世纪以来，最伟大的短篇小说之一。

《狂人日记》不但是鲁迅先生的第一篇白话文小说，也是中国文学史上第一篇白话文小说，这篇小说的开创性意义是不容否认的。鲁迅先生的白话文写得也非常有意思，甚至奠定了很多白话文用法的基础，所以说鲁迅先生是白话文短篇小说的开创者。实际上你去看之前的《太平广记》也好,《聊斋》也好，那已经比较接近白话文的文体了，但是其中的语法还是古文的语法，只不过没用古文中那么多的“掉书袋”，尤其不用“骈四俪六”那些对仗节奏。而鲁迅先生才是第一次真正地用白话文的语法，文学的语法来写小说。后来大家在思考什么叫文学时，经常会拿鲁迅先生文中的句子来说：“在我的后园，可以看见墙外有两株树，一株是枣树，还有一株也是枣树。”这就是文学。如果说：“在我的后园，可以看见墙外有两株枣树。”这就不是文学，这就是叙述。鲁迅先生在他的小说中还用了大量的自己发明的动词，以及自己发明的语法，这些东西都流传至今。我们上学的时候骂人都用鲁迅先生的那些语法，什么“我已经出离愤怒了”等，这些词都是鲁迅先生发明的，他在文学上做出了巨大的贡献。今天大家再看《狂人日记》，依然不过时。在这部小说集中还有一篇非常著名的小说就是《药》。《药》是一篇非常悲怆的小说，写的就是秋瑾这样的革命义士，为了国家的进步而抛头颅、洒热血，但是普通民众却拿馒头蘸她的血，来给病人治病，这样的小说你看了以后会觉得我们这个民族非常悲怆。在鲁迅的小说人物中还有孔乙己那样酸腐的知识分子，还有阿Q这样的人，这些人物都是绝大多数中国人在那个时代的生活体现。伟大的文学不光是在摆弄文字的艺术，更多的是反映时代的声音，可以称之为“呐喊”，那是“时代的呐喊”。

我跟大家说一个题外话，今天互联网时代来了，大家特别爱考据。互联网也让考据比过去容易得多，过去要到处去翻书，去图书馆查资料，现在咱们网上搜一搜就可以了。很多人考据了很多事情，包括孙中山先生在辛亥革命当中是不是在饭馆刷过盘子等，后来发现不是。鲁迅先生当时在《呐喊》序言里写到为什么弃医从文，因为在仙台学医的时候有一天看了一部电影，他叫画片，就是纪录片。鲁迅先生说，他在电影中看到了久违的中国人，一个人绑在中间被日本人斩首，周围的中国人在围观，大家都很强壮，但是人们的脸是冷漠的，全都面无表情……他看了以后觉得中国人民没救了，光学医是没有用的，是救不了中国人的，所以那个时候应该拿起笔，用文学来拯救这个世界。后来很多人就真的去调查了一下，鲁迅先生在仙台的时候，到底有没有这样一部纪录片，后来在查了仙台当时所有电影院曾经放映的记录，并查了当时大量的资料片、纪录片后，都没有发现这部片子。所以到底是鲁迅先生的记忆有误呢，还是今天考据、调查的人有问题呢？我个人比较倾向于今天考据的人是对的，鲁迅先生的记忆可能出现了偏差。但是这不是大问题，作为一部小说，作为文学作品的序言，他讲自己为何弃医从文，为何要去战斗，举出各种各样的例子，有各种虚构，我觉得也正常。

| 人类第一次从水下航行到北极 |

下面来说说 1958 年的这一天，人类终于航行到了北极点。人类历史上征服自己生存的地球和征服太空的奋斗始终没有停止过，我之前多次讲过，在人类科技的发展过程中，军事方面的技术进步是第一位的，因为军事行动或者军事斗争是关乎人命的。人类首先是出于军事方面的需要，发明了一个叫核潜艇的东西，核潜艇最大的一个好处就是不依赖空气，它不需要经常浮出水面，也不需要通气管，因为它使用核动力，可以一直航行到很远很远的地方。这次核潜艇在极厚的冰盖下面航行，最终到达了北极，人类终于第一次从水下航行到了北极。其实不论是东方还是西方，人类早就已经实现了从地面上到达北极，但是从水下航行到北极点，这个确实我们没有过，全世界只有美国第一个航行到了北极。

这件事儿有着重大的军事战略意义。为什么呢？大家展开地图看的时候，觉得美国、俄罗斯离北极都挺远 , 但是如果拿地球仪看的话，北极点其实离俄罗斯、美国都很近，所以如果从北极向俄罗斯和美国发射导弹，比穿越太平洋和大西洋的射程要近得多，就不需要射程那么远的导弹了。后来俄罗斯和美国的核潜艇都做得很大，水下排水量达一两万吨之多，其中苏联 1980 年下水的“台风”级核潜艇其水下排水量达两万六千五百吨，是迄今为止世界上吨位最大的潜艇，现仍在俄罗斯海军中服役。这些核潜艇背上的壳都非常硬，里面装着导弹，如果能航行到北极，在北极冰盖下面，反潜飞机是看不见的。核潜艇上浮的时候力量会非常大，可以撞开北极的冰盖后浮出水面，从那里向目标发射导弹，这个时候离美国和俄罗斯就已经非常近了。所以核潜艇航行到北极不光是一个划时代的历史事件，同时又有重大的军事战略意义。

| 罗瑞卿大将去世 |

最后说一下 1978 年的这一天，罗瑞卿大将去世。罗瑞卿大将应该是“文革”中受迫害的那些元帅、将军当中，第一个遭遇打击的高级将领，虽然彭德怀元帅受迫害是在 1959 年庐山会议的时候，但一直没有公开，而罗瑞卿大将则在“文革”爆发时就开始被公开迫害了。罗瑞卿属于军中根红苗正的将领，他上过黄埔军校，参加过叶挺独立师，曾经在苏区战斗了多年，参加过长征，而且一直在我军最根红苗正的部队——红一方面军中任职。罗瑞卿一直在林彪的麾下，直到“文革”爆发被打倒时为止，其间他还接替林彪，当了抗大副校长。我党我军大批领导干部都是罗瑞卿担任抗大校长期间被培养出来的。罗瑞卿根红苗正，威望很高，他还担任了新中国成立以后的第一任公安部长，对我国公安系统的建立以及整个发展做出了重大贡献。

罗瑞卿大将在“文革”中被迫害得非常惨，最后跳了楼，造成双脚骨折，在医院里又被红卫兵拉出来批斗。大家可以看照片，他被放到一个筐里，人已经都残疾了，还要被拉出来批斗、游街等，最后导致下肢瘫痪，非常悲惨的命运。林彪叛逃出国自取灭亡以后，罗瑞卿的境况稍微好了一点儿，因为毛主席说了一句话，意思就是当时我听了林彪的谗言，使罗瑞卿受到了迫害。大家知道当年有一个“彭罗陆杨反党集团”的冤案，就是指彭真、罗瑞卿、陆定一、杨尚昆这四位，他们都是我党我军的高级领导人，都被打成反党分子，被迫害得很惨。罗瑞卿大将最后好不容易熬到了粉碎“四人帮”，在 1978 年夏天去德国治腿疾的时候，在德国去世，他没有熬到 1978 年底改革开放以后的好日子，没有看到中国更美好的未来。

8月4日

《晓松说——历史上的今天》来到了 8 月 4 日，在 1704 年的这一天，英军占领直布罗陀；1906 年的这一天，京剧剧本首次结集出版；1977 年的这一天，美国能源部成立。

| 英军占领直布罗陀 |

1704 年的这一天，英军占领直布罗陀。直布罗陀是整个环地中海地区最重要的一个要塞，大家如果看地图就会知道地中海是非常大的一块，仅次于这几大洋的面积，地中海通往外洋即大西洋的唯一出口被直布罗陀给严严实实地卡住了。而且地中海能通往外洋的就只有直布罗陀这一个天然出口，这个出口非常窄，直布罗陀的对面就是非洲，离得非常近，划一个小船就能过去。西班牙之所以曾经长期被穆斯林占领也跟它的地理位置有关，西班牙虽然在西欧的最西边，但是它的南边就是北非，离穆斯林统治的这个地方是最近的，所以西班牙曾经被穆斯林占领了七百年。大家如果有机会去直布罗陀的话，就会看到它现在还有很多穆斯林的遗迹。直布罗陀这个地方被谁占领，就等于谁扼住了地中海通往大西洋的唯一出口。后来在地中海的东边又挖了一条运河，叫苏伊士运河。苏伊士运河挖通以后，向东还有一个人造出口，可以通往红海与印度洋。过去直布罗陀只是进出地中海，通往大西洋的唯一出口，但是自从苏伊士运河挖通以后，等于从印度洋就可以进地中海，再从那儿出大西洋，所以直布罗陀的地位就更高了。

1704 年是什么时候呢？当时正好有一场著名的战争叫作西班牙王位继承战争（1701—1714）。实际上英国正是利用了这场战争，夺得了直布罗陀。在西班牙王位争夺战的时候，各方一通混战，大家都争夺王位去了，最后哈布斯堡王朝争夺到了王位，而英国却说我不要王位，直布罗陀这地儿太好了，我就要直布罗陀吧。虽然英国二战以后越来越衰落，原来很多殖民地都独立了，或者还给人家了，像香港就还给了中国，但是英国到今天也没有把直布罗陀还给西班牙。西班牙和英国曾经就直布罗陀的问题进行了多次谈判，西班牙说咱都是西欧国家，是有共同价值观的国家，咱也都是北约成员，你老占着我这么一个最重要的地儿，你还给我得了。英国当然是不愿意还了，所以一直到今天还占领着直布罗陀要塞，控制着直布罗陀海峡。

后来英国实在不好意思，既然其他殖民地都独立了，或者还给人家了，要不然我也把直布罗陀还给你吧，反正西班牙跟英国都是北约国家，你守着这个地中海出口，跟我守着也差不多，而且军队早就撤走了。但是直布罗陀人民自己不同意，虽然一共只有几万人，但是他们说，我们不同意把直布罗陀还给西班牙，西班牙没钱，没英国富，而且我们都是英国人，坚决不同意回去。当时英国占领了直布罗陀以后，把西班牙人都轰走了，有好多英国移民搬到了那里，所以直布罗陀这地方说英语，而且都是英国人和少数的原住民，所以这帮英国人一投票，就说我们不归西班牙。现在世界历史已经进入到了尊重人民意愿的公投时代了，所以直到今天这儿还是一块由公爵统领的英国海外领地。大家有机会去欧洲旅游的时候，到了西班牙还能用申根签证，而到了直布罗陀就不行了。去直布罗陀得用英国签证，因为它是英国的直属领地，它拿的护照直接就是英国护照，跟当年香港的护照还不一样。

| 美国能源部成立 |

1977年的今天美国能源部成立。美国政府要成立一个部，有非常复杂的程序，因为大家知道，美国政府用的是纳税人的钱，用的是老百姓的钱，所以你怎么花人民的钱，这事儿很重要。政府不能随随便便成立一大堆“部”，然后弄一堆部长、副部长，那是不行的。美国成立一个部，需要国会立法才行，所以美国的部很少。美国刚刚成立的时候，整个中央政府也就才几十个人，也没什么部长，就一堆Secretary，也就是一堆秘书在帮着华盛顿管理政府。到今天，美国的部长也不像英国的部长，英国的部长叫Minister，英国首相叫Prime Minister，就是所有部长的头儿。但是美国的部长都叫Secretary，国防部长叫Secretary of Defence，外交部长叫Secretary of State，就是国家的秘书。

美国政府的权力并不大，它不叫中央政府，而是叫联邦政府，因为它是个联邦制的国家。每个州的权力非常大，因为下面每级政府都是人民选的，人民选自己的市长，选自己的州长。所以联邦政府实际上管的事儿并不多，它也没有太大的权力。那联邦政府主要管什么呢？就是打仗和对外事务，现在还多了一个，就是反恐，因为这些事儿各个州没办法管，所以就成立了一个小小的政府，设几个秘书，后来慢慢成立了一些部，到1977年能源部成立的时候，一共才十二个部。美国在这一点上和其他国家，尤其是与长期中央集权的国家不一样。像中国，虽然以前只有六个部，吏部、户部、礼部、兵部、刑部、工部，但是那六个部都特别大，现在的中国政府则有二十几个部之多。

1977年美国国会专门立法通过了《能源部法案》，成立了能源部。为什么要成立这个部呢，主要就是因为石油问题，大家再想1977年整个世界在干什么呢？当时离打完第四次中东战争才只有短短四年时间。1973年的第四次中东战争是最大规模的一次中东战争，大部分阿拉伯国家团结起来一块儿打以色列，差不多所有的阿拉伯国家都参战了，而且是阿拉伯国家主动袭击以色列，当时恨不能这一下毕其功于一役，就想把以色列给灭了。以色列刚开始被突然袭击时曾被打得晕头转向，但马上就振奋起来，在美国的全力支持下进行了非常迅猛且卓有成效的反击，最后打败了阿拉伯国家。在这次反击的过程中，美国对它的支持已经到了不惜一切的地步。当时美国直接把美军战斗机的机徽从五星变成六星，因为以色列战斗机的机徽是六角星，由犹太裔的美军飞行员直接飞到以色列去作战。美国对以色列进行的支持，已经不计代价，它说需要什么就给什么，反正以色列必须得坚持住，绝对不能灭国。当时苏联是支持其他的阿拉伯国家的，也给了阿拉伯国家无数的钱，提供武器。最后双方已经到了剑拔弩张的地步，苏联把空降师集中在南部，离以色列很近了。美国也进入全球一级战备，就是你苏联千万别动以色列，你要动一下，我就跟你拼了。在这种情况下，阿拉伯国家非常愤怒，本来很多阿拉伯国家跟美国关系不错，尤其是欧佩克（也就是石油输出国组织）的成员国，但这个时候民族矛盾、宗教仇恨全都集中起来，说美国你要这么干，那对不起，我们要制裁你。所以整个欧佩克国家，绝大部分都是阿拉伯国家，拿石油当武器，对包括美国在内的所有支持以色列的西方国家进行制裁。当石油的价格突然大幅上涨后，美国的经济几乎接近崩溃。因为美国原来石油的价格才三美元一桶，突然间从三美元涨到十三美元一桶，真是令人感到无法承受。一桶三美元的价格，放到现在简直不能想象，现在一桶油已经约五十美元了，那时候才三美元一桶，可见用廉价的阿拉伯石油的美国人民当时生活得多幸福。结果这些阿拉伯国家一斗争，油价当时就从三美元涨到十三美元，这对从来不存钱的美国老百姓来说，简直难以承受，几乎快疯了。怎么办呢？那就只能开始节能，于是想各种各样的办法，找各种替代能源、核能。那谁来想这个办法？谁来组织大家弄这个事儿？以前无所谓，都是石油公司干这事儿，现在非常时期不行了，那咱们成立一个能源部吧，于是在 1977 年的时候，终于立法成立了能源部。这个能源部还不光管石油的事情，把原来属于内政部管的电力系统，原来属于国防部管的核武器这一块，也都归为能源部管辖。所以美国的能源部部长是非常厉害的，他不光管全国的什么油、电，还管全国的核武器的研发、储存、管理等，除了打仗的时候核武器归军队管，其他的时候都归能源部管。能源部部长属于内阁成员，美国不是每个部长都是内阁成员的，可见其地位的重要性。

说到美国的内阁部门，再给大家说一个有意思的事儿。内阁各部其中一个是国防部，国防部下来，分陆军部、海军部、空军部，这些都是正经的内阁的部。美国国会还有一个独立机构是其他国家都没有的，叫作退伍军人事务部，我多次说过美国是一个尚武的民族，对军人非常崇敬，有各种有关军人的节日，纪念老兵的节日、纪念牺牲军人的节日，这些都是国家假日。退伍军人事务部专门负责所有退伍军人的福利管理，照顾退伍军人，不能出现一个伤残军人生活窘迫、在街上要饭吃的情况，那全国的士气都没有了。所以国防部、陆军部、海军部、空军部、退伍军人事务部都是有关军事的部门，后来美国又成立了国土安全部，这跟军事也有很大关系，国土安全部是“9·11”事件后成立的，再加上1977年成立的能源部，能源部管核武器，也算是跟军事有很大关系的一个部。美国经常在全世界耀武扬威，从这儿大家就知道美国对军事有多么重视，这几个政府部门都是有关军事的，它要不打仗的话，这些部门都没事儿可干，所以美国就靠着打仗、军事，养活这么多个部。

还有一点，也值得一提，美国能源部这么重要的部的部长曾经由华裔的科学家朱棣文担任。朱棣文的祖籍是江苏，他是在美国出生、美国长大的，曾经获得过诺贝尔物理学奖，他在奥巴马做第一任总统的时候，担任了美国能源部部长。当时的美国内阁成员中还有好几位华人，赵小兰做了劳工部长，骆家辉做了商务部长，商务部长的级别就比能源部长还高一级，商务部是跟国防部、国务院大概平级的美国最重要的部，这么重要的部也曾由华人来担任部长。

| 京剧剧本首次结集出版 |

1906年的这一天，对于所有热爱京剧的票友来说是很重要的一天，在这一天四十八部京剧剧本正式结集出版。京剧从散落在民间，上不了台面的民间娱乐，变成了阳春白雪。其实这之前京剧就已经开始进入了最辉煌的时代，那个时候的京剧演员比现在的电影明星还要辉煌，京剧演员整天进宫给皇帝唱戏，给慈禧太后唱戏。他们的待遇比大臣还要高，甚至可以不下马，像杨小楼这种大武生进宫的时候，甚至可以带刀进殿，这是其他大臣都没有的待遇。从乾隆皇帝开始，四大徽班进京来给乾隆祝寿，到今天为止大家看到的京剧，也不完全是由当时说的徽班进京传进来的。徽班唱的昆曲实际上只是京剧的一个来源，按今天的说法，应该是京剧的表演方式借鉴了昆曲。但是京剧的曲目跟唱腔实际上是汉调，汉调就是武汉那边的地方戏。所以京剧本身是由昆曲的表演方式与汉调的曲目唱腔融合而成的，它跟北京没有什么关系。

还有一点大家要知道的，就是徽班其实并不是从徽州来的，而是扬州来的。为什么叫“徽班”呢？因为大家知道扬州有很多徽商。当时安徽皖南地区的徽商是很著名的，徽商里有大盐商，还有像胡雪岩那样的红顶商人。徽商当年雇了很多戏班子给他们唱戏，所以这些给徽商唱戏的班子就叫“徽班”，实际上徽班是从扬州、武汉那些地方来的。后来这些剧种融合在一起形成了京剧，京剧在清末民初逐渐进入了辉煌时代。大家知道在民国时期“四大名旦”的地位远远超过了现在的电影明星，收入也非常高，按比例的话，比今天的电影明星挣得还多。著名的京剧演员当时在全国人民心目中都是那种偶像式的人物，像梅兰芳，像杨小楼等。所以今天这个日子非常值得纪念，京剧剧本终于能够结集出版，当然还是没有谱子，只是剧本。我们的汉民族一直不太擅长音乐，所以京剧只是口耳相传，但是没有谱子，简称“没谱”，但是剧本是有的。剧本剧本，乃一剧之本。有了结集出版的剧本，表明这一剧种的发展已经开始进入了成熟期。

8月5日

《晓松说——历史上的今天》来到了 8 月 5 日。今天要讲的三件事儿都和文艺有关，首先是 1305 年苏格兰民族英雄威廉 · 华莱士被处决；1850 年的这一天，莫泊桑出生；1962 年的这一天，一代大美女玛丽莲 · 梦露去世。

| 绝代大美女玛丽莲 · 梦露去世 |

今天大家发明了一个词儿叫“宅男女神”，我猜在整个世界历史的长河中，成为最多宅男心目中的女神的就是玛丽莲 · 梦露，她应该算是全世界宅男的共同的女神。我看过很多记录，当年美军有很多驻扎在日本的基地，玛丽莲 · 梦露去日本劳军时，出去逛街，所有日本男人看到她几乎当场就疯了，终于见到真人了，终于见到了心目中的女神，宅男女神。

玛丽莲 · 梦露的电影给了全世界所有男人美好的幻想，其中也包括一位中国著名的科学家——张维，就是我外公。我外公特别可爱，平时我老觉得他好像特严肃。后来终于有了互联网，当时政府率先给科学家的家里装了互联网，那时候他还不会用。有一天他特别认真地跟我说："你能用互联网帮我搜索一下吗？"我说："搜什么？"他说："你能帮我搜一下玛丽莲·梦露吗？"我当时都傻了，一个如此严肃的老科学家竟然也喜欢梦露！于是我帮他从网上搜出了各种玛丽莲·梦露的照片。那时候互联网的速度很慢，还没有视频什么的。外公当时都七八十岁了，我看到他端详着屏幕上的玛丽莲·梦露，然后脸上露出年少时候的那种宅男的表情——花痴表情。我当时其实心里很感动，就是一个人、一个男人不管他有什么 title（头衔），有什么地位，到了什么年纪，其实他的内心永远住着一个少年，那个少年的内心永远拿玛丽莲·梦露当作偶像。

我比外公晚了两辈，但玛丽莲·梦露依然是我的女神，我看过她的几乎所有电影。上个星期我又看了她的两部电影，当时我完全是因为工作，就想看看什么电影跟中国的今天有关，能够借鉴一下。于是我到 IMDB，也就是互联网电影资料库里面去看，里面有评选出的 20 世纪一百年中最优秀的一百部喜剧，其中排在第一名的就是玛丽莲·梦露主演的 *Some Like It Hot*，中文译名是《热情似火》。我觉得这个名字翻得不好，一点儿那种春意都没有，一个那样的大美女，结果翻译成《热情似火》，我觉得过于保守了。这部电影排在 IMDB 评选的 20 世纪一百部大喜剧中的第一名。玛丽莲·梦露演的另外一部喜剧，*The Seven Year Itch*，也就是《七年之痒》，排在第五十一名。可见玛丽莲·梦露并不是一个花瓶，花瓶主演的电影是不会有这样的成绩的，她确实是一种喜剧类型的代表，这种类型的喜剧放在今天的中国来看正好合适。因为那个年代美国正处于战后时期，正处于发展时期，跟今天中国的整个社会环境很像。

玛丽莲·梦露演的喜剧基本上是"愿钓金龟婿，难得有情郎"的类型，一开始是个物质女郎，想找一个金龟婿，在这个过程中产生了真情，有了真情以后钱就不重要了，最终爱上了一个穷小子。所有的穷小子看完这种类型的电影以后就会觉得好安慰啊，你看像玛丽莲·梦露这样的大美女、女神，她最终也会跟一个穷小子在一起。在《热情似火》这部电影中，玛丽莲·梦露饰演的女主角最终和乐团里的一个男扮女装的乐手走到了一起，一开始她还说要去迈阿密海边找有钱人，最后和这个穷乐手产生了真情，走到了一起。当然电影是造梦的，现实生活中像玛丽莲·梦露这样的女神，不要说在今天的中国，在那个时候的美国，她也不会跟了穷人。

玛丽莲·梦露的身世比较悲惨，家庭生活也非常不幸福，很小就被强奸。长大以后，她其实对男人，对这种生活都有点儿背离。她有专门关于自己的回忆录，还有她跟朋友的谈话，我都看过，小时候的家庭生活对她的影响是非常大的。但是她伪装成所有的男人都喜欢的那种，好像特别喜欢这些浪漫的宅男，其实她的内心深处并不幸福。现实生活中像这样的宅男女神她不可能跟了穷小子，她最终是和各种“高帅富”在一起，包括大剧作家亚瑟·米勒，还有当时美国最优秀的棒球明星，叫迪马吉奥。迪马吉奥是运动员，文化层次比较低，而且大男子主义倾向比较强，一看自个儿老婆怎么在电影中跟各种男人调情，迪马吉奥因为这个还打过她。玛丽莲·梦露主演的电影都是那样的，那个年代跟今天不一样，那个年代的电影公司非常强大，工会不够强大，电影公司让你演什么你就得演什么，所以培育出很多类型的电影。玛丽莲·梦露就是演这种电影的，一有这种电影就想起她来，所以她演的电影也都是这种类型片。这还不像今天，今天的演员可以尝试一下这个，再尝试一下那个，但是很多时候的效果反而不如玛丽莲·梦露的时代，现在的演员给人的感觉都很模糊，光听演员的名字，也感觉不到这个电影是什么样的。那个年代只要一听到梦露的名字，就知道是这种类型的喜剧电影。

现实生活中的玛丽莲·梦露跟了各种“高帅富”，但她生活得并不幸福。最后玛丽莲·梦露还和约翰·肯尼迪总统以及差点儿当上总统的罗伯特·肯尼迪（肯尼迪总统的弟弟），都传出过绯闻，当然这个绯闻有点儿大，这里面的关系也错综复杂。在 1962 年的这一天，玛丽莲·梦露离开了这个世界，她的死据说是由于过量服用安眠药，我猜美国大部分人都不会相信玛丽莲·梦露是自杀的，或者就是因为服药过度死了。就跟我也不相信迈克尔·杰克逊是因为用药过度死亡一样，但是迈克尔·杰克逊还稍微有一点儿可能性，我坚定地相信玛丽莲·梦露一定是死于政治谋杀，因为一旦卷入政治当中，所谓伴君如伴虎，很多事情就不好说了。大家想想看，玛丽莲·梦露死了以后没多久，肯尼迪也被刺杀了，在这么复杂的政治斗争中，这位宅男女神也成了政治的牺牲品。

玛丽莲·梦露留给大家的最经典的形象有两个，一个是在电影《七年之痒》中，在纽约她走到那个地铁的通风口，下边是呼啸而过的地铁，风从底下呼呼地吹过来，把她那一袭白裙吹起来，后来所有模仿玛丽莲·梦露的女星都要这样来一下，在底下弄一个吹风机，然后一吹让裙子飘起来。另一个就是，在庆祝肯尼迪总统生日的大晚会上，梦露风情万种地走出来，为肯尼迪唱了一首生日快乐歌。但最后她也成了政治的牺牲品，红颜薄命啊，这让我想起了杨贵妃，想起了其他在政治斗争中牺牲的女人。

纪念玛丽莲·梦露！大家有机会再去看看她最经典的这两部电影，还有我最喜欢的另一部电影，叫作 *River of No Return*——《大江东去》。这是她早期还没有演喜剧之前演的一部西部片，那里边有一首特别好听的歌叫作 *River of No Return*，大家可以去看看听听，重新瞻仰一下玛丽莲·梦露的风采。

很多人都问，今天再看好莱坞电影，怎么再也不会出现玛丽莲·梦露、奥黛丽·赫本、伊丽莎白·泰勒，克拉克·盖博也不会再有了，这是为什么呢？其实很简单，整个人类的社会慢慢地从精英社会转到了平民社会，今天的一切都是做平民的生意，平民来演电影，平民来当总统，平民来当导演。那个时代还是个精英时代，总统都是精英，演员也全是大明星、大精英，那个时代过去了，今天来到了平民时代，所以你再也看不到那些辉煌的精英了。

| 苏格兰民族英雄威廉·华莱士就义 |

下面来说跟电影有关的另一件事儿，苏格兰的民族英雄威廉·华莱士在1305 年的这一天被处决，如果没有那部电影《勇敢的心》，全世界大多数人根本就不知道这个事儿，没有人知道苏格兰当年还有这样一个民族英雄。结果《勇敢的心》斩获五项奥斯卡奖，风靡世界。虽然这部电影遭到所有历史学家的猛烈批判，它上映的时候历史学家指出了它无数的错误，说这儿不对，那儿不对。最后人家说我这是电影，我这是电影是不是就可以虚构？

据说这部电影的编剧在写剧本的时候都没听说过威廉·华莱士这个人，大家想想他会把电影编成什么样子。编剧本人也叫华莱士，苏格兰很多人姓华莱士，因为这个电影火了，苏格兰所有姓华莱士的都说："我就是那个华莱士的后代。"实际上华莱士到底有没有后代到现在也说不清楚，电影里演的是他老婆一上来就被殖民地的官员给杀了，然后逼他出来造了反。实际真正的历史上他老婆并不是被官员杀了，他也不是因为这个造的反，他到底有没有孩子也不知道。编剧华莱士据说是到爱丁堡去玩，然后一看这儿有一个叫威廉·华莱士的塑像，跟他居然是同一个姓，然后就写了这么一个剧本。其中的很多历史错误我就不讲了，连结尾时候的那镜头都是错的。影片中的华莱士最后是在一个叫断头台的地方被处决的，因为导演觉得这样拍出来好看，华莱士躺在那儿，大声说道："Freedom（自由）！"梅尔·吉布森本人又是制片人，又是导演，又是主演，最后他一定要把自己的镜头拍得特别辉煌、伟大，他说我要给梅尔·吉布森拍一个伟大的镜头，然后他又亲自跑去演，躺在那儿，特别辉煌地喊了一句"自由"，然后无数人热血沸腾，包括他在前线指挥的所有人，为了自由去冲锋的时候他们全都热血沸腾，这个镜头很经典。实际上威廉·华莱士被捕以后，并不是被斩首的，他最后被判的是绞刑、剖腹和车裂，我也很奇怪这三个刑怎么执行。

苏格兰到今天为止要求独立的呼声一直都没有断过，但是现在的独立和当时威廉·华莱士那个独立还不太一样。当时威廉·华莱士起来战斗是由于苏格兰被英格兰占领过一段时间，但是时间并不太长，后来苏格兰又建起了自己的斯图亚特王朝，后来又成为一个独立国家，一直独立了很多年。再后来苏格兰跟英格兰的合并，并不像威廉·华莱士时代一样，英格兰侵略了苏格兰，而且占领了苏格兰。当时是英格兰没有国王了，大家知道欧洲整个的王室都是一大家子，没有国王怎么办，按照这个血统一算，说苏格兰的国王詹姆士六世可以来英格兰当国王，于是就请了苏格兰的国王詹姆士六世来英格兰当国王。于是詹姆士六世就带着自己的苏格兰来了，这还不能叫嫁妆，反正我是苏格兰国王，苏格兰的土地都是我的，我到英格兰去当国王，于是就把苏格兰给带来了，苏格兰跟英格兰就是这么合并起来的。所以两家的合并还真不是英格兰侵略苏格兰，所以苏格兰也没什么特别委屈的，不但不是英格兰侵略苏格兰，而且是你苏格兰占领了英格兰，你的国王当了英格兰国王。

今天的伊丽莎白二世女王本人就是苏格兰人。苏格兰在要求独立的时候想出了各种各样的理由，其中有一个理由特别有意思，说虽然伊丽莎白女王是苏格兰人，也是我们苏格兰国王的后代，但是她为什么要叫伊丽莎白二世女王呢？她应该叫"伊丽莎白一世"！因为大家知道当年的伊丽莎白一世是在詹姆士六世来英国当国王之前，所以伊丽莎白一世只有英格兰，当时苏格兰跟它是分开的。对苏格兰人来说，现在的伊丽莎白二世应该叫作伊丽莎白一世女王，因为当初的那个一世是英格兰的一世，不是咱俩联合起来之后的一世。所以苏格兰人不承认以前有一个伊丽莎白一世女王统治苏格兰，为此还进行了诉讼等，最后经过最高法院判决，说她就应该叫伊丽莎白二世女王，你们就不要再诉了。

总之，苏格兰人就是讨厌英格兰到这种地步，他们的口音也不一样，连用的钞票都不一样。苏格兰人不愿意用英镑，因为他们不喜欢看到英镑上那些所谓的皇家的印记，上面印着各种皇帝、女王的头像，所以苏格兰就发行了自己的苏格兰镑，完全是一比一的汇率，其实都谈不到汇率，就是一种货币。苏格兰镑只能在苏格兰用，可能英格兰靠北边一点儿的城市还能用，出了苏格兰人家都不认，但是不认苏格兰人也要用。苏格兰的各种各样的文化跟英格兰都不一样，但是实际上我觉得，英国还是挺尊重苏格兰的，你看英国人打仗，走在前面的士兵吹着风笛，穿着格子裙子，大家排着方阵就冲上去了，那都是苏格兰的东西。但是苏格兰不知道为什么，到今天为止还是要独立，并一直为此而呼吁和努力。

苏格兰有一段时间没有议会，苏格兰国王到英格兰当国王以后，苏格兰原来的议会就并到了整个大不列颠议会。后来苏格兰人就开始不停地闹，闹到最后，恢复了苏格兰议会。议会恢复以后，这种民族情绪就更上来了，议会这边有两个党，一个党说要独立，这叫“苏独”，另一个党说要统一。这个要求苏独的党叫民族党，要求统一的党叫工党，工党原来在议会占的席位一直是最多的，但是民族党不停地在那儿忽悠，结果在2010年的选举中大胜工党。现在苏格兰议会是民族党占绝对多数，民族党就要求苏格兰独立。但是英国毕竟是西方国家，还是非常宽容的，现在的首相卡梅伦同意在2014年由苏格兰人民举行全民公决，说如果全民公投超过50%的人同意，那苏格兰就可以独立。苏格兰要求独立当然也有很多法理，比如自古以来，英格兰和威尔士就属于罗马帝国，苏格兰在罗马帝国的时代就不跟它们在一起等。2014年9月19日，苏格兰独立公投计票结果公布，苏格兰独立失败，我2013年就跟大家打过赌，说苏格兰全民公投，苏格兰绝对独立不了。因为这种事儿在西方有很多，像加拿大的那个魁北克省，它是说法语的，跟加拿大其他省完全不一样，加拿大也说你要是想独立那就公投，全民愿意那你就独立，结果魁北克公投之后也没能独立。我坚定地认为苏格兰百分之百独立不了，大家也就是闹一闹，一个党有自己的诉求这也正常，不然要这个党干吗？

| 短篇小说大师莫泊桑出生 |

最后纪念一下短篇小说大师莫泊桑，1850 年的这一天莫泊桑出生。在莫泊桑的小说里，充满了对女性的同情。我们在课文里还学过，像《项链》《羊脂球》这些都是描写女性的，描写得非常细腻，而且对女性尤其是下层女性，充满了同情。莫泊桑在世界文学史上被公认为和契诃夫、欧·亨利齐名的三大最优秀的短篇小说家之一。纪念莫泊桑！

8月6日

《晓松说——历史上的今天》来到了8月6日。今天是人类历史上惨痛的一天，1945年的今天，人类首次在战争中使用原子弹；1932年的这一天，历史最悠久的电影节——威尼斯电影节首次举办。

| 人类首次在战争中使用原子弹 |

8月6日，每年的这一天，日本的广岛都要举行非常盛大的纪念活动，来纪念人类历史上第一次发生原子弹轰炸的日子。对于年轻人来说，最早知道广岛可能并不是因为原子弹，而是因为一首优美的歌曲——《广岛之恋》。《广岛之恋》最早是玛格丽特·杜拉斯的一部小说，大家知道杜拉斯是法国新浪潮的重要干将，她的《情人》《广岛之恋》都是非常优秀的作品，《广岛之恋》是新浪潮电影的代表作。我一开始还以为《广岛之恋》讲的是跟原子弹有关的事情，看了电影才知道这只是一个爱情故事。后来《广岛之恋》有了一首同名歌曲，再看《广岛之恋》的时候，有了很多悲伤的情绪，其实电影本身跟广岛原子弹这些悲伤的往事并没有关系。我觉得这也是应该的，历史浩浩荡荡向前发展，大家不能只记得过去的伤痛，但是对于广岛人民来说，这一天是永不能忘怀的，每年 8 月 6 日全体广岛人民都要来纪念在原子弹轰炸中死去的二十多万平民（死亡二十多万人，只是一个估计数字。截至 2010 年，广岛因受原子弹伤害而死亡的人数已达二十六万）。

美国当年向广岛投下原子弹是为了惩罚日本在二战中犯下的罪行，日本发动了战争当然罪有应得，但是罪有应得的应该是发动战争的那些人。最可笑的是在战争中起到重大作用的裕仁天皇本人并没有受到惩罚，而是日本人民受到了惩罚，尤其是广岛的这二十多万平民。他们并不是军人，没有屠杀过别的国家的人民，他们承受了战争的后果。下令投原子弹的杜鲁门总统当时才刚刚上任没几个月。大家知道在 1945 年的 4 月，美国历史上最伟大的总统之一，率领美国人民走出经济危机、率领美国人民结束了禁酒令、率领美国人民打败了法西斯的伟大的德兰诺·罗斯福总统去世了。他去世的时候并没有看到战争真正的结束，当时战争的局面已经必胜，紧接着就是德国投降了，希特勒自杀身亡。罗斯福跟希特勒在 1933 年同时上台，又同时在 1945 年离开这个世界，一个光荣地被全世界人民纪念，一个耻辱地自杀。罗斯福总统去世以后，杜鲁门总统继任，继任后不久便下令向广岛投放原子弹。

杜鲁门继任总统的时候，只做了一分钟的非常简短的演讲，而不像其他总统那样发表大规模的演讲。当时全世界人民都在悼念罗斯福总统，杜鲁门总统在发表了简短的就职演说以后，就进到了白宫的办公室。第二天，陆军部长进来就跟他说，总统，我跟你说一件事情，你万万想不到的，之前在罗斯福总统的命令下，我已经秘密地研制出了一种巨大杀伤力的武器。杜鲁门就任第二天就听到这么个消息。这个计划一直保持绝对的机密，除了极少数人以外，从事这一工作的所有人都不知道他们的研究将被用于哪里，也不知道他们生产的产品是做什么用的。这个能彻底扭转整个战局的武器将在四个月内试验爆炸，它叫原子弹，杜鲁门总统当时听到这个消息后也非常吃惊。

大家知道日本的那个武士道精神实在是太厉害了，当时美国为打败日本已付出了巨大的伤亡和牺牲，美军在和日军的战斗中也遇到了巨大的困难。日本又是多山的国家，美国大规模的机械化部队很难展开，这之前打到硫黄岛，美国的损失惨重，美军消灭了日军两万多人，自己也伤亡了两万多人。冲绳岛战役更加惨烈，美国在冲绳消灭了十万日军，但自己伤亡了约四万八千人，而且总指挥被打死了，中将在前线也牺牲了。当时日本家门口还有几百万日军，照这么打下去那得多大的损失，打到最后，美国士兵都毛了，这得多少美军才能把日本占领？日本军国主义倒是非常高兴，在这些前线的岛屿把美军打成这样，在冲绳还有自杀式飞机撞沉了很多美国的军舰。

日本军国主义者最后还提出了“一亿玉碎”的计划，就是不但军队要打，而且要全民参战，给人民发武器，没有武器的发长竹竿，老人、妇女都把磨尖的长竹竿拿在手里当枪使，号称要一亿人为国家光荣牺牲。当时日本其实根本就没有一亿人，只是号称一亿人，一亿玉碎，就跟美国人拼了。美国自己也算了算账，要最终战胜日本至少得死一百万美国人，所以后来美国才在雅尔塔会议上向苏联妥协，求苏联出兵帮它打日本。但这个时候美国的原子弹研制成功了，杜鲁门一看我们有原子弹了，那就不需要苏联出兵了，因为苏联一旦出兵，它要求的东西会特别多，美国于是决定用原子弹结束战争。杜鲁门总统就下令使用原子弹轰炸日本，二战的时候已经没有那么多伦理可讲了，就是以打败你为原则，少死人最重要。当时美国列了几个袭击目标，包括京都，还有广岛、小仓等。京都当时还算是在二战的轰炸中幸存的一个，有人说京都之所以能幸存下来，是由于梁思成之前为美军标记过京都的古建筑，说这些古建筑不要炸，不管什么原因吧，京都之前一直没有被轰炸。

其实一直到美军的飞机起飞的时候，还没有最后定下来要把原子弹投到哪个地方，最后就是决定哪个地方天气好，就炸哪儿。当时美军所有的飞行员集中了多个机组，飞行员都不知道要干什么，他们当时就在美国一个沙漠里练习，练习什么呢？就是练习投掷大炸弹。这在当时是高度机密，只有他们的司令官，就是这个509部队的上校指挥官知道要投原子弹这事儿，其他人都不知道。其他人就天天练，戴着大厚墨镜，在五千米高空，准确地瞄准一个地儿，投下炸弹之后就赶紧跑，而且每次就投一颗炸弹。509部队的轰炸机都是B-29，他们的B-29是专门改装的，混在其他的轰炸机中飞行，别的轰炸机都是带好多燃烧弹、炸弹，它每次就带一颗炸弹，而且是五吨重的炸弹，其实这就是原子弹的模型。每次这些改装的B-29飞机就混在机群中，练习在五千米高空投弹，投了之后就跑。

最后轰炸的命令终于来了，当时原子弹被分成了几个部件，就怕一颗整原子弹在运输的过程中万一被击落或者掉下来，因为美国当时只造了三个原子弹，一个实验用了，就剩两个了，再少一个就不够用了。所以当时的原子弹是分了不同部件，分别海运和空运，非常严谨、安全地运到了前线，然后再把这些部件组装起来。

当原子弹在几百米高空爆炸的时候，那种强光让飞机上所有人的眼睛都短暂地瞎了，当时爆炸导致的十亿度的高温让这个世界瞬间凝固了，十亿度的高温，没有尸体、没有残骸，什么都没有，瞬间一切都化为乌有。当场几万人死去，最后是大量被严重烧伤的人，很多人双眼都已经成了窟窿，先后死亡二十多万人。大家知道广岛原子弹只有两万吨 TNT 的当量，TNT 当量是衡量原子弹的重要指数，就是爆炸威力相当于两万吨 TNT 炸药，这在原子弹中还不算是大的，结果就已经成了这样。今天的核大国用的核武器，最小的当量也有这么大，大的已经到五百万吨、一千万吨、几千万吨当量的氢弹，相当于五百个广岛原子弹那么大，如果一颗炸弹投下去，那种毁灭性简直不能想象。所以人类还是不要把科技用在这上面，我们还是要以和平为重，好在原子弹发明以后人类再也没有爆发过大规模的全面战争，如果发生，那简直就是毁灭性的。

在之后的很多年，参与当年广岛轰炸飞行任务的美国飞行员都隐姓埋名，飞行员自己也知道这不是一件光荣的事情，美国政府后来也不愿意去提这件事情。每年广岛举行纪念活动的时候，美国也不参加。一直到奥巴马政府，在2010年的时候，才第一次在日本的强烈邀请下，派美国大使出席了在广岛市政府前面举行的纪念仪式。

| 最早的国际电影节——威尼斯电影节开幕 |

下面来说说世界历史上最悠久的国际电影节——威尼斯电影节。有人说奥斯卡比它早，奥斯卡 1929 年就有了，为什么说 1932 年创办的威尼斯电影节是最早的国际电影节？这个我之前讲过，奥斯卡是美国电影艺术与科学学院奖，是奖给美国电影的，奥斯卡只有一个奖是国际奖，叫最佳外语片。当然了，英国电影因为是英文的，也能参加其他奖项的角逐，但是角逐奥斯卡奖的主要就是美国电影加上英国电影，所以奥斯卡不是一个国际电影节，它不是给全世界的电影评奖的地方，甚至不是所有美国电影的奖，它其实就是好莱坞电影工业的一个奖，是自己俱乐部里的一个奖。实际上，一些美国电影，还有其他的纽约电影、独立电影，它们都参加美国的另一个电影节，叫圣丹斯电影节。所以奥斯卡奖不但不是国际电影节，它甚至也不是美国电影节，但是因为好莱坞太强大，获奖电影的观众太多了，所以让大家错误地认为奥斯卡奖是国际上最大的奖。

威尼斯是第一个真正的国际电影节。1932 年创办，大家想想 1932 年这个世界是个什么样子？ 1932 年正是全世界最穷困的时候，从 1929 年开始，全世界的经济崩溃，股市崩盘，到 1932 年美国有百分之二十几的失业率，欧洲国家有的差不多得有百分之三四十的失业率。但是这个世界有一个规律，就是经济越差、大家失业越严重的时候，电影业就发展越快，为什么呢？因为电影能造梦，大家在最痛苦、困窘的时候，花一点点钱到电影里去看各种美好的生活，看各种丑小鸭变成了天鹅、各种灰姑娘的故事、各种卖油郎独占花魁、屌丝捧走美女，看完以后心情愉悦。所以每当经济不好的时候，电影业就很发达，所以 1932 年是全世界经济最不好的时候，却也是好莱坞电影最黄金的年代。在 1932 年的时候，德国纳粹即将上台，而意大利的法西斯党早在这之前的 1922 年就已经上台了，墨索里尼在希特勒上台之前十一年就已经统治了意大利。在这种背景下，威尼斯电影节创办了，并曾一度被法西斯控制，连奖杯都被称为“墨索里尼杯”。正因受纳粹影响，1938 年到 1942 年的评奖并不为后人所承认。

因为战争，威尼斯电影节停了几年，一直到二战结束以后的 1946 年才恢复，“墨索里尼杯”被取消，1949 年增设金狮奖。现在大家每次捧到金狮奖的时候都非常高兴，但现在没有三十年前幸福，因为三十年前，也就是 20 世纪 80 年代，差不多是威尼斯电影节最高潮的时候，也是世界电影的最后一个高潮期。那个时代可以说是大师辈出的年代，差不多延续到 90 年代，电影节中经常会有伟大的电影，会有各种大师出现。所以到底是电影节捧红了电影导演，还是电影导演捧红了电影节呢？这个很值得讨论。电影节当然认为是它捧红了导演，所以它就非常自信，其实我坚定地认为是那些伟大的电影捧红了电影节，是那些导演的伟大作品帮衬了这个电影节。但是电影节自己往往很骄傲，它说你看谁谁谁都是我捧红的，我今天要捧这个，明天要捧那个。后来伟大的作品越来越少，电影开始走下坡路，电影节也就慢慢地走了下坡路。

在欧洲三大电影节——戛纳电影节、柏林电影节、威尼斯电影节中，下坡路走得最厉害的就是威尼斯电影节。戛纳电影节因为最早向商业化转向，大量的好莱坞电影都去竞争戛纳的红地毯，现在戛纳电影节几乎就是好莱坞大片的天下，是好莱坞大明星的天下。美国人现在也比较认可戛纳电影节，威尼斯电影节美国人都很少听说过，柏林电影节他们也不知道。柏林电影节是比较政治化的，政治题材的电影很容易在柏林电影节得奖。威尼斯电影节向来以艺术为第一位，艺术再艺术，就是“艺术金刚”，一定不能向票房、向商业片低头，一定要把奖颁给那些特别艺术的、没票房的、小众文艺的那种电影。所以到今天，威尼斯电影节越来越走下坡路，影响力越来越弱。

威尼斯电影节是跟中国最友好的电影节，它的主席马克·穆勒能讲一口流利的中文，和中国的关系非常好，经常来中国、来北京。中国一共有五位导演七次获得“金狮奖”，这个记录远远超过戛纳电影节，戛纳电影节上只有陈凯歌导演和王家卫导演获过奖，而威尼斯电影节，我们五位导演的七部作品曾获奖，包括张艺谋导演的《秋菊打官司》，同时因为这部电影，巩俐还荣登威尼斯影后，获最佳女主角奖；张艺谋导演后来的《一个都不能少》也得过威尼斯电影节奖。李安导演的两部很艺术但很不商业化的电影——《色戒》和《断背山》也都得了金狮奖，这个很难得。另外三位导演各得过一次，就是台湾的侯孝贤导演的《悲情城市》、贾樟柯导演的《三峡好人》、台湾的蔡明亮导演的《爱情万岁》，后几部电影可能很多人都没看过，是非常非常小众的独立电影，也是威尼斯电影节一直鼓励的那种类型的电影。还有一位非常年轻，应该算是威尼斯电影节最年轻的影帝，就是当年主演了《阳光灿烂的日子》的夏雨，当时夏雨还是个高中生，十几岁就获得了威尼斯电影节的最佳男主角奖。后来我的第一部电影《那时花开》由夏雨主演，我们的海报上都写着“威尼斯影帝”夏雨、“巴黎影后”周迅领衔主演。

欧洲有各种各样的电影节，大大小小得有成百上千个，欧洲人特别重视文化事业，以至于在欧洲各国都有立法规定只要赞助文化事业，就可以抵税、免税，既然能免税，很多人当然就愿意去赞助文化事业。所以在欧洲成立一个电影节特别简单，你就写信给各种各样的文化精英，说我想成立一个电影节，我的主要方向是什么，就会有很多人给你赞助，你写一轮信下来，保证能收到几张支票。大家想想，一年才三百六十五天，这么多电影节，欧洲等于每天都得有电影节。以至于很多电影节小到什么程度呢？我曾参加过一个电影节，在法国里昂，结果到那儿一看，发给你几张电影票、几张餐券，每天都可以去那个饭馆吃饭，剩下的就是看电影，每天就只有一个电影商赞助，这就是一个电影节。大家经常说中国现在重复建设，这个电影搞节，那个电影搞节，报纸上有很多类似的批评，我觉得这个不是什么大问题，光欧洲电影节就有那么多。虽然威尼斯电影节稍微有点儿衰落，但是威尼斯电影节是威尼斯双年展的一部分，这可是世界上最大规模的艺术大展之一，包括建筑、绘画、电影等。

我去过世界上几十个国家、上百个城市，我觉得威尼斯是最最美丽的一个城市。威尼斯不是像绍兴一样的水城，它是在海里长出来近一百二十个小岛。威尼斯没有车，所有的出租车、公共汽车都是船，坐的私家车也是船。在每一个小岛，你自己租一条小船，或者坐一种类似公共汽车的船，就可以游遍威尼斯。威尼斯因为有这么多个大展，包括双年展、电影节等，它的美食也是世界第一好，大家去那儿一定要点一道菜叫龙虾意面，那个做得实在是太好吃了。威尼斯的生活成本是非常高的，东西非常贵，都是全世界的富豪住在那里，他们全都有自己的私家游艇。我问过很多在威尼斯工作的意大利人，问他们为什么不住在威尼斯，他们都说："我们哪儿住得起威尼斯啊，我们都是下了班就回大陆，然后早晨起来坐船来到威尼斯，劳作一天再回去，这儿根本不属于我们意大利人，威尼斯是属于你们全世界有钱人的。"当然威尼斯确实是非常美好的城市。

8月7日

《晓松说——历史上的今天》来到了 8 月 7 日。今天应该叫群星陨落日，我们要讲几位去世的大师，1661 年大文豪金圣叹去世，1938 年斯坦尼斯拉夫斯基去世，1941 年泰戈尔去世，1994 年中国著名的美术家刘海粟去世。

| 怪才金圣叹去世 |

下面说一说中国文学史上著名的大怪才金圣叹。金圣叹是大天才，琴棋书画无所不能，当然他首先是因为家境比较好，学过很多东西，而且都学得特精，后来他家道中落，变成了一介狂生。今天要讲的两个人，一个是金圣叹，一个是泰戈尔（之后要讲到）。中国历史上的传统知识分子最推崇的就是这样的狂生，狂放不羁，视金钱如粪土——“粪土当年万户侯”。金圣叹当年去参加科举考试，考了第一名，要是别人的话，那考了第一名简直高兴死了，肯定要衣锦还乡，可金圣叹考了第一名却不愿意做官，扭头走了。他就是这样一个狂放不羁的人，但这样的人通常下场都不太好，从嵇康到金圣叹，一直到我们 20 世纪的狂生，一般都没有好下场，反“右”也好，“文化大革命”也好，不管什么政治风波来了，狂生都是最倒霉的。

金圣叹自己当然也写了很多东西，但是他最大的贡献就是文学批评。应该说中国文学史上从他开始，文学批评才上升到一个非常重要的地位，这之前大家都是自己写写，同时评评别人，没有形成一个体系。金圣叹最著名的文学批评作品就是有关《水浒》和《西厢记》的评论。在金圣叹之前，就是明朝之前吧，中国就只有诗评，小说这东西到底是怎么回事儿，应该以什么方式创作，应该有什么样的逻辑，有什么样的结构，人物应该怎么树立，没有人去研究过。所以在金圣叹之前中国的诗评很多，但是对小说进行评论他是第一个。当然金圣叹也评过一些诗，评过杜甫的诗，也评过《楚辞》，但贡献都没有他对小说的评论大。实际上金圣叹相当于是个小说理论家，在他对《水浒》《西厢记》进行了评论之后，应该怎么写小说，应该怎么塑造人物，才有了一个完整的理论体系，这是金圣叹对小说非常重要的贡献。

刚才我们说到狂生的下场一般都不太好，后来金圣叹被斩首，也是因为他对很多事情看不惯，就去反对，结果遭到报复。当时金圣叹所在的那个县，县官非常贪腐，于是这些秀才就去告状。过去的知识分子都爱带头闹事儿，现在也是，不过现在有微博了，那时候要告状得去击鼓鸣冤。由于对县官贪腐不满，金圣叹就和几十个秀才一起上书巡抚，然后还把大家集合起来，按现在来说，这叫实名举报县官。但是大家知道官官相护，贪官都是一家子，实名举报的下场就是巡抚和县官勾结起来，一齐制造了一个罪名扣在了这帮秀才身上。他们说这帮人抗税抗饷，震惊先帝之灵，对抗朝廷。大家知道，那个时候清朝才刚刚统治了中国没多久，最怕的就是汉人反对朝廷，这个时候你竟然抗税，那就是重罪。所以巡抚和县官就给他们栽赃了一个聚众闹事、抗捐抗税的罪名。于是十几个秀才全都被抓起来，一起被斩首。金圣叹不幸是其中之一，也被斩首了，但是他一直到死，都保持了一介狂生、一个大知识分子的那种幽默、豁达，或者说叫胸怀。

在这儿给大家讲几件小事儿。金圣叹后来在监狱里，马上就要问斩了，他跟狱卒说：“你给我纸和笔，我有特别特别重要的事儿要告诉你们。”狱卒特高兴，以为他留了什么财宝给大家，赶紧给他拿纸和笔，结果他写的是：“花生跟豆干一起嚼，能嚼出核桃的味道。”最后他留下的墨迹竟然是这个，从这里也可以看出他的豁达和幽默。当然幽默感在亲情面前还是打了折扣，据说最后在刑场临刑前，儿子来看他，儿子痛哭，他还想幽默一下缓和悲伤的气氛，于是就对儿子说：“我出个上联，你来给我对个下联，我的上联叫‘莲子心中苦’，你对下联。”儿子哭得昏天黑地的，什么也对不出来，于是他说：“我给你对一个下联，下联叫‘梨儿腹内酸’，你看怎么样？”这个对联充满了父子感情，大家都知道那个莲蓬，莲子心中是苦的，它的谐音是“怜儿子”，自己可怜自己儿子，所以叫莲子心中苦；梨儿，就是吃的那梨是酸的，“梨儿”的谐音就是离开儿子的意思。“莲子心中苦，梨儿腹内酸”，这个对联对得非常漂亮，属于“绝对”，这是他临终前送给儿子的对联。

之后金圣叹就被斩首了，据《聊斋》里写，他的头被砍下来以后，还大喊了一句“好快刀”，但实际上这不符合科学。大家知道发声是要靠肺活量，需要空气冲击声带才能发出声音，所以被斩了首的脑袋是喊不出来的。但当时确实记录下来一个有意思的事儿，就是他的脑袋滚到地上以后，一边一个耳朵眼儿里滚出一个小纸团，刽子手捡起来一看，一个写的是“好”，另一个写的是“疼”，这就等于是他最后想说的一句话，他知道自己说不出来了，于是就往耳朵眼里塞俩纸团，叫“好疼”。一代大知识分子，一介狂生，就这样被贪官给冤死了。

当然最后那两位贪官也都没有好下场，在金圣叹这些秀才被斩首以后没多久，贪腐的县官也东窗事发，最后也被斩首了。尤其是那个朱巡抚，在十余年后，“三藩之乱”爆发，吴三桂的部队在云南起兵造反，不但把时任云南巡抚的朱巡抚杀了，还分而食之，把巡抚给吃了。所以坏人也没什么好下场，害了金圣叹的这两个坏人最后都遭到了报应。

| 世界文学泰斗泰戈尔去世 |

下面来说说泰戈尔，泰戈尔是印度的骄傲，他也是亚洲文学家中，对世界文学影响最大的一位，泰戈尔堪称世界级的泰斗，也是全人类的财富。泰戈尔曾经获得过诺贝尔文学奖，而且是诺贝尔文学奖中，至少排在前十名的伟大作家。泰戈尔也是琴棋书画无所不能，一生出版诗集数十本，小说数十部，戏剧数十部，画了一千五百幅画，写了不计其数的歌。这简直是太神奇了，我觉得只有神拿着你的手，你才能成为泰戈尔这样的人。一个人光靠自己的努力，只是学学琴，然后再学学画，普通玩一玩还可以，但要做到精通就很难了。大家知道这弹琴和绘画完全是两回事儿，绘画是空间艺术，而弹琴也好，写诗也罢，那叫时间艺术，这完全是两种不同类型的艺术。这个世界上虽然人们总说琴棋书画，但是同时精通音乐和绘画的人是极少的，同时精通几门时间艺术还容易一点儿，像音乐、电影、诗歌什么的，这都叫时间艺术，但是精通时间艺术的同时再精通绘画、雕塑等的空间艺术，这样的人就不多了。当年的毕加索也只是同时精通绘画跟雕塑，而泰戈尔这一切都做得非常好，是当之无愧的伟大的大师。

泰戈尔是印度人，实际上他生于今天的孟加拉，所以孟加拉也说泰戈尔是孟加拉人的骄傲。实际上在泰戈尔出生的时候，印度还是英国的殖民地，那时的印度地区包括今天的印度、巴基斯坦和孟加拉一带，后来独立成印度和巴基斯坦两个国家。巴基斯坦由西巴和东巴组成，后来巴基斯坦又跟印度打仗，东巴独立，才有了今天的孟加拉，泰戈尔就是生在这个地方。泰戈尔还是一个非常伟大的民族主义者，通常伟大的文学家都是爱国主义者，都是民族主义者，我们的爱国主义诗人屈原也是这样。泰戈尔虽然自己出身富贵，而且是留学归来的海归，但是他对英国统治下的印度人民，充满了热爱。

泰戈尔还来过中国，有一张著名的照片就是泰戈尔和徐志摩、林徽因的合影。泰戈尔很高大，站在中间，这边站着一个特别特别小的徐志摩，那边站着一个更小的林徽因。泰戈尔留的是那种大爆炸头，特别大的个子，站在中间，两个中国年轻的才子才女站在旁边，这张照片大家从网上也能看到。纪念伟大的大师泰戈尔！

| 苏联著名戏剧家斯坦尼斯拉夫斯基去世 |

下面我们讲奠定了体验派表演体系的苏联著名戏剧家斯坦尼斯拉夫斯基。

苏联人的名字都非常长，我们从小看苏联电影，老是记不清楚里面的名字，记得有部苏联电影叫《乡村女教师》，因为记不住女教师的名字，实在太长了，就只好管她叫“瓦里瓦啦……”。这位戏剧大师叫康斯坦丁·斯坦尼斯拉夫斯基，也是很长的一个名字。所有上过电影学院或者戏剧学院学过表演的人，首先学的就是斯坦尼。中国的整个艺术流派叫作社会主义现实主义艺术，所遵从的就是斯坦尼那一套。

全世界有两大表演体系，斯坦尼斯拉夫斯基的那套体系称为体验派，体验派的要求就是我要演那人，我就得变成我要演的那个人，我必须体验到他内心的那些东西才能演出来。另外一派叫布莱希特派，也称为表现派，表现派只强调用演技，我不可能成为那个要演的人，我能为了演一个杀人犯去杀人吗？我不可能成为那个人。我也不可能为了演一个同性恋而成为同性恋。我如果演一个古代人，我怎么去体验他？布莱希特派就坚持不用内心，只用外化的训练过的演技去演，所以布莱希特派要按规定接受自己流派所有的戏剧的训练。我个人其实对斯坦尼的体验派是持怀疑态度的，因为我自己拍电影、做文艺这么多年，确实觉得体验派不是很容易，尤其在今天多元化的社会，或者说在这个纷繁复杂的世界里，你体验一种绝望，体验一个尴尬，这是容易的，但是一个真正的、伟大的演员，所表现出来的恰恰应该是那些最最细微的东西。这些最细微的东西才是人和人的差别，大家如果共享了，你演出来的东西也是没有个性的，所以最重要的东西应该是那些细微的差别，但这些东西往往你是体会不到的。当然后来我们中国人说我们也有一个流派，号称全世界第三大表演流派，叫梅兰芳流派，也就是梅派。梅派是一种京剧舞台艺术，那完全是唯美的形式主义的舞台艺术，这种艺术当然是不需要去体验的，当然它也不像布莱希特派，所以我们说梅派是另外的一种流派。

| 艺术大师刘海粟去世 |

最后讲一讲我们的刘海粟大师，刘海粟大师作为一个画家是非常著名的，但他更著名的是作为一个美术教育家，他与乌始光等发起创办了中国最早的美术学校之一——上海图画美术院（后改名上海美术专科学校）。大家知道在古代，音乐也好、绘画也好，这都是不入流的行业，干这些事情的都是伶人工匠，怎么能建一个大学专门教画画？这在当时几乎是不可能的。但是有很多从西方留学回来的学者，他们带来了西方的东西，包括音乐、美术、教育，他们要把这些东西在中国发扬起来。在民国时期中国的艺术教育逐渐兴起，刘海粟对中国艺术教育的发展做出了重大贡献，他创办了中国最早的美术学校——上海美专。解放以后，刘海粟长期担任中国最好的艺术大学之一——南京艺术学院的院长。刘海粟最被人熟知的是他率先在美术教学中使用了裸体模特，在民国时期这被北洋军阀认为是伤风败俗的事情，很多人冲进教室去砸场子，包括孙传芳等都率兵去砸场子，但这件事儿反而使刘海粟一举成名。

纪念刘海粟大师！

8月8日

《晓松说——历史上的今天》来到了 8 月 8 日。今天是全中国人民都记忆犹新的大吉大利的日子，2008 年 8 月 8 日北京奥运会开幕；再有就是 1961 年这一天，表演艺术大师梅兰芳去世；今天还是两位明星的生日，一位是王菲，菲姐，生日快乐；一位是好莱坞的明星，我觉得也可以称为表演艺术家，达斯汀 · 霍夫曼的生日。

| 北京奥运会开幕 |

首先说说北京奥运会。对于北京奥运会我实在是不知道说什么好，因为奥运会全国人民都比我更熟悉，很多人都去现场看比赛，但北京奥运会举办的时候我并不在北京。一说起这个就有些遗憾，北京好几件大事儿发生的时候我都不在北京，后来我跟人家说我是北京人都有点儿不好意思。北京地震的时候我不在，北京亚运会的时候我不在，北京奥运会的时候我不在，北京“7 · 21”大雨的时候我不在，北京下暴雪的那次我也不在，我也不知道为什么我每次都缺席。北京奥运会的时候，我已经移居美国，整个北京奥运会都是在美国看的，所以对于这次奥运会远远没有大家熟悉。

在这里只说两件我亲身经历的小事情。首先说说我自己在美国的亲身感受，北京奥运会的这段时间，我真切地感受到了美国人对中国彻底地改变了看法，而且是非常正式地、全面地改变。在北京奥运会之前，美国的知识分子、美国的这些商人，只是知道中国经济在蓬勃发展，美国一般的民众，因为总是看到 Made in China（中国制造），所以除了知道中国的东西便宜，也没有其他特别深刻的印象，觉得中国人就是能制造点儿便宜东西。奥运会开幕式，虽然在国内有些批评声，但是那个开幕式极大地震撼了美国人民，那是全美国人第一次在看中国，全美国人民都震惊了。直播的时候，美国的解说员非常激动，我还记得解说员多次提到了张艺谋导演，然后不停地说张艺谋导演如何如何。美国人从那次开幕式开始，包括整个好莱坞在内，我最明显的感觉就是好莱坞马上对中国的印象就变了，感到原来他们中国人也能做高级的东西，也能做拿上台面的东西，而不光是袜子、鞋子等这些廉价的东西。

北京奥运会开幕式极大地震撼了美国人民，改变了美国人对中国的印象。还有一件事儿对美国人的震撼极大，就是中国联想收购了 IBM。大家知道当年苹果的科技产品在美国只有百分之几的人用，绝大部分美国人都不用苹果产品，只有那些觉得自己特别高级的人才用，“高帅富”才用，而平民用的都是 ThinkPad 的笔记本电脑，用的都是 IBM 的产品。结果有一天 IBM 被中国的联想收购了，美国人民桌上的 IBM 电脑突然不见了，变成了 Lenovo，这让美国人太震惊了。在他们心中，IBM 和波音等都是美国的标志，就跟他们的自由女神像似的，突然间 IBM 被中国收购了，然后再一看奥运会开幕式，美国人一下子太受震撼了。

在北京奥运会火炬传递期间，正赶上汶川地震全国哀悼日，我的国内同行们不能拍电影，因为当时所有的娱乐活动都要停下来，所以当时有很多国内的演员到洛杉矶来玩。我的好朋友徐静蕾也跑到美国的洛杉矶来，我们还一起看奥运会的直播。在北京奥运会闭幕式后有一个记者招待会，其中有个记者提问环节，当时我们看到那位提问的美国记者时全都傻了，为什么呢？那个记者竟然是之前在我家帮忙的一个厨师！当时因为我老婆生孩子忙不过来，就雇了一个厨师帮忙照顾。他是个天津人，后来我才知道他其实是非法移民过去的，开始时我也不知道，因为雇用非法移民是不合法的，如果知道我不会雇用他的。这位厨师人特别好，特别勤恳，是一个五十多岁的退役老兵，做饭、按摩都会，在美国生活了很多年，一点儿一点儿地奋斗。他在月子中心做过饭，在餐馆刷过盘子、刷过碗，所有最底层的活他都干过，他说他最大的梦想是当一个记者，他打算先攒钱买一部相机，有机会的话去当摄影记者。有一天他突然跟我说："我要回国。"我说："你回国去干什么？"他说："我从一家华人报纸弄了一个记者证，我想回国去拍奥运会，因为当记者是我的梦想。"我当时还说："你行吗，你能采访到奥运会吗？"那是美国的一家很小很小的华人报纸，他说不管行不行，他都要去尝试，因为这是他的梦想。我说："那你去吧，但你怎么回来？"因为非法移民如果回国了，再想回美国是非常不容易的。结果他居然就去了，我们也都没有拿这当回事儿。

奥运会期间我们一直都在看直播，奥运会结束以后，有一个记者招待会，在招待会上突然主持人说："请美国记者查利先生提问。"结果一看，我们全家人都傻了，这个人竟然就是当年在我家的那位要当记者的厨师。他站起来说："请问张艺谋导演，如果开幕式的时候下雨或者刮风怎么办？你们有什么预案？"张艺谋导演当然回答得很好，他说："天佑中华……不会的。"当时我们都看傻了，我内心其实充满着感动。很多人老觉得去美国的都是一些什么当官的、富二代等，其实不是，在美国的华人绝大部分都是在底层打拼的华人，尤其是非法移民，过得非常艰苦，但是他们的心中都怀着那种梦想，就像我们这位厨师，到五十多岁了还要去摄影，还要去当记者。我们在电视上看到他的时候，全家人都特别感动。

| 四大名旦之一梅兰芳去世 |

1961 年的这一天，梅兰芳去世。京剧曾经出现过那么多名角儿，在全国人民中知名度最高、在世界上影响最大的，就是梅兰芳。刚才还有人问我："京剧的生旦净末丑那么多行当中的那么多名角，为什么梅兰芳的名声最大？"我觉得最重要的一个原因就是，在京剧中最难唱的就是旦角。过去京剧都是男人来唱，男人唱武生，男人唱老生、小生，还不是太难。最难的就是男人唱旦角，因为这不光是需要功夫，还需要有很多的天赋，如果没有天赋你再练也不行。所以京剧中最难的行当就是男人来唱旦角，“四大名旦”就比其他行当的名声要大，梅兰芳就排在“四大名旦”之首。

上面我讲过，除了世界上公认的两大专业表演体系，我们中国还提出来了第三大表演体系——梅派。梅兰芳第一次让全世界看到了京剧，还让全世界看到了男人如何去演女人，所以当时梅兰芳出国演出，去美国也好、苏联也好，都非常轰动。梅兰芳还有很多流传下来的爱国故事，有不少故事在陈凯歌导演的电影中都讲到了。在抗战期间，梅兰芳曾蓄须明志，坚决不给日本人演戏，坚决不上台。不上台当然就没收入了。大家知道梅兰芳登台唱一次戏挣多少钱吗？当时京剧演员的大名角，比今天最大的明星还厉害，因为今天人们的选择比较多，大家可以去看电影，可以去看电视剧，可以去听音乐会，那时候没有别的，就是听京剧。梅老板在最高峰的时候，唱一场戏要几百大洋，几百大洋是什么概念？当时的北京四合院值两千大洋，我们家在北京的四合院就是花两千大洋买的。几百大洋唱一场，唱几场就能买一个四合院，今天北京的四合院什么价位，今天中国最高唱酬的上台唱十年都不一定能买得起一个四合院。唱几场能买一个四合院的，在今天全世界估计只有美国歌手 Lady Gaga 能做到，Lady Gaga 出场唱三场，差不多能在北京买一个四合院。

梅兰芳当时的收入是非常高的，每唱一场差不多就能买一辆汽车，但是他把挣的钱都存到香港去了，结果抗战的时候，日本人把他香港的账号给冻结了。梅家当初是非常奢华的，奢华到什么程度呢？梅家始终保持着流水席的传统，就是梅家大门开着，天天开桌，什么票友进来，认识、不认识的都没关系，进来一亮嗓子，坐下来您吃饭。到后来，梅家开始衰落了，最后逼到没办法就去卖画。梅兰芳的画画得很好，于是就开始在上海卖画，大家都去买他的画，当时特别轰动。结果又被汉奸们进来封了馆，汉奸们又在画上写上什么汪主席订、周部长订、陈副主席订、冈村宁次订等。梅兰芳一看，我本来想把画卖给中国人，结果那些画全被汉奸、日本人订走了，梅兰芳愤而拿起裁纸刀，把他所有的画全部都裁得粉碎。这表现出了一个艺术家的铮铮铁骨。当然新中国成立后梅兰芳先生获得了崇高的荣誉，也是实至名归。在这里纪念梅兰芳，梅先生、梅老板！

丨天后王菲生日丨

一般女演员、女艺人我们都不谈她的年龄，我们就祝王菲姐生日快乐！菲姐我也认识，大家关系还不错，但是不管认不认识，我都要说，在今天这一代华语女歌手中，王菲是鹤立鸡群、是天后级的人物。我个人不喜欢那种大嗓门，我对大嗓门天生就有种畏惧，估计王菲要是参加《中国好声音》，第一轮就会被淘汰，因为她的嗓门实在不大，但是王菲是能够唱出那些内心深处的东西，是能唱出这个时代的歌手，她就是这个时代的女人。王菲其实只出过几张唱片，她唱的都是同一个东西，最能打动我们的就是：我知道爱情是什么样子，我也知道你们男人什么样，我知道恋爱开始时是什么样，到结束时是什么样，我知道生活是什么样子，可是我依然爱你。这就是我们这个时代最动人的爱情，这种爱情不是过去旧时代的那种你是我的天，你是我的地，我为你而生，我为你而死。那种爱情在今天完全就是廉价的，这种爱情不是金庸笔下的爱情，不是邓丽君歌喉里的那种爱情，今天大家不是我为你生、为你死，是因为我爱你，我觉得这一点是王菲最难得的一个地方。

王菲非常聪明，她集合起来的团队我觉得是中国最好的团队。最开始是窦唯，窦唯对王菲的成名起了最大的作用，他把王菲从当时签在香港宝丽金公司的一个普通的流行歌手，改造成一个特立独行、冯虚御风的歌手。她后来的团队，包括林夕、张亚东等，一起打造出了一个与众不同的王菲。当然我想说，王菲不是别人塑造的，是她挑选了自己的团队，王菲相当于是自己所有唱片和音乐的总制作人，她告诉词作者应该写什么，她告诉那些编曲、乐手她想要什么样的曲子，所以王菲不但是个优秀的歌手，实际上她是个优秀的音乐人。菲姐，生日快乐！

丨奥斯卡影帝达斯汀·霍夫曼生日丨

我本来想称达斯汀·霍夫曼为哥，后来一看人家的生日，得叫达斯汀·霍夫曼大伯，他已经七十八岁了，比我父亲还大五岁，这让我很震惊。达斯汀·霍夫曼今天依然活跃在荧屏上，他不但演电影，还演电视剧，近两年美剧在中国特别火，我经常看他演的电视剧。达斯汀·霍夫曼是一个热爱银幕、热爱表演的人，虽然到了七十八岁的年龄，但你永远记得的都是他在《克莱默夫妇》中的那个样子，是他在《毕业生》《雨人》中的那个样子，这几部电影都是我最喜欢的好莱坞电影。达斯汀·霍夫曼是好莱坞电影中的异类。好莱坞电影通常都非常严格地代表工业城市生产电影，但有时候好莱坞为了表达自己，说我也能搞艺术，偶尔也会拍个艺术片。达斯汀·霍夫曼就演过几部非常好的好莱坞艺术片，其中就有《毕业生》。

《毕业生》是一部好电影，但在当时被看成是离经叛道的电影，因为那个时候美国还不像今天这么开放。那里面有几首歌非常好听，*The Sound of Silence*（《寂静之声》）、*Scarborough Fair*（《斯卡波罗集市》）、*Mrs. Robinson*（《鲁滨逊太太》）都特别特别好听。这是西蒙和加芬克尔乐队在最辉煌的时期，为这部电影奉献的最美好的音乐，今天我还经常听这些歌，每次听都充满了感动。那个时代干净、漂亮、美好，是人的心灵最纯净、最美好的时代。在越战之后，整个20世纪80年代里，好莱坞出现了一大批优秀的艺术片，被称为黄金80年代。在20世纪70年代末，达斯汀·霍夫曼还拍过另外一部优秀的艺术片，叫《克莱默夫妇》，在这部影片中他跟另外一位表演艺术家梅丽尔·斯特里普两个人从头到尾都在飙戏，这个片子后来得了奥斯卡奖，从头到尾就他俩演，非常好，有机会大家一定要去看看。

达斯汀·霍夫曼主演的另外一部优秀的影片就是《雨人》，在这部影片中，汤姆·克鲁斯跟达斯汀·霍夫曼配戏，汤姆·克鲁斯实现了从一个偶像派演员到演技派演员的过渡，因为达斯汀·霍夫曼演得实在是太好了，什么样的演员在他面前，都能被带出那种表演的感觉、那种表演的欲望。能和达斯汀·霍夫曼一起演戏对一个演员来说是幸运的，他跟那么多的好演员一起成长。达斯汀·霍夫曼是好莱坞迄今为止最重要的演技派演员，是好莱坞上一个大黄金年代，就是所谓的偶像派巨星时代过去以后，进入到演技派巨星时代，或者叫草根时代的代表。这个时代好莱坞最好的演员都是小个子，达斯汀·霍夫曼、罗伯特·德尼罗、汤姆·克鲁斯的个子都不高。他们是好莱坞最好的几个演员，我每次问到中国的男演员最喜欢的好莱坞演员是谁，大家基本上都说这三位。

达斯汀·霍夫曼大伯，生日快乐！希望继续在荧屏上看到你！

8月9日

《晓松说——历史上的今天》来到了 8 月 9 日。1965 年的今天，新加坡宣布独立；1945 年的这一天，苏联向日本宣战，同一天，美国在长崎投下第二颗原子弹。

| 新加坡独立 |

首先我们来讲讲新加坡。新加坡这个国家全体中国人民既熟悉又陌生，很多中国人觉得新加坡离自己很近，但实际上又很遥远。中国人老觉得新加坡是华人在海外开的一个分店——华人新加坡分店，因为新加坡 75% 的人口都是华人，但是你真到了新加坡就会发现，其实没有一个新加坡人认为自己是中国人，或者跟中国有什么关系，虽然在种族上他们是华人，但已经跟中国远远地脱离了关系。这跟新加坡独立以后，以李光耀为首的执政党——人民行动党采取的政策有很大关系。新加坡刚开始独立的时候，大部分的新加坡人都认为自己就是中国人。那时不光是新加坡，南洋华人都觉得自己就是中国人。在辛亥革命的时候，南洋华人大量地捐钱给孙中山去革命，抗战时期大批的南洋华人派自己的孩子回国内参加空军、海军去抗日。那时，南洋华人都觉得中国就是自己的祖国，祖国有什么事儿，大家都会义无反顾地投入其中。还有的南洋华人最后把自己攒了一辈子的钱，都拿回了祖国，像当年的陈嘉庚就是倾其所有回到国内来办厦门大学、来办集美学校的。但是在很多年以后，新加坡政府通过自己的不懈努力，终于让新加坡成为一个有自我认同感、有凝聚力的国家。

新加坡当年不像其他国家是靠自身斗争、奋斗独立的，它应该说是被马来西亚联邦踢出去以后独立的，可以说是仓皇地被迫独立的。当年在东南亚那边有一大块英属殖民地，这边是马来亚，马来亚的头上是新加坡，新加坡正好扼住马六甲海峡最关键的地方，相当于是英国在整个东南亚殖民地的堡垒，英国总督就在那里待着。东边还有两块英属殖民地，分别是沙巴和沙捞越。一开始大家形成了一个马来西亚联邦，一起从英国独立了出来，包括马来亚、沙巴、沙捞越、新加坡，州的元首是苏丹，所以马来西亚联邦独立的时候这些国家都是联邦制的国家，并不是中央集权的国家，当时就由这些州的苏丹轮流来当总统。三个华人州中最大的就是新加坡，另外两个小州非常小，一个是马六甲，一个是槟城。马六甲和槟城因为只是小城市，所以大家就忍了，你们这些苏丹轮流来当总统，我们也不和你们争，就在里面跟着混就完了。但是新加坡不行，尤其是以李光耀为首的新加坡人民行动党，非常强势，它要在整个马来西亚联邦中争取权利。当时马来西亚的很多法律都和新加坡不一样，李光耀非常强势，经常要坚持自己的东西。后来众苏丹说，这个李光耀太烦人了，这些华人怎么那么能折腾，算了，我们不要你了，你自个儿独立吧。就这样，新加坡就被马来西亚联邦给踢出来了。

在当时那个风雨飘摇的世界里，在一穷二白的环境中，新加坡就仓皇地独立了。那个时候的新加坡不像今天，现在的新加坡拥有金融业、港口、航运业，已经成为全世界最发达的国家之一。当时新加坡一穷二白，不但没有任何资源，连淡水都没有。现在新加坡用的淡水都是从马来西亚运来的，新加坡在马来西亚租了一块地，在那儿生产水，然后把水用大管子，通过海峡运回国。新加坡不但资源匮乏，而且当时大部分的新加坡人是文盲。大家知道当时有很多华人到西洋、东洋和南洋去，去西洋的大部分都是富二代，只有少数人是勤工俭学去的。去西洋勤工俭学的也都是知识分子，像邓小平、陈毅等。去东洋的大都是革命者，像鲁迅、秋瑾等都是去的东洋。而下南洋的华人都是最贫困的，以福建为首的，福建、广东沿海的贫苦人民，既不会去西洋追求先进的自由思想，也没有那么多的革命诉求去东洋，他们就是下南洋去讨生活。所以说南洋华人是出洋的华人中最传统、最纯朴的，也是文化水平最低的，大量的人都是文盲，就是这样的一批华人建立了新加坡这样一个国家。

新加坡独立的时候连自己的军队都没有，可以说是内外交困，没有军队，没有资源，周围的环境又空前恶劣，被印尼、菲律宾，以及马来西亚等各方包围，可以说是被强国环伺。

新加坡政府当时就是处在这样的境况下，选择了一党执政，选择了强势政府，这种统治方式一直持续到今天。对于新加坡来说，其实它别无选择，它还不像其他大国，说我有庞大的地域，我可以选择平等、自由一点儿的执政方式，大家可以投票选举等，新加坡不行，就这么点儿地方。由于这样空前恶劣的周边环境和本身的一穷二白，新加坡从独立开始就是一党制。当时的新加坡政府非常强势，刚一独立就雷霆般地发动了一个大逮捕行动，被称为“冷藏行动”，从议会开始，到南洋大学，所有的左派全都被抓起来了，也没有经过任何审判，直接就关起来。很多人一直被关了一二十年，到现在有的人还一直被关着。

新加坡政府一直实行的都是那种严刑峻法，在新加坡一切事情都要按政府的规定进行，政府规定你住在这儿你就得住在这儿。新加坡政府对住房体制有严格的规定，严格到什么程度呢？大家知道新加坡最被全世界称道的就是它的组屋，这种组屋就是由政府出钱盖的，以非常低的价格卖给老百姓。总的来说新加坡的房价在全世界都是最低的，这些房子全部是由政府盖的，是政府组织的。

新加坡政府还严格地规定所有的楼都要按人口比例进行分配，新加坡有74.1%的华人、13.4%的马来人和9.2%的印度人，以及3.3%的Eurasian（Eurasian这个词是新加坡人发明的，就是欧洲人和亚洲人的混血）和其他人。所以新加坡立国的时候，首先坚定的一条就是，我们是多民族的国家，没有多少本地人，大部分是华人、马来人的移民，还有印度人以及这些欧亚人的混血，所以大家一定要平等，不能因为民族问题、宗教问题引起什么麻烦。新加坡相互平等到什么地步呢？就是每一栋楼都必须按比例分配，74.1% 的卖给华人，13.4% 的卖给马来人，9.2% 的卖给印度人，这样卖的目的就是让各族人民住在一起，不允许形成这块是印度人，那块是马来人、华人的情况。那样的话大家就会互相越来越不了解，越来越不理解，就会产生误解，产生很多民族问题。全世界都没有什么政府能强势成这样，连一个楼的入住情况都要规定得这么严格。

新加坡建国以后坚决地把国语定为马来语，把英语作为官方语言。把马来语作为国语也是为了跟周边的所有这些伊斯兰国家能够保持友好的关系，而把华语的地位降到和泰米尔语一样的水平，华语就是第二外语，目的就是坚定地抑制作为第一大民族的华人。新加坡之所以这样做，也是从很多国家得来的经验，比如说南斯拉夫当时之所以能保持稳定，就是因为铁托极大地抑制了它的第一大民族——塞尔维亚民族。新加坡 74.1% 的人都是华人，包括李光耀本人也是华人，按说福建话应该是通用语言，但是新加坡当时的政策就是坚决不能让华人凌驾于其他民族之上，所以把华语的地位降得非常低。

当时新加坡的华人分为两种，一种是以陈嘉庚为首的，叫作传统华人；还有一种是以李光耀为首的，称为海峡华人。传统华人坚定地认为中国是自己的祖国，我们来新加坡就是客人；而海峡华人是在新加坡生、新加坡长，他们不会说中文。李光耀就属于海峡华人，他从剑桥大学毕业，不会说中文，只会讲英文。但是后来李光耀也学会中文了，因为中国强大了，大家就开始学中文了。李光耀率领的新加坡政府就像个公司，他就是公司的董事长，哪儿有生意大家就去哪儿，最开始西方强大，在新加坡就不许学中文，中文小学、中文大学都关闭了，包括南洋华人建立的南洋大学也被关闭了，大家都必须学英文。后来中国强大了，李光耀就开始率先学中文，他先学了福建话，后来又学了北京话，还把自己的儿子李显龙送到华人学校去学中文。李显龙就是现在的新加坡总理，他的中文讲得很好。

可见新加坡这样一个小国如何在世界的大海中行船，就是靠李家父子的把舵，包括他们的人民行动党，始终都是以经营公司的方式来经营着这样一个国家。新加坡人民就是赌一个党，赌一个领袖，赌这个党和这个领袖能带领整个国家走上强盛。在今天看来，虽然当年的很多政策大家不同意，比如关闭南洋大学的时候，全体华人都哭了，但是新加坡就是要抑制华人，不然的话大家永远觉得远方的中国是自己的祖国，那新加坡这个国家怎么生存下去？所以新加坡就坚定地实行抑制华人的政策。今天你去新加坡问那些华人："你是中国人吗？"他们会回答："我当然不是中国人，我是新加坡人。"而且这些新加坡的华人都很骄傲，新加坡从一穷二白、全是文盲，打拼到今天，成为全世界最干净、最漂亮、最文明的国家之一。新加坡可以说是个弹丸之地，但新加坡港在2014年超越了上海港，成为世界第一大港。新加坡航空公司也是全世界排在第一第二名的最好的航空公司。新加坡的金融业、新加坡的各方面，在亚洲都是首屈一指。

到今天，一个党、一个领袖领导新加坡取得了这么大的成绩，在全世界都是很难得的，我个人觉得一个国家的政治体制不应该是一成不变的，政治体制应该是根据当地的情况由当地人民做出的最合理的选择。新加坡以华人为主，华人到了海外，包括美国的华人，选举时的投票率都是最低的。新加坡的传统华人中还有这样的一个传统，称为新客的茶钱，每一个到新加坡来的福建人，都会得到老福建人给你的茶钱，其实就是安家费。华人就是以这种忠、孝、礼、义、廉的传统，在海外建立起了一个以华人为主体的非常强盛的国家，直到今天，而且看起来新加坡将一直屹立于世界民族之林。

新加坡是一个值得一去的地方，它跟全世界大多数的国家都不同，当然也有很多关于新加坡的讹传，说新加坡酒驾要受到鞭刑什么的。其实我到新加坡专门问过，新加坡的酒驾惩罚是全世界最松的，只吊销三个月执照，受到鞭刑的都是小偷、盗窃犯，或者酒驾致他人死亡的。但是新加坡这个国家今天确实还保持着严刑峻法，在西方国家这些可能都不会被理解。新加坡今天依然是只要你对国家安全有威胁，就可以不经过公检法审判，直接抓你，而且无限期地关押。新加坡的网络控制之严在全世界也是屈指可数的，新加坡最怕的就是民族分裂，如果你敢在网络上散布分裂民族团结的消息、敢在网上散布谣言，警察马上就会找到你，当场就会把电脑没收。新加坡的媒体也全部是国营的，基本都是跟政府保持同一个口径。新加坡今天的强拆也是全世界最厉害的，政府只要说征你的地，补给你钱之后就必须拆迁，如果你不走，政府立即就会把你抓起来，强拆你的房子，而且强拆在法律上是站得住脚的。所以新加坡是一个非常有意思的国家，其实今天屹立在世界民族之林的这一百九十多个国家，都很有意思，有很多是单一民族的国家，以后有机会我们慢慢去讲。新加坡应该算是全世界最小的由移民组成的国家，它能取得今天的成就非常值得我们去认真思考。

| 苏联向日本宣战 |

再说一下 1945 年的这一天，苏联向日本宣战。这个时候的日本已经变成了"鼓破万人锤，墙倒众人推"，谁都想上来踹两脚。苏联一开始一直不想跟日本打，到这个时候一看日本已经不行了，美国的原子弹在 1945 年 8 月 6 日扔到了日本，日本已经彻底垮了，于是在三天以后，也就是 8 月 9 日，苏联也出动了一百五十万大军，向日本的关东军开战。这个时候的日本关东军，实际上是由在东北的日本侨民组织起来的，实力已经远远不如当初了，最开始的关东军是为了北进苏联，那是由全日本最精锐的部队组成的。关东军经过了中国人民的八年抗战，大量的部队南下进攻中国中南部，然后又经过了太平洋战争，主力部队全部被调到了太平洋各岛，全部被美军歼灭，剩下的关东军也被中国军队牵制在中原地区。

美国在苏联宣战后也不甘落后，心想这时候你苏联不就是来抢胜利果实的吗，那我赶紧把日本灭了。所以在 8 月 6 日向广岛投下原子弹之后，又往长崎扔了一颗原子弹。长崎是日本重要的造军舰的所在地，当场被炸死七万多人，这是人类历史上非常悲惨的记忆。当然日本军国主义发动战争，也是罪有应得。其实在苏联向日本宣战后第二天，也就是 8 月 10 日，日本就通过驻瑞士、瑞典使馆，说准备接受《波茨坦公告》，准备投降。

8月10日

《晓松说——历史上的今天》来到了8月10日。今天要说的两件事儿都跟大海有关，首先是1519年的这一天，麦哲伦开始环球航行；再有就是2011年的今天，中国第一艘航空母舰“辽宁”号出海试航。

| 麦哲伦开始环球航行 |

海洋是地球上面积最大的区域，也是人类觉得最神秘、最向往的地方，人类世世代代的梦想就是要征服大海。1519年，第一个环球航行的船队——麦哲伦船队启航。那时候人类对浩渺的大海完全没有认识，人类完全不知道整个地球是什么样子，当时大家就是怀着伟大的理想和梦想开始了环球航行，从此却迎来了大航海时代的到来。当然其实有很多人也是怀着去抢夺东西的欲望去环球航行的。麦哲伦的环球大航海是在1519年才开始的，实际上中国在一百年前，也就是一四〇几年的时候，就已经出海了。中国最早开始航海旅行的是郑和船队，当时的郑和船队比后来的哥伦布、麦哲伦船队要庞大得多，但是那么强大的明帝国，那么强大的郑和船队，为什么最终没能实现环球航行，也没能给中国弄来大量的殖民地，而西方的麦哲伦船队，就那么几艘旧船，不但实现了环球航行，发现了美洲，还把菲律宾什么的都给弄成了殖民地，这是为什么呢？

我觉得这里面有几个原因。首先，中国老觉得自己是中央大国，什么都不缺，你们海外都是些蛮夷，我中央大国出去也就是赏大家点儿东西就完了，所以没有那么强烈的抢夺东西的欲望，其实有欲望才是最大的驱动力。而西方不但有抢夺东西的欲望，还有强大的契约精神，什么叫契约精神？就是你去航海，要和赞助方签一个合同。当时哥伦布和麦哲伦都是从西班牙的海港启航的，也都和各自的赞助方签了合同，你发现的地方、你抢来的东西，和赞助方要平分或者四六开，到过的那块地方要插上我赞助方的国旗。这个合同签了以后就要说到做到，这就是在西方的商业传统中一直有的契约精神，再加上欲望驱使的冒险精神，导致了最后西方就用几条旧船，开启了大航海的伟大时代。而中国虽然有那么强大的郑和舰队，最后把航海日记都烧了，这就是个面子工程，只是到了印度洋，中国的航海就结束了。最终还是由西方开启了整个大航海的时代，完成了环球航行。

| 中国第一艘航空母舰“辽宁”号出海试航 |

中国从郑和之后，就开始一步一步地接近西方，然后一步一步地走到今天。几百年来我们对大海、对远洋，也开始有了自己的欲望。到了 2011 年的这一天，作为一个大国，我们的航空母舰也终于出海了，当然这次不是环球航行了，科技的发展已经让整个世界变成了地球村时代，那个时候要八十天环游地球，现在八十小时就可以。我们作为一个大国，在 2011 年的今天，航空母舰终于出海了，大家欢欣鼓舞，所有的军迷在网上欢呼：“我们的航空母舰终于来了！”

当时大家还去猜舰名，有的说叫“毛泽东”号的，还有的猜叫“中华”号、“中国”号什么的。结果最后这个舰的名字叫“辽宁”号，很多军迷就说为什么叫“辽宁”号？上海军迷说为什么不叫“上海”号？北京军迷说为什么不叫

"北京"号？网上有各种各样的争论，我自己也是个大军迷，当时还专门发了帖子，说我个人觉得应该叫"镇远"号，或者叫"定远"号。结果很多人反对我说，"镇远"号最后被击沉了，叫这个名字多不吉利。大家知道在西方击沉一艘军舰，马上新的军舰就以这个名字来命名，这叫知耻而后勇，这是西方的一个光荣传统。海军的传统就是军舰越被击沉，越要用新的军舰继承这个名字，在海上继续战斗。包括日本今天的海上自卫队的所有舰艇，用的都是日本帝国时期的帝国海军联合舰队的舰艇的名字，大家看今天的"日向"号、"伊势"号等全都是当时日本帝国主义的海军舰艇的名字，当然这也表明日本没有忘记军国主义。包括英国也是，英国光叫"皇家方舟"的舰艇就有很多艘，英国新下水的大航空母舰叫作"伊丽莎白二世女王"号，"伊丽莎白二世女王"号在一战和二战时期也都有。所以在很多国家都有这种军舰命名的传统，尤其是被击沉的军舰，一定要去纪念它，一定要继承它的遗志，所以我给我们军舰起的名字就叫"镇远"号或"定远"号。但是最后这艘军舰既不叫"中国"号、"中华"号，也不叫"毛泽东"号、"孙中山"号，或者是"镇远"号，而是叫"辽宁"号。这也是我们自己海军的传统，就是越大的军舰用越大的地名来命名，我们最大的军舰、现在的航空母舰，都用省的名字命名。其次我们的驱逐舰是用城市来命名，比如"石家庄"号、"沈阳"号等。

关于"辽宁"号军迷们肯定都非常了解，在这里我稍微介绍一下。"辽宁"号航空母舰是苏联的"瓦良格"号航母改装而成的，"瓦良格"号应该算是苏联的第三代航母，苏联当时为了跟美国争夺大洋，拼命地发展航母，但还是比美国晚了很多。美国在二战期间就已经拥有世界上最强大的航空母舰，拥有海上的无敌舰队。二战结束时美国已经生产了一百六十多艘航母。二战以后，主力航母的标准形式就是这边有一个直甲板，那边有一个斜甲板，然后有很多弹射器。弹射器当时是一种非常高端的、精密的仪器，今天美国已经开始采用电磁弹射技术了。苏联的第一代航母叫"莫斯科"号，采用的是直升机航母，第二代航母叫"基辅"号，苏联因为实在研制不出弹射技术，自己发明了一种能垂直短距起飞的飞机，这第二代航母实际上还不是真正的航母，因为它上面装的战斗机还不是真正的战斗机，而是那种短距垂直起飞的飞机，航程也短，载弹量也小。第三代航母叫"库兹涅佐夫"号，到了第三代，苏联发明了滑跃起飞技术，把航母的前面翘起来一点儿，起飞的时候用一个滑跃甲板，这样飞机的载重量能稍大一点儿，用的跑道也能短一些，由苏-27改进的苏-33重型战斗机终于可以上舰了，所以“库兹涅佐夫”号和“瓦良格”号两艘航母装备了这种战斗机。

“瓦良格”号在快造好的时候苏联解体了，这航母也就没有钱再造下去了，而且当时那船厂已经划给乌克兰了，于是“瓦良格”号就只能放在那儿。乌克兰于是就跟俄罗斯谈判，乌克兰说，你给我钱，我负责把这船造完后还给你。俄罗斯一想，反正我没钱了，要不然把船归你。乌克兰说，我不想做什么军事大国，你的核武器我都还给你了，你的战略轰炸机图-160之类的我也都还给你了，我干吗要这个航空母舰，我是一个和平的国家，不想让别人拿我当靶子。那最后怎么办呢？乌克兰就到世界各国去问，看谁想要这东西，你拿点儿钱给买了吧。最后弄来弄去，澳门的一个娱乐公司说，我们把它买下来开一个海上的娱乐场，于是就非常便宜地花了相当于买废钢铁的钱把这艘航母给买下来了。澳门这家公司把航母买下来以后就要把它运回中国，于是就把它内部所有的武器跟发动机全都拆了下来，因为大家知道从乌克兰出发要经过达达尼尔海峡、博斯普鲁斯海峡，中间像土耳其等这些北约国家都在这儿把着这个出口，不允许有重型武器通过，所以就把航空母舰上的武器、发动机等全都拆了，用好多个小拖船拖着，又拖了大半年，最后才拖到了中国。

这艘航母最后被拖到了大连，最开始是说在这艘航空母舰上建一个游乐场，但后来就放在那里了。这艘船在大连放了很多年以后，突然有一天发现上面开始有灯了，开始有工人在上面干活，最后大家才慢慢知道，我们要把它建成中国的第一艘航母。说是改建，其实里面的武器、发动机早都拆掉了，当初里面的很多东西还用炸药爆炸过，航母的结构是非常复杂的，据说光管线就有几百万条，所以改建一艘航母跟造一艘新航母的工作量和费用是差不多的。但是由于我们实在是没有经验，所以还是首先要学一下别人，当时我们请了大量乌克兰的造船工程师来，包括我们的航母的舰载机也是从乌克兰学来的。当时苏联的舰载机苏-33的原型机叫T-10，我们仿造了一下，就是我们现在上舰的歼-15。当然歼-15还是用了很多我们自己的新材料，新的电子设备、航电设备，比苏-33要先进一些，发动机各方面我们也做了改进。一个国家从没有航母到第一次有航母，这艘

“辽宁”号实现了中国的跨越，从一个军迷的角度来说，我觉得“辽宁”号的技术是没有问题的，上来就是一艘六万多吨的航母，配备的是歼-15这样比较先进的舰载机，而且是真正的重型战斗机，“辽宁”号比英国最开始用煤船改装的航母，比日本二战前的航母以及法国最开始的航母都要先进很多。

今天，在全世界范围内，有航母的国家也就只有为数不多的几个。二战以后亚洲第一个有航母的就是印度，现在印度有一艘俄罗斯帮它改装的航母，比我们的“辽宁”号稍微小一点儿，还有一艘它自己造的“维克兰特”号，2013年8月份已经下水了，它还有两艘英国老航母，所以加起来一共有四艘航母。法国有核动力航母，现在正准备造第二艘“戴高乐”号航母，核动力航母比常规动力要先进很多。英国即将服役的“伊丽莎白女王”号航母，比我们的“辽宁”号在电子设备上要先进一些，它要上舰的是美国最先进的即将服役的F-35战斗机。法国航母上舰载的“阵风”战斗机应该比歼-15稍微先进一点点。其他小国家，像泰国有一艘航母，已经当救生船用了；意大利有两艘小航母，西班牙有一艘小航母，巴西还有一艘从法国买的旧航母，但都没有太先进的技术。

但是全世界的这些航母加在一起也抵不过美国，美国海军拥有的航母应该是全世界最先进的。“辽宁”号整体的性能跟战斗力比美国已经退役的那九艘航母还要低。美国这九艘已经退役的航母，包括四艘“福莱斯特”级、四艘“小鹰”级，以及一艘大型核动力航母“企业”号。美国海军在役的全都是八万吨、九万吨、十万吨的超级大型核动力航母，最新的航母已经开始采用电磁弹射器，再加上它的舰载机和富有经验的飞行员、舰员，可以说美国航母是全世界无敌的。大家知道航母对飞行员素质的要求是远远超过空军的，一个国家要花八到十年的时间，才能让一艘航母真正具有战斗力，才能达到整体的良好配合，包括军人的素质等各方面，是非常不容易的。

2011年咱们的“辽宁”号下水了，2012年叫“入列”了。“入列”是一个很有意思的词，“入列”还不是服役，直到2012年9月下旬，“辽宁”号才正式交付海军服役。

8月11日

《晓松说——历史上的今天》来到了8月11日。1919年的这一天，“钢铁大王”卡内基去世；1999年的这一天出现了20世纪最后一次日全食。

| 钢铁大王卡内基去世 |

现在网上最流行的话题就是关于草根逆袭，有各种各样草根逆袭成功的例子，其中最成功的例子之一就是卡内基。当然，大家还可以举出像李嘉诚等逆袭成功的例子，这些人有一个共同特点，就是幼年时家境都特别贫穷，所以叫“草根逆袭”，中国古话讲“穷人的孩子早当家”，这些孩子从小就开始奋斗。卡内基是苏格兰人，小的时候家境还算不错，家里有几台织布机，能雇俩长工什么的，属于那种特别小的小业主。但是随着蒸汽机时代的到来、工业革命的到来，那些传统的手工业者纷纷破产，卡内基的家庭就是其中之一。卡内基也算是家道中落，最后全家被迫到美国来求生，和千千万万在那场工业革命中奋斗的人一样，做着最辛苦的工作，父亲织桌布，母亲缝鞋子，确实是苦极了。这种家道中落的人其实比一直贫穷还要惨，卡内基十二三岁就去工作了，因为家里实在是太穷了，全家人干了好几年都还不清到美国的船票钱。我就不具体讲他的人生了，很多人看过《卡内基传》，这是一本励志书，卡内基还特别爱说各种心灵鸡汤的话。最后我总结出来一点，就是全世界逆袭成功的草根，都特别爱搞心灵鸡汤，因为他们觉得应该跟大家分享一下自己的经验，教给大家应该如何去做，卡内基的心灵鸡汤我就不多说了。

我在这儿要跟大家分享一点，就是很多时候大家都经历过那些事情，但是为什么有的人成功了，而有的人却一事无成？就是因为成功者跟别人有不一样的眼光，比如电报员有很多，同样做电报员，卡内基之所以能够成功，就是因为他和一般人有很多不一样的地方。卡内基开始也是给人送电报，后来偷偷学会了发电报，通常电报员就是人家说什么就照样记录下来，然后发出去，或是收到电报后译出来，给人家送过去就完了，但卡内基比别人多了一样，他还要认真地看电报、学电报。你想那个时候电报多贵啊，一个字就好多钱，能接发电报的都是大商人、大企业家。当时卡内基正好住在匹兹堡，是邻近五大湖地区的一个重要港口，所以有很多大企业。卡内基一想，既然只有这些人才发得起电报，那他们发的电报的内容就值得关注，很多时候这些人就是用电报谈判，用电报说条件，用电报讨论，那电报的内容不就是最好的商业教科书吗？所以他跟别人不一样，别人光是记录电报、送电报，他要把所有的电报内容都认真、仔细地看，最后他居然就是从看这些电报中学会了商业帝国运作的技巧。这件事情很有意思，那么多的电报员，大家谁也没想到这一点，谁也不会通过看电报来学习商业运作，而他就是从电报当中学会了这些技巧。

卡内基当时送电报的时候还非常穷，当时一个星期工资只有四美元，他也没钱去买书，于是就到处去看报纸。有一天他在报纸上看到一个消息，有一位上校非常慈善，他把自己家里的书都拿出来给穷孩子看，每个星期六这些孩子可以去借一本拿回家看。于是卡内基就每周去上校家借一本书，后来上校专门在自己家开了个图书馆，卡内基就经常去那儿看书。卡内基从来没上过学，但他就是靠看电报，看这种免费书，一点儿一点儿地积累，不断地学习，到最后取得了巨大的成功。卡内基最终成为“钢铁大王”。美国当时最重要的三个大王就是“汽车大王”福特、“石油大王”洛克菲勒和“钢铁大王”卡内基。他们也都很爱做慈善，洛克菲勒基金到今天依然是全世界最重要的慈善基金，包括我们中国有好几所医学院都是洛克菲勒基金建的。

卡内基就是因为自己小时候没读过书，所以后来他成功以后特别爱捐建大学和图书馆。以他的名字命名的卡内基大学现在也是美国非常好的大学，是美国的重点名校，著名的李开复先生就是卡内基梅隆大学毕业的。他自己还捐建了很多图书馆，卡内基先是在他小时候去看免费书的那位上校家的原址上建了一个大型的图书馆，紧接着又在全世界捐建了三千五百个图书馆。他还捐了美国第一个大学退休教授基金。虽然卡内基自己没受过教育，但是他觉得大学教授很伟大，他们退休以后也应该有很好的待遇，所以就专门捐资成立了一个大学退休教授基金。后来他还捐了美国第一个钢铁工人退休基金，钢铁工人其实就是他的雇员，但是最后他把自己的公司卖了，把钱全部捐献出来给这些钢铁工人。卡内基的捐献比今天的比尔·盖茨还彻底，因为比尔·盖茨并没有把自己的微软公司卖掉，只是把挣来的钱都捐了。而卡内基最后是连公司都卖了，他把卡内基公司卖给了“金融大王”摩根，用所有的钱，帮他以前的钢铁工人建退休的基金，帮教授们建退休基金。更有意思的是，他还帮美国总统建了退休基金，因为美国总统那时候退休以后没有工资。很多总统在退休以后都穷困潦倒，有的总统退休以后连自己住的地方都没有，就只能住到自己孩子家里，卡内基就建了一个总统退休基金来帮助这些退休的总统。当然现在美国总统不需要了，因为他们已经有退休金了。

所以卡内基是一个非常有意思的人，大家如果有机会还是应该去看看卡内基的书，虽然是心灵鸡汤，但还是非常有意思。卡内基生活的时代就是一个奔腾的年代，大家都靠奋斗靠努力取得了成功。那是一个大师辈出的年代，卡内基就是草根逆袭最成功的范例。

| 20世纪最后一次日全食 |

1999 年的今天，地球上出现了日全食，这是 20 世纪最后一次日全食。日全食，大家一生中可能会看到好几次，咱们就不讲科学上日全食是怎么回事儿了，这个中学课本中都讲过。现在只跟大家讲一个有意思的东西，大家知道人类自古对宇宙、对天、对地、对海洋没有科学的认识，那没有办法，古人只好用艺术解释它们。我以前讲过，人类对世界的认识永远都是先用艺术解释，再用科学解释，科学解释不通了，艺术再跟上来，用科学和艺术轮番来解释这个世界。有很多东西，在东西方的解释中是不一样的，比如说“月圆”，东方觉得“月圆”代表着完美、团圆，西方觉得“月圆”代表的是恐怖、邪恶，很多西方的恐怖片一上来都先是月圆之夜。但是对于“日食”这个事儿，东西方的解释差不多，都觉得这事儿不吉利，因为挺好的一个圆圆的大太阳，突然被什么咬了一口，缺了一块，这个不太吉利。东方说这是“天狗咬太阳”，西方关于日食也有各种不吉利的传说。而在中国，这日食就变成了更有意思的事儿，为什么呢？下面就给大家讲讲中国古代皇宫中对日食的看法。

大家知道，在古代，皇帝的话永远都是对的，皇帝从来都没有错的时候，即使皇帝说错了，下边的人也不敢怎么样，只能说皇帝身边的人说错了，你不敢说皇帝说错了。什么时候才敢说皇帝说错了呢？就是日食的时候。所以每当日食的时候，事情就反过来了。大臣们就说：“你看，现在是日食了，皇上你看，这是因为你做错了事儿，老天来惩罚你了。”因为皇帝就是日，就是天，皇上就是天上的太阳，太阳突然被咬了一口，说明太阳犯了点儿错。于是每到日食的时候群臣们就开始上书，这个时候皇帝要下罪己诏，罪己就是说“我错了”，然后反省一通。所以这日食在中国古代还变成好事儿了，可以让皇上反省自己。日全食的时候说明皇帝犯了大错，要深刻反省；日偏食的时候就是皇帝犯了小错，要进行小小的反省。

实际上中国人很聪明，到了宋朝的时候，已经知道日食就是一个天文现象，而不是什么皇帝犯了错，宋朝已经完全能准确地预报日全食、日偏食了，对日食发生的规律也全都掌握了。其实这个时候皇帝自己也知道了，日食不是说我犯了什么错，这只是一个自然现象，但是，一直到明朝，皇上还是要在日食的时候下罪己诏，还是要在日食的时候反省自己，这反而变成了一个惯例和好事儿。所以说日食在我们中国古代是一个很正面的事情，每次都能让皇帝反省。

8月12日

《晓松说——历史上的今天》来到了8月12日。公元前30年的这一天，“埃及艳后”去世；1961年的这一天，陈嘉庚去世；1948年的这一天，朱自清先生去世。

| 埃及艳后去世 |

我们先来说一说早已经从历史走入了剧场的“埃及艳后”，不光是剧场，“埃及艳后”后来还走进了电影。我个人认为历史可以分成这么几种，一种叫作“真的历史”，真的历史是非常错综复杂的，没有那么多逻辑，也没那么精彩，而且需要后人进行无数的研究也不一定能接近真相。再一种就是“吹牛史”，一个国家、一个党、一个家族把自己吹得天花乱坠，这叫吹牛史。还有一种叫作“剧场史”，就像埃及艳后，像诸葛亮，一旦这个人进入剧场史以后，就慢慢地被美化或者被丑化，被典型化成各种各样的人。

埃及艳后算是西方历史中进入剧场史的最著名的明星，其他人都没有她这么出名，很多人都会写一点儿关于她的历史，但丁写过一点儿，莎士比亚写过一点儿，歌剧当中会唱一下，话剧当中会演一下，电影当中也会拍一下。《埃及艳后》那部电影当时是创下了世界电影史上的第一高成本，花的钱可以说是空前绝后。大家如果看过《埃及艳后》的电影，那规模之大确实让人震撼。那时候还没有电脑 CG 技术（电脑动画），要放到现在，这些场景的制作就很简单了，把前头弄点儿真的，后头只要画出来就可以了，尤其像亚历山大城堡、大船等现在都能画出来，大船的前面只要做一个船头就行了。大家看后来的什么《泰坦尼克号》，整条船恨不得都是用电脑做出来的，但是拍《埃及艳后》的时候那真得做一条大长龙船，埃及艳后坐在那大龙船上，整条船用黄金包着，用各种各样的绫罗绸缎围着，那都是真的。我记得电影中规模最大的一个场面就是埃及艳后来到了罗马，全城的人欢迎她，电影中要做出整个的罗马城堡，巨大的城楼，她坐在一个黄金制成的高篷大车上，那些场景的制作可以说是花钱无数。饰演埃及艳后的是著名演员伊丽莎白·泰勒，那是她当年最美的时候。我记得我小的时候，墙上永远挂着玛丽莲·梦露、伊丽莎白·泰勒的照片，伊丽莎白·泰勒总是那张穿着金色裙子的无敌的十七岁的照片，因为伊丽莎白·泰勒腿有点儿短，所以从来没有看见过她穿裤子。

实际上应该说《埃及艳后》这部电影描述的故事还不是那么离谱。埃及艳后勾引到了恺撒大帝，还和恺撒生了儿子，恺撒大帝如果不是最后被刺杀，肯定会娶了她，那她就是罗马帝国第一夫人。后来埃及艳后又跟安东尼搞到了一起，最后还生了孩子。安东尼本来对她没什么好感，一开始并不想见她，觉得她就是魅惑人的女人，当时恺撒又死了，就觉得这个女人不吉利，但是她通过收买安东尼旗下的大将，想方设法地见到了安东尼。本来安东尼是要对她问罪的，结果一见她的面马上就变了。这都是真实的历史故事，电影中可能只是对细节的描述更详尽一点儿，但是历史上确实就是安东尼见到埃及艳后以后一见钟情，从此两人就住了在亚历山大，结了婚，还生了孩子。安东尼本来是已经结了婚的，娶的是屋大维的姐姐，但他一看见埃及艳后就完全疯了，两人在亚历山大举行了婚礼。

安东尼的失败跟娶了埃及艳后应该也有直接的关系，因为安东尼等于是重婚，这件事儿让屋大维非常生气：“你已经娶了我姐姐，然后你又娶埃及艳后，那就是重婚，那怎么能行？”最后安东尼跟屋大维翻了脸。后来安东尼还专门写了休书，把屋大维的姐姐休了。屋大维对此特别生气，既然你安东尼首先违反了罗马的规矩，那对不起，我屋大维也要违反一下。所以屋大维就违反了罗马的规定，把安东尼的遗嘱给找出来了。当时罗马的规定是这些执政官都要在活着的时候把遗嘱先立好，然后把遗嘱放在罗马的什么神庙里，这个遗嘱是谁都不能给看的。屋大维想尽各种办法，把安东尼的遗嘱给找出来了，遗嘱一公布，全罗马人都疯了。安东尼爱这个“埃及艳后”到什么程度？他在遗嘱里要把罗马大量的地方，包括地中海的很多岛、小亚细亚等，全都送给“埃及艳后”和他们俩的孩子，这都是历史上记载的，不是演绎的。罗马人一看，这可不行，安东尼这么做是在出卖罗马，罗马就对他进行审判，后来屋大维出兵和安东尼开战。

安东尼被打败了，自杀身亡。“埃及艳后”本来想最后求生，再勾引一次屋大维，但是没勾引成。估计屋大维一想，恺撒第一手，安东尼第二手，到我这儿已经第三手了，咱还是算了吧。最后埃及艳后选择了被蛇咬死这种自杀方法，据说历史上确实是这样的。她在临死前还请求屋大维把她跟安东尼埋在一起，埃及艳后和安东尼这两个人还算是挺有情的。

所以“埃及艳后”也并不能就被说成是一个那么恶毒的女子，首先她肯定是个美女，第二她还算比较有情，并不是为了自己国家的利益，随便嫁给谁。她首先嫁的是恺撒，恺撒还是值得爱的，你想想那是人类历史上少见的大英雄，就跟嫁给项羽似的，所以恺撒值得爱。后来又嫁给了安东尼，安东尼也值得爱，虽然他不如恺撒那么智慧，不像恺撒那么胸怀天下，但是安东尼至少是一个非常优秀的军人，也是值得爱的。所以第一我觉得她的命运还挺好，跟两个当时实际上最牛的男人在一起。

但她死了以后，埃及就彻底变成了罗马的地盘，在埃及延续了那么多年的托勒密王朝，在埃及艳后之后也结束了，所以埃及艳后实际上就是古埃及最后一个法老。因为她是女的，从法理上来说，必须得有一个同时跟她执政的法老，有的时候是她的弟弟，有的时候是她的儿子，甭管是谁，但实际上的事务都是由她来管。所以由于埃及艳后的爱情，把埃及又多延续了有那么近二十年。不过埃及迟早会灭亡，就是早几十年还是晚几十年的事情。在漫长的人类历史长河中，人们会觉得二十年不算什么，但是对于她的一生来说，她在有生之年把埃及保住了。在她死了以后，埃及彻底灭亡，变成了罗马的一部分。

《埃及艳后》这部电影有机会大家一定要去看，我前几年又看了一遍，看的时候依然觉得热血沸腾，尽管依然没看明白到底讲了什么，因为我一直在看伊丽莎白·泰勒。

| 爱国华侨陈嘉庚去世 |

下面来说说陈嘉庚，今天不论是在网上，还是在微博上都充满了各种戾气，我也不知道为什么 Angry Man（愤怒的人）会那么多，大家怎么都那么愤怒，尤其是看微博上人们每天都在骂，只要是在海外的华侨、华人，一天到晚都被骂汉奸。包括鄙人在内，也多次遭遇过攻击，之前有人在微博上说我是汉奸什么的，我大部分时候都会保持沉默，人家骂你汉奸那就汉奸吧，不想回应了。但偶尔我也回复一下，我说大家看看这些爱国的华侨，从司徒美堂到陈嘉庚，千千万万的海外华侨，为了中国的近代化、为了中国的现代化而奋斗。辛亥革命时他们大量地捐资，支持革命，当时推翻清朝的整个革命党都是在海外建立起来的，那钱全是华侨捐的。抗日战争的时候，又有那么多华侨毁家纾难，回到祖国抗日。改革开放的时候依然有那么多华侨，以及那么多的爱国华人，支持国家的建设，要不中国的经济怎么能发展得那么快，改革开放搞得那么好？大家再看看其他的国家，印度、俄罗斯，还有越南，它们都搞改革开放，但它们都比中国慢得多，中国的发展就有大量的华侨的功劳。绝大多数华侨是爱国的，甚至比国内的中国人还要爱国。抗战时期有很多汉奸都是拿中国护照的，汪精卫是拿中国护照的，周佛海是拿中国护照的，陈公博是拿中国护照的，像陈公博和周佛海都是中共一大代表，后来都当汉奸去了。

今天我们就来讲讲爱国华侨的最杰出代表陈嘉庚。所有厦门大学毕业的人，都会把陈嘉庚永远记在心里，因为厦门大学是陈嘉庚办的，这是中国第一所华侨办的大学。厦门大学由陈嘉庚一个人出资，不光是建校的钱，后来维持学校运营的所有的钱都是他出资的，这个非常不容易，应该是空前绝后的。我以后会讲到南洋大学，南洋大学是陈嘉庚的堂侄陈六使捐资建立的，但那是集合了所有南洋华人的钱，不光是商人的钱，当时连贩夫走卒都全部上阵，车夫义拉义蹬，舞女义跳义卖，大家一起捐资建起了南洋大学，当然了那是另一段历史，但从中也可看出陈家一直有这种捐资助学的风气。陈家庚是靠一人之力建起了厦门大学，后来他又捐资建起了新加坡最大的南洋华侨中学，当时新加坡还没有华人的大学，南洋华侨中学就成了新加坡最高的华人学府。接着他又捐资建了集美学校，就是今天的集美大学。在抗战时期，陈嘉庚又捐了各种各样的东西，可以说是多得数不胜数，他号召海外华侨捐了两百多架飞机、上千辆车、上万包粮食。他几乎把自己所有的东西都捐了，最后他几乎什么也没有了，全家的生活过得也特别简朴，他自己都说，我们家每个月就是一个人的薪水一家人用。

我们前面在讲新加坡的时候讲到南洋华人其实分成两种，一种叫海峡华人，就是在那儿生在那儿长的，在英国受的教育，不会说中文，他们已经不觉得自己是中国人了，李光耀就是海峡华人的杰出代表；另一部分华人就叫传统华人，传统华人就坚持认为自己是中国人，坚持认为自己是出来打拼的，最后要回到祖国去，要叶落归根，他们的领袖就是陈嘉庚。南洋华人应该算是最诚恳、最纯良的那一部分华人，他们非常好地保持了中华民族、儒家的那些忠、孝、礼、义、廉的传统，陈嘉庚就是典型的代表。陈嘉庚在南洋华人中是有巨大的威望的，当然他也实现了自己的理想，就是叶落归根。陈嘉庚到最后可谓是把所有家财散尽，但他获得了全国人民的崇高的尊重。

陈嘉庚当时在中国威望之高，可谓“一言九鼎”。在这儿给大家讲个小故事，当年“汉奸”这俩字就是由陈嘉庚定义的。陈嘉庚说什么叫汉奸，只要还有一个敌人在国土上，向敌人言和就叫汉奸。必须把所有的敌人都打跑才能言和，否则就是汉奸。在他的强大的声望下，很多人想当汉奸都不敢了，因为他当时确实是做到了“登高一呼，应者群起”的地步。新中国成立以后，党和政府也给了他崇高荣誉，他的资产全都捐给了国家，他后来当了人民政府委员，那时候的政府委员相当于现在的国务委员，所以政府还是给了他非常非常好的回报。这就是一个爱国华侨的一生，全国人民都非常热爱他，厦门大学的毕业生更加热爱他！当然厦门大学现在已经变成一所公立大学了，当年是陈嘉庚一个人办的，他是我们华人的骄傲、华侨的骄傲。

| 著名文学家朱自清先生去世 |

下面简单说几句清华大学著名的教授、著名的文学家朱自清先生。1948 年的这一天，朱自清先生去世。关于朱自清先生的生平我就不多说了，大家都学过他的文章，像《背影》等，并且由于他的一篇文章，让清华大学这个地方成了旅游胜地，这篇文章就是《荷塘月色》。其实文中讲到的荷塘就是清华园内很小的一个小池塘，但是由于《荷塘月色》写得太好了，于是大家来清华的时候，都一定要去这个荷塘看看月色，其实就是那么一个小池子，旁边有一尊汉白玉的朱自清雕像在那儿立着。还有就是，朱自清先生最后是病死的，并不像传说中说的什么他不吃美国救济粮、不吃美国面粉饿死的。

8月13日

《晓松说——历史上的今天》来到了 8 月 13 日。大家一听八一三这个日子，都会非常熟悉，这个我们在中学课本里都学过，1937 年的 8 月 13 日，中国爆发了抗战史上最大的战役——淞沪战役；再有就是 1926 年的这一天，古巴人民的领袖卡斯特罗出生；今天还是“国际左撇子日”，所有的左撇子，节日快乐！

| 中国抗战史上最大的战役——淞沪战役爆发 |

我们首先来讲一讲淞沪战役，国民党方面对这次战役的记载叫淞沪会战。这次战役不但是中国八年抗战（如果从九一八开始算，那就是十四年抗战）当中最大规模的、最激烈的、伤亡最惨重的战役，而且也是整个反法西斯战争中，最重要的、最大规模的战役之一。实际上从九一八事变发生以后，国民党就一直在策划和准备一场战役，因为他们知道日本总有一天一定会动手，所以做了各种各样的准备。其中主要包括这几方面，第一就是武器方面的准备，专门请了德国顾问，德国顾问就建议装备三十六个德械师。当时已非常积弱的中国还是拿出了仅有的钱，但到1937年的时候也仅仅装备了三个师，这三个最精锐的德械师，就是淞沪战役最开始上前线的三十六、八十七、八十八这三个师。第二就是国民党做了各式各样的作战计划，其中最重要的就是准备在淞沪这边跟日本决战。因为如果敌人从北向南打，南方这边都是平原，再加上北方整个华北平原无险可守，所以很难对付敌人，于是当时国民党就准备好了在淞沪这边打。当时德国顾问提出来的作战计划是非常合理的，他们的计划是不在上海市区打，因为这里离海边、江边太近，大家知道日本的陆军在世界上其实不算很强，但是日本海军可是世界一流的，日本海军和英美海军一样强大，号称当时世界上最强大的海军。日本海军的460毫米口径的大炮，一发炮弹有一吨多重，当时就已经有两艘，而且还在建两艘用这种460毫米口径大炮的“大和”号和“武藏”号战列舰。大家想想，这一发一吨多重的炮弹下来，一个连就报销了。所以当时德国顾问提出来的是在上海再往西一点儿，往内陆退一点儿，建两条防线，一条叫吴福线或苏嘉线，一条叫锡澄线。但这两条防线最后并没有建完，只是建了很多很多的小堡垒，像地堡、碉堡等，当然也没有最后完工。当时的整个战略计划就是，一旦跟日本开战，就立即在上海这边主动向日本进攻，吸引日军主力来到上海，然后变成日军溯江而上向西进攻，这个情况下地形的优势也有了。大家知道沿长江流域一带地区平原并不多，却到处是丘陵与山地，一条条长江的支流也都可以成为防御日军的防线。所以当时国民党就是准备让日军从上海开始向西一路仰攻，通过层层设防、节节抵抗来打破敌人速战速决的罪恶企图。

后来“七七事变”也就是“卢沟桥事变”的枪声一打响，中国马上就知道日本人终于来了。其实“卢沟桥事变”的时候是日本军人在前面捣乱，日本政府并没完全准备好要打仗，如果日本真的准备跟中国打仗，最基本的就是国内得大规模征兵，但是日本政府并没有准备发动全面战争，也并没有更多地征兵，还是那十几个常备师团（日军一个师团的实力至少等于中国一到两个军的战斗力）。日本军人突然间在卢沟桥挑起来这个事儿，他们就非要打仗不可。其实日本政府并不想打，为此日本首相还派了特使到中国驻日本的大使馆去，准备跟中国和谈。但是当时日本的军队那真是叫“军国主义”盛行，日本首相派特使去中国大使馆谈，结果宪兵把首相的特使给抓了，说：“你不能去，不能跟中国谈，没什么好谈的。”中国一看，既然这样，那咱也别谈了。外加国内强烈的建立广泛的抗日民族统一战线的呼声，共产党及广大爱国人士多次致电蒋介石，逼蒋抗日，于是蒋介石发表了著名的庐山讲话，就是说：“如果战端一开，那就是地无分南北，年无分老幼，无论何人，皆有守土抗战之责任。”中国的抗日战争自此全面爆发。

国民党军队全面动员，当时对日本的预案就是向上海进攻，先是由张治中将军率领几个师到上海来支援。张治中将军是蒋介石的中央军的亲信大将，蒋的亲信号称“八大金刚”，其中张治中将军是他最亲信的人。一·二八抗战的时候，也是张治中率领这几个师到上海来支援，淞沪抗战的时候，又是他率领这几个师来到上海。我看到过时任中央军三十六师师长宋希濂的回忆录，说当时军队从西安出发前往上海，全体西安人民欢送子弟兵。大家知道西安事变就是前一年年底，也就是 1936 年 12 月 12 日发生的。西安事变之后，张学良被抓起来了，于是中央军大军开过潼关到西安，弹压当地的东北军。一开始东北军激烈地反抗，说你中央军把我们的领袖张学良给抓起来了，还把东北军的老将王以哲刺杀了，要跟中央军对着干。所以当时在西安集结了大批的中央军，陆军、空军都集结到了一起，正在准备和东北军打内战。

结果这时候突然间真正的战争来了，日本人侵略中国，大家要去打日本了，于是中央军立刻士气高涨，全国人民也在各地欢送军队上前线。当时宋希濂将军率领的中央军三十六师从西安上火车奔赴淞沪战役的前线，沿途到处都是欢送的人。

在淞沪战役中，我们的部队打得异常坚决，这连日人本也没想到，最后我们在上海坚持了三个月之久，付出了沉重的代价。当然在战略上坚持三个月是对的，我们就想让全世界看看，中国人民有力量、有决心抗战，同时希望签订九国公约的成员国能对中日战争进行调解。所以中国军队坚持在上海打了三个月，当然牺牲也是非常惨重的，淞沪战役是整个抗战中牺牲最惨烈的一次战役，国民党最精锐的部队中央军全都上了前线，并且基本上都被打光、打残了。

当时中国还处在地方军阀割据的状况下，大家都互相怀疑，在这种情况下怎么团结全国的力量来抗战？就是要先把自己的老本花进去，要表明态度，所以中央军所有的主力都上了前线。淞沪战役首先以中央军为主开始打，打得极为惨烈。这时候各地的军阀一看，中央军已经把老本都豁出去，在上海打成那样了，一个师一个师地都打光了，于是各地的军阀就说：“那我们共赴国难，一起保家卫国吧！”这个时候在四川、广西等各个地方的军队都开始誓师出征，全国各地的军队赶来上海，一个军一个军地赶来，一个师一个师地赶来，大家开赴前线共赴国难。

中国在淞沪战役那一仗中打得非常惨，最开始德国说不能在上海市区打，因为日本的舰炮都非常厉害，当时日本还有航空母舰，航空母舰上还有大量的飞机。最后日本三十多万大军和中国七十多万大军，双方近百万大军就聚集在上海的租界以外的华界那么狭小的地方开始了激烈的战斗。淞沪战役是一场非常奇怪的战役，上海当时有大量的租界，有法租界、公共租界，除了在“日租界”和华界那儿打（其实上海并无日租界。所谓“日租界”是指属于苏州河以北公共租界的虹口、杨浦一带，那里是日军控制的地方），其他的西方帝国主义的租界，一颗子弹都没有落，而华界却被打成了一片废墟，闸北地区几乎百分之百的建筑都被打烂了。虽然华界打成这样，但人民还是可以在其他国家的租界里观战。有一部电影《八百壮士》描写的就是当时的境况。苏州河以北打得惨烈不堪，由谢晋元率领的号称“八百孤军”的爱国将士在坚守四行仓库。当时由林青霞饰演一个叫杨惠敏的女童子军跳进苏州河，身上携带一面国旗往北边游去。而在苏州河以南的租界区内，老百姓都在那儿观战，大家看到崭新的国旗升起来，就开始欢呼祝贺。最后八百壮士退进了租界，当战士们被缴械之后就被软禁在孤军营里。最后不但谢晋元在孤军营内被汉奸刺杀了，全体孤军也在太平洋战争爆发后被占领租界的日军俘虏了。

淞沪抗战的时候，双方百万大军集结在那里，那伤亡惨重到什么程度？就是敌人军舰上的一发炮弹就能报销一个排、一个连，最快的时候一个师上去七个小时人就打光了，曾经一夜牺牲过六个旅长，非常惨烈。当时大家都觉得桂系的军队能打，前线都支撑不住了，大家就都等着桂系的军队来，于是桂系在桂林誓师，全体广西人民欢送子弟兵上前线。桂系来了整整一个集团军，有六个旅，几乎所有的本钱都拿出来了。桂系的集团军在上海一下火车，全军立刻士气振奋，认为能征善战的桂系来支援了，我们有希望了。桂系军队一下火车，当夜就一字排开，直接向日本发动大规模反击，结果一夜下来牺牲了六个旅长。

我的天！简直就是疯了！所有的将领都直接带队冲锋，整个桂系几乎全部被打残，所有的军队都看傻了，虽然大家都怀着誓死守土抗战的决心，但桂系这么强大、这么能征善战的部队，居然一夜之间全被打残，这战争太惨烈了，所以打到最后的时候士气几乎快崩溃了。淞沪抗战中先后有十几位将军牺牲，包括东北军第六十七军的军长，中央军也牺牲了很多将领，还有桂系也牺牲了一堆将领。总之，当时各地的军队共赴国难，热血都洒在了上海的土地上。

最后日军在金山卫登陆，从背后包抄我军，这个时候已经没有办法了，实际上如果我们早撤退一个星期，还是能保住大部分的力量，但是当时蒋介石坚持要等到九国公约会议召开，说我们一定要坚持，不能撤退，等九国一开会，大家一谴责日本，日本就会撤兵，那我们就胜利了。最后九国确实开了会，但刚要说这事儿的时候，日本代表走了，退出会场，不和你们聊这件事儿，最后九国组织也没有拿出什么实际的方案去制裁日本、谴责日本，所以日本人就继续打。但是我们就为了等这些帝国主义国家给我们做主，在上海多坚持了一个多星期，然后彻底被日军从背后包抄。最后终于坚持不住撤下来的时候，实际上就是彻底崩溃了，士气也完全崩溃了，大量的散兵游勇、伤兵也没人管，于是就流散在乡间，有人开始盗窃、抢劫等。而且当时队伍退到刚才说的苏嘉线（吴福线）、锡澄线这两道防线的时候，根本就没法停下来加以抵抗，因为当时连碉堡的钥匙也不知道在谁手里，原来掌管钥匙的保甲长早就逃之夭夭。没有碉堡钥匙士兵就没法进入，只能继续撤退。本来预设好的两条防线最后竟没能派上一点儿用处，全军最后一路溃败到南京。后来守南京的实际上还是这几个中央军的德械师，但是退到南京的时候士气已经完全崩溃了，所以南京等于根本没怎么打，三四天就被日军占领了。

但是不管怎么样，淞沪战役还是起到了重大的作用，日军在这次战役中也有几万人的伤亡，杀伤日军当然是一方面，最重要的还是这次战役在全世界面前，展示了中国人民抗战的决心。我说一件跟我的家庭有关的小事儿，淞沪战役在 1937 年 8 月 13 日开战，四天以后，也就是 8 月 17 日，有一条船从上海出发开往欧洲，上面乘坐的全是去欧洲的留学生，其中就有我的外公和外婆，他们就是在淞沪抗战期间离开上海去了欧洲。后来我外公、外婆经常给我讲："你知道我们那一代知识分子为什么爱这个国家吗？我们出发的时候，回头一看祖国到处都是炮火连天，我们所有的留学生都挤在船尾上望着远去的国家，都跪在那儿哭，那个时刻我们就下定决心，一定要学成回来建设我们的国家。我们就是这样离开的中国，所以我们爱这个国家。”

| 古巴人民的伟大领袖卡斯特罗出生 |

首先祝卡斯特罗生日快乐！卡斯特罗是社会主义国家古巴的领袖，大家知道，所有的社会主义国家的建国者、缔造这个国家的人民领袖、它们的第一代领导人，都是中国人民的老朋友。这些领导人一般都很长寿，其中最长寿的就是卡斯特罗，其他国家至少都到了第三代、第四代领导人，唯独这个古巴一直都是卡斯特罗在执政。伟大的卡斯特罗还活着，只不过他确实是太老了，所以现在古巴是他弟弟劳尔·卡斯特罗在执政。祝卡斯特罗生日快乐，长命百岁！

| 世界左撇子日 |

今天是世界左撇子日，我从小特别不能忍受的就是大人一定要把左撇子给硬扳过来。我觉得左撇子挺好，我妹妹就是左撇子，我妹妹能拿左手吃饭，能拿左手写字，但是大家好像都觉得左撇子变态似的，非得让用右手。其实经过科学家的研究，这种左撇子，也就是习惯用左手的人，右脑一般都比较发达，而用右手的人一般左脑比较发达。这右脑是管什么的呢？就是艺术、形象思维等，所以左撇子实际上更适合当艺术家，但是在我们国家总是说："你们不能用左手，都得用右手……”然后就这样硬扳。

我说一件小事儿，在中国我们的枪都只能给右撇子用，如果左撇子用这枪，弹壳直接就会打到脸上，烫死了。但是美国的枪，枪栓可以拿下来，反过来装，当枪栓反过来装的时候，左撇子就可以用了，所以美国的枪左、右撇子都能用。

左撇子弹琴尤其好看，我特别喜欢的一个乐队叫西蒙和加芬克尔，其中保罗·西蒙就是左撇子，他和加芬克尔配合在一起弹琴，两人在台上演出的时候特别好看，一个这么弹一个那么弹，漂亮极了。在国外左撇子弹琴的人很多，在国内我一个都没见过，因为中国的一切教育，就是要你必须得这样做，都要用右手，然后大家全都这么弹琴。希望下一代父母，包括我本人，再也不要去扳人家左撇子了。其实左撇子占的比例很大的，这些左撇子也是我们珍贵的财富，他们很多人在艺术上有很好的天赋。

8月14日

《晓松说——历史上的今天》来到了 8 月 14 日。1937 年的这一天，中国空军第一次在抗日战争中击落日本飞机；今天还是莎拉 · 布莱曼的生日，咱们就不说她生在哪一年了，祝依然非常年轻的曼姐生日快乐！

| 抗战中中国空军首次击落日本飞机 |

首先说一说中国空军和日军的八一四空战。1937 年 8 月 13 日淞沪战役开战，第二天也就是 8 月 14 日，中日双方的空军就相遇了，这次相遇非常精彩，在这儿简单地给大家讲讲。当时中国还在打内战，西安有东北军、延安有红军，空军的主力也在西安。淞沪战役一开战中国就全乱套了，因为当时中国确实没有太多准备，国防部乱成一团。大家都没想起来中国还有空军在西安，这也说明当时的将领们还不是特别有现代战争的概念，就是指挥各种陆军在那儿打，把空军这码事儿都忘了。还是高志航不停地打电话，才提醒了国防部还有中国空军在那儿可以参战。

高志航是当时中国空军最精锐的战斗机第四大队的大队长，他是中国空军最好的飞行员、空军英雄。我们知道当时中国空军最重要的精锐飞行员的来源，一方面是东北空军，另一方面是广东空军。中央军的空军都是由广东空军组成的。因为广东空军在陈济棠反蒋后举行了起义，这才跑到中央军去的。另外九一八事变之后，东北空军的飞机都被日本缴获了，很多飞行员因此逃到了内地。高志航就是东北空军的著名飞行员，当时还是东北航校的总教官。高志航这个人很有意思，他从小实际上是跟日本人一起生活。大家知道沈阳当时有大量的日本侨民，高志航上的是一所日本学校，最好的朋友就是日本人，他从小就是在这种环境中长大的。他并不是非常恨日本人，但他是一个性格很倔强的军人，在他心目中天空是我的，我只要上了天空，甭管你是谁，在天空上，谁跟我来劲我就要打谁。

后来高志航回国以后被外国人给陷害了一下，当时东北接收了新飞机，先让高志航试飞。结果别人偷偷地把飞机里的一个零件给拆了，导致高志航在试飞的时候突然发现舵不灵，尾翼动不了了，他们以为这下能把高志航害死，他们就少了一个对手，但高志航以极其高超的飞行技术，居然在这种情况下让飞机迫降。但飞机迫降的时候撞到了一棵树上，高志航的腿被撞断了。在高志航的腿被撞断以后，他去了沈阳的医院去医治，当时沈阳最好的医院就是日本医院，结果日本人又使坏，导致手术后他的腿总是好不了，老是发炎、溃烂什么的，最后他说那我不在日本医院看了，我要去俄国人开的医院看。可见中国当时多落后，不是日本人开的医院，就是俄国人开的医院，中国人自己就没有好的医院。到了俄国医院，俄国医生给他治好后，他的腿两边就已经不一样长了。后来他的性格变得更加暴躁，而且他永远都是那种态度，我是一名空军飞行员，我是雄鹰，我不需要腿，我有翅膀，只要我在飞机里，一切就是我的。

还有一件特别有意思的事情，当时国防部有一个规定，就是所有的军官只要娶了外国人就不能上前线。那时候东北有很多长期居住的白俄姑娘，长得非常漂亮，就住在空军基地的旁边，每天看着他们飞行，她们特别爱慕这些空军的飞行员。飞行员们一放假，也经常会到旁边的小镇上去喝点儿酒什么的，于是高志航就认识了一个漂亮的白俄罗斯姑娘。后来两人结为夫妻，还生了两个孩子。但是国防部当时的规定是如果娶了外国老婆，那你就只能飞运输，不能上前线。高志航最后坚定地说："我要上前线，我要上天。"国防部说："你要上前线那就先得离婚。"于是高志航就毅然地离了婚。后来他去前线打仗的时候，他的白俄老婆就带着两个孩子住在基地外面跟着，非常感人，一个军人为了报国连妻儿都不要了，高志航是一个真正的中国军人。

高志航是东北航校的教官，据说当时东北航校有两个总教官，一个是中国人高志航，还有一个是日本教官。中国的第一批东北飞行员都是留法的，高志航就是其中最优秀的。他们的典型装扮就是穿皮夹克、抽雪茄、喝红酒，他们既看不起日本人，也看不起中国陆军，觉得这些人太土。据说高志航和这个日本总教官两个人也互相不服气，大家跟高志航说："你为什么不跟这日本人比试一下？"高志航说："中日必有一战，现在不跟他比试，先别露了底，等到时候再真的跟他比试。"后来日本陆军来了，那个日本总教官还派人通知高志航说："你快跑，日本陆军要来了。"高志航说："你干吗救我啊，咱们是空军，咱们天上见。"这个日本教官说："我不能让你被一日本兵给捅死了，我觉得这不行，咱俩必须在天上比试。"高志航后来逃到了内地，在蒋介石五十岁生日的时候，全国搞献机运动，就是捐献战斗机给蒋介石祝寿，他当时驾驶献礼的飞机飞行，还得了第一名。高志航后来也是整个中央空军中飞行技术最好的一个。

在淞沪战役开战以后，高志航就拼命地往国防部打电话，他是东北人，性子比较暴，电话打到南京，根本没人搭理他。最后他一想："这前线都打起来了，我们空军还待在西安干吗？"于是高志航就用手枪劫持了一架美国邮政机，这完全就像电影中的情节，他用手枪逼着人家，就相当于劫机，他说："你给我飞到南京去。"最后他就胁迫那架飞机飞到了南京。到南京以后，他就立刻赶到国防部说："这是怎么回事儿？这战斗都已经打响，我们四大队怎么没有接到上前线的任务？"这时国防部的人才意识到："对了，咱还有空军，那快快快，你们赶紧到前线去。"于是高志航立刻从南京打电话到西安，命令全大队马上到空军基地杭州笕桥机场加油，然后起飞迎战。现在大家去杭州还可以去笕桥看看，那里曾经是中央空军的航校所在地，叫笕桥中央航校。

高志航当时准备先驾驶一架飞机飞到杭州笕桥机场等着自己的飞行大队抵达，这时就传来消息，说日本空军来了。当时我们的谍报机构在陈一白的指挥下还是很厉害的，破译了日本很多的电报密码之类的东西，他们准确地知道日军什么时候起飞，什么时候来。所以日军一从台湾起飞，一路的行踪我们都知道。谍报机构就通知高志航日本飞机到哪儿了，这时候高志航的飞机也在半路上，他驾驶的飞机是那种小型的双翼战斗机，叫霍克 -3，是一种美国早已经淘汰的机型，在我们这儿还算好的战斗机，他要飞到河南周家口加一次油，然后再起飞，而飞机从河南再飞到笕桥时又已经快没油了，这时日军的飞机也已经接近杭州。那时候的空战是视距空战，互相连对方的表情都能看见，特别像古代那种大将在阵前决斗，一定要把旗子竖起来让你知道我是谁，不像现在双方交战跟打电子游戏似的，什么都看不见，只能在雷达上看，摁一下按钮发射一枚导弹。那时候就一定要让对方知道我是高志航，所以他的飞机上贴着特别大的“004”号。高志航下令空军所有的飞机都不许降落，直接在空中迎敌，他亲自击落了三架日本轰炸机，这极大地振奋了全国人民的士气，这次空战也被称为八一四大捷。

8 月 14 日后来被当时的中华民国定为空军节，成为中国空军的重要节日。当然在这次战争中我军也有很大的损失，被击落的飞机倒是不多，但是它们当时没来得及加油，直接在空中迎战，所以因为没有油掉下来了两架飞机。中国空军打得非常艰苦，最后打到一架飞机也没有了，只能用苏联援助的更老、更旧的飞机，而且我们自己还是没有油。最后高志航四大队全部打光以后，他自己也负了伤，当时有一张著名的照片登在报纸上，是宋美龄亲自到医院去看高志航，给高志航裹伤，帮高志航换纱布。

后来中国空军换了苏联的飞机以后，高志航飞往笕桥，在笕桥机场遇袭，最后死在了自己的座舱里。当时他已经是中国空军驱逐司令，大家发现了日本飞机以后都说日本飞机来了，快跑。他说跑什么？日本飞机来了，赶快发动，给我发动飞机，我要去打日本飞机。但是就因为苏联的飞机质量不行，油也不足，发动机也不好，半天飞机也没有发动起来，这时候日本的飞机已经飞到了机场上空，最后他掏出手枪坐在机舱里跟日本人打，结果被日军投下的炸弹炸死在机舱里。一个空军英雄，最后死在自己的座舱里，这可以说是死得其所。高志航是中国空军最优秀的代表，有关高志航的电视剧已经播出了，电影也在筹备，他的故事是非常值得拍的。

丨英国著名女歌手莎拉·布莱曼出生丨

今天是莎拉·布莱曼的生日，曼姐生日快乐！咱们就不说她是哪年生的了，其实我原来并不知道她哪年生的，今天一看这个年份，我非常震惊。她怎么能保养得那么好？我都不应该叫她姐，而是应该叫她大姐。关于莎拉·布莱曼有一件小事儿很有意思，奥运会的时候，她曾跟刘欢一起唱《我和你》，我当时是在美国的电视上看直播。刘欢住在纽约，后来他回到美国的时候，到洛杉矶来看我，给我讲了一个笑话，他说："好多人都以为我杀人了。"我说："为什么以为你杀人？"他们说："刘欢莎拉·布莱曼，谐音就是刘欢'杀了'布莱曼，刘欢'杀了'一个叫布莱曼的人。"很有意思，刘欢差点儿成了杀人犯。

8月15日

《晓松说——历史上的今天》来到了8月15日。这一天是中国人民的欢乐日，也是世界人民的欢乐日，1945年的今天，日本投降；公元978年的这一天，南唐后主李煜去世。

| 日本宣布无条件投降 |

首先讲讲8月15日这个胜利日、欢乐日，这不光是中国人民的欢乐日、朝鲜人民的欢乐日，也是美国人民的欢乐日、英国人民的欢乐日，其实还是日本人民的欢乐日。虽然日本人民听到天皇发布的《终战诏书》后哭得跟鬼似的，但是日本人民从此也解脱了，再也不会有第三颗、第四颗原子弹来袭击他们，再也不会有燃烧弹，再也不会有敌人登陆，这至少保全了这个国家，保全了日本人民。日本宣布投降，也宣告了世界上有史以来最大规模的一场战争在这一天正式结束，这个日子也应该算是全世界的欢乐日。

德国在1945年的5月8日宣布投降，到了8月15日，日本宣布投降。这一天，日本天皇向全世界宣读了《终战诏书》，日本人民第一次听到了天皇的声音，以前日本人从来没听到过天皇说话，天皇对他们来说完全就是神。在开战的时候，裕仁天皇确实负有不可推卸的责任，无论历史怎么替他推卸责任。裕仁天皇十几岁的时候手握大杀器，以神一样的地位做出战争的选择，也是正常的。但是最后在停战投降这件事情上，裕仁天皇确实起到了重要的作用。当时日本被扔了两颗原子弹，都已经快撑不住了，日本所有的文官内阁都要求接受《波茨坦公告》无条件投降，可是日本军人坚决不同意，大家知道军人在内阁人数中占了一半，最后大家相持不下。这时候就由天皇来进行最后的裁决，当时的日本天皇已经没有皇宫了，就躲在地下室里，大家在天皇面前争吵了半天，最终天皇说，为了日本人民，为了这个国家能继续生存下去，接受《波茨坦公告》，我们投降。这时天皇觉得个人的荣辱已经无所谓了，坚决接受《波茨坦公告》。美国通盘考虑了当时的战况，最后麦克阿瑟将军决定保留日本天皇，其实天皇在宣布投降的时候并不知道自己的未来会是什么样子，也许会是战犯，但是也管不了这些了，就决定投降。

天皇宣读《终战诏书》宣布投降以后，日本军人全都滚倒在地大哭，有的军人回到家乡，陆军大臣阿南向天皇行礼后直接就剖腹自尽。那个时候天皇也怕军人不接受投降的命令，军人们如果质疑这个天皇不是真的，是别人假传圣旨，拒不投降的话就很难办，所以天皇就决定录音，让所有人都能听到他的声音，这样就没有人再说假传圣旨了。据说天皇去录音的时候也挺有意思，所有的工程师、录音师一看天皇来了，都赶紧跪在地上。录完第一遍后，天皇问大家："有什么问题吗？"结果谁都不敢说话。天皇又问大家："到底有什么问题吗？"然后终于有一个勇敢的人说："天皇您有两个词的发音不太清楚，您能不能再录一遍？"天皇说："好，没问题，我再录一遍。"结果又录了一遍，这回错了三处，但谁也不敢跟天皇说再录一遍了，于是就这样了。

当时所有的日本电台都在不停地播报，让大家在几点几点停下手里的事情，日本天皇有重要的消息要发布。全体日本人民几乎都疯了，大家从来没听过天皇的声音，所有人都在这一刻停下来，准点等在收音机前。日本电台准点播报了天皇的重要讲话。天皇说，为了这个国家，为了人民，我决定接受《波茨坦公告》……全体日本人民哭声一片，到处都有军人自杀等，大家都觉得屈辱，日本那个民族还是一个尚武的民族，而且还有那种武士道精神，大家都觉得我们怎么能投降？其实第二天我猜大家心里也轻松了，战争就这样结束了。

其实在天皇宣布投降的消息发布之前，年轻的少壮派军人就得到了消息，这时就有人开始在组织政变。他们去找陆军大臣阿南，想让阿南领导政变，但阿南坚决不同意组织政变，当然他也不愿意投降，最后剖腹自杀了。为了阻止日本投降，少壮派军官就到处去抢天皇录音的唱片，不想让它发布出去。这张天皇录音的唱片是高度机密的，当时做了好几个备份，由不同的人化装送到电台去，不少少壮军人直接冲进电台，抓住电台的人问这唱片在哪儿，但电台的人都特别勇敢，大家最后保护住了这张唱片。当然最后政变被镇压了，那些少壮派的军人在皇宫外的广场剖腹自杀向天皇谢罪。

日本投降的消息传到中国以后，中国人民陷入了欢乐的海洋。我看到了无数当时的记载，日本投降的消息一发布，中国电台的播音员就赶紧开始播报说："刚刚收到消息，日本天皇接受《波茨坦公告》……"后面就已经激动得说不下去了，然后第二个播音员接着说："日本正式……"然后又哭得说不下去了，坚持着的第三个播音员接着说："日本投降了！"然后所有人都哭成一团，没法再继续播音了。最后就打开窗户，把这个电台的话筒对准窗外，说："大家来听听外面的欢呼声……"外面到处是鞭炮齐鸣，已经成了欢乐的海洋。当时的重庆中央社收到日本投降的消息，马上在墙上写出巨大的字："日本投降了！"中央社的记者也来不及印报纸了，就干脆骑着车出去到每个地方大声喊着告诉大家："日本投降了，日本投降了！"当时印的第一批刊有日本投降消息的报纸很快就被抢得精光，在成都印的号外也很快抢光了，甚至有人愿意出五百大洋去买一张号外，那时五百大洋都能买一辆汽车了，可见人们的激动之情。

我还看过梁思成在自己的回忆录中对这件事情的记载，当时梁思成在重庆化缘，正在美国使馆跟一朋友聊天。因为重庆是山城，美国使馆就建在山上，聊着聊着突然就觉得不对了，说这个城市怎么突然亮起来了，重庆当时所有的探照灯都亮了，然后鞭炮齐鸣，梁思成说："这是怎么回事儿？"最后大家说："日本投降了！"于是大家也不在使馆聊什么天了，所有人都冲到大街上，冲进欢乐的海洋。梁思成说他遇见了各种大知识分子，好多大教授都喝高了，所有的鞭炮都卖光，酒也卖光了，人民太欢乐了！这是在国统区的景象。

在沦陷区也一样，上海也得到了消息，上海人民马上都拥向了南京路，虽然那个时候日本军队还在那儿，上海人民也不怕了。上海当时最高的建筑就是现在南京路上的国际饭店，上面升起了一面巨大的国旗，整整八年了都只能挂日本旗，今天终于挂上了自己的国旗，上海人民陷入了欢乐的海洋。那一天在中国的各个地方，在敌后的根据地，在所有的城市、乡村，都能看到狂欢的人群。中国人民经过了八年抗战终于胜利了，日本人终于投降了，这一天永远值得中国人民纪念。

当然美国人民也在狂欢，也陷入了狂欢的海洋，所有报纸都出现了那么大的一个“V”字，就是“Victory”——胜利，整个一版都是这个。战争终于结束了，再也不用牺牲那么多美国儿女了。中国人民在这场战争中当然是付出了最惨重的代价，总共牺牲了三千多万人，世界人民终于战胜了日本帝国主义。

南唐后主李煜去世

公元978年，南唐后主李煜去世，其实应该说是中国历史上最伟大的词人之一、中国历史上最伟大的文学家之一李煜去世。至于他是不是南唐后主其实并不重要，我觉得他如果不做南唐后主反而还能多活几年，为我们多写几首漂亮的诗词。

我从小就喜欢读诗词，我曾经在很长很长一段时间，大概从十几岁到三十岁，最爱的就是李煜。因为那时候年轻，也多愁善感，对于诗词的技巧非常看重，在诗词撰写技巧方面，李煜是独一无二、无出其右的，可以说是最好的。当然后来我三十岁以后，慢慢地成熟了，对艺术也有了很多不同的看法，对基本的内容以及大师的情怀各方面有了更多的追求，这个时候我对技巧方面的东西就不那么重视了。再去看他的诗词就会觉得他的情怀不够博大，李煜不是那种胸怀天下的人。南唐在那个时代是一个强大的国家，所以宋太祖最怕的其实就是南唐皇帝李煜，如果李煜后来不写那些怀念祖国、怀念故土的词，他没准儿还能多活两年。大家经常把他和阿斗做对比，阿斗在亡国以后活得挺好，也不知道装傻还是真傻，反正就是亡国以后还每天嘻嘻哈哈的特高兴。有人问阿斗："你不怀念自己的祖国吗？"他说："这也挺好啊。"阿斗是乐不思蜀，大家就觉得他不是个威胁，就养着他吃吃喝喝就行了，这才能花几个钱？可李煜不是，李煜在南唐被灭以后，自己写了一大堆东西怀念故土，什么"无言独上西楼，月如钩"，一会儿又"故国不堪回首月明中"，一会儿"雕栏玉砌应犹在"，一会儿又是"四十年来家国，三千里地山河。凤阁龙楼连霄汉，玉树琼枝作烟萝"。李煜天天怀念他那故国，这谁能容得下你？那就必须得杀了你。其实宋朝是一个并不爱杀文人的朝代，除了李煜，宋朝就没杀过什么文人。但是像李煜这样的文人，宋朝还是容不下他的，于是在李煜生日的那一天，宋太宗赐给他毒酒一杯，让他结了自己的生命。所以李煜的生日和忌日是同一天，今天一定要纪念这位伟大的词人，他明知道是毒酒也没办法，只好喝了下去。非常可惜啊！所以有些人实际上生来就应该当文人，而不应该当什么皇帝，李煜就是这样一个让人喟叹的大词人。

8月16日

《晓松说——历史上的今天》来到了8月16日。1900年的这一天，八国联军攻陷北京；1977年的这一天，猫王去世；今天还是两位明星的生日，一个是麦当娜，麦姐生日快乐！再有就是大导演詹姆斯·卡梅隆，卡梅隆导演生日快乐！

| 八国联军攻陷北京 |

先说说八国联军，八国联军在1900年的今天攻陷北京，前边曾经讲过八国联军一会儿攻占大沽口，一会儿又到了哪儿哪儿，咱们已经讲了好几次了，今天八国联军终于把北京攻破了，到今天为止，八国联军的故事算是讲完了。八国联军攻破北京是非常悲惨的一件事情，当时整个国家已经陷入一种完全崩溃的状态，政府腐败，民心、士气颓丧。之前我说过很多次，我们当时的武器装备一点儿都不比八国联军差，我们用的也都是洋枪洋炮，但是八国联军攻陷北京的时候，各地进京"勤王"的十几万大军，完全就是按兵不动地在旁边看着，除了甘军董福祥率领的一支回民军队外，没有几个人去抵抗。实际上当时来京城“勤王”的省就没几个，大部分的省在接到命令后都是拒不从命，很多省也就是送一些洋枪到北京，一个人都没出。各地叫“东南互保”，总督们公然违背清朝政府的命令，都不向外国开战，以保全自己的行政区。所以最后这么大一个国家也就来了大概十万“勤王”的军队，而且这十万“勤王”军队中只有董福祥率领的甘军还曾稍加抵抗，其他的就在旁边看热闹。当北京城被八国联军攻破之后，便一跑了之都回老家去了。据说董福祥当时很英勇，英军进攻这个门，他就在这边举着战刀指挥大家打，一会儿日军进攻那个门，他又跑到那边举着战刀督战，仿佛很勇敢很有效，虽然他的手下有不少人阵亡了。但事实上董福祥的甘军在八国联军攻打北京时，只是稍加抵抗便落荒而逃，与保卫天津力战而死的聂士成完全不可同日而语。这不仅在史学界早有定论，而且当时就有民谣讽刺他。史书记载，当天津失陷后，董福祥率兵拒敌，结果在杨村一经战败就马上逃回北京。当敌军攻入北京炮声震天响时，他便率败兵逃出京城。故民谣唱道：“芝麻酱，下白糖，鬼子最恨董福祥。福祥足，跑得快，未曾开炮就先败。”

八国联军攻陷北京后，逼着中国签订《辛丑条约》，大家都知道里面有关于庚子赔款的条款，要清政府赔偿四亿五千万两银子，分三十九年还清，本息合计九亿八千万两，这个我们前面讲过很多次了。除了这个赔款之外，当时在《辛丑条约》中还专门有一条，就是必须让中央政府处死董福祥。因为就是他的甘军杀死了手无寸铁的日本外交人员杉山彬，而围攻使馆的也是他的甘军。尽管他的甘军是那样的无能，以上万人军队围攻几百名洋兵把守的使馆竟久攻不下。中央政府看到这个协议以后却十分犹豫。董福祥在西北听说这件事情之后便立即发表声明说：“我是为了‘勤王’，是为了捍卫我们的首都才和敌人拼命作战。中央政府只要敢向敌人屈服，只要敢签这协议，应敌人要求将我处死，那我立即就在西北举事起义。”大家知道如果他举兵造反的话那可不得了，他带的可不是一支汉人的军队，他的甘军都是回民，一旦他揭竿而起，那事儿就闹大了。所以最后在签这个《辛丑条约》的时候，中央政府还真是跟八国联军谈判了半天，说把这条去掉吧，我们不能处死董福祥……可见当时董福祥那种拥兵自重、敢于和中央政府叫板的底气是多么充足。这也预示着民国以后军阀割据、互相混战的乱局，早在清末年间就已经悄然萌芽、渐渐滋生了。

本来八国联军破城之日，慈禧太后还等着各种大神来保护她。到最后城破了，八国联军已经开始进攻内城，打到紫禁城来了，慈禧才发现没有任何人来救她，她才从后门跑了。可见慈禧当时有多么愚昧，她一直都觉得北京城的安全没有问题。慈禧最后跑得极为仓促，连个随从都没有带，就自己披头散发跑的，一路上饿着肚子没有吃的。当时宫里可以说是混乱不堪，大家到处乱跑，慈禧也是自己一个人跑到半路，才有太监什么的追上来，路上她都恨不得要饭吃。后来在逃跑的路上有人给了她一个窝头，她吃得特别香，等一年以后从西安回来，她还惦记着这个窝头，非让御膳房给她做。御膳房的厨子想，这可怎么办，老佛爷要吃窝头，这窝头做出来她能咽得下去？于是就开始想办法改良，把那种普通的窝头加了各种东西，所以大家今天去北京的仿膳，会吃到一种特别小的窝头，现在已经成了北京著名的小吃，这就是当年慈禧跑路的时候吃的那东西。

这八国联军中军纪最坏的当数俄国兵，他们在北京杀人、强奸、掳掠，为非作恶、横行无忌。其他七国士兵军纪之坏，也与俄国相仿，给北京带来了无情的灾难。

当时德军的总司令瓦德西和中国的青楼名女赛金花之间还有一段传闻。瓦德西到北京后，曾去了北京的八大胡同，他觉得这地儿挺有意思，就要专门去逛一逛，结果在胡同里正好遇见了这个会说德语的青楼名女赛金花。赛金花当年曾经嫁给过一个中国的外交官，作为公使夫人去过欧洲四国，所以她之前在德国生活过几年，会说德语。她的外交官丈夫死了以后，她又重操旧业，回到了八大胡同，做起了青楼名女，但她不是那种随便“卖肉”的，她是给人做情人的，出卖的是包办婚姻之外的自由恋爱。赛金花会说德语，正巧那天这德国司令就见到了赛金花，两个人就好上了。后来赛金花就使劲儿劝他不要屠杀中国人民，瓦德西就听从了她的奉劝，所以赛金花保护了很多北京人的生命。大家想想当年中国那么多七尺男儿，跑的跑，降的降，当汉奸的当汉奸，最后由一个青楼女来挽救北京人的生命。这个时代就是这样，慈禧这个老女人跑了，赛金花这个青楼女子却挽救了大家，北京人民得感谢她。这位德国将军是整个八国联军的总司令，赛金花不但拦住了他更多地屠杀北京人民，而且保住了紫禁城，本来八国联军来了以后想干脆一把火把紫禁城烧了就完了，反正圆明园已经都烧掉了，但最后紫禁城得以保存下来，赛金花在其中起了很大的作用。不过从正史的角度来看，情况就不是如此了。

八国联军当年也确实犯下了很多罪行，可以说是罄竹难书，我在这儿再简单补充几句。八国联军从城破之日起，就下令纵兵劫掠三天，这个纵兵劫掠是绝大部分战争胜利后都会用的，相当于犒赏军功。大家知道“为何而战”对战争来说是非常重要的，但是只有少数正义的战争大家才知道“为何而战”，像那种大帝国去灭别人的国，包括八国联军来侵略中国，完全是非正义的战争，那大家“为何而战”呢，只能告诉士兵我们去侵略别人，就是为了去抢他们的女人，抢他们的钱，所以城破之日纵兵劫掠，是非常非常重要的。历史上只有极少数的优秀皇帝，比如说攻破君士坦丁堡的伊斯兰皇帝，当年能做到不让士兵去劫掠，但是也要用别的方式犒赏大家，但那样的好皇帝确实很少。大部分的军官、大部分的将领，包括成吉思汗等，在胜利以后都要纵兵劫掠，八国联军也一样，所以八国联军攻破北京后在北京打劫了三天，杀了很多人，抢了很多东西。

|猫王埃尔维斯·普莱斯里去世|

今天是猫王埃尔维斯·普莱斯里的忌日，1977 年的这一天，猫王心脏病突发，猝死在自己 Graceland（雅园）的家中。当然，关于他的死因也有很多不同的说法，有的说他是服药过多。我当年曾去过他的家，Graceland 非常美，它所在的城市叫孟菲斯（Memphis），现在几乎已经荒废了，大家都搬走了，只剩了一部分黑人和大量没有人住的房子跟街区。大家知道美国是一个没有户籍制度的地方，大家都用脚来投票，这儿好大家就来，这儿不好大家就走。猫王的故乡孟菲斯现在已经变成了一个特别荒凉的城市，不过在那里还能看到大量的老歌迷，比我的年纪还要大十几二十岁的样子，他们还会来到孟菲斯，去 Graceland 纪念猫王。猫王当年就住在那里，他的爸爸、妈妈、爷爷、奶奶还有他自己的墓都在那里面，所有热爱音乐的人都会去那儿祭奠一下，因为猫王是今天统治全世界最大的音乐流派摇滚乐的创始人。

猫王的录音棚叫Sun Studio（太阳工作室），这个录音棚不在Graceland，它在孟菲斯市区的另一个地方。现在这个录音棚也荒废了，周围所有的街区都没有人住，只有几辆大巴车停在门口，歌迷去纪念猫王的时候，到那儿一看好荒凉，就觉得好心碎。在这个录音棚中有个地方写着："猫王就是站在这里唱出了全世界第一句摇滚乐。"猫王给世界的流行音乐奠定了最坚实的基础，他绝对是流行音乐第一人。不光是摇滚乐，他的情歌也唱得非常美，我记得我们上学的时候，一天到晚唱着猫王的"Love me tender, Love me long"去追女生或者被女生追，如果追不上就唱"Are You Lonesome Tonight"，非常好听的各种经典的慢歌，这些歌全都是追女生的利器，今天唱出来依然很好听。说实在的，今天歌曲的旋律跟猫王的歌完全不能比，很多音乐家说那是因为好歌都被猫王唱了，我们今天没有好歌唱了。那个时候猫王的歌确实很美，当然他的摇滚乐还是那种早期的音乐。现在模仿猫王特容易，你只要会唱这首歌，穿一条喇叭裤，就能模仿。

后来有很多大师都要专门去猫王的这个录音棚录音，所以在Sun Studio里，U2这样的乐队也曾经录过音，因为大家觉得这个地方诞生了摇滚乐，所以我要到这儿来录音，站在猫王曾经站过的那个地方，就会感觉特别有气场。大家如果去那儿参观的话，每个人大概有半分钟的时间可以站在那个摇滚乐诞生的地方去唱两句，前面有一个话筒，你可以唱猫王唱过的那些歌曲。猫王当年用过的录音机，当年用过的吉他也都还在。我当时看到那录音机都傻了，是那种专业的大带录音机，那都是猫王在20世纪70年代以前用过的东西。我1994年在中国入行干音乐的时候，用的还是这种录音机，可见我们那时候多么落后。不过现在不一样了，现在中国的东西很多都是最先进的。猫王非常值得纪念，如果大家去美国，最好要去Graceland，去纪念一下他。

| 美国流行音乐大姐大麦当娜出生 |

今天是麦姐的生日，生日快乐！我曾经去现场看过麦当娜的演唱会，她的演唱会特别有意思，最大的特点就是她一直在说脏话，这也是麦当娜的一个标志，所以她的演唱会少儿不宜！她在舞台上冲着观众大喊，观众都特别高兴，大家去听她唱歌，看她跳舞，还顺便听她说脏话。当时看麦当娜的演唱会，我都看傻了，现场我数了一下，总共有二十七个机位在拍摄，而且每个机位都是那种胶片的专业电影摄像机，再加上一台现场直播的电视，因为要把舞台现场在大屏幕上直播。所有机位的布置位置那真是准确极了，我当时坐在观众席的最前面，座位的前面就是栏杆，有一个人在我前面的栏杆上粘了一个东西，我问他："这是干吗用的？"他说："一会儿你就知道了。"麦当娜的演唱会现场是非常热烈的，在演唱会进行的时候，突然所有的舞蹈演员从四面八方的看台上跳下来，有人准确地一脚踩在这个栏杆上贴的那个东西上面，我才明白这个东西原来是用来防滑的，因为栏杆非常滑，所以要贴这个东西。当时吓了我一跳，但是可见人家早就有这样的排练，而且所有的摄影机也早就都准备好了，能准确地捕捉到所有的这些位置。当时我看着大屏幕都傻了，那个现场直播的场景我在中国从来都没见过，因为这要经过长时间的排练，机器怎么摆、怎么摇，然后麦当娜在台上怎么走，才能保证最好的位置，所以可见人家的专业程度。我们中国现在的音乐市场虽然也非常好，但我们从电影的制作，到音乐的制作，专业程度确实比人家差得太远太远。

| 大导演詹姆斯 · 卡梅隆出生 |

说到拍电影，今天是大导演詹姆斯 · 卡梅隆的生日，生日快乐！卡梅隆给我们拍出了伟大的《泰坦尼克号》，拍出了伟大的《阿凡达》。卡梅隆在好莱坞可以说是一个怪才，他的脾气不好，没什么朋友，跟谁也不拉帮结派，但是他自己努力地忙自己的事情，做各种各样的尝试。卡梅隆后来拍出了当时全世界耗资最多的影片《泰坦尼克号》，当时所有的人几乎都疯了，因为影片拍到最后花的钱实在太多了，没有钱了，于是所有人放弃酬金，把自己所有的东西都抵押出去，坚持拍《泰坦尼克号》。最后他们赌赢了，《泰坦尼克号》创下了全世界最高的票房纪录，十几亿美金的票房纪录。不光是票房，更厉害的是电影的

DVD，在美国刚上市时，《泰坦尼克号》的 DVD 光盘卖四十八美金一张，过季以后还卖二十四美金，光是 DVD 光盘总共就卖了一亿张。如果再算上中国的盗版光盘，估计得卖出去三亿张，就到了这种程度。

《泰坦尼克号》的这个票房纪录，差不多比以前的单片票房纪录增长了一倍，这个纪录保持了很多年，直到另外一部电影把这个票房纪录给打破了。哪一部电影呢？就是卡梅隆自己拍的《阿凡达》，可见没有人能撼动他的地位，只有他自己能挑战自己。卡梅隆在拍完了《泰坦尼克号》之后又不断创新，他用了全世界最尖端的技术，一家公司专门为他的电影开发出那种表情捕捉器，那是超大计算机才能干的事情，他用这种尖端技术拍出了《阿凡达》，自己破了自己的票房纪录。《阿凡达》引领了 3D 电影的大潮，到今天 3D 电影已经成为主流电影了，这就是詹姆斯·卡梅隆导演开创的。我还记得那一年，《阿凡达》得了好多奥斯卡奖和提名，在颁奖现场特别有意思，两个主持人站在台上，一个人问："詹姆斯·卡梅隆导演来没来呀？"然后就假装在那儿找了半天，其实詹姆斯·卡梅隆在那儿坐着，他就坐在那儿笑。主持人说："不行，看不见。"然后从兜里掏出 3D 眼镜，就在那儿看，然后说："哦，在那儿呢！咱们得戴上 3D 眼镜才能看见詹姆斯·卡梅隆导演在那儿坐着呢。"特别幽默。

祝卡梅隆导演生日快乐！

8月17日

《晓松说——历史上的今天》来到了 8 月 17 日。1945 年的这一天，中国人民解放军进军东北；1987 年的今天，纳粹德国的副元首赫斯在狱中自杀。

| 中国人民解放军进军东北 |

首先说一说中国人民解放军进军东北，这段历史在中国是极为重要的。很多时候一件巧合的事情，就能改变整个历史，中国人民解放军进占东北，给当时整个解放战争的战局带来了非常大的影响。因为进占了东北，中国就背靠了两个最友好的共产党国家，苏联和朝鲜，中国共产党才有了强大的后方基地，在毛泽东思想的正确指挥下，最终让解放战争至少提前了两三年结束。1945 年 8 月 15 日日本刚刚投降，全国人民一片欢腾，才过了两天，也就是 8 月 17 日，朱德总司令明确指示为配合苏联红军进入中国境内作战，接受日满敌伪投降，向东北进发。冀热辽部队收到命令后率兵出关。大家知道关外也就是山海关以外，在 1931 年九一八之后就被日本占领了，长期以来中共中央政府都不知道那里是个什么样子。

我前面讲过，二战到最后的时候，也就是在1945年的8月9日，苏军出兵东北，横扫东北的所有关东军。其实这时候的日本关东军都是一些乌合之众、老弱病残，横扫关东军之后苏联便占领了东北全境。当时对于出关进军东北这件事情大家是特别积极主动，这也是我们在解放战争中能在那么短时间打败国民党的一个最最重要的原因，就是我党、我军的各级领导，都发挥了非常强的能动性，主动地去找事情做，而不是被动地在那儿等。中央政府派出了冀热辽军区将领曾克林、李运昌，他们带了一批部队来到了山海关外。结果部队刚出山海关就遇到了苏军，你想这离苏联开始进军东北才有几天的时间?

双方在山海关附近相遇以后，两边都想解释说我们是共产党的军队，这边是中国共产党，那边是苏联共产党，但是大家语言不通，又没翻译，苏军在那儿瞎比画，我们也是瞎比画。突然间想到一个办法，我们不是共产党嘛，那我们唱国际歌，于是我们就开始高唱《国际歌》:“英特纳雄耐尔就一定要实现……”苏军一听这不是共产党的军队吗?他们也会唱《国际歌》,《国际歌》是全世界共产党共同的歌。于是共产党的兄弟军队热烈拥抱，苏军说，欢迎你们来呀，你们快来东北，我们苏军现在已经占领了整个东北，我们欢迎你们，我们可以拒绝国民党来接收东北。于是曾克林、李运昌他们就马上向中央打电报说我们到了东北，东北已经完全被我们的苏联老大哥占领了……当时整个东北已经是苏军的天下，曾克林、李运昌他们到了沈阳一看，遍地都是日本人留下来的各种物资。

苏联随后还专门派了一架飞机，把曾克林、李运昌这些人，以及苏联的一些军官，一起送到了延安，让他们到延安去和中共中央汇报。那个时候毛主席已经去重庆了，正在重庆和国民党谈判，刘少奇同志在主持整个中央的工作。中央一听说东北的这个情况，当机立断，立即决定出兵东北。这个决定是非常重要的。当时日本刚刚投降，中央本来派出了大量干部，包括林彪、彭真等赶往各个解放区，于是立即下令通知在路上的几乎所有的重要的部队领导人，全部转向去东北，并且立即制定了一个“向北发展、向南防御”的整体战略，就是长江以南的部队先收缩回来，所有的精锐主力都往东北去。在接到命令后，林彪、彭真等率领的各方面的部队都从各个地方转向东北，当时一共有十万大军、两万名干部向东北进发。在派往东北的干部中竟有政治局委员四人、中央委员十人、候补中央委员十人，而整个中共中央只有政治局委员十三人，中央委员四十四人、候补中央委员三十三人，可见党中央对东北地区的重视程度。

但是实际上，当时这些先到东北的冀热辽军区的领导，在和中央汇报的时候话说得有点儿大，可能是因为突然能见到中央领导，能跟中央军委聊上天了，所以一激动，就把话说大了。他们和中央说在东北看到遍地都是关东军的武器，说咱们的部队就不用带武器了，把现在的武器都留给地方武装吧，让地方武装升级成野战军，大家徒手去东北就行了。中央当时一听，说对啊，这个号称百万，其实怎么着也有七八十万的关东军，被苏联红军打败了，那确实得留下不少的武器吧。于是中央当时就下令，最精锐的山东八路军一师、二师，新四军三师，即刻开赴东北，并且命令大家都把武器留给当地的地方武装民兵，大家徒手去东北。当时只有新四军三师师长黄克诚表示反对，黄克诚在新中国成立以后被授予大将军衔，他是非常有独立思考能力的。黄克诚说："不带武器坚决不行，我就不信东北遍地都是武器，我新四军三师必须带着全部武器。"三师当时处江淮一带，他们从苏北出发一直到东北，并且带齐了所有的武器。而山东八路军一师、二师当时就听从了中央的命令，没有带任何武器就去了东北。

结果大部队到了东北一看，所有日本的武器早就被苏联红军收拾起来，装上火车运到了满洲里。苏联其实也不是要用这些武器，当时苏联武器的先进水平可以说是远远超过日本，但是由于那时候苏联被德国打得经济几乎崩溃，工业也几乎垮了，所以苏联国内急需大量钢铁，于是正好就把这些日军武器拿回去当废铁去炼钢了。

但是苏联红军有一点非常好，就是他们热烈地欢迎我们共产党的军队，坚决拒绝国民党部队。国民党部队当时是由杜聿明率领，号称是最精锐的远征军，美国政府支持他们，国民党部队到了营口海面，苏联红军在营口进行防御，坚决不允许国民党部队登陆。那个时候谁敢跟苏联红军干？苏联红军连德国纳粹都打败了，谁敢和他们打？所以国民党军队最后只能从山海关开始，一路往东北打，而那个时候我们的十万大军早已经到了东北。虽然我们带的武器装备不齐，但是通过我们一个叫何长工的人跟苏联反复谈判，最后用东北的大豆和苏联交换日本关东军的武器。苏军当时已经把武器拉到了满洲里，最后又把这些武器运回来，所以我们后来还是使用了大量的日本武器，最终苏联红军退出了东北，整个东北被解放军占领。这一天我军出关，对整个解放战争来说是有重大意义的一天。

| 原纳粹副元首赫斯在狱中自杀 |

1987 年的这一天，原纳粹副元首赫斯在狱中自杀，这件事儿也成为 20 世纪最大的一个谜。纳粹的副元首赫斯可以说是希特勒最亲信的一个人，亲信到什么程度？大家知道希特勒有一部自传叫《我的奋斗》，这部自传就是为了鼓舞纳粹的士气，由希特勒口述，赫斯记录下来的。当年在纳粹早期的时候，赫斯和希特勒他们一起搞啤酒店暴动，结果希特勒被抓住要去坐牢，而赫斯跑了，希特勒说你别跑，你陪我一起来坐牢，于是赫斯后来就回德国投案自首，陪希特勒坐牢。所以可以看出来这是希特勒多么亲信的一个人，最后在德国纳粹的党章中，都写到他是继戈林之后的继承人，是纳粹德国的副元首，赫斯的级别是非常高的。

在 1941 年的 5 月，德国马上要进攻苏联，之前德国曾经跟英国打了一年多，下一个目标就是苏联。结果这一天，赫斯突然驾机跑到了英国，大家也不知道他为什么要跑到英国去，据说赫斯是想单枪匹马说服英国与德国讲和，让希特勒进攻苏联时没有后顾之忧。不过一到英国，赫斯就被抓起来关进了监狱。赫斯在英国的监狱里待了很多年，后来参加二战的各种领袖都死了，就他还活着，一直到了 1987 年，最后估计他自己都觉得烦了，就在监狱里自杀了，是憋气窒息而死。到最后人们也不知道赫斯为什么要跑到英国，当然后来冷战的时候各个国家互相指责，苏联这边就编了一套历史，说其实英国跟纳粹是有勾结的，英国想跟纳粹和谈，所以赫斯去了。但即使是去和谈，那也应该谈啊，谈成谈不成最后也得让人家回去啊，两国交兵不斩来使，这是规矩。为什么没有谈，而且还把他抓起来关在监狱里？结果这赫斯在监狱里被关了四十多年，而且到最后也没有说他为什么到英国，难道他是梦游了，突然半夜驾着飞机飞到伦敦去了？所以这也是20世纪最重要的几个谜之一。

我在《如丧》那本书里，写过这样一句话，很多人在网上也评论，我说："历史并不真的流传于世，因为总有人怀着绝望毁灭了最后的人证物证。"每当想到这些的时候我都很难过，因为我特别热爱历史，很多历史人们永远都不会知道，赫斯就是自己毁灭了人证，他最后自杀了。到死他也没说出这是怎么回事儿，为什么他要跑到英国去？他自己主动去那儿坐牢坐了四十多年，最后自杀身亡。这个谜看来是解不开了，就留待以后吧。

8月18日

《晓松说——历史上的今天》来到了 8 月 18 日。1683 年的这一天，施琅率清朝水军攻占台湾。1850 年的今天，巴尔扎克去世。1598 年的这一天，日本大将丰臣秀吉去世。今天还是大导演罗曼 · 波兰斯基的生日，生日快乐！

| 施琅率清军攻占台湾 |

首先来说一下施琅，施琅到现在是越来越有名了，他出名可以说有赖于金庸先生。在金庸先生的《鹿鼎记》中，对施琅的描写占了很大的篇幅，里面讲到了施琅各种各样的事情，还有跟韦小宝一起干这个那个，施琅从那时候就被大家熟知。金庸先生的小说有一个特点，历史基本上都是真的，他只是在真实的历史中再另外虚构一些东西，比如说韦小宝弄的那个政变，那就是著名的叶卡捷琳娜二世的故事。包括施琅的故事也是真的，吴三桂的故事也是真的，这是金庸先生最厉害的地方，只要有史实的地方，那都是真的，只不过再弄一个别的来捣捣乱，凑个热闹。施琅的故事我就不多讲了，包括后来他怎么收复台湾，《鹿鼎记》中都讲了很多。

我在这儿只讲讲《鹿鼎记》里面没写的，就是施琅为什么最后背叛了郑成功？实际上郑成功一直就不太喜欢施琅，也不知道为什么，是不是一山不容二虎，还是觉得施琅日后必定会造反？施琅是非常能征善战的，可以说是郑成功手下的第一悍将，尤其是郑成功要靠水师打天下，不管是打台湾也好，还是后来计划要打菲律宾，施琅都是水师里最好的将领。施琅在投奔清军以后，也成为清朝水师里最好的一个将领。这么好的一个将领，不知道郑成功为什么就是不喜欢他，没事儿就挑他的刺儿，不打仗的时候还把他给撤职了，把他弄成了一个闲人。施琅在中山就曾经被郑成功撤过一次职，成了一个普通老百姓。结果在厦门的时候清军来进攻，驻守厦门的将领跑了，施琅自己率领六十多个亲兵出战，就这六十多人，斩杀了清军将领，收复了厦门，还差点儿活捉了清军主将。但就是在这样的情况下，郑成功来到厦门以后给大家论功行赏，给别人都赏这赏那，却只对施琅进行了侮辱性的赏赐，不但没夸他一句，而且赏他二百两花红银，这么少还不如不赏呢，这完全就是施琅的奇耻大辱。所以施琅对郑成功越来越心怀不满，心想，我这么能打仗的一个将领，我也是个人才，我有人生的理想，可在这里根本实现不了我的理想，那我就要用脚投票了。

正好这时候导火索来了，这就是在《鹿鼎记》中金庸先生写到的，当时施琅的一个亲兵犯了罪，施琅要杀他，这个亲兵就逃到郑成功那儿去了。郑成功不但保护了他，而且还把他提升成自己身边的亲兵，施琅对此非常愤怒，最后终于把这个亲兵给抓回来了，抓回来以后就准备斩首。郑成功专门下令，说你不许杀这个人。施琅说我执行的是军法，他是军人，犯了军法必须斩，于是没有听郑成功的，就把这个亲兵给斩了。郑成功心想，好你个施琅！你居然连我的话都不听，结果他就把施琅的全家都抓起来了。施琅当时自己想办法跑了，郑成功一怒之下把施琅的全家杀了，从此施琅和郑成功的这个血仇就结下了。

施琅在全家被杀之后就投奔了清军，迅速从副将开始被提拔，然后就当了总兵，最后又升任了福建水师提督。福建水师是清朝水师中最重要的水师，这些水师都归施琅指挥。而郑成功那边可以说是连续受到重大打击，先是施琅跑了，这么能干的大将归了清军，紧接着就是自己的儿子郑经和自己最宠爱的一个小老婆私通，这下把郑成功气坏了。本来郑成功有心思把菲律宾都给占了，当时菲律宾是西班牙的殖民地，西班牙殖民者大肆屠杀华人，菲律宾华人就到台湾来求救。当时郑家水军应该是整个太平洋上最强大的，实力远远超过在菲律宾的西班牙殖民者的几条小破船，郑成功本来准备出征菲律宾，要是真的出兵，那整个历史就被改写了，但是历史没有办法假设。所以当时的郑成功可以说内忧外患，内忧是儿子跟自己最喜欢的小老婆偷情，外患是自己的大将施琅投了清军，郑成功一气之下，气急攻心，死了。接下来大家都看到《鹿鼎记》中写的了，郑成功的不争气的儿子郑经接替了他的位置。最后施琅率领大军攻破台湾，祖国到那个时候算是真正统一了，台湾也回归了。

后来施琅还立了一大功，大家知道满族是个马上得天下的民族，他们特别讨厌海上的事儿，台湾孤悬海外，又需要经费，还需要派各种人去管理。据说在收复台湾一段时间以后，清政府就觉得很麻烦，说算了，别那么烦了，干脆把台湾人民内迁到福建，这个岛就不要了。台湾人民听到这个消息以后，如丧考妣，台湾的富商们、台湾的贩夫走卒们一齐凑钱给施琅，说："求你了，施大人，台湾是我们的故土，台湾是我们的家乡，政府不能抛弃我们。"于是施琅带着台湾人民凑的钱，到北京来向各个大臣行贿，然后求皇帝，跟皇帝晓以利害，说台湾不能抛弃。当然最后还是起到了作用，皇上下令说台湾还是留下，所以台湾还是留在了台湾人民手中，留在了中国的版图里，施琅在这件事儿上立下了大功。前段时间我们建了第一艘航空母舰，现在大家知道叫"辽宁"号，征集名字的时候，我记得很多人说应该叫"施琅"号，意思就是要统一台湾，当时叫"施琅"号的呼声是非常高的。

| 大导演罗曼·波兰斯基出生 |

下面来说说我非常非常敬仰的大导演，罗曼·波兰斯基。波兰这个国家可以说是命途多舛，在历史上曾经多次被灭国，但是这个地方非常有文化，出现过各种各样的艺术家，像音乐家肖邦，文学家、大诗人有卡普钦斯基，还出现过曾经得过诺贝尔文学奖的作家。波兰还有全世界最好的电影学院，叫作洛兹电影学院，也是罗曼·波兰斯基的母校，在全世界的电影学院中都排在很前面。如果现在去波兰，你会发现波兰的电影学院里还有好多中国台湾去的留学生，因为台湾没有好的电影学院，很多人就跑到波兰去留学。波兰有很多优秀的导演，其中最优秀的两位波兰导演，都叫什么什么斯基，在波兰的犹太人通常会叫这样的名字。一位就是我们今天说的罗曼·波兰斯基，还有一位叫基耶斯洛夫斯基，也是一位波兰大导演，他的最著名的代表作就是《红》《蓝》《白》三部曲，当年爱电影的人都看过，这是艺术电影。我自己在美国拍的第一个电影的制片人，也是波兰犹太人，而且是在法国生的波兰犹太人。

波兰斯基是非常优秀的导演，他既能拍商业片，也能拍艺术片，像《苦月亮》这样的艺术片是非常不商业的电影。《苦月亮》我连看了两遍，看完后特别失落，坚定地认识到自己是不可能成为大师的。我对自己说："高晓松，你永远也成不了这样的大导演、大师，因为你不够残酷。"要想成为大师非常重要的一点就是你一定要冷冷地面对这个世界，不能充满了温暖，一定要冷酷，要狠得下心。《苦月亮》就是我看过的最冷酷的爱情电影，实在是太狠了。大家如果对爱情还有什么不明白的地方，就去看看《苦月亮》，爱情到了那种地步可以说是极致了，大家可以去看看，感受一下。

当然，波兰斯基的商业电影拍得也很好，包括《第九道门》《影子写手》等都是非常好的商业片。《影子写手》是比较新的电影，在波兰斯基已经七十七岁高龄的时候，依然拍出了《影子写手》这样好的电影。我们中国人民还有一部最熟悉的外国电影，当时刚刚改革开放，几乎所有的中国人都看过一部电影，叫《苔丝》。苔丝是由一个非常美丽的女演员金斯基饰演的。《苔丝》就是波兰斯基的作品，是中国人民最先看到的外国电影，中国人民最熟悉的外国导演就是波兰斯基。再有就是全世界人民都看过的，堪称电影殿堂级作品的《钢琴家》，在全世界任何时候评选有史以来世界最伟大的电影，我猜前十名，最多前十五名的时候，是一定有《钢琴家》的，不管你看多少遍，都可以当教材去学习。

波兰斯基一生命途多舛，他虽然是法国出生的波兰人，但是父母曾把他带回波兰读书，紧接着纳粹就来了，他的家人也被关在集中营。集中营的生活给波兰斯基留下了深刻的印象，所以你看到他拍的那个小孩在集中营里的样子，学钢琴的情景，充满了那种情感。长大以后，波兰斯基的命运也非常坎坷，他的第二个妻子在怀孕八个月的时候，居然被杀人魔王给杀了，他和妻子的感情非常深，这对他的打击非常大。波兰斯基到晚年的时候依然过着流亡的生活，他现在还流亡在瑞士，这一点大家都知道。但是他发表声明，愤怒地谴责加利福尼亚州的检察官。大家知道加利福尼亚州的检察官也需要经过民选。波兰斯基说："其实你们就是为了选票，才把我三十多年前的一件事情拿出来炒作。"当年波兰斯基大概是诱奸了一个十三岁的儿童，但是作为大导演这个当然不能开脱啊，犯罪就是犯罪。三十多年前的事儿，我就不多说了，而他也为此付出了很大的代价。他当年在加利福尼亚州也坐过牢，然后逃亡到瑞士，在瑞士又被抓起来，后来被保释出来，戴了好几年电子脚镣。电子脚镣就是永远都能监测到你在哪儿，你不能乱跑。最后美国想要启用波兰斯基，就和瑞士商量了半天，瑞士坚决不同意把波兰斯基交给美国，波兰斯基就一直在瑞士流亡。当然现在他也不戴电子脚镣了，但他也回不了美国。虽然美国也并不是他的故土，但他是美国籍，他最早的时候是法国籍，后来又加入了波兰籍，最后才是美国籍。波兰斯基的一生就是这样动荡的一生，大导演波兰斯基生日快乐！希望在你八十多岁高龄的时候再看到你的好作品。

| 大文豪巴尔扎克去世 |

今天是大作家巴尔扎克的忌日，巴尔扎克在 1850 年去世，纪念巴尔扎克大师。巴尔扎克是公认的大师，我从小看各种各样的文学作品，但是不知道为什么唯独这个巴尔扎克我实在是不喜欢，但是一定要尊敬啊，依然是大师。

| 日本战国时代武将丰臣秀吉去世 |

最后我们来讲日本战国时代的武将丰臣秀吉，在 1598 年的这一天，丰臣秀吉去世。日本战国时代有被称为"战国三杰"的三个著名人物，一个是大家非常熟悉的德川家康，因为《德川家康》那本畅销书而被大家所熟知，另一个是丰臣秀吉，还有一个就是在《德川家康》那本书中被描述了很多的织田信长，丰臣秀吉最后统一了日本。统一日本以后，野心就开始膨胀，膨胀到什么地步呢？就觉得日本应该走出去，应该出去征服世界，于是丰臣秀吉就首先率领着数十万大军攻打朝鲜。朝鲜是我们的属国，虽然打不过日本，但是当时明朝的大军厉害，李如松率领大军入朝，打败了丰臣秀吉，当然还有朝鲜的民族英雄李舜臣一起参加战斗。现在韩国最先进的军舰就叫“忠武公李舜臣”号，就像刚才我说施琅似的，其实我们的军舰也应该去纪念一下那些名将，可以叫“施琅”号什么的。韩国就是为了纪念这次战争中的民族英雄——打败了丰臣秀吉的李舜臣。

这之前日本军队已经开始膨胀，他们刚刚在南边占领了汉城，平壤还没打下来呢，居然就准备把日本的首都迁都北京，而且还专门任命了一个大唐关白，关白就是他们地方诸侯的官名，大唐是什么意思？当时日本人一直认为中国是唐朝，大唐关白就是他们任命了一个统治中国的官，等着把中国打下来以后，那个哥们儿就去当“大唐关白”，然后准备把自己的首都从日本迁到北京。这日本人甚至还开始思考该怎么打印度，这个地方比较热，怎么办，都开始琢磨这事儿了。结果日本军队在朝鲜两次被中国和朝鲜联军打败，主要是中国军队打败了日本，明朝的时候中国军队还是很强大的。日本两次大败以后，才发现原来征服世界并不是那么简单，不是说随便出去就能把世界平蹚了，外面的世界可不像日本的战国时期都是一个一个小城邦，那很容易打的，出来跟大国来劲，日本还不到时候。所以丰臣秀吉两次出兵攻打朝鲜，都被中国打败，在 1598 年这一天郁闷而死。

8月19日

《晓松说——历史上的今天》来到了8月19日。在1918年的这一天，欧洲爆发了西班牙流感；1942年的这一天，第二次世界大战中盟军在迪耶普登陆失败；1946年的这一天，比尔·克林顿出生；再有就是在1991年的这一天，苏联爆发了八一九事件。

|西班牙流感大爆发|

首先来说一说1918年西班牙流感大爆发。1918年，这个世界真的很倒霉，这一年第一次世界大战达到了最高潮，同时欧洲又爆发了人类历史上夺去最多生命的一次大型瘟疫——西班牙流感。以前的瘟疫从来没有像这次这么厉害，包括欧洲中世纪的黑死病，以及中国的多次大瘟疫等，这次西班牙流感一共夺去了两千多万人的生命。大家知道第一次世界大战从1914年打到1918年，一共打了四年零四个月，全世界那么多的国家参战，一共死了一千多万人。但就在一战接近尾声的时候，1918年的一次大流感竟然夺去了两千万多人的生命。

这次西班牙流感实际上对结束一战起了特别直接的作用，在流感最厉害的时候，也就是1918年秋天，有大量的年轻人被感染，尤其是十八岁到三十岁之间的青壮年。很多人经常是早晨还没事儿，中午开始犯病，晚上就死了。那么多的生命瞬间被夺去，导致一战也打不下去了。一战的结束和二战不一样，二战是一直打到最后，一直打到德国首都，直到美国向日本投了原子弹，才算宣告结束。而一战一直都没有反击回德国领土，直到最后一战结束都还是在别国领土上打。一战的结束有两个重要原因，一个就是国家内部爆发的革命，这个我以前多次讲过，包括沙俄的革命以及德国的革命，很多国家在革命以后就宣布退出了一战；再一个就是大规模流感的爆发，在1918年夏天到秋天，西班牙流感夺去了数百万欧洲青年的生命，各国已经打不下去了，前线士兵因为流感大量死亡。后来因为大量的年轻人死亡，工厂也没人了，也征不上兵了，最后只能宣布战争结束。

这次大流感被称为“西班牙流感”，但是流感其实最初不是从西班牙爆发的，西班牙管这次流感叫“法国流感”。因为西班牙觉得这次流感是从法国传过来的，而法国觉得是从西班牙传过来的，但是在欧洲各国当中，这次流感在西班牙夺去的生命最多，所以大家后来就统称其为“西班牙流感”。这流感到底是怎么传播的呢？当时因为科学技术还远远没有今天发达，人们甚至不知道“病毒”这个东西与人类的许多疾病有关。直到1938年左右人们采用了电子显微镜才能直接观察到病毒。人类之前只知道有细菌，就说这是什么细菌传染的，但到底怎么回事儿，谁也没弄明白。那个时候中国最弱小，所以大家在实在弄不明白的情况下，干脆赖在中国身上了。当时流传最广的原因是说因为中国的参战，大家知道1917年的时候，北洋政府也向德国和奥匈帝国宣战，加入了协约国。当然人家协约国根本不要中国的军队，连美国军队去人家都看不起，觉得是一帮农民，更甭说中国军队了，于是就和中国说，你弄点儿劳工来欧洲吧。于是中国就去了几十万劳工在欧洲挖战壕，中国劳工后来在那儿病死的、饿死的有好多。欧洲人永远觉得自己特干净，西方人永远都是这样，凡是有病原首先想到的不是亚洲人就是非洲人，艾滋病就赖到了非洲人头上。这次西班牙流感一爆发，欧洲人就说我们这么干净的地方，肯定没有这病，那一定是你们中国人带来的，于是就赖到了中国那些去欧洲挖战壕的劳工的身上，而且这个说法持续了很多年。

一直到很多年以后，在医学已经非常发达的情况下，大家决定重建这个病毒，可是因为当时的尸体都烧掉、埋掉了，已经找不到当年的病毒了，所以也就不能确定这病毒到底是从哪儿来的。结果在一九九几年的时候，美国科学家偶然在阿拉斯加的因纽特人的一个村子里发现了当年的流感病毒，当年流感也传到了那个村子，村里 90% 以上的人都死了，那个村子基本上就被毁灭了。但是因为那个地方靠近北极，非常冷，所以当时很多人的尸体就都冰冻在那儿了。后来美国科学家在那儿发现了这些冻得很完整的尸体，于是就把尸体当中的病毒提出来重新检验，然后跟今天的病毒对比。结果竟然发现没有一种病毒和当年的西班牙流感病毒一样，更别说当时人类对病毒没有任何了解，所以根本没有办法去治疗，也没找到任何疫苗。

西班牙流感在几个月内夺去了两千多万人的生命，但在十八个月后就销声匿迹。西班牙流感在 1919 年最后一次爆发，之后在人类中间再也没有流传过。从当年的尸体里找出来的病毒跟今天所有的猪流感、鼠疫、禽流感等所有病毒全都不一样，这个研究成果让大家很奇怪，这次西班牙流感到底是怎么回事儿？它怎么会突然就全没了？如果不是病毒，怎么会有那么多人死去，还会有那么强的传染性？但为什么会突然就没有了呢？这到底是谁干的？所以这件事儿我觉得很奇怪，你也不能理解成外星人突然跑这儿害人来，给人类弄点儿怪毛病，杀死两千万多人。

当然如果从宿命角度来讲，老子曾经说过“大军之后，必有凶年”，一战是人类历史上第一次大规模的全世界战争，是不是老天爷生气了，说你们人类这是怎么回事儿？怎么就不能好好过日子，非得互相残杀成这样？既然你们不争气，那我来折腾一下你们，于是一战打死了一千多万人，西班牙流感又病死了两千多万人。当时全世界一共才十七亿人，结果几千万人突然就这样死了。后来美国参战的部队又把这个流感病毒带回了美国，也造成了美国人民大量的死亡。在西班牙流感爆发的这一年，也就是在 1918 年，美国统计的当年人均寿命比之前少了十二年。然后中国的劳工回国又把病毒带回了中国，所以后来亚洲又死了很多人。这个西班牙流感是非常可怕的一件事儿，但到现在也是人类历史上最大的谜之一。

| 迪耶普登陆 |

下面我们来讲一讲二战中的迪耶普登陆战。在二战中有很多登陆战，像诺曼底登陆、西西里岛登陆，还有冲绳岛、硫黄岛等，硫黄岛虽然很小，但是当年的登陆战打得也很激烈。大家对于各种登陆战可以说是耳熟能详，但是迪耶普登陆大家却很少知道，也没有人去拍电影歌颂迪耶普，因为它没什么特别光荣的，只有最倒霉的加拿大，曾经拍过一个小电影纪念了一下迪耶普登陆。迪耶普登陆战发生在 1942 年 8 月 19 日，这时离英国被打出欧洲大陆，也就是著名的敦刻尔克撤退才两年多的时间，英国还远远没有从战争的失败中缓过劲儿来，各方面都很不成熟，而且这次登陆是直接在法国海岸登陆，大家知道当时法国海岸是由德军在防御，后来又启动了可以说是实力最强的，被称为“大西洋壁垒”的计划。那为什么英国会跑到法国去登陆呢？下面就给大家简单讲一讲。

迪耶普这个地方隔着英吉利海峡，对面就是英国。说心里话战争其实很残酷，战争的双方如果有妇人之仁，如果把每一个人都看得那么珍惜，那大家就别打仗了。迪耶普登陆战的时候，英国人根本就不知道该怎么打，因为登陆战是全世界最复杂的战役。后来英国人一想要不这样得了，咱们试一下，看一看这个登陆战到底怎么回事儿，然后回来总结经验，总结完了经验咱再来大的。英国号称是日不落帝国，到处都是它的殖民地，每到这种时候它就想起了自己的殖民地，说咱们英国人就别上去试去了，这样伤亡太大，让加拿大人去试试吧。于是这英国就弄了一堆加拿大人去迪耶普登陆，所以迪耶普登陆的主力都是加拿大部队，完全就是炮灰，完全就是去送死。当时的登陆计划是要在夜里偷偷摸摸地弄一下，然后白天再大规模地登陆，下午咱把这加拿大的部队接回来，这战役就算结束了。但是实际上有那么容易的事儿吗？要想攻破德国人的防线，真可谓是百万军中取上将首级，那可难着呢！哪是你英国人说去就去、说回就回那么简单的事情。

结果登陆计划实施的时候，可谓一塌糊涂。首先英军的指挥官说，咱们突然袭击一下吧，就别搞什么火力准备了。其实按当时的实力来说英国海军还是远远强于德国海军的，实力至少超出数十倍，英军完全可以封锁整个英吉利海峡，但是他们当时要搞什么突然袭击，海军也没有开炮，空军也没有轰炸，直接就让加拿大人去登陆了。英军指挥官本来想，这样做可以达到突然袭击的目的，其实一点儿也不突然，因为最可笑的是，英国的BBC电台在这之前广播说法国海岸将有重大战事，希望法国人民稍微后退一点儿，你说这是什么意思？英国人竟然用广播去告知天下，这不就是出卖加拿大人。德国人一听这个广播就明白了，既然你要来，那我们就都准备好了，把机枪摆好，大炮摆好，就等着你们来登陆。加拿大军队于是夜里偷偷摸摸地登陆了一些人，然后白天就开始大规模登陆，结果马上被德军打得屁滚尿流，没等到下午，几千人的登陆部队一半被打死和被俘，这加拿大人一看不行了，最后就都投降了。德国人特别高兴，押着那些加拿大人的俘虏在街上走，当时还有无数的照片。这场登陆战一共打了几个小时，加拿大人和英国人就全面溃败。

但是在迪耶普登陆战中，英国人获得的经验是极为宝贵的，丘吉尔也曾经在回忆录里写道，这次登陆是“经验的宝藏”。从这次失败的登陆战中，英国人总结了大量的经验，比如说潮汐是怎么来的，是不是每一波潮汐都能登上一拨部队；比如说登陆时必须要做火力准备，如果没有火力准备，是连滩头都登不上去的；比如说发现了不能在港口登陆……因为迪耶普是个港口，一开始还想在港口登陆多好啊，把港口一占领了，我的运输船就能过来，补给立刻就能供应上，人也马上能过来，但实际上港口对你有利，对敌人更有利，因为港口周围有四通八达的公路网，交通非常便利，所以你刚刚一登陆，敌人马上就能从四面八方调过来。英国人在吸取了所有这些经验以后，下一次大规模登陆的时候就没有再选择港口，最终选择了诺曼底。诺曼底是个海滩，周围没有四通八达的公路，而且在正式登陆前做了大规模空军和海军的火力准备。并且根据迪耶普登陆的经验，英国人还专门在诺曼底登陆之前做了人造港拖过去，弄了个栈桥一直连到沙滩上，然后将人造港伸到海里一百多米，把船停在上面，东西卸下来就可以了。

迪耶普登陆虽然是一次失败的登陆，德军对此大肆地宣扬，但英国根本不愿意多提这件事儿。当时指挥迪耶普登陆的蒙巴顿勋爵也从来没觉得这是他一次光荣的战役，在这次战役中牺牲了很多加拿大人，牺牲了很多英国自治领的同胞。蒙巴顿勋爵就是后来印度独立的时候的最后一任印度总督，他还是现在英国女王老公爱丁堡公爵的舅舅。

丨美国前总统比尔·克林顿出生丨

我们下面讲一讲比尔·克林顿总统，克林顿大家都特别熟悉，甚至熟悉他的各种绯闻，他当州长的时候就有绯闻。克林顿长得帅，人又激进，又有文化，在美国读的是名校，在英国读的也是名校——牛津大学，老婆也长得漂亮，女儿也漂亮，自己又意气风发，他也是美国当总统的人中最年轻的之一。克林顿生于1946年，是美国二战以后的第一个非军人总统，他不但不是军人，而且还是一个逃兵，他曾经跑到欧洲读大学，并没有去服役。

克林顿在竞选总统的时候，曾经和海军航空兵英雄老布什竞争。老布什是真正的飞行英雄，当年是开鱼雷机的，奉命去轰炸日本基地，最后被日本飞机击中，飞机着火了。老布什坚决不跳伞，驾着着火的飞机坚决地去轰炸日本飞机，直到完成任务以后才跳伞逃生。当时飞机上一共有三个飞行员，其中一个已经烧死了，另一个飞行员跟着老布什跳了伞，但是因为没开伞，直接摔死在地上。一架飞机三个飞行员，一个烧死了，一个沉入海中，老布什跳伞以后落在了日军基地跟要塞的海里，差点儿被日军俘虏。之后他所有的战友，每两小时换一班驾驶着战斗机围着他的头顶转，战友一直在保护他，老布什一个人在海里待了十九个小时以后才被潜艇救上来。

在竞选总统的时候，老布什这样一个战争英雄就指责克林顿说，你逃服了兵役，你根本就不爱这个国家，你怎么能当总统，人民怎么能信任你？老布什作为当年的空战英雄，后来还指挥打赢了海湾战争，海湾战争是为了解放科威特的一场正义的战争，在这种情况下克林顿还是赢了他，你说这多有意思。克林顿特别聪明，他首先向英勇参加二战的布什致敬，然后表明自己并不是不爱国，而是反对战争，你攻击我不爱国是错误的，我们需要的是一位能够使国家团结的总统，而不是分裂它。大家知道美国国内的反越战运动在1969年的时候达到最高潮，所有的大学生都把兵役证烧了。美国越战的时候进行了全民征兵，和二战的时候一样，大家都得去参军，而人们因为反对越战都不去参军，克林顿还组织了反战游行等。所以克林顿非常巧妙地把这件事情给糊弄过去了，其实当时在美国光烧兵役证也没用，人家征兵办公室里还有你的记录，你不去当兵就是犯法。但是当时有一条法律说，做参议员的工作可以免除服兵役，据说克林顿就通过个人关系，找到了一个参议员，这个参议员就往美国的征兵办公室写了一封信，说克林顿要帮我的一个研究项目去做研究，于是克林顿就用这封信逃服了兵役。但是这件事儿后来慢慢就被大家忽略了，当时连征兵办公室的军官都可以做证，大家都知道这封信上说的事情是假的，但是没办法，参议员大人在上面签字了，也只能放他走。但是克林顿确实是年轻有为，在竞选中赢了老布什，你想老布什二战的时候都已经二十几岁，都当飞行员了，而克林顿是战后才出生，他比老布什年轻了好多，所以他是战后婴儿潮成就的第一位总统。

从克林顿开始，美国人民就再也不选军人当总统了，在这之前几乎全部都是军人总统。二战以后从艾森豪威尔开始，艾森豪威尔总统当时是海军英雄，得胜回朝；肯尼迪总统在海战中船只还被击沉过，非常英勇。美国总统从那个时候开始就进入了海军时代，包括林登·约翰逊总统、尼克松总统、福特总统、卡特总统、老布什总统等，全都是海军出身。中间有一个里根总统，里根虽然没上过前线，但也曾经服过役，里根总统当年还是有军衔的，他是上尉。但里根高度近视，当时部队就说你既然眼神不好，那就给军官们放电影吧。后来里根也为美国做了很多贡献，当时美国征了大批飞行员要紧急训练上前线，因为里根是演员出身，就拍训练飞行员的小片子，这也算为国做出过贡献。从克林顿开始，美国就进入了平民、律师做总统的时代，这也说明了美国人民的选择意愿，先是犒赏战争英雄，近乎连续有七个二战军人当选为美国总统，但和平年代最后还是律师们来做总统吧，军人就别再做总统了。

克林顿总统也不负众望，在他当选以后创下了美国的很多纪录，他执政的八年，是美国经济最好的八年，好到什么程度？大家今天再看看美国的国债赤字之大，每隔一两年国会就得重新把国债的封顶值再提高，因为美国政府要借的钱越来越多。在克林顿执政时期，政府把所有前面的国债都还清了，不但没有赤字，还有盈余。这样的政府交给小布什以后，马上就欠了一屁股债，所以克林顿时期是美国整个经济转型、转向高科技的最重要的八年，克林顿的贡献可以说是巨大的。尤其今天在经济不景气的时候，大家就会尤其怀念给美国人民带来最好的经济年景的总统，那就是克林顿总统。

8月20日

《晓松说——历史上的今天》来到了8月20日。1940年的这一天，中国抗战史上著名的百团大战爆发；1946年的这一天，“上海小姐”选美比赛揭晓典礼举行；1968年的这一天，苏军出兵占领捷克。

|“上海小姐”选美比赛揭晓典礼|

我们先聊一聊“上海小姐”选美比赛。如果不算皇上挑妃子的话，这次“上海小姐”的选美比赛就应该算是中国历史上第一次。实际上中国历史上皇上选妃子那是全世界最多的，没事儿就选，皇上的选美方式也是千奇百怪。有的是从民间选美女，有的是官员选了美女送给皇上，很有意思。据说历史上曾经有一个皇上特别聪明，他说：“你们替我选妃子，我自己又没看见，你们肯定是一层一层把美女都留给自己了，最后送进宫来的都是最丑的，我又看不见，你们怎么会把最美的送给我？”所以皇上突然有一天下令，让所有官员把自己老婆和女儿带来，结果一看，啊，原来美女都在这儿，然后就把官员什么的小妾、妻子弄进宫来。

以前有各种各样的选美，以后有机会再详细给大家讲。

除了皇宫里的选美，中国还有民间选美，或者叫选秀，1946年的“上海小姐”选美应该算是第一次大规模的民间选美，之前可能有小的选美比赛，我们就不说了。当时中国刚刚取得抗战胜利，大家心情大好，碰巧当时苏北又发生了水灾，大家就想用选美比赛筹集一些钱来赈灾。现在也是这样，全世界的选美或者选秀比赛大部分都是跟搞慈善联系在一起的，要不然大家就会老觉得这个事儿不太纯，但选美一旦跟慈善联系在一起，募集点儿善款赈济一下灾民，这个目的听起来就很冠冕堂皇。当时举行选美比赛，还有一个原因就是从“五四”新文化运动开始，西方文化大量地进入中国，其中特别重要的一点是在民国时期，大家都追求女性解放、女性平等，甚至比今天还要开放。在民国时期，大城市很多人同居，开展妇女解放运动等，已经搞得非常西方化。当然那时候乡村还基本保持着非常传统的婚恋关系，甚至还都是包办婚姻，所以咱们一定要客观地看待当时中国的情况，要把城市和农村分开，不能说民国时期所有人都解放了。我看到过一个资料，在1950年，新中国通过了第一部《婚姻法》，允许妇女提出离婚，但是据说当年在农村由于妇女提出离婚而被婆家、被丈夫打死的就有七万多人，可见农村还是非常保守的。但是那时候在上海这种“东方巴黎”式的国际大都会已经非常开放，女性穿旗袍都露得很多，报纸上有各种八卦、绯闻。再加上战争胜利了大家高兴，还有苏北水患要赈灾，于是大家就说咱们选一次美吧，“上海小姐”选美比赛就是在这种情况下举行的。

那时候选美比赛的规模没有今天的选秀大，像现在的《梦之声》《中国好声音》等规模都很大，但是当年的选美比赛却是门类齐全，今天还没有任何一个选秀活动如此门类齐全，当时分了名媛组、歌星组、舞星组和平剧组。名媛都是有钱人家的女孩子，这些大小姐从国外留学回来以后变得都很开放，大家也都穿着旗袍去选美。“上海小姐”选美比赛开始还策划了一个影星组，大家知道当时上海的电影业是非常强大的，应该算是亚洲最强的，拍的电影现在再看一点儿都不比今天的差，但是这些影星都没参加这次选美比赛。因为影星们都已经很出名了，就会觉得你们这里是不是有黑幕，是不是拿我们炒作。就跟今天一样，今天你搞个歌唱比赛，如果找几个已经成名的腕儿去，这些人一想那我去了就要得冠军，你不给我冠军我就不能去，要不然太丢人，所以“上海小姐”

选美的时候影星们都集体退出了。但是很多歌星都去了，歌星组决出的冠军叫韩菁清，韩菁清后来去了台湾，嫁给了主编《远东英汉大辞典》的梁实秋。平剧组的冠军是言慧珠，其实当时的平剧就是京剧，那是京剧最红最红的时代，言慧珠被称为“平剧皇后”，她是梅兰芳非常得意的弟子。

这个“上海小姐”的选美活动当时搞得很大，社会各界的上流人士都参加了，梅兰芳还亲自来颁奖，这说明比赛的规格很高。最后的总冠军是谁呢？就是上海大亨杜月笙捧的一位叫王韵梅的小姐，王韵梅实际上是四川大军阀范绍增的一个情人，或者叫姨太太之类的，杜月笙出钱来捧，最后她获得了总冠军。大家知道杜月笙在抗战前是当之无愧的上海大亨，他在上海可以说是说一不二，抗战中间他也在努力地抗日，中间还到过香港，又到过四川的重庆，坚决不当汉奸。在重庆的时候，四川军阀范绍增的家里经常是高朋满座，杜月笙也是其中一个，他跟范绍增保持了很好的关系。其实早在抗战之前两人在贩卖经销四川产的鸦片的过程中就有了交情。

当时的投票特别简单，就是为了募款，所以就规定一票多少钱，也就是大家捐多少钱就算一票，这样的一种投票方式其实跟我们现在用手机投票是一样的，要是一个有钱人喜欢你，那可以给你投好几百万票，这个我就亲眼见过，真吓人。杜月笙当时就说，我有钱，我来出钱捧，我这不是搞黑幕，这真是捐钱来捧。范绍增是我哥们儿，我把哥们儿的女人捧到冠军，让他高兴高兴，同时我也做点儿善事儿。于是这个选美搞得非常热烈，虽然那时候没有电视直播，但很多报纸都对这件事情进行了报道，最后一共为苏北灾民募了四亿法币。那时候钱已经不太值钱了，但那也是大家的贡献，叫作上流社会的贡献吧，这种风花雪月的事情搞一搞，募点儿款，也说明我们其实挺有善心的。至于有多少钱真正用到了灾民身上，那就是另一码事儿了。1946 年的这次选美比赛无意中创下了一个纪录，是中国第一次大规模的选秀。

| 百团大战爆发 |

下面我们来讲一讲百团大战。百团大战在我们的历史课本中也有详细的描述，这是我党领导的、以八路军为主的武装最大规模的一次对日军的作战，一百多个团在整个华北的千里铁路线上和日军展开了激烈的战斗。实际上百团大战可以分为两个阶段，第一阶段叫作“破袭战”，目的就是要把日军占领的那些被称作“孤岛”的据点给夺回来。当时广大的乡村都在我军手里，我们有各种各样的根据地，像晋察冀根据地等，这些根据地总是被日军占领与控制的那些堡垒与交通线给割断。我们当时采取的策略就是攻占他们的据点，打断他们的交通线，这样就可以把割开的根据地连起来了，这叫“千里破袭战”。于是在1940年的这一天，八路军上百个团一齐出动，以正太铁路为重点，把守卫在交通线两侧的那些据点里的日军消灭掉，然后把铁路全扒了、桥也炸了。这些铁路虽然是我们中国的铁路，但当时都在日军手里，所以八路军先开始搞的就是“破袭战”。

这次“破袭战”让日军大惊，心想原来在我们背后的这些青纱帐与崇山峻岭里，居然隐藏了这么多共军。当时国民党也吓了一跳，共军竟然已经在山里边培养了这么多部队了。我们当时是和国民党团结抗日，全体共产党的军队都加入了国民革命军，我们的军队也算是政府军，可是国民政府给我们的番号只有一个集团军，就是第十八集团军，最开始叫“八路军”，下面有三个师，这是最小的集团军。一般的集团军下面都会有两三个军，每个军下面有两到四个师，而我们的第十八集团军，只有三个师的番号和军饷，就是第一一五师、第一二〇师和第一二九师。国民党政府当时就认为共产党的军队抗日可以，但是不能搞太大的武装。当然后来又多了新四军，新四军也就是一个军的编制。可是这时候突然间冒出一百多个团，大家想想一个师当时下面三个旅，每个旅有三个团，这应该是最大的师，正常的师只有两个旅，每个旅下面有两个团。就算按最大的编制来算，一个师九个团，三个师一共二十七个团，国民党想象我们的部队就是这二十七个团，结果突然出现百团大战，国民党吓了一跳，日本人也吓了一大跳。

这次百团大战直接导致的后果就是日军立即从正面战场抽调大量的部队，对根据地进行了大扫荡，这也使得当时的根据地处境非常艰苦。在百团大战之后，日军对很多村子都执行了“三光”政策，非常残酷地屠杀根据地的人民。所以百团大战的后期我军就进入了“反扫荡战”，打了很多硬仗。百团大战的总指挥之一、八路军的副总指挥是彭德怀，当时是仅次于朱德元帅的八路军第二号人物，彭德怀最后也说，我人生最重要的败仗，当然也是硬仗，就是在百团大战中跟日军打的关家垴战役。关家垴战役实际上日军只有一个大队突袭八路军总部，结果被八路军发现了，八路军把日军包围在关家垴。关家垴地处一个狭窄的山头，是一个极为易守难攻的地方，只有一面能进攻，而且越攻越窄，就剩一条路往上走，人家一挺机枪就能把你封锁住。彭德怀大怒，一定要歼灭这支日军。当时执行围歼任务的主力部队是一二九师，大家知道一二九师师长是刘伯承，下面的旅长是陈赓。陈赓一直跟彭老总说咱们不要这么进攻，这样牺牲的人太多，这么难攻的地方把他们放出来打不就完了吗？可彭老总当时坚持说，一定要消灭日军。战后刘伯承又赴前线，他到前线一看，这仗根本没法打，把这股日军放出来，让他们到任何一个路上、平原上、小村里，都能给消灭了，为什么非要这么打呢？大家知道彭德怀的性格非常倔强，不然他也不会成为彭大将军，但他当时也确实是犯了错误。由于完全在气头上，连刘伯承都被彭老总大骂，彭老总说你必须给我进攻，不容讨论，恨不得要执行军法了。结果关家垴打来打去也没打下来，最终还是撤下来了。在后来1943年延安整风的时候，彭老总还专门就这件事儿道了歉，说当时确实是过于冲动，打得硬了一点，战斗也没有打赢，最后还是让日军跑了。这是彭老总整个戎马生涯中最重要的一场小小的败仗之一。

百团大战的历史意义总体来说还是非常重要的，表现出我党、我军是真抗日的。当然后来的副作用包括根据地被扫荡、国民党也看到了我军的实力等。国民党后来在抗日当中就比较消极，想要保存自己的实力，然后跟我们进行摩擦，试图消灭我们。但是在民族大义面前，我觉得这些都不重要，大家就是应该团结抗日，就是应该同心协力去战斗。

| 苏军出兵占领捷克 |

在1968年的这一天，以苏联为首的华约集团各国，包括波兰、匈牙利的坦克开进了捷克首都布拉格。这也是电影《布拉格之恋》结尾的镜头，《布拉格之恋》是根据捷克著名作家米兰·昆德拉的小说改编而成的，我们那个时代这部小说叫《生命中不能承受之轻》，现在的译名是《不能承受的生命之轻》。《布拉格之恋》就是为了纪念捷克人民捍卫自己的权利，摆脱苏联控制的这次革命，影片中的女主角由朱丽叶·比诺什饰演，其中有大量的镜头表现苏联的坦克怎么开到布拉格的街头。

捷克这个国家在当时整个华沙条约集团里面是比较独特的，捷克一直觉得自己是属于西方的，捷克当年也确实是奥匈帝国中发达的地区，它的宗教信仰等也更接近西方。捷克还出现了很多更像西方的各种大师，如音乐家斯美塔那、德沃夏克，文学家卡夫卡、米兰·昆德拉等，所以捷克老觉得自己不应该跟这些东方国家混在一起，一直都非常骄傲。捷克也是整个东方最发达的国家之一，它的工业在一战、二战时期就很发达，二战时期捷克的斯柯达厂生产的坦克，比早期德国的坦克还要好。当时中国抗日部队用的武器好多都是捷克武器，包括捷克机枪等。所以捷克的经济又发达，文化又高尚，它自己就不太愿意跟这些东方国家在一起，老想摆脱苏联的控制，所以就爆发了著名的“布拉格之春”的运动，当然最后这次运动被华约集团镇压了。

今天大家如果去布拉格旅游，要去看看布拉格的一个广场，那就是当年苏联坦克开进来的广场，现在广场上到处都留着纪念当年“布拉格之春”的东西，广场旁边还有一个很大的纪念馆，里面有大量的资料。在这个纪念馆的隔壁还有一个欧洲最大的“性博物馆”，大家参观完“布拉格之春”博物馆就可以去参观一下这个“性博物馆”。在“性博物馆”的旁边，有一个小屋子，那里就是卡夫卡的故居。所以去布拉格的话，大家一定要去这个广场看一看。

8月21日

《晓松说——历史上的今天》来到了8月21日。1911年的这一天，名画《蒙娜丽莎》失窃。1959年的这一天，美国正式宣布夏威夷为第五十个州。

| 名画《蒙娜丽莎》失窃 |

1911年的今天，著名的画作《蒙娜丽莎》从卢浮宫被偷走。《蒙娜丽莎》是卢浮宫的镇馆之宝。巴黎有三个东西最具代表性，一个是埃菲尔铁塔，一个是卢浮宫，还有一个是大教堂——巴黎圣母院。在1911年的时候，《蒙娜丽莎》这幅画还远远没有今天这么著名。今天如果你去卢浮宫，会看到《蒙娜丽莎》那幅画的前头人山人海。这幅画的尺寸并不大，游客们把手机都拿得高高地去拍。《蒙娜丽莎》之所以成名，很重要的一个原因就是这次失窃，各种报纸、媒体一通报道，大家因此记住了这幅画。看来如果想让一幅画成名，有一个特别好的办法，就是把这幅画偷走，然后在媒体上一通炒作，之后它就会变得特别有名。

说句心里话，我从事艺术二十多年，我仔细地看这个《蒙娜丽莎》，怎么看也看不出来它究竟好在哪儿，可能我这个人比较愚钝吧。但是有很多画我还是很喜欢看的，比如像凡·高的画我不用怎么仔细看，只拿余光这么瞄一下就觉得特别好，一下子就能感觉到画家的内心，感受到他的热情、他的灵魂。而《蒙娜丽莎》这幅画，我就觉得中规中矩，真的没看出来有多好，但是这幅画就是有名，特别有名。后来我还发现有一个人长得还挺像蒙娜丽莎，就是我的好哥们儿老狼的老婆，和蒙娜丽莎长得特别像。

这幅画的失窃很有意思，偷的人其实并不是纯粹为了钱去盗窃，这里面还多少有点儿爱国主义的意思。大家知道画家达·芬奇是意大利的骄傲，但达·芬奇画的这幅《蒙娜丽莎》却一直放在法国的卢浮宫里。有一个意大利的爱国者名叫佩鲁吉亚，他就想我们意大利的画怎么总放在这个法国的卢浮宫里，这不行，我得把它偷回国。

当时偷《蒙娜丽莎》这幅画的过程其实很简单，就是这位意大利的爱国者潜入卢浮宫藏了一夜，第二天早晨管道工帮他把门撬开，他堂而皇之地就把画拿走了，正好这画也不大，所以也好拿。当时卢浮宫的安保管理也非常松懈，这幅画被偷走了也没被发现，还是一个画家要去这个展厅画画，到那儿以后才突然注意到少了一幅画，这才发现《蒙娜丽莎》这幅画丢了。当时《蒙娜丽莎》不像现在是卢浮宫的镇馆之宝，人们都不太注意它，也说明《蒙娜丽莎》当时并不是那么重要的一幅画。发现这幅画丢了以后大家就到处去找，接着媒体又炒作，怀疑这个那个，还怀疑到毕加索头上去了。为什么会怀疑毕加索呢？因为毕加索在这之前一年，曾经买过别人从卢浮宫偷出来的东西，相当于是人家偷完东西以后销赃，毕加索买了，所以就有人怀疑毕加索是不是想收集卢浮宫里的东西，所以就偷了这幅画。当时偷画的人在玻璃柜子上留下了一个指纹，但那时候的刑侦技术也不是特别先进，没有办法用电脑检索看看这个指纹是谁的，所以查了半天也没有查出到底是谁偷了这幅画。

后来过了两年多，到了1913年，这偷画的哥们儿一直藏着这幅画，但这爱国者他总得拿这事儿做做文章，老把它藏在地底下这也不叫爱国。于是他就写了封信给佛罗伦萨的一个画商，说我手里有《蒙娜丽莎》这幅画，问这位画商要不要买。据画商说他开了一个天价，大概有几十万里拉之类的，那时候里拉还挺值钱的。但据这位偷画的人讲他没开那么高的价，当然这事儿也是个悬案，最后也没有弄清楚。总而言之，这位偷画者把那画拿给画商看了一下，画商一看这画确实是真的，于是就直接报警把这位偷画者给抓起来了。当然这位意大利偷画者的爱国举动也成功了，之后这幅画就开始在意大利的佛罗伦萨展览。大家知道佛罗伦萨是欧洲文艺复兴的中心，从佛罗伦萨开始，这幅画在意大利展览了一圈，最后于1913年送还给了法国，从那之后这幅画就再也没回过意大利。一百年以后，也就是2013年的时候，佛罗伦萨曾经恳请卢浮宫说："1913年《蒙娜丽莎》这幅画曾经在佛罗伦萨展出过，2013年是不是能够在佛罗伦萨再展览一次？"佛罗伦萨经常搞这种大型的展览，叫什么文艺复兴大展之类的，我去意大利时也看过这种展览。但是法国没有同意，说这东西不能再离开法国去意大利了。但是实际上《蒙娜丽莎》这幅画曾经几次离开过法国，到过美国和日本展出，这说明卢浮宫也好，法国人也好，在心里头还是要把人分成三六九等的。既然美国人要看，那咱就拿去给美国人看。日本人后来也有钱了，恨不得把自由女神像都给买了。日本人说想看看卢浮宫的这幅名画，那就把画送到日本去展览一下挣点儿钱。但是这个原产地，意大利人要看就不给看了，别拿去以后再回不来了，意大利人要看的话那就只能上法国去看。后来这偷画的哥们儿也没被判多长时间，大概是判了七个月，出来以后成为意大利民族英雄，回国的时候受到无数人迎接。从这也可以看出年轻人永远都有那种爱国热情，但是这种热情如果再往前走一点儿就变成狭隘的民族主义了。这就是1911年这次著名的《蒙娜丽莎》名画失窃案。

| 夏威夷成为美国的第五十个州 |

1959年的这一天，夏威夷成为美国的第五十个州，也是目前为止最后一个加入美国的州，之后美国就再也没有新的州加入。当然未来是不是有新的州加入不一定，像波多黎各这些地方经常在讨论是不是要加入美国，成为美国的第五十一个州，反正至今还没有新的州加入。所以在夏威夷加入美国以后，美国的国旗就没有再改。以前这美国国旗过一阵子就要改一下，生产国旗的工厂也特高兴，每隔一段时间所有的国旗就都作废了，要重新生产一遍。大家知道美国建国的时候，只有十三个州，沿着东海岸整个一排排下来，所以美国国旗最开始的时候就是十三个条、十三颗星，代表着美国最早的十三个州。之后每加入一个州国旗上就多一颗星，美国一直从十三个州变成了五十个州，每增加一个州之前所有的国旗都要作废，然后重新生产。但美国国旗的十三个条一直没有变过，因为这条已经没法再加了，如果再加就成医院的病号服了，所以永远是十三条，但是现在国旗上有五十颗星，密密麻麻的。这就是现在美国的国旗，1959 年到现在没有再变过，未来会不会变还不知道。

夏威夷是一个极其美丽的地方，这个名字翻译得也好，其实 Hawaii 这个词没什么特别的意思，但是把它翻成“夏威夷”大家就觉得很美。中国那个时候的翻译也很有意思，讲究“信、达、雅”。“夏威夷”是什么意思呢？大家知道 Hawaii 地处热带，夏天的夏，夏威夷在远处，海里的夷，夷就是外族人。这个名字听着很美，这个地方也确实很美，有很多很多小岛，像毛伊岛、考爱岛什么的都非常美。夏威夷最著名的地方就是珍珠港，珍珠港现在是美国最大的海军基地之一。美国有大西洋和太平洋两洋舰队，太平洋舰队的主力战舰几乎都停在珍珠港。由于大西洋的对面全是美国的盟友，太平洋舰队这边老有对手，一开始是日本，后来是苏联，现在又有中国，所以大西洋舰队始终都没有太平洋舰队强。

在这儿我们来讲讲夏威夷的特色。夏威夷的第一大特色就是花，每个去夏威夷的人，只要一下飞机，就会有人欢迎你，然后给你戴上一朵大花，所以到了夏威夷就老会觉得自己衣服和这大花不匹配，就一定要买它那个大花衣服。美国的每个州都有一个绰号，纽约州叫 Empire State（帝国州），加利福尼亚州叫 Golden State（金州），内华达州叫 Silver State（银州），宾夕法尼亚州叫 Keystone State（拱顶石州），各个州都吹嘘自己的州是最厉害的。夏威夷州的别名叫 Aloha State，Aloha 在夏威夷当地话里既有“你好”的意思，也有“再见”的含义，人家的语言可能比较简单，这两个意思都是这一个词。所以在夏威夷见到任何人，不管是见面还是再见，都是“Aloha，Aloha”。夏威夷到处是花，大家戴着花，穿着大花衣服，跳着草裙舞，嘴里说着“Aloha”，是一个非常美丽的地方。

还有一件事儿我印象很深，就是我第一次到夏威夷的时候感觉特别奇怪，就感觉这不是日本吗？大部分当地人长得都跟日本人差不多。夏威夷有很多日裔，日本是最早向太平洋各地移民的国家。因为日本自古以来就是一个地方狭小但人口众多的国家，经常会号召国民移民。日本人还挺爱国的，大家就拼命向各地移民，所以在世界上很多地方都能看到日本人。巴西就有很多日本人，现在日本的足球踢得特好，就是因为他们的好多运动员都曾经在巴西训练。在夏威夷也有大量的日本人，以至于当地的土话夏威夷语就是和日语等外来语结合起来的一种很奇怪的语言。当地的饭跟日餐也差不多，大量的日本文化渗透到了夏威夷。夏威夷的日本人多到什么程度呢？二战的时候，日本最先袭击的就是珍珠港，美国政府就怀疑这些夏威夷的日本移民是不是跟日本政府是一条心啊？当时美国政府就把很多日裔抓了起来，关进了集中营。这些日裔有一部分就是夏威夷的日本移民，他们都不太会说日语，讲的是一种夏威夷语跟日语结合起来的语言。另外一部分是美国西雅图的大量日本侨民，这些人基本上都会说日语。这两部分日本人在集中营里还不对付，因为夏威夷来的日本人觉得自己就是美国人，而西雅图来的日本人还觉得自己是日本人，所以还产生了各种各样的冲突。

后来被美军扫地出门的日裔士兵，组成了四四二团加入了美军。这个四四二团后来成了美国两百年军事史中最光荣的一个团，当时在欧洲战场上成为了艾森豪威尔的救火队，他们曾经英勇地向德军发动过刺杀冲锋，就是万岁冲锋。在短短不到四年的战斗过程中，四四二团先后获得了二十一枚荣誉勋章、一万八千枚军章、八次总统部队嘉奖，这在美国军事史上都是排第一的。但后来四四二团的番号还是被取消了，美国人还是歧视这个由日裔组成的部队。当年美国最牛的几支部队，像陆战第一师从珍珠港一直打到日本，一共才得了三次总统部队嘉奖，这个陆战第一师在朝鲜战场上还跟我们激战过。美国还有个一〇一空降师，《兄弟连》这个电视剧讲的就是一〇一空降师，这个空降师是欧洲战场上最强大的部队，但一共也就得过两次总统部队嘉奖。而四四二团总共得过八次总统部队嘉奖，而且伤亡率在二战所有美军部队中排第一，非官方统计为314%，一共才四千人的部队，一共伤亡一万多人。四四二团回到美国的时候，每个人的胸前都至少挂着三枚勋章。

在战争胜利以后，杜鲁门总统要在白宫外面检阅一下光荣的部队，当时杜鲁门总统说，给我挑一个伤亡最高、获得勋章最多的部队，我来检阅一下。结果国防部一查说这个四四二团符合要求，但这支部队里全是日本人怎么检阅，于是就换了另外一支部队。虽然最后杜鲁门总统检阅的不是四四二团，但是在看到四四二团的事迹以后，还是感到非常震惊，说四四二团所有的日裔，他们就是美国人，他们就是美国儿女，是美国的战士。几十年以来，美国国会、美国总统都对当年四四二团的事情不停地道歉，还对日裔美国人赔偿了几亿美元。四四二团是日裔美国人的骄傲，也是夏威夷人的骄傲。

夏威夷在1959年的这一天正式成为美国的一个州，之后美国的参议院就多了两个参议员。美国的参议员不管大州小州，都是每州最多两个，一律平等。而众议员是按人口数量来平均，现在差不多是每六十六万人一个众议员，有时候人口流动需重新划分选区，但是参议员就是每州两个。所以夏威夷州加入美国以后，美国的参议院当中就多了两个参议员。夏威夷州的参议员中最厉害的一个是井上参议员。当时井上参议员进入参议院时，举左手向国旗宣誓，下边的人就问："你为什么举左手宣誓？"井上参议员说："我的右手在为国家的战斗中已经失去了。"大家一看都特别敬仰，因为美国民族是尚武民族，大家对这些为美国负伤的老兵都特别尊敬。从1959年夏威夷州加入美国，一直到2012年，井上参议员都是美国参议院中最具重量级的参议员之一，甚至超过了肯尼迪家族的参议员。井上参议员重要到什么程度呢？在他当选为夏威夷州的参议员代表之后就一直没变过，每次改选夏威夷州参议员时人民都还会选他，另外一个参议员后来被选下去了，换成了别人，而井上参议员从1962年到2012年去世，当了五十年参议员。后来他成为美国参议院中第一资深的参议员，最后被选为众议院议长。在井上参议员去世的时候，美国在国会大厦为他举行了国葬，在美国极少有参议员能享受这么高规格的国葬，连美国总统去世以后都没有几个能在国会大厦举行国葬。美国规定只有现任总统去世才可以在那里举行国葬，已经退休的总统去世都不能在那里举办国葬。所以大家去美国国会参观时可以看一下，国会专门有一个厅就是举行国葬的，美国迄今最后一个在国会大厦举行国葬的就是井上参议员。

在井上参议员之后，夏威夷州还产生了一个重量级的政治家，那就是美国现任总统奥巴马。奥巴马做参议员的时候代表的是伊利诺伊州。奥巴马当选总统后有一次在伊利诺伊州的芝加哥演讲中就曾说过："我回到这个城市，想起了我跟米歇尔在这儿第一次认识，我们相爱的时候……"奥巴马是在夏威夷出生的，奥巴马的母亲是美国白人，后来嫁给了一个肯尼亚的黑人留学生。奥巴马出生以后就跟他的外婆一起住在夏威夷，后来奥巴马的母亲又嫁给了一个印尼人，去了印尼。所以夏威夷这个地方出了两个大政治家，井上参议员和奥巴马。

夏威夷的海滩，大家从照片上看非常美，实际上如果你真去了这些海滩会发现它们远远没有我们的三亚美丽。全世界凡是由火山喷发或者由火山岩浆运动造成的岛，都没有好的沙滩，因为火山的岩浆喷出来遇到水、空气，冷却以后就变成了礁石。大家经常看到夏威夷怀基基海滩（Waikiki Beach）的照片，那其实是经人工搬运才形成的沙滩，并不是天然的。夏威夷大量的小岛上的沙滩也是人工的。夏威夷有很美的山景和植物，吃的也很好，但是游泳和海滩，确实没有我们的三亚好。

夏威夷的首府Honolulu，中文音译叫火奴鲁鲁，中文意译叫"檀香山"，这个名字是由华人命名的。华人当年去海外漂流，但通常都不会给人家的地方起名字。因为华人永远觉得自己是客人，讲究主客之道，连加入了别国的国籍，都很少去投票，所以只有极少数的城市会由华人命名。但是"檀香山"这个名字是个特例，"檀香山"其实跟Honolulu没有一点儿关系，Honolulu一听就是当地土话的那种名字，因为当地出产檀香木，所以华人就给它命名"檀香山"。孙中山革命最重要的基地就是从檀香山开始，后来一步一步地回到祖国。檀香山的华侨也给孙中山的革命捐了大笔的钱，不光是孙中山，当时康有为还命梁启超去那边募捐，檀香山的华人都踊跃捐助。

夏威夷还有非常美好的音乐，有一种乐器叫夏威夷吉他，弹的时候要套着钢指划着弹，划出来的那个音色特别美。有一首著名的曲子就是专门用夏威夷吉他来演奏的，这首著名的曲子就叫《骊歌》，大家可以去听听，非常美好。夏威夷吉他现在已经很少有人再用了，我大概有二三十年没听过用这种乐器演奏的新乐曲了，夏威夷吉他可能也会和很多民族的传统乐器一样慢慢消失。大家有机会去听一听夏威夷吉他演奏的曲子，还是很好听的。

8月22日

《晓松说——历史上的今天》来到了8月22日。1948年的这一天，冯玉祥遇难；1969年的这一天，著名的中医施今墨去世。

| 冯玉祥遇难 |

首先来说一下冯玉祥，冯玉祥的名字前面可以冠上各种各样的称呼，现在比较公认的是“爱国将领”冯玉祥，但是在某些历史时期也会被称为“大军阀”冯玉祥。有的历史书中把他写成脑后有“反骨”，冯玉祥曾经多次背叛自己的主子。但这历史要看你从什么角度讲，革命者都是背叛自己主子的，原来的主子不对那就要推翻他，所以“反骨”这个事情就很难说。冯玉祥确实是首先背叛过清朝，参加了滦州起义，但所有清末时背叛清朝的起义都应该算是正面的，这就不用说了。冯玉祥还背叛过军阀，背叛过军阀算不算好事儿，这也说不清楚。因为冯玉祥是直系将领，大家知道北洋军阀当时分为直系、皖系、奉系这么几个主要的系，冯玉祥是直系中最重要的主将之一。滦州起义其实对辛亥革命没有起到什么太大的作用，因为当时全国到处都在起义。倒是 1924 年冯玉祥发动的北京政变，不仅一举推翻了直系掌控的北京中央政权，还使自己的部队得以迅速壮大并改称国民军，成为国内举足轻重的一支军事力量。冯也因此被人称作“倒戈将军”。紧接着在 1930 年的中原大战中，冯玉祥与阎锡山等人一起举兵反蒋。此时的冯玉祥是不是背叛了中央政府，这也很难说，那时候很多人都觉得蒋介石的中央政府不好，都去反蒋，那冯玉祥背叛这个算不算好的一方面也很难说。所以从一种历史的角度看，冯玉祥是叛军，但从另外的角度看，蒋介石倒行逆施，双手沾满人民的鲜血，冯玉祥背叛蒋介石是好还是坏呢？反正冯玉祥是连续背叛了很多次，他就是这样一个很复杂的人。

但是有一点，我觉得不管从什么角度来看，都是不可否认的，那就是冯玉祥缔造了在整个民国历史上延续时间最长的一支军阀军队。这支军队在很长时间里被称作国民军，后来又称西北军。冯玉祥其实不是西北人，最开始他一直在河北、北京这一带，他的部队从一个营开始，慢慢发展起来，后来他被授予西北边防督办，西北五省慢慢地成了他的地盘，打到最后整个西北都成了他的，所以这支国民军后来就改称西北军了。

冯玉祥实际上是中华民国乱世中军人成长的一个最典型的样本，从一个丘八行伍出身，没接受过什么正规的军校教育，但是他比较能打，而且比较能钻营，慢慢就混了个营长当。后来他到河北的几个县去招了一些兵，慢慢发展成一个旅，然后又发展成一个军，最后成为一支拥有十三个军的强大队伍。到 1930 年的时候，冯玉祥的部队已经成为中国当时最强大的军事集团之一，讨蒋联军人数与战斗力几乎可以与蒋介石的中央军相媲美。在冯玉祥当旅长的时候，他的下面就已经开始有“五虎上将”。他当军长的时候下面已经有了“十三太保”。这“五虎上将”和“十三太保”都是中国历史上赫赫有名的人物。“五虎上将”当中就包括后来卢沟桥事变时的二十九军军长宋哲元，以及把溥仪赶出宫的鹿钟麟，还有刘郁芬、张之江等，刘郁芬后来当了大汉奸。“十三太保”中则云集了当时中国大批著名军人，包括大家都知道的韩复榘、后来的大汉奸石友三，以及爱国将领吉鸿昌、张自忠等。你说是因为冯玉祥有福气，还是因为他治军有方呢？我觉得首先应该还是治军有方吧。因为在乱世当中，很多人成了小军阀、中军阀、大军阀，但大部分还是被灭掉了。

之后冯玉祥就一步一步地成长起来，最后成为北伐的三支最重要的力量之一。其实严格说来，北伐当中只有两支最重要的力量，当时有两大国民党军事集团的军队率先誓师出征，一个是蒋介石为总司令的国民革命军在广州誓师，另一个是冯玉祥为总司令的国民联军（俗称西北军）在五原誓师。那时整个北方的北洋军都被冯玉祥的军队吸引在南口，爆发了南口大战，所以南方的北伐军才能这么顺畅地打到长江边。后来冯玉祥孤军守在南口，战败了，打败以后就撤到了五原，这个时候全军还是比较完整的。

冯玉祥在失败后就跑到了苏联，学习了革命理论，这时冯玉祥从一个旧军阀变得非常先进，还入了国民党，他是孙中山先生的信徒，喜欢苏联的革命，回来的时候已经戴上了苏联的八角帽，还带着苏联援助的机枪。冯玉祥从苏联回来后，就在五原誓师北伐，所以当时从南向北打的是北伐军，从西向东打的就是冯玉祥的西北军（即国民联军）。西北军先解西安之围，然后出潼关，之后在河南和北伐军会师，会师以后又一起向北打。这个时候第三支力量才加入了北伐，也就是阎锡山率领的晋绥军，阎锡山是老财主式的那种人，善于察言观色、坐山观虎斗，他看西北军和北伐军打得差不多了才出来。所以打倒北洋军阀的主力就是从广州出发的北伐军以及冯玉祥的西北军。

北伐结束以后，中国出现了“四大军阀”，称为“四大集团军”，就是蒋系、冯系、阎系和桂系。蒋系就是黄埔系以及黄埔系周边的中央军，冯系就是冯玉祥的西北军，阎系就是阎锡山的晋绥军，其实力还不如冯系，桂系就是李宗仁、白崇禧的部队，桂系的实力是最弱的。实际上冯玉祥率领的西北军是当时最强的一支部队，冯玉祥不听蒋介石的，才导致后来连续爆发的战争，包括 1929 年的蒋冯战争、1930 年的中原大战等。中原大战是民国时期最大规模的一场内战，双方出动了一百几十万大军，当时冯军全部上了前线，而且是反蒋军队里最能打的。在中原大战中东北的张学良坐山观虎斗，最后两边都争取张学良。中原大战打得不可开交，冯军在陇海线前线归德，也就是今天的商丘这个地方，两次差点儿生擒蒋介石。现在我们很多历史课本中都没多写这个中原大战，都是一带而过，其实当时冯军的吉鸿昌、孙良诚等都非常骁勇善战。在陇海线前线，冯军、蒋军双方一天总共能发射四万颗炮弹，这个在当时很落后、很穷的中国是非常不容易的。我们在 8 月 13 日讲过淞沪战役，淞沪战役是抗日期间最激烈的一场战役，在战争最激烈的时候，我军一天发射过两万颗炮弹，但这还不如中原大战时期一天发射的炮弹多。

冯玉祥学习了孙中山，学习了社会主义，学习了各种标榜先进的东西，特别关心人民，从来不穿那些旧式军官穿的靴子，大家看冯玉祥的照片，永远都是穿着士兵的衣服，老棉袄、缅裆裤，标榜自己跟士兵一条心。但实际上在冯玉祥的内心深处，他还是个封建大家长，他对手下的将领就跟他当营长的时候对那些兵一样，要打就打，要骂就骂，最后大家纷纷叛离了冯玉祥。中原大战最后其实不是蒋介石打败了冯玉祥，而是由于大批的主力干将叛离了冯玉祥，最主要的是“十三太保”排第一的韩复榘叛离了他。韩复榘本来是冯玉祥军中最能打的将领，也是第一个打到北京的，那最后韩复榘为什么叛离他呢？据说在一次作战会议上，冯玉祥说要怎么怎么做，韩复榘这时候已经是军长、省主席了，他说咱能不能这样，结果冯玉祥不但不听韩复榘的建议，还当场扇了他一个大耳光，而且让他到门口去和自己的哨兵一起站岗。你想当时韩复榘已经是军长了，下面都是自己的亲信和将领，让他到门口去站岗，在大太阳底下晒着，而且会议结束后大家都走了，韩复榘还一直在那儿站着，韩复榘的战士都哭了。正好这时候蒋介石来找韩复榘，蒋介石可比冯玉祥要现代、文明多了，娶了会说英文的老婆，信基督教。蒋介石说你看我对你多好，不像冯玉祥那么对你，咱俩像兄弟一般，我还给你钱，冯玉祥一分钱也不给你，你跟我干得了。韩复榘一想也是，这冯玉祥一点儿不给我面子，还抽我大嘴巴，让我站岗，蒋对我多好，于是就离开了冯玉祥，跟了蒋介石。

当时中原大战打到最后的时候，冯玉祥打电话到前线，像吉鸿昌这样骁勇善战的军长都得跪下接电话，而且冯玉祥在电话里还要问：“吉鸿昌你跪下了吗？”吉鸿昌当着军部所有人的面跪在那儿说：“冯先生，我跪下了。”他们那个年头没视频，要是有视频冯玉祥估计得看一看是不是真的跪下了。在蒋系的部队里，大家管蒋介石都叫“主座”，不管蒋介石担任什么职务，都这么称呼。而在冯系的部队里，不管冯玉祥担任什么职务，冯系的将领都管冯玉祥叫“冯先生”。那个时代军队还是很封建的，大家就只认自己的主子，就像三国的时候说的主公，现在听着有点儿像《上海滩》里的冯先生。大家都是那种“生是冯家人、死是冯家鬼”的劲头。

南口大战最后撤退时，刘汝明那个师殿后，走到大同的时候，前面打头的韩复榘、石友三都已经被阎锡山收买了。阎锡山对韩复榘、石友三说，五原那么小的城市，哪儿容得下你们十几个师，连部队的粮草都不够，干脆留到我们这儿吧，我给你们钱。于是韩复榘、石友三就留在了大同，假装归了阎锡山，其实主要是为了吃他的饭。刘汝明率领着最后一个师，已经打得衣衫褴褛，在路过大同的时候，韩复榘和石友三还去劝刘汝明，说你也跟我们留在大同吃他阎锡山的吧。刘汝明说我生是冯家人，死是冯家鬼，必须去五原。弄得韩复榘、石友三没有办法，说那这样吧，你到五原告诉冯先生，只要冯先生一回国，我们两个立即归队。现在我们留在大同只是想替冯先生省点儿粮食。所以这个冯家的军队完全就是那种封建制的军队。中原大战最后的时候张学良已经发了通电，东北军即将入关，冯玉祥的西北军必败无疑。其实冯玉祥当时还占领着西北五省，退回潼关以后完全还可以东山再起，不过他在西北只留了一个军，这个军就是后来抗战的时候非常强悍的一支部队，参加过台儿庄战役，军长叫孙连仲，抗战的时候号称“孙铁头”。西北军当时全军到前线打仗，就靠孙连仲一个军在西北剿匪，东奔西杀到处镇压西北“五马”，也就是马步青和马鸿逵的部队。最后冯玉祥给他发电报说，你开上前线，我们和张学良拼了，孙连仲不理解，给冯玉祥发电报说，既然我们东路军已经败了，那就让全军退回潼关，我们至少保有西北五省，可以再重新发展嘛。冯玉祥这个时候就露出了老粗的本来面目，那个浑劲儿就上来了，回电报说我已经没那么大耐心了，咱们胜则银马长枪，败则一拍两散，孤注一掷了。孙连仲没办法，最后一个军也调出潼关上前线。

当时西北军的前线已经全部崩溃了，有相当一部分冯军直接投奔了蒋介石，因为大家都知道自己已经必败了，还有一些比较忠于冯玉祥的将领，像吉鸿昌，就把军队留下，个人投奔蒋介石了。剩下的西北军在宋哲元的带领下，也不听冯玉祥的了，直接退过黄河，接受了张学良的改编。冯玉祥后来就下野了，李宗仁、阎锡山、汪精卫也前后下野了，汪精卫当时是反蒋的精神领袖、政治领袖。冯玉祥后来跑到了泰山，你说他是去出家也好，还是去隐居、假装读书也好，他自己亲手带起来的这支冯家军已经彻底散了，他的心也彻底伤了。后来到抗战爆发的时候，由于华北一带全都是之前的西北军，山东是韩复榘、华北是宋哲元，还有孙连仲，都是原来西北军的旧部，所以当时暂时为了抗战，又任命冯玉祥当第三、第六战区的总司令，让他去指挥当年那些麾下的旧部。1933年的时候长城抗战，他组织大家去前线，结果当年他最亲信的那些部队都不听他的。他的“十三太保”里只有吉鸿昌一个人跟着他去抗战，其他人都不理他。即使是为了抗日，众将也都不见他。

所以后来华北抗日打得很惨，当时中央军在淞沪战役中打得非常激烈，而华北地区整个是冯玉祥系统的西北军，四天之内平津两地就沦陷了，整个河北、山东也几乎是不战而退。最后蒋介石虽枪毙了韩复榘，但华北还是很快沦陷了。倒是在山西这一带，当年远没有冯军强大的阎锡山率领着晋绥军，打了忻口战役、平型关战役，重创日军。所以这时候冯玉祥大势已去，他后来就跟宋庆龄他们一起提出《恢复孙中山先生手订联俄联共扶助农工三大政策案》，几年后又在美国组织民主党派，从一个军阀变成了一个民主人士。抗战以后，冯玉祥开始越来越左倾，因为没有军队了，他就靠自己了，后来又跑到了苏联。最后从黑海上船回国的时候，船着火了，冯玉祥不幸遇难了。至于他是怎么遇难的，这件事儿到底是谁干的，有很多种说法，我比较同意的说法就是国民党特务干的。因为不管怎么样，冯玉祥还是有很大的号召力，一旦他回国以后倾向于共产党一边了，那对于国民党不太好，于是就把他给杀了。

西北军到最后退到台湾的时候，“十三太保”中还有三个兵团司令，就是孙连仲、刘汝明以及冯治安。这三个人退到台湾以后被剥夺了兵权，最后在阳明山结庐而居，过去的恩怨什么的都不谈了，三个人一起重新记录了西北军史。西北军从晚清开始，由冯玉祥一手创建起来，到最后国民党退到台湾去，还有三个兵团司令，所以整个西北军史就是民国旧军人的历史，从晚清开始一直到退到台湾。

| 大中医施今墨去世 |

再说一说1969年去世的大中医施今墨，施先生。在中医界提到施今墨，那可是泰山北斗，现在看很多大中医都挂着牌子——“施今墨亲传弟子”。施家的中医在民国时期就是赫赫有名的，包括今天的中医药大学，就是施今墨当年办的华北国医学院，在新中国成立以后施今墨把它献给了政府，成了后来的中医学院。

施家的中医当时非常厉害，以至于施家有个传统，就是施家开的药方到药店抓完药以后就必须撕掉，因为所有人一看施家开的方子，都想藏起来。当时中医没有理论书，学中医就是靠学别人的方子，中医最珍贵的资产就是方子。新中国成立以后，施今墨曾经向党、向政府献药方，这都是当时的重要事件，他把自己一生积累的方子都献了出来，这些都是中医最宝贵的财产。施先生的方子就是开一个，去药房抓一个，抓完药以后必须当场把方子撕掉。他说："我这么做不是说我抠门，是因为每个人的情况都不一样，虽然都是治胃病，但是由于每个人的脾、肾的情况不一样，所以每个人用的方子也是不一样的，不能说药店看到这个方子以后，就按照我这方子去给别人治病，这会害人的。"所以施家的方子抓完药都要撕，这在民国的时候被传为美谈。

施今墨也是唯一给孙中山、蒋介石、毛主席都看过病的大中医。施先生还跟我家有非常紧密的关系，他是我外婆的亲舅舅，我就是在他们家出生的，1969 年他刚去世没多久，我就出生了。据我妈说，我们两家的关系非常近，我外婆的爷爷叫陆钟琦，当年是山西最后一任巡抚，被阎锡山杀掉了，我外婆的爸爸也在那次事件中一起被杀了，我外婆生下来就是孤儿。当时外婆跟着她的母亲孤苦伶仃，所以我外婆其实从小是由她母亲的弟弟，就是我外婆的舅舅施今墨先生抚养大的。后来我的外公、外婆都到欧洲去留学，我外公考的是公费留学，而外婆出去留学的费用就是由施今墨施家出了两千大洋资助的。当时的两千大洋是很大的一笔钱，那时的大中医是很挣钱的，施家当年在天安门旁边的绒线胡同有四十八间半的巨大的一个大院子。后来我外婆回国，我们两家的关系一直都非常近。我妈妈当年就住在施家，当时施今墨老先生还给我爸、我妈把过脉，说你们两个在某一天的某一个时辰，两个人的生理周期正好到了最好的时候，那时就会生出一个非常优秀的孩子。当时我爸爸、妈妈去参加大庆会战，当时那儿还叫松辽油田，他们两个人的工地还不在一起，只能每个星期六见面。施今墨先生说的那个日子正好是个星期三，两人专门在那天走了二十里地到一起，然后就生出来一个我。现在看来那个脉把得是对的，我还不错，挺优秀的。

施先生做中医时有无数风光的记录，我只说其中一个。当年我母亲在大庆有一个工人姐妹，她因为生病在床上躺了一两年，我妈就带她回北京说让施先生看看。施先生这时已经卧病在床，他躺在床上就听见外面的脚步声，然后和我母亲说："克群，你带着谁来了？快点儿叫她进来。"施先生听见那脚步声就已经感觉到这个人得的是什么病了，所以中医这点特别厉害。进来后他一把脉，立刻就把自己这几个弟子都叫了进来。他说："我行医六十年，这是第二次把到这个脉。"因为中医是很靠经验的，他把他的弟子都叫进来把脉。其实施家外面的弟子很少，基本上都是他的家人，包括女婿、女儿、儿子等，现在的名医施小墨就是他的儿子，他是施今墨先生的亲传弟子。施先生说："她的体内有一种极怪的虫子，怎么打呢？开一两砒霜。"一两砒霜的方子，如果不是施今墨亲笔在上面签名，你去抓时就会被报警抓起来，一两砒霜能毒死一头牛都不止，毒死武大郎用一钱砒霜就够了。药店的人一看，这是施今墨先生亲笔签的方子，于是就给抓了一两砒霜，否则的话就得报警了。结果病人吃下去以后，打出一盆极顽固的虫子，施先生是"妙手回春"，母亲这位姐妹的病从此就好了！在这里纪念施今墨先生！

8月23日

《晓松说——历史上的今天》来到了 8 月 23 日。今天要讲的两件大事儿都跟二战时期的苏德战场有关。1939 年的今天苏德签订《苏德互不侵犯条约》；1942 年的今天，斯大林格勒战役爆发；今天还是谭咏麟“谭校长”的生日，生日快乐！

|《苏德互不侵犯条约》签订和斯大林格勒战役爆发|

今天要讲的这两件事情——《苏德互不侵犯条约》的签订和斯大林格勒战役的爆发，听起来就非常具有讽刺意义。两件事情的发生仅仅时隔三年，而且是在同一天。1939 年的这一天，苏德签订了《苏德互不侵犯条约》，1942 年的这一天苏德双方的决战——斯大林格勒战役爆发。斯大林格勒战役的爆发，说明 1939 年双方签订《苏德互不侵犯条约》的时候就各怀鬼胎，其实大家根本就没想着真的要成为两个和平的国家。美国跟加拿大从来不签什么“互不侵犯条约”，因为两边压根儿就没准备打过仗，而就是因为当时苏德两边一直各怀鬼胎，都把刀和枪揣在怀里，才会说："你要干吗？要打仗吗？那咱俩先签一个条约再打。"

当时所处的历史背景大家在历史课本中也学了很多，包括西方绥靖政策的实施、《慕尼黑协定》的签订等，咱们在历史课本中都学过。我总结成一句话，当时的世界形势就是"三国演义"，一方是英法；一方是德国，意大利就不算了，这是个猪一样的队友；还有一方是苏联。英法非常仇恨共产党，可以说是极为仇恨，十月革命结束以后，英法还出兵去干涉过苏联，苏联当然也非常仇恨英法，英法算是帝国主义，社会主义最恨的就是帝国主义。结果这时候突然冒出一个本来已经被打败了的德国，《凡尔赛条约》已经把德国摁在那儿了，但德国又突然冒出一个纳粹党，冒出一个希特勒，不但大规模地发展经济，还在1936年成功举办了奥运会，大批的军事武器在那儿展览，不断地叫嚣。本来这个世界是"两国演义"，现在加上德国，就变成了"三国演义"，于是世界形势就变得非常复杂。德国的纳粹党最恨的就是共产党，所以德国和苏联两边的宣传机器都互相对骂。可是这德国和苏联不直接挨着，中间还隔着一些东欧的小国，这些东欧小国夹在苏德中间也成天提心吊胆。怎么办呢？于是大家就纷纷寻找另一个大国保护自己，那就是去找英法寻求保护。波兰当时就跟英法签了协议，如果有人打它，那英法就会来帮它。

所以当时的世界就变成了一个这么复杂的"三国演义"的形势。大家中间还有很多小国，要寻求各种保护，有些国家是苏联保护着，有些国家是英法保护着。在这种形势下，永远都是要两国团结起来去打第三国，这是当时最基本的外交政策。苏联最开始是想跟英法谈谈，因为英法离苏联要远一些。所谓"远交近攻"，这是最基本的外交策略，远的要先交，先拉拢，近的德国那就先攻。但是英法帝国主义却非常仇视社会主义，死活就不跟苏联好好地坐下来谈。这一年对苏联来说可以说是"山雨欲来风满楼"，从4月份开始，苏联先去求英法，说："您来莫斯科咱谈谈吧，你看这德国咄咄逼人，中欧都已经归它了，几乎说德语的地区都被它抢走了，咱先来谈谈吧。"可英法宁可把这些地方都让给德国，也不跟共产党打交道，坚决不同意和苏联谈，而且还采取绥靖政策。这时候还有个小日本在旁边捣了一下乱，正在苏联跟英法谈不下去的时候，日本突然在诺门罕向苏联发起了进攻。苏联一看，这屁股后头还被小日本咬了一下，而且这时候日本又在跟德国谈，当时叫德、意、日轴心国。在这么复杂的情况下，苏联一想，日本在屁股后头咬我，如果德国再在前边打我，那我就会腹背受敌，我总得要联合一方打另一方，既然你英法不和我联合，那我就跟德国联合。于是苏联就和德国签订了这个《苏德互不侵犯条约》。

这个条约的签订可谓“一石二鸟”，第一就是告诉日本你不要再跟我来劲了，苏联还在诺门罕狠狠地打了一下小日本，朱可夫的成名战就是和日本的诺门罕之战；第二就是告诉英法，我已经联合了德国，你英法也别跟我来劲。苏德这个条约的签订几乎就是一周之内完成的，当时就是希特勒跟苏联元首通了一个电话，说咱们就把这个事儿办了吧，于是德国的外交部部长里宾特洛甫马上坐飞机飞过来，这边是苏联的外交部部长莫洛托夫，俩人见面谈了一天，直接就签了协议。这个协议也讲得特清楚，就是大家一起来瓜分波兰，其实在利益面前，什么主义都不重要，就是怎么分割利益。那怎么瓜分波兰呢？就是把波兰一分为二，波兰的西边归德国，波兰以东地区都归苏联。其实当时德国处在跟苏联同样的境况下，就是它也绝不能两面作战，要不就是先把英法打倒，回头再打苏联，要不是先打苏联，再打英法。大家都是处在这种不要脸的作战方式当中，苏联是处在日本、德国中间，德国是处在苏联、英法之间，于是苏德双方就签了这个《苏德互不侵犯条约》。其实当时最怕两面作战的是德国，所以德国就先让了步，波兰其实是很弱的，德国一进攻就可以把它给占了，但是为了换取其他利益，德国还是把波兰的一半分给了苏联。

在二战开始时，苏德共同进攻波兰，而不像我们的历史课本里说的只是德国进攻波兰。大家如果看影像资料，在波兰灭亡的时候，苏德两军在东西对进胜利会师之后，两国的官兵互相握手致敬，共同庆祝战斗的胜利。然后紧接着因为这个《苏德互不侵犯条约》，波罗的海沿岸的四个小国当中，立陶宛、拉脱维亚、爱沙尼亚三个国家被苏联灭了。芬兰曾奋起抵抗入侵的苏军，但打了半天，最后还是被打败了，同样割让给苏联一大块土地。

苏联因为签订了这个《苏德互不侵犯条约》，使得整个国境线向西推进了大概四百公里，斯大林感觉这样一来自己就舒服多了。其实苏联自己很明白俄罗斯这个民族并不善战。从历史上来说，蒙古族也好，法兰西民族也好，都比较尚武。但是俄罗斯这个民族一直都不善战，一战的时候俄国曾被打得一败涂地，德国两个集团军都能全歼沙俄的主力部队。但是苏联有两个秘密武器，一个就是辽阔的土地、漫长的国境线，一退可以退几百公里，你进攻那就来吧，我退，你再前进，我再往后退，它会把你的战线拉得很长，这样你的部队就会非常分散。苏联的第二个秘密武器就是严寒，这个严寒相当于它的大规模杀伤性武器，几乎相当于原子弹，所以拿破仑打到莫斯科去，最后也是被严寒击败的。严寒和辽阔的领土配合，就变成了苏联的一种重要的作战方式，你打我就退，我等到了冬天再开始打，那时你所有的衣服、鞋，所有的装备根本抵挡不了零下四十多摄氏度的严寒，那你就必败无疑。

《苏德互不侵犯条约》的签订还直接导致了后来的斯大林格勒战役的爆发。三年后的这一天，也就是 1942 年，德军正式发动斯大林格勒战役。斯大林格勒战役在我们的历史课本里讲了很多，在这儿我就不多讲了。总的来说，苏联靠幅员辽阔和寒冬几乎可以做到战无不胜，斯大林格勒战役以后有机会我们还会讲，今天就不在这儿多说了。

| 天王巨星谭咏麟出生 |

今天祝谭咏麟大哥“谭校长”生日快乐。其实我应该叫“谭咏麟叔叔”，虽然我长得比较老，但我一看谭咏麟出生的年份，觉得还是应该叫谭叔叔。他以这样的年龄，依然能保持这样的心态，确实非常厉害，我觉得保持容颜相对比较容易，但是要保持这样年轻的心态，保持这种热爱舞台的心态，非常不容易，这一点是特别值得敬佩的。2012 年我还跟谭大哥一起在东方卫视做了《声动亚洲》这个节目，当时的接触很多，我觉得谭大哥最重要的就是有一颗热爱艺术的心，有一颗热爱舞台的心。对于香港的这些艺人来说，舞台可能比我们这儿说的艺术要更重要，因为舞台是他们所有的人生。

我记得小时候听过一首歌，当时没有什么太大感触，叫《掌声响起》，“孤独站在这舞台，听到掌声响起来，我的心中有无限感慨……经过多少失败，经过多少等待，告诉自己要忍耐”。我进入艺术这一行也已经有二十年了，每次听到这首歌都会热泪盈眶，我见过那么多艺人，有很多还是我认识或熟悉的，很多人到最后其实并不是为了钱，也不是为了有多少粉丝，就是为了这个舞台。大家看到很多国内的老艺人，即使最后在社区里搞联欢活动的时候，一上台都会精神焕发。在台下看着早已垂垂老矣的一个老人，一上台马上就跟换了一个人一样，马上就感觉找到了人生中最好的东西。所以我特别能理解，老艺人眷恋舞台，他们并不是真的为了名利。

谭咏麟最辉煌的时期，在红磡体育场连开几十场音乐会，一年出好几张唱片，而且都很好听。以前我听的古典音乐都是家里的藏片，从来没有自己花钱买过，我第一次自己花钱买的那张胶木大碟就是谭咏麟的，十四块钱。当时我每个月的零花钱才两块，攒了很长时间的钱，然后到了唱片店里，那时候的唱片店还不像现在都已经退缩到小胡同里，当时的唱片店都特别辉煌，特别大，装修得像宫殿一样。我当时拿着好不容易攒下的钱在那儿认真思考，要买一张什么样的唱片，最后想来想去，还是买了一张谭咏麟的《爱的根源》。《爱的根源》这张唱片中有一首我最喜欢的歌，到今天我去卡拉OK也老唱，叫《爱在深秋》，用我那蹩脚的粤语来唱。那个时代，由于谭咏麟、张国荣两位巨星的影响，中国从东北到海南岛，从上海到新疆，大家都会唱粤语歌，当然还有粤语电影的影响，那个时代可以说是中国的粤语时代，大家不看字幕都能听得懂粤语电影。

现在大家都不听胶木唱片了，胶木唱片上头有一个唱针，当时我就想好不容易买一张胶木唱片，不能老是拿这个听，别给划坏了。所以当时我就把那胶木唱片放在上面，下面放一个录音机，然后把唱片录到录音带上，再去听录音带。在听之前先去沐浴更衣，沐浴更衣之后，坐在地上，打开漂亮的歌词本，当时那个唱片带的歌词本也很漂亮。我记得外面已经是黄昏，夕阳很美，我坐在那儿看着歌词，开始欣赏我攒钱买的这第一张胶木唱片。当时是粤语歌曲的黄金年代，有大批优秀的创作人，《爱的根源》那张唱片中的每一首歌都非常好听，而且歌词写得也非常漂亮。大家知道粤语的发音跟普通话不一样，它的韵律比普通话更丰富一点儿，如果用粤语念古诗词的话会特别好听，当时看这些东西简直就是一种享受。当然那个时候我做梦也没想到有一天我会认识谭校长、谭大哥，而且我也进入了这个行业，当时就是觉得无比幸福。

谭咏麟和张国荣可以说是引领了当时香港音乐最黄金的年代，那个时候也是香港电影的黄金年代，香港娱乐业的竞争力在全球也是仅次于好莱坞的，可以说是非常强大。到今天为止，除了去世的迈克尔·杰克逊以外，全世界我不知道还有哪个巨星能连开三十多场演唱会，迈克尔·杰克逊原来准备举办五十场，但最后他去世了也没有完成。谭咏麟当时跟张国荣较劲儿，一个开二十场，另一个开二十一场，比着往下开，我记得最高潮的时候一直连开三十八场，当时所有人都震惊了。谭咏麟的那些粉丝到第五场已经喊不出声来了，后来据说粉丝就花钱雇人喊，我多买一张票，你和我一起去看演唱会，然后替我在旁边喊，而粉丝自已只负责在那儿感动、流泪，其他人负责呼喊，当时就到了那个地步。谭大哥生日快乐！

8月24日

《晓松说——历史上的今天》来到了8月24日。1121年的这一天，农民起义领袖方腊就义；1966年的这一天，老舍先生去世；再就是2006年的这一天，国际天文学会把冥王星降为矮行星。

| 老舍先生去世 |

先说说老舍先生吧。我虽然是在上海出生的，但是我童年之后的绝大部分日子都是在北京度过的，当然除了后来出国的那些年，所以不管我的祖籍是哪儿，北京都是我的故乡，我对北京充满了感情。在所有的北京作家中，我最热爱的就是老舍先生和王朔，当然我热爱的王小波也是北京人，但是他不用北京话写作，所以说，我最热爱的用北京话写作的两位大作家就是老舍跟王朔。当然老舍在文学的地位上还是要超过王朔，因为王朔的作品主要还是商业文学，他的作品主要是畅销书。王朔到后期才创作出一些能够上升到文学殿堂的作品，比如说他后期创作的《动物凶猛》《玩的就是心跳》等，这才摆脱了之前那种

“假嬉皮、真清纯”的感觉。在王朔早期的各种小说中，对女人的描写基本上和金庸一样，就是一个女人永远爱一个男人，为一个人生，为一个人死，这种类型的东西比较像畅销书的体裁，还是比较商业。

老舍是完全能够进入文学殿堂的大师级人物，在这儿我就不多说老舍对北京话的影响了，但是对老舍这个人我还是非常熟悉的。大家知道民国时期，因为刚刚开放，所有那些留学回来的人都牛极了，牛成什么样？这些人开派对的时候都得说英文，谈文学的时候要说法语，谈哲学的时候还得蹦两句德语词儿出来，以至于冰心曾经写过一篇文章《我们太太的客厅》，就是讽刺以林徽因为中心的这一大批人。在林徽因的家里，这些人每天说着英文，讲着法语，他们甚至还建议过改革中文，中国为什么落后，中国为什么弱，中国为什么穷，就是因为我们这文字不对，我们的文字不好记，难以普及。他们说你看人家二十六个字母多好记，咱几万个汉字记不住，这些海归甚至建议放弃中文，改用拼音文字。我觉得这在当时也没有办法，在那种情况下，大家都在摸索中国要去往哪里，出现这样的问题也在所难免。但是在这些牛气的海归中间，我觉得老舍是最有水平的。老舍是最朴实、最坦诚的一个人，最不矫情、最纯良。他可以说是一位大海归，当时很多海归只是在外留了个学就回来了，老舍还在英国教过书，教了五年，自己阅读了大量的外国文学作品，但是他回来以后写的作品中没有带任何中西合璧的语言。那时候人们常说什么“费厄泼赖”（fair play，公平竞赛的音译）怎么怎么样，远处传来了“梵婀玲”（Violin，小提琴的音译）的声音……这些矫情的海归用着土不土、洋不洋的语言来写作，来说话。海归们当然也看不起土鳖，比如说像很多人就看不起沈从文先生。他们曾经在西南联大的一次会上指责沈从文先生。刘文典就说，陈寅恪先生拿四百大洋我觉得应该，我刘文典拿四十大洋应该，沈从文我觉得拿四毛大洋就够了……这些海归当时就处在那种状态下。

但老舍作为学贯中西的大师，始终保持着自己纯朴的本色。其实文学就是这样，文学最重要的就是写自己最熟悉的东西，就像沈从文写的湘西凤凰，老舍写的故乡北京，都是最本色的作品。老舍还是旗人，他的祖上是正红旗，当然他不是出身皇家，他的出身非常苦。八国联军在北京屠杀时，老舍只有一岁半，他自己因为八国联军翻箱倒柜的时候，被扣在了一个大箱子底下，才活了下来。老舍的作品我就不一一分析了，因为大家实在是太熟悉了。根据老舍作品改编的人艺版的《茶馆》，成为中国有史以来演出时间最久最经典的话剧，一代又一代的话剧演员演这个《茶馆》，演《茶馆》的第一代演员已经把《茶馆》打造成了中国表演艺术家的巅峰之作，直到今天也没有人能够超越。

新中国成立以后，老舍的作品依然写得非常好，像《龙须沟》就充满了北京南城的那种气息。北京城有一个特点，就是它的南城与北城完全不同。北城当年住的全是官宦之家，一代一代的官宦来了又走，把北城建得非常好。而南城一出城门就是外城了，南城始终都是老百姓待的地方，老舍的《龙须沟》讲得就是南城的故事。龙须沟是南城的一条明渠，过去南城是没有下水系统的，整个南城每天那么多人的排泄物都排到这条大沟里，又脏又臭。皇上平时就住在紫禁城里，除了成人礼在雍和宫举行，然后就是去西北方向的各个皇家园林，南城只有一个地儿皇上每年要去一回，就是天坛，因为要去祭天。皇上去天坛得从前门出去，这一块正好是北京最脏、最乱的地方。龙须沟正好就在皇上从前门出去到天坛的路上，龙须沟又脏又臭，那时候皇上又没有防毒面具，要去天坛祭天怎么过去呢？当时没办法，就在龙须沟上架了一座桥，皇上就从桥上边过去。但是走这桥也不放心，皇上又怕人刺杀，或者扔点儿东西什么的。于是就在桥两边建起了很高的栅栏，所以这桥就是从内城开始一直修到天坛的一个桥，因为是天子去天坛祭天时经过桥，所以叫“天桥”，下边就是又脏又臭的龙须沟。老舍的《龙须沟》写的就是新中国成立了，政府把那个南城的龙须沟给填平了，让这里成了美丽的地方。龙须沟的西边就是八大胡同，那边是镖局坊，后来变成了火车站。所以当年的龙须沟就是北京最乱的地方，到处都是贩夫走卒，老舍的《龙须沟》写的就是这么一个地方。

老舍的作品我个人最喜欢的是《骆驼祥子》和《二马》，我觉得这两个作品是最好的。文学作品最重要的其实不是说事儿，我个人认为最重要的是塑造人物，老舍的大量作品人物都塑造得很好，包括《四世同堂》中塑造了那么多人物，个个栩栩如生，后来拍成的电视剧一样是经典。《二马》和《骆驼祥子》塑造的是矛盾的人物，跟天斗、跟人斗、跟自己斗，都是非常全面、非常完整的人物，塑造得非常好。

当然老舍先生最后的结局也非常悲惨。在 1966 年的这一天，老舍先生自尽身亡。大家知道 1966 年是“十年浩劫”刚开始的一年。在“十年浩劫”中没能挺过去的艺术家里，有大量优秀的作家、戏剧大师、电影大师等，但是老舍先生没能挺过去的。按说北京人是最能在这种灾难中挺过去的，应该是那种铁骨铮铮、特别硬朗的知识分子。正常情况下北京人开两句玩笑、说两句笑话，听个相声，给自己解解闷就过去了。但老舍先生这次实在过不去了，可见老舍先生当时是受到了多么深重的迫害，多么难以忍受。老舍先生不光是被外面的人迫害，最重要的是他回到家里，家人都不跟他开口，要跟他划清界限，让他去好好反省。最后老舍先生是有家不能回，只能投湖自尽。在那样的年代里，老舍先生自尽只是千千万万这样的悲剧之一，老舍先生的离去是中国文学界的重大损失。

| 冥王星被降为矮行星 |

在 2006 年的今天，国际天文学联合会确定冥王星从行星降为矮行星，大家以后要注意了，我们小的时候考试叫“九大行星”，人们都已经习惯了。而且中国人老觉得“九大行星”也是最合天理的，因为中国自古“九”就是最高的级数，“九大行星”这数听起来就比较合天命。结果对不起，不是九大行星了，现在是八又二分之一，因为冥王星还算一个矮行星，但是已经不是行星了，大家记住这个小小的知识点。

| 农民起义领袖方腊就义 |

1121 年的今天是农民起义领袖方腊就义的日子。方腊在起义最后被俘，之后被押到了东京汴梁斩首。方腊在历史上其实本来不是特别有名，因为他领导的那个起义并不是很大，宋朝在整个中国历史上还算是比较好的一个朝代，基本上没有爆发过什么特别大的农民起义。大家知道一般各个朝代都是特别穷的时候才会爆发农民起义，如果有口饭吃，人们一般就不会去起义。宋朝是中国历史上最富的一个朝代，那时中国的经济达到了最高峰，南宋的时候曾经创造过最高一亿五千万两的税收，更不要说北宋，北宋那简直是太富有了。大家看看《清明上河图》，北宋人民可以说是安居乐业、生活富足，所以在这种情况下农民起义比较少。而明朝之所以有那么多的农民起义，就是因为明朝的经济状况极差，最好的时候一年的税收收入才几百万两，还不到南宋的一个零头，明朝就是因为经济衰败，最后被农民起义给灭了。

方腊后来之所以会出名，其实是由于一个小小的文艺历史原因。什么叫文艺历史？大家知道小说是从明朝开始的，其实之前没有小说这个文学类型，之前最多的就是赋，赋能记载一点儿小事儿，而小说就能记载特别多的事儿。明朝人开始写小说，那小说里要记载什么呢，总不能写明朝的农民起义吧，这不是找死吗？于是就只能写距明朝比较近的历史、大家还能传下来的一些有意思的事儿。明朝时候的小说《水浒》就是这样写成的，《水浒》的一百零八将都很出名。《水浒》最后就写到了一百零八将去征方腊，这方腊也就跟着出了名，但这已经不是施耐庵的原本了，这些内容都是后来别人续的，现在我们看到的这个版本是续得比较好的。

在这儿我想说一个《水浒》电视剧中的错误，电视剧中有武松独臂擒方腊的情节，也不知怎么弄出这么一出来，可能是因为一个电视剧或者电影作品有自己的规律，主要人物不能太多，所以就都把故事放在几个主要人物身上了，在《水浒》的原著中可是鲁智深擒的方腊。这一点大家要搞清楚。鲁智深的命运有十六个字，其中重要的四个字就叫“遇腊而执”，“执”就是抓住的意思，“遇腊而执”就是他遇到了方腊，并且抓住了方腊，这在他的命里是早就写好的。

后来方腊又在另一部文学作品里大放异彩，这就是金庸的《倚天屠龙记》。因为《倚天屠龙记》里武功最高强的那些明教的大师、高手供奉的就是明教的教主，这位教主就是方腊。《倚天屠龙记》中说方腊作为明教最开始的创教教主，传下来很多高强的武功，包括什么乾坤大挪移之类的。其实历史上的方腊并没有那么厉害，他要是真会乾坤大挪移之类的武功，那在押往汴梁的路上，就直接从囚车里遁地跑了。历史上方腊在被抓住以后押送到了汴梁，在 1121 年的今天被斩首了。

8月25日

《晓松说——历史上的今天》来到了 8 月 25 日。1900 年的这一天，尼采去世；1937 年的这一天，红军改编为国民革命军；1944 年的这一天，盟军解放巴黎。

| 盟军解放巴黎 |

首先来说说美丽的巴黎。我去过全世界那么多的国家和地方，巴黎是我最热爱的，但是巴黎又不是一个能长久居住之地。我心里最热爱的是巴黎，可是最后我还是定居洛杉矶，就是因为法国实在不是一个移民国家，在那儿待久了你总觉得自己是个客人，但到了美国就没有这种感觉，美国什么种族的人都有，在那儿很容易融入当地的社会。巴黎是除了洛杉矶以外，我在国外待过的时间最长的一个城市。我对巴黎也充满了感情，年轻的时候每次失恋我都会跑到巴黎去，因为巴黎最容易缓解那种失恋的落寞。到巴黎一看，那么美的世界，那么好的艺术，那么美味的美食，那么多好看的姑娘，失恋的痛苦就会减低很多。巴黎这座城市经历过几次大的战争，但是始终没有在战争中被毁过。我觉得这也是一个城市的魅力所在，不管敌人在战争中怎么疯狂，但是一旦到了巴黎，都会被巴黎的一切吸引，大家就会觉得毁灭巴黎这样的城市，作为一个人来说是没办法接受的。所以在普法战争期间，德军虽然穿过了凯旋门，在巴黎的大街上阅兵，但是并没有毁灭巴黎的任何东西。

普法战争在巴黎边界以外就已经解决了，巴黎后来只是因为巴黎公社起义打了一下，破坏了一些街垒，但并没有遭遇毁灭性的破坏。大家看雨果的小说《悲惨世界》，当中讲的是另一次革命，里面也讲到了这个巴黎的街垒。巴黎人民在那个年代特别有革命精神，经常会把这个街垒垒起来，放两枪，然后高举一下旗帜，唱唱《马赛曲》等，但都是小打小闹，巴黎始终没有被大规模地毁灭过。

尤其是第二次世界大战的时候，德军也没有大规模地轰炸巴黎，当时巴黎为了保全自己，宣布自己为“不设防城市”。战争中还是有一些战争伦理的，一般情况下你只要说自己是“不设防城市”，而且你真的没有做大规模抵抗，通常就不会被毁灭。巴黎当时被德军占领的时候因为宣布了不设防，所以德军进了巴黎以后就高高兴兴地在凯旋门前阅了一次兵，但是并没有毁灭巴黎的任何东西。德军在二战中犯下了滔天罪行，给人民带来了巨大的灾难，但在占领巴黎的这几年，大家相处得还算比较和平。前面我曾经讲过萨特写的一篇著名的文章，叫《占领下的巴黎》，就是说巴黎人民怎么跟德国军官和平共处。这些德国军官也都很喜欢巴黎，喜欢巴黎的艺术，喜欢巴黎的音乐，还能听得懂歌剧，出去还表现得非常绅士，给女士开门，在地铁里给人让座，巴黎人民都觉得这些德国人还不错。所以巴黎人民为了保持对德军的痛恨，夜里回家就偷偷听听英国 BBC 电台的广播，再培养一下对这些占领者的仇恨。

德国人的个子平均比法国人高很多。法国跟德国这两个国家虽然挨着，但是法国人平均才一米七，而德国人一米九、两米的个子都很正常。我妹妹就嫁给了一个德国人，妹夫一米九六，妹夫的哥哥一米九七。所以这些德军军官来到巴黎以后，巴黎的很多姑娘都觉得这些军官不错，很多有魅力的德国军官和巴黎的姑娘们发生了各种爱情，其中最著名的就是法国的大名媛香奈儿，在战争期间她曾经和一个德国军官谈过恋爱，后来香奈儿小姐创造了著名的品牌

Chanel。在巴黎解放以后，法国政府也曾把所有跟德国军官谈过恋爱的，还有那些向德国军官卖淫的妓女，全都拖出来进行了镇压，当然这种镇压倒是没有那么狠，还没到枪毙的份儿上。这些镜头大家在电影里、资料里面都见到过，就是让这些女人剃了头、游街、往身上泼屎泼尿等，像法国这么骄傲的国家被德军占领那么多年，解放以后泄泄愤也是正常的。当时巴黎的那些“法奸”还是受到了政府严厉的处置，其中包括巴黎的伪市长。在这里要替伪市长说几句，巴黎的伪市长，还有当时驻巴黎的德军司令官，他们对最后保全巴黎其实起到了很大的作用。

当时希特勒在进攻法国的时候就是个疯子，全世界都不愿意毁灭巴黎，但是希特勒愿意，在盟军打到巴黎以后，希特勒就下令毁灭巴黎。其实希特勒下令毁灭的城市有很多，包括毁灭巴黎、毁灭布拉格、毁灭布达佩斯等，毁灭布达佩斯是希特勒下了明确的命令，但这些命令最后一个都没有被执行。这点让我特别感动，因为欧洲是一个有那么多年文明积淀的、有文化底蕴的一个大陆，战争很残酷，大家打得旗鼓相当的时候互相残杀那没有办法，但是当一方败局已定的时候，怎么还能再去毁灭一个城市？据说当时毁灭巴黎的命令传下来以后，巴黎的伪市长专门去找了巴黎的德军司令官，伪市长相当于汪精卫、褚民谊这类人，在我们这儿叫大汉奸，在法国那叫大法奸。巴黎的伪市长就来恳请德军司令官，说虽然盟军来了，我肯定不是被枪毙就是去坐牢，但是作为一个法国人，我还是恳请你能保全巴黎，巴黎是属于全人类的骄傲。那个德国司令官说，我根本就没打算毁灭巴黎，我就没打算执行这个任务。所以最后巴黎市区并没有爆发大的冲突，只是发生了一些小起义，盟军在巴黎外围扫清了德军。

当时巴黎外围的战斗主要是美国将领巴顿将军打的，巴顿将军会说法语，很有文化，后来他在回忆录里还发发牢骚说，我打了这么久，本来还想从凯旋门穿过去阅兵呢，可是他们只让法国军队进去，让我们美军停在外边。因为大家还是要把解放巴黎的这个荣誉让给法国军队。法国军队当时其实很弱，实力跟英美军队相差很远，法军主要由当年从敦刻尔克撤退到英国的一部分军队以及法国在北非的殖民地的一部分军队组成，但是在解放巴黎战斗中，毕竟这是法国军队，大家为了让他们享受这个光荣的时刻，还是让他们冲到前面。在最后阅兵的时候，走在最前面的是由勒克莱尔将军统帅的法国装甲第二师。勒克莱尔将军一直是戴高乐的追随者，所以一直是自由法国军队的重要将领。后面跟着的是巴顿将军手下的一个士兵，也接受了法国姑娘的鲜花和亲吻。现在法国军队每年在 7 月 14 日都要举行阅兵，阅兵的时候都要拿出武器装备来展示，大家看到法国最先进的坦克，也是现在全世界最先进的坦克之一，就以“勒克莱尔”的名字命名，就是为了纪念 1944 年的这一天率军解放巴黎的这位法军将领。

| 红军改编成国民革命军 |

1937 年的这一天，红军改编成了国民革命军。曾经相互厮杀了那么多年，在五次反“围剿”中双方血战，最后打到你死我活的红军和国民革命军，为了抗日，团结了起来，众志成城，共赴国难，红军改编成了国民革命军。国民革命军其实就是政府军，当时叫第八路军，接着很快就改名为第十八集团军，后来因为全国军队整编以后就没有第几路军了，都变成了集团军，但我们传统上还是习惯叫八路军。

红军到底能改编成多大的一支部队，双方其实争执了一段时间，最后经过妥协，八路军改编成了三个师。这三个师在国民革命军的编制中属于比较大的师，每个师下面都各有几个旅，每个旅下面又各有几个团，而不是师直属团的那种小团。因为不同地方的部队大家讲的方言都不一样，为了沟通方便，主要还是按长征时的不同根据地来分这几个师。从江西、福建出发的红一方面军就是中央红军，他们经过了最长时间的长征，也是被整个国民党军围追堵截得最厉害的，出发的时候有八万六千余人，最后到陕北的时候，只剩下了七千多人，这几千人中保留了中央红军跟中央苏区的主要骨干。再加上当时已经在陕北的由刘志丹和徐海东统帅的陕北红军，合成了新的红一方面军，也就是后来的一一五师，全师兵力共一万五千余人。一一五师由中央红军的主要将领林彪任师长，聂荣臻任副师长，整编成国民革命军以后，八路军就没有政委这个头衔了。由长征到陕北的时候，红二方面军大概还剩下了一万余人，这一万余人最后组成了一二〇师，红二方面军的总指挥贺龙任一二〇师师长，副总指挥萧克任一二〇师副师长，全师兵力为一万四千余人。再就是红军当时最强大的红四方面军，红四方面军在川西和红一方面军会师时还有八万人，但由于张国焘的分裂主义路线，先是南下途中遇挫牺牲不少部队，后因西路军失败，大部分将士牺牲在祁连山脚下，最后回到陕北的只剩下一小部分。由于张国焘的错误，最后就没有让红四方面军的总指挥徐向前做一二九师师长，而是从中央红军，也就是红一方面军调来了刘伯承做了一二九师师长，徐向前做了一二九师的副师长，全师兵力共一万三千余人。整个八路军总兵力为四万六千人。

在这儿我给大家讲一个小插曲。当时红军既然改编成了国民革命军，那就可以领军饷了。以前我们和国民党军队相互是敌人，现在变成要从政府里领军饷。当时我们派了一个之前红一方面军的参谋长周昆去领军饷，这在红军中已经是高级将领了，整编成八路军以后，他是一一五师的参谋长。但是新中国成立后大家都没听说过这个人，为什么呢？当时第一笔军饷有六万大洋，大家知道红军一直是非常艰苦的，从苏区开始的长征，包括到了陕北，从来没见过这么多钱，所以这位周昆看到这么多钱以后，一下子革命意志就动摇了。当时还算不错，他稍微还有点儿良心，没有把钱全给卷走，拿了三万大洋给警卫员，说："你把这钱带回部队，我还有点儿事儿。"然后就拿着剩下的三万大洋跑了，当时一个连长的军饷是每月十个大洋，三万大洋是非常多的钱，这个周昆一下子就卷走了三万大洋。在当时确实是有很多革命意志不坚定的逃兵，当然他们最后也受到了惩罚。周昆后来失踪了，有人说是被黑社会杀了，有的说是被镇压了。在抗日战争时期，大家共赴国难的时候，他当了逃兵。当时整编以后不光是周昆，团级干部也有四五个人出现了动摇、叛变。一支革命队伍总是需要这样大浪淘沙，在这一路上从北伐开始，一直到解放战争，有大量的战争意志不坚定的分子，都要被淘汰出去，这个队伍才能生存下来，最终他们战胜了所有的敌人，建立了新中国。

西方现代哲学的开创者尼采去世

1900年，尼采终于坚持到看到了新世纪的曙光，但是那个时候他已经疯了。在1900年的这一天，尼采去世。关于尼采今天就不跟大家多讲了，但是在我读书的年代，作为文艺青年有这么几个标志，大家书包里一定要装着米兰·昆德拉、村上春树的书，以及当时的一本黄皮的《朦胧诗选》，里面有北岛、顾城、海子等人的诗。还有一个非常重要的标志就是一定要在宿舍里讨论尼采，一定要和友谊宿舍讨论尼采。我们当时的友谊宿舍是北大的德语系的同学，两个宿舍的同学见面首先要讨论讨论尼采。所以尼采是一代文艺青年必须要谈论的，大家都必须要看他的《查拉图斯特拉如是说》，必须要在某些时候说到“上帝已死”这样矫情的话。当然今天的文艺青年已经不是这个样子了，我也不知道今天的文艺青年都在看什么。

8月26日

《晓松说——历史上的今天》来到了 8 月 26 日。公元 580 年的这一天，中国发明了厕纸；今天还是我两个好朋友刘欢和黄渤的生日，生日快乐！

| 厕纸的发明 |

我们首先来聊一聊公元 580 年的今天，中国发明了厕纸。大家不要觉得厕纸只是个小东西，全世界所有人都要用到，厕纸的发明也是文明的重要的标志。中国是一个文明古国，我们的四大发明有指南针、火药、活字印刷、造纸术，纸最早就是我们中国人发明的。中国人发明了纸以后用来干什么呢？当然是先用来写字，但是没几年人们就发现纸不光能用来写字，写完字以后如果这纸直接扔了就有点儿浪费了，还可以用来干点儿别的。在用纸当厕所的用具之前，中国人如厕完毕之后用什么呢？用竹片。大家知道在发明用纸写字之前，人们写字用的也是竹片。所以把这两件事儿联系起来就很有意思，一开始人们用竹片写字，用竹片上厕所，后来就改成了用纸写字，用纸上厕所。纸是东汉时期的蔡伦发明的，纸刚开始发明出来的时候非常贵，到了公元580年，中国发明了厕纸，纸的成本才降了下来。公元580年比隋朝建立的时间公元581年还早一年，这个时间比中国的科举时代开始得还要早，那时我们就已经进入了厕纸文明的时代。

我小时候特别反对文以载道，一本书、一篇文章为什么非要载道啊，讲那么高深的道理，我就喜欢看那些闲书。我记得有一个叫李渔的大闲人，他就写过一本闲书，里边什么正经事儿都没有，就是讲怎么扫地能不扬灰，怎么追女孩……其中他还讲了一个特别有意思的事情，就是讲如何在书房当中上厕所，他说："如果在书房里摆一个马桶，那这个味道就会影响文思，当文思泉涌的时候突然闻到这种味道，文章写得就不漂亮。可是如果要出去如厕的话，回来该写什么又忘了。那我发明了一个好办法，就是在书房的墙上钻一个洞，在洞那边放一个竹片，当文思泉涌的时候突然急着要出恭，就跑到洞那儿向外面撒泡尿。"中国这知识分子天天就琢磨这个。

厕纸虽然是中国人发明的，但是当时在中国并没有得到普及。其实不管是在中国，还是在西方，在那么漫长的封建社会中，所有的新发明、所有的好玩意儿都是给有钱人用的。西方的有钱人就是贵族阶层，中国的有钱人就是士大夫阶层。但是公元580年的时候，西方还处于那种很蒙昧的状态，那时候西方贵族不要说用厕纸了，他们连纸都没有。而我们这些中国的贵族自古以来就非常会享受生活，在大家还用竹片上厕所的时候，贵族们就已经开始用丝绸了，厕纸发明以后贵族就从用丝绸改成了用纸。

我曾经研究过当年皇家的马桶，中国的马桶在那个时候远远超过西方。西方的马桶、下水系统等都是后来才有的。在中世纪的欧洲，大家都是早晨起来直接就把那些东西从窗户泼到外头去，这都是真事儿，还曾经出现过由于下大雨，泼的东西太多，差点儿把人淹死的事情。中国的皇家一直都很讲究，皇家的马桶讲究两点，一个是不想看见，一个是不想嗅见。怎么才能做到不看见呢？马桶的下边放一层水银，大家知道水银有这种功能，就是固体掉进去以后，它就淹没在水银底下找不着了。这个味道怎么解决呢？用羽绒，现在大家都穿羽绒服，以前这东西用在皇家的马桶当中，用非常软、非常细的羽绒铺在水银上面，羽绒非常吸味，所以这固体掉在水银中看不见了，气味也被羽绒吸走了。

皇家当时的如厕用具是丝绸手帕，皇家贵族就是这么奢侈。后来有了纸以后，大家就改用纸了。

上面说的这些当时只是贵族们在用，普通老百姓什么时候才开始用上纸的呢？我记得小时候我妈带我去乡下看，让我去了解农村，我们那一代人受的教育都是一定要了解贫下中农，所以我五六岁的时候，就跟家里人去农村。我去的是北京的农村，北京的延庆，还不是非常贫困的农村。当时贫困成什么样子？不要说纸了，连吃的东西都很少。我记得村民们冬天就是吃很硬的玉米面饽饽，除了玉米面饽饽之外，就是白薯，因为白薯的产量高，一亩地能够产很多。村里的老乡说："你们是城里来的，你们吃这个玉米面饽饽吧，我们吃白薯。"我吃了一口，根本就咽不下去，我说："得了，叔叔阿姨们，我来吃白薯吧。"因为当时觉得烤白薯还挺好，但是大家别以为这是城里的烤白薯，偶尔吃一顿行，你顿顿吃试试。我在农村待了三天，天天吃烤白薯，吃到最后都往外漾酸水。

在农村最可怕的事儿就是上厕所，那是我小时候最尴尬的一次，因为都习惯了上城里的厕所，结果一看这农村的厕所什么也没有，就后面墙上铺了一块石头，后来我们还专门发明了一个词，说这叫"发愤图强"。我还记得当时上厕所是什么样，那时正是春节的时候，大概是初五初六，天还下着雪，地上有雪，我在雪地里蹲着行走了大概有五十多米，一直摸到人家堆玉米秆子的垛那儿，那儿有很多玉米叶子……

再说一件和厕所有关的事情。一直到现在，包括在上海、北京等大城市的公共厕所里，居然还没有普及卫生纸。我觉得这也是体现一个国家或者城市文明的重要方面，中国的GDP现在已经世界属一属二了，你就差这点儿卫生纸吗，怎么公厕里就没有呢？在国外，像美国每个厕所里至少有两种纸，大多数的时候还会有三种纸。我记得我们的公共厕所里以前也试着放过卫生纸，北京还专门报道过，说我们搞旅游吸引人家来，外国游客想不到上卫生间要自己带纸，当然中国人自己知道，人家游客想不到，进去完了就很尴尬。但是我们这个国民素质也确实有点儿问题，公共厕所里一放纸，很快就被消费完了，后来没办法就把纸都收走了。当时还统计了一下，居然每一个北京市民到公共厕所里平均消费八米卫生纸，八米长的纸啊，写一长卷都够了，可见这个国民素质，这还是北京这样的大城市！我小时候确实也体验过，在北京前门开第一家肯德基店的时候，快餐店里的饮料都是随便添，餐巾纸放在桌上随便拿，国外的肯德基店都是这样，不光肯德基，很多餐厅都是这样。在前门开这家店的时候一开始也一样，但后来饮料首先不能随便添了，因为很多时候一大桌人就点一杯，然后大家去随便添。后来那纸也不能随便拿了，我坐在那儿就亲眼看见各种人进来以后拿一包揣起来走了，我当时觉得非常难过。所以有时候人家问我："你为什么跑美国去？"我就和人开玩笑说："美国的厕所里有纸。"

所以大家看，我们最先发明了火药，但最后我们被船坚炮利的西方用火药打败；我们最先发明了指南针，但是西方用我们发明的指南针进入了大航海时代，首先发现了这个世界的新大陆；厕纸也是我们最先发明的，现在去西方每个公共厕所里都有厕纸，反而在我们的公共厕所里没有厕纸，这说起来是一个多么伤感的事情啊！

再说几句关于抽水马桶的故事，抽水马桶最早是在英国发明的，在伊丽莎白女王一世的时候，苏格兰跟英格兰还没有统一呢，在1595年的时候英国就已经发明了抽水马桶。中国的第一个抽水马桶出现在上海，印象中是当年跑到上海来发财的犹太人带来的，犹太人当时跟着英国人一起来到开埠后的上海做生意。犹太人来了以后，不但建了外滩这些宏伟的建筑，而且还在里面装上了抽水马桶。上海虽然在那时候就有了抽水马桶，但普通百姓还是没有用到。我小时候住在上海，上海有一条小河叫俞泾浦（俗称横浜），上面有座桥叫横浜桥，我就是在横浜桥边长大的，那儿的所有人都是早晨起来把马桶倒进这条小河里的。其实北京也是，虽然皇家的生活非常奢华，但是一出前门就是又脏又臭的龙须沟，这个我上一期在讲老舍的时候已经说过了。所以真正的现代化，真正的文明，不是少数人的文明，不只是皇家贵族士大夫的文明，而是每一个老百姓都平等地拥有了这些代表文明的东西，这才代表着一个国家的文明和进步。

| 跨界明星刘欢和黄渤生日 |

下面来说说我的两位好朋友刘欢和黄渤，今天是他们的生日，刘欢哥生日快乐！黄渤弟生日快乐！这两位有一个共同点，今天正好跟大家聊一聊，两位学的都不是自己现在从事的专业，但两位都在各自的领域做出了很高的成就。有时候我在这儿讲历史，有人就会问："你不是搞音乐的吗？术业有专攻，你搞音乐的讲什么历史？"我就跟他说："对不起，说我搞音乐也不对，我在清华大学读的是无线电专业，我是学雷达的，要非说术业有专攻，那我搞音乐也不对，我应该去干军工，我应该在一山头上，冲着四面八方发射雷达波。"所以人生在世，根本不是你大学学什么你将来就得干什么，我觉得最重要的是你喜欢什么，小时候埋在你心里的那颗种子在什么时候发芽。你小时候培育起来的那块土地，它适合干什么，有的地就适合种鲜花，你非种老玉米，那它就长不好，它就只能长出那种鲜花。这才是人生最重要的追求，你要找到自己心里慢慢发芽的那颗种子，发现自己到底热爱什么。

刘欢是国际关系学院学法语的，国际关系学院也是中国最好的外语院校之一，刘欢学的是法语，跟音乐一点儿关系都没有，但是刘欢却成为大家公认的歌坛老大哥。刘欢不但歌唱得好，他的曲子也写得好，琴也弹得好。我跟刘欢的关系特别好，经常去他家喝酒，喝着喝着他就开始弹琴。他的家里全是乐器，刘欢最高兴的事儿就是弄到了新的乐器，这时候他就会打电话说："晓松，你快来，我又弄了个新乐器，你过来看看。"有一回特别逗，他拿出一个破镲来，这镲一敲声音特别难听，我说："这有什么好？"他说："你不知道，这是朝鲜的很古老的一件乐器，就叫破镲，我专门收回来的。"刘欢是一个疯狂热爱音乐的、非常优秀的音乐家，但是他是学法语出身的。

黄渤今天也是影视圈公认的最好的演员，连"之一"都应该去掉。他已经向大家展示过饰演各种各样不同角色的能力，可以说是演得入木三分，我觉得在他之前大概只有葛优、姜文一两个老一代的演员能做到。黄渤作为最优秀的演员，其实并没学过表演。黄渤是歌手出身，最初是唱歌厅的，到处跑场子、走穴、唱夜场，非常艰苦，后来才出来演戏，最后演成功了。所以我经常跟大家讲其实如果热爱文艺，根本不需要去什么专业学校，当然学一学也没坏处，但是其实不是非要去表演系学表演才能当演员。

我最喜欢的演员葛优也没上过电影学院、戏剧学院学表演，葛优就是子承父业，葛优的父亲就是著名的演员葛存壮，葛优大概先天就有这种表演的基因，最后他进入全总文工团，成为文工团里的团员。我小时候看过的电影里，葛优经常会露一脸，演一个小汉奸、小伪军军官什么的，后来慢慢演成了戛纳影帝。

香港演员梁朝伟不光是我热爱，他也是那么多女生最热爱的演员。梁朝伟他们当时在无线艺员班里接受了一些培训，当时叫“无线五虎”，这是一个非常短期的培训，其实最重要的就是筛选。但是梁朝伟、刘德华，甚至唱歌的张学友，戏都演得非常好。香港也没有培养导演的地方，但是大家看看香港有多少好导演、大导演，像王家卫导演、陈可辛导演等。

所以我觉得要搞艺术不是非要去艺术院校学，艺术院校也不可能把一个资质平平的人教成一个艺术天才，全世界没有一个艺术院校能做到这一点。就像我说的全世界也没有一个音乐学院教你怎么作曲，音乐学院的所谓作曲系其实就是编曲、配器，就是你有了一个旋律以后，怎么去把贝斯的旋律写好，把小提琴的旋律写好，但是没有一个音乐学院的教授能教你如何做到脑子里突然闪现出贝多芬《第五交响曲》那样的灵感，他要能教你这个，他就是贝多芬，实际上贝多芬本人也没能教出一个，这些东西是没办法学的。

我在这儿给大家讲一个音乐学院的段子。说有一个作曲系毕业生，死活也写不出一部交响乐，第二天就要教作业了，他就去请教教授怎么才能一天之内写出一部交响乐。教授估计当时也喝多了，就说：“只有一个办法，就是你拿一个现成的交响乐，倒着抄一遍，把最后一个音符当成第一个，倒着抄完就是一部交响乐。交响乐一共四个乐章，你给它倒过来就行。”他说：“太好了，谢谢教授。”回家一找，手头只有教授的交响乐，于是就把教授的作品倒着抄了一遍，第二天就把作业交了。结果这曲子一演奏，竟然是贝多芬的《第五交响曲》，原来这教授的作品就是把贝多芬的作品倒着抄了一遍，这学生又给倒着抄回来了。

所以说没有地方能教给你这些东西，我们流行音乐圈这些泰山北斗级的人物里，罗大佑是学医的，还行过医。还有今天讲的刘欢、黄渤。所以，音乐也好、戏剧也好，表演、导演也好，尤其是导演和表演都是没有童子功的，音乐、绘画、舞蹈还需要点儿童子功，但是表演和导演都不需要。没有一个家长说七岁让孩子学表演去吧，也没有一个家长说六岁让孩子学导演，这是靠自己的才华，靠对生活的理解，尤其是我刚才说的，要靠你心中的召唤。不是每个人心中都能感受到这种召唤，那颗种子能在心中发芽、感受到那种召唤的人，我觉得都是老天眷顾的人。所以我们自古就说这一行中“老天爷赏饭吃”的都是最优秀的人，“祖师爷赏饭吃”的这些人一般就是科班学出来的，只能混口饭吃，只有“老天爷赏饭吃”的才是天才。

祝刘欢、黄渤两位生日快乐！

8月27日

《晓松说——历史上的今天》来到了 8 月 27 日。在 1939 年的这一天，人类历史上第一架喷气式飞机飞上天空。1979 年的这一天，路易斯 · 蒙巴顿去世。

| 世界上第一架喷气式飞机首飞 |

1939 年的今天，德国制造的世界上第一架喷气式飞机飞上了天空。实际上这个喷气式飞机的专利是英国人的，英国早在 1928 年就首次提出飞机依靠喷气推进的理论，而德国又于 1937 年制造出世界上第一台涡轮喷气发动机。但是英国这些以蒙巴顿为代表的老贵族反应非常迟钝。像坦克是英国人发明的，结果英国人最后被德国坦克打得屁滚尿流。航空母舰也是英国发明的，但英国的航空母舰也远远不如日本和美国。这喷气式飞机也是英国人发明的，20 世纪 30 年代就获得了专利，但英国军队上上下下根本就没有拿这个当回事儿。德国人后来居上，德国制造的第一架喷气式飞机于 1939 年首先飞上了天，而且二战的时候，最早投入战斗的喷气式战斗机也是德国的 Me-262 战斗机。英国一看德国后来居上，都有了战斗机，才赶紧于 1941 年弄了一种叫“流星”的战斗机参战。所以二战的时候有两种喷气式战斗机参加了战斗，但这两种战斗机并没有碰上面，后来到了朝鲜战场才算碰上头，以后我们有机会再讲。

| 路易斯·蒙巴顿伯爵去世 |

下面我们就来谈一谈路易斯·蒙巴顿。在各种各样的记载当中，他的爵位也有各种各样的说法，有蒙巴顿公爵、蒙巴顿勋爵、蒙巴顿伯爵等，因为他们的家族非常复杂，所以各种说法其实都有道理，也有可能给弄混了。下面我先介绍一下他复杂的贵族身世，路易斯·蒙巴顿可以说是一个“富二代”式的纨绔子弟，一路坑蒙拐骗，最后成为一个大人物的最典型的标本。所以我们要好好讲一下这个“富二代”是怎么发迹的。

路易斯·蒙巴顿出生在标准的欧洲一级贵族家庭，父亲是德国亲王，是维多利亚女王的外孙。这维多利亚女王可以说是欧洲的“贾母”，全欧洲的帝王都是她的子嗣。蒙巴顿的母亲跟欧洲皇室的关系也非常密切，是维多利亚女王的外孙女，她的一个表哥是英国国王，另一个表哥是德国的皇帝，姐夫是俄国的皇帝，妹夫是希腊的国王。蒙巴顿的父亲是德国的亲王，因为娶了维多利亚女王的外孙女，还放弃了德国国籍，加入了英国国籍，并且一直做到英国第一海务大臣，成为指挥英国海军的最高指挥官。后来一战开战以后，蒙巴顿的父亲就辞职了，因为再怎么着他原来也是一个德国人，不能指挥英国的整个舰队。蒙巴顿就是出生在这样一个家庭，他生下来就是含着金钥匙长大的，一直就是娇生惯养。二战期间蒙巴顿之所以能够飞黄腾达，跟他表哥英国国王乔治六世有很大的关系。

贵族出身的人有两种，一种是非常体面，就是确实秉承了贵族各种各样的传统，丘吉尔就是其中之一。但是丘吉尔的贵族出身跟蒙巴顿家族是不能比的，蒙巴顿家族是那种顶级的贵族，蒙巴顿儿女们的教父、教母就是英国的国王和王后。英国贵族有一个传统，就是儿子们长大以后必须要到海军服役，所以现在英国皇家的王子全都要去做海军，因为海军对于大英帝国来说是最重要的。

蒙巴顿和所有皇家的成员一样，十三岁就进了皇家海军学院，但他这一路除了闯祸就没干过一件正事儿。他先是指挥一个小艇航行，但在艇上他都忘了自己不是艇长，直接去发号施令，后来被艇长发现以后臭骂一顿，最后被调离了这个艇。蒙巴顿又去了战列舰，在一战的时候，他就在皇家海军最重要的指挥官贝蒂上将的旗舰“雄狮”号上做助理，然后又到“伊丽莎白女王”号上当助理，他其实就是去混各种好评。蒙巴顿的母亲是伊丽莎白女王的外孙女，他表哥就是国王，每个舰长都给他好评，说他如何如何勤勉。其实他什么也不干，他第一就是爱吹牛，第二特别爱嫁祸于人，一点儿担当都没有，有功劳往自己身上揽，有过错赶紧往别人身上推。

二战的时候，蒙巴顿以极为年轻的岁数火箭般地升迁，他先是当了一艘驱逐舰的舰长，这驱逐舰舰长上面还有巡洋舰舰长，巡洋舰舰长上面还有航空母舰舰长，航母舰舰长上面还有战列舰舰长，战列舰舰长上面还有分舰队司令，上面还有舰队司令，再往上才是战区司令官。但蒙巴顿从驱逐舰舰长开始一路升迁，最后一直升到了战区司令官，大家看看他这升迁的速度有多快。他在当驱逐舰舰长的时候，先是连连闯祸，当时他去挪威打仗，也没见到什么敌人，然后就在十级海况的情况下，居然把驱逐舰的时速开到二十八节，一节相当于一点八公里，时速将近五十多公里。这其实就像“富二代”飙车，蒙巴顿是飙军舰，居然飙到十级海况二十八节，舰艇已经摇成五十度了，他自己还特高兴。本来他应该受处分，但也没人处分他，结果他就更来劲，经常在海上飙他那艘军舰。有一次他撞到别的驱逐舰上，还撞过两次水雷，按说应该被撤职，接受军法审判，结果他不但没有事儿，还升了官，最后一直升到指挥整个英国对法国、挪威海岸袭扰等战斗的总指挥官。前面我们讲的迪耶普登陆战就是由他指挥的，在这次登陆战中加拿大军队被全歼，当然蒙巴顿在指挥中有各种各样的失误，但是丘吉尔始终罩着他，丘吉尔最后居然把他指挥的这场完全失败的登陆战，说成是“经验的宝藏”。这话就看你怎么说，你说他失败，军法审判也可以，你说不是失败，说这场战争为后来的诺曼底登陆积累了很多经验，那他还立了功了。

这个时候蒙巴顿还只是少将，紧接着就是各大盟国在东南亚和日本打得不可开交，盟军需要一个东南亚战区的总司令。当时英国列出十个候选人，包括地中海的英雄坎宁安上将、中东的总司令韦维尔上将等，都是一批英国上将，根本就没有蒙巴顿，结果这些上将全都被丘吉尔以各种理由否定。英国国王当时是在旁边看着，他跟丘吉尔的关系特别好，到了任命东南亚战区总司令的时候，有那么多的上将，任命谁都会有各种各样的意见，因为他们各自都有自己的派系。最后丘吉尔想了一个主意，任命蒙巴顿，因为他没有自己的派系，任命他好像大家都没有意见，于是排到前十名的上将都没有被任命，最后却任命了这个完全不合格的蒙巴顿。于是蒙巴顿直接火箭般地当上了东南亚盟军的总司令，他当时才四十岁，六十岁的史迪威，还有一大堆五六十岁老将归他指挥。

蒙巴顿到了东南亚战区以后，也没人爱听他的，他自己又特别好大喜功，他在东南亚做过的最厚颜无耻的事情就是在英帕尔战役中干的。英帕尔战役是英军在印度边境和日军打过的最大的一仗，这是非常重要的一场战役。在英帕尔战役期间，整个前敌的总指挥是英国的另一位著名将领斯利姆，斯利姆将军在前线指挥，可以说是大破日军。蒙巴顿不要脸到什么程度呢？凡是斯利姆将军下过的命令，他都重新再下一遍，这些命令就是从东南亚盟军总司令部下来的，跟斯利姆的命令一模一样。其实这对战斗根本就没有用，但是蒙巴顿知道这个东西能记录在他的档案里。最后他的档案中记录的这些命令都是他下的，而且都很正确，天下竟然有这么不要脸的人，这么去山寨别人。最后他的参谋长实在看不下去了。大家知道英国军队的指挥官大部分都是贵族，贵族都非常有荣誉感。蒙巴顿的参谋长严厉地批评了他，说："蒙巴顿你大贵族出身，怎么能干这种事情？斯利姆将军指挥的战役，你竟然都记录在你的档案里。"最后他也实在不好意思，还认了错、道了歉，说："我这个总司令就是个摆设，你们打吧，反正我也不懂。"于是他自己就跑到斯里兰卡度假去了。所以英帕尔战役的后半截，他就在斯里兰卡度假，前线都是斯利姆将军在打。后来斯利姆将军指挥的英军以及史迪威将军指挥的中国驻印军反攻成功，驻印军打通了滇缅公路，打回到中国，获得了大胜利。

但蒙巴顿自己策划的事儿就没有一件能成功的，这人就是一个妄人，经常胡思乱想，整个英国指挥阶层的所有军官都知道这个人就是神经病。在英美魁北克会议上，英美两军的所有参谋长一起联席讨论怎么打仗，两国的领袖也都出席了会议。就在这种时候，蒙巴顿拼命地想让英美两国领袖相信冰可以造航母，他说："我用冰就可以造出航母，我可以造出无数艘航母，冰制的航母可以在海上开，在航母上飞机也可以起飞。"这简直是胡闹，航母上要用那么多的油、弹药等的东西，火药往冰上一放冰就全化了。可蒙巴顿不这么认为，他就坚定地认为冰能够造出航母来。

蒙巴顿最后还捡了个大便宜，那么多的将领拼命打赢了东南亚战区，整个东南亚的日军在新加坡向盟军投降，是他作为盟军总司令，在新加坡接受了日军总司令的投降，光荣极了。因为这次战争的胜利，他从原来的勋爵，被晋升为伯爵。国王也特别高兴。国王说："你看，我们家的孩子完全是因为战功、因为仗打得好而晋升了伯爵。"所以蒙巴顿以前是勋爵，后来被晋升为伯爵，但也有人说"蒙巴顿公爵"。其实这"蒙巴顿公爵"说得并不是我们这儿讲的这个蒙巴顿，蒙巴顿的家族很大，这个"蒙巴顿公爵"说的是他外甥。他的外甥娶了伊丽莎白二世女王，那当然就是公爵了。他叫爱丁堡公爵，当然也姓蒙巴顿，所以这个"蒙巴顿公爵"说的是他外甥。

蒙巴顿到最后还给南亚人民留下了深重的灾难，这个路易斯·蒙巴顿最著名的就是他提出的"蒙巴顿方案"。在印度独立的时候，蒙巴顿任印度总督，当时印度殖民地包括了印度、巴基斯坦、孟加拉等这么大一块地方。不到五十岁的年龄，居然能做到英国最大殖民地的总督，你想这人多厉害？蒙巴顿被任命为印度总督以后，制订了一个"蒙巴顿方案"，这个方案弄得非常奇怪，他把原来的印度殖民地分成了两个独立的国家，其中印度在中间，巴基斯坦在两边，一个叫西巴基斯坦，一个叫东巴基斯坦。还有更差劲儿的，就是他把印巴北部的一大块地方克什米尔弄成了一块是非之地。他说："这块地方我不划归任何国家，克什米尔地区所有的王公贵族、酋长什么的你们自主选择，看你是自愿加入印度还是巴基斯坦。"你说这不是纯属捣乱吗？结果印度和巴基斯坦都去做工作，让这些酋长选择他们。蒙巴顿最后走了，印度独立了，巴基斯坦独立了，但遗留下来的克什米尔的问题导致了严重的民族矛盾。克什米尔当时的情况是80%的人信伊斯兰，这些人都自愿加入巴基斯坦。可是克什米尔的王是信印度教的，他想加入印度。为了克什米尔，印度和巴基斯坦两国大战，战到最后把巴基斯坦给肢解了，东巴独立了，变成了后来的孟加拉国，这就是路易斯·蒙巴顿在印度殖民地干的最后一件坏事儿。

最后蒙巴顿回到了英国，他到处去求人说，你让我当总参谋长吧，因为我要最骄傲地退役。最后他真当了总参谋长，他的军职做到了英军最高的参谋长，可以指挥所有的英军，但他也没干什么，然后退休了。退休以后，1979 年的时候，蒙巴顿乘坐游艇出去玩。1979 年是爱尔兰共和军最猖狂的时候，他们每天在伦敦放炸弹，这一天爱尔兰共和军竟然在路易斯·蒙巴顿伯爵的船上放了炸弹，把蒙巴顿伯爵炸死了。后来撒切尔夫人执政，才开始猛烈地镇压爱尔兰共和军。这就是一个“富二代”的一生，最后在自己的豪华游艇上被炸死了。

8月28日

《晓松说——历史上的今天》来到了8月28日。1963年的这一天，马丁·路德·金发表了著名的演讲《我有一个梦想》；1916年的这一天，第一次世界大战中，意大利向德国宣战，德国向罗马尼亚宣战；今天还是著名导演大卫·芬奇的生日，生日快乐！

| 马丁·路德·金发表《我有一个梦想》|

首先说说《我有一个梦想》，这是全世界最最著名的演讲之一，甚至可能不是“之一”，而是全世界最最著名的演讲，因为它发出了人民最最真实的呼声。马丁·路德·金的这篇演讲感动了全美国人民，也感动了全世界人民。其中有一句最著名的话，马丁·路德·金说：“我梦想有一天，这个国家会站立起来，真正实现其信条的真谛：‘我们认为这些真理是不言而喻的，人人生而平等。’”在美国建国近两百年之后，马丁·路德·金说出了这句振聋发聩的话，美国人民受到了极大的震撼，大家才第一次回头想想美国建国的时候的理想，居然到这一天还没有实现。

1963年华盛顿的这次有二十多万人参加的大集会，距林肯发表著名的《解放黑奴宣言》有一百年的时间。1862年7月22日，林肯向内阁宣读了《解放黑奴宣言》的初稿。林肯虽然解放了黑奴，但黑奴当时还没有投票权。在格兰特总统时期黑人才获得了投票权，但是那时候黑人的投票权也只是一个表面的权利。一直到20世纪60年代，黑人在整个南部还是受到歧视。马丁·路德·金最重要的几次战斗都跟黑人受到的歧视有关。马丁·路德·金第一次领导大家参与的斗争就是由于“蒙哥马利乘车事件”，当时在美国南部各州，尤其是阿拉巴马州、佐治亚州，始终保持着对黑人的种族隔离政策。在阿拉巴马州的蒙哥马利市，就是马丁·路德·金生活的这个地方，一直规定在乘坐公共汽车时白人和黑人要隔离开坐。1955年12月1日，有一位黑人妇女坐在了白人的位子上，白人来了以后要她让座，她坚决不让，于是这名黑人妇女就被逮捕了。这名黑人妇女被逮捕以后，在马丁·路德·金的带领下，黑人爆发了大规模的抗议。如果不废除种族隔离政策，全体黑人就坚决不坐公共汽车。大家知道白人通常都有钱，大部分白人都有自备汽车，在一九二几年的时候自备汽车就在白人中普及了。所以公共汽车其实主要就是黑人来坐，但是它就是要划出一半的区域给白人，即使没有白人坐，黑人也不能坐在这个位置上。最后在马丁·路德·金的带领下，黑人们坚持了三百八十多天，坚决不坐公共汽车。马丁·路德·金和印度的国父甘地有点儿像，他倡导非暴力抗议，不用打砸抢的方式。最后在黑人们的坚决抵制下，公共汽车公司实在经营不下去了。联邦法院最终通过裁决，判决种族隔离政策是非法的。这是马丁·路德·金带领黑人的第一次战斗，这次战斗胜利以后，黑人就可以和白人一样平等地乘坐公共汽车了。

接下来马丁·路德·金又领导了黑人的“入座运动”。美国在艾森豪威尔时期，黑人学生就已经和白人学生同校了，但是双方冲突不断，冲突最激烈的时候爆发了“小石城事件”，白人拿着枪守在学校门口，黑人如果敢去学校，就开枪打。在这种情况下，艾森豪威尔总统还曾经派出空降师士兵护送黑人上学，黑人和白人在南部各州才实现了同校。虽然实现了同校，但是在大学校园里依然歧视黑人，学校里所有的咖啡厅、超市等都不让黑人学生进。于是马丁·路德·金又率领大家，发动了一次规模浩大的“入座运动”，就是我就要去学校的咖啡厅，我就要去学校的超市买东西，而且我要得到平等的服务，如果被拒绝服务，那我就坐在这儿，我不喝咖啡，也不喝水，我就坐在这儿写作业。当时无数的黑人学生响应他的号召，非常礼貌地到咖啡馆去：“请给我来一杯咖啡。”白人服务员说：“我不能为你服务。”然后黑人学生就坐下来写作业，无数的黑人大学生因此被捕进了监狱。马丁·路德·金又提出一个号召说：“我们把监狱填满。”所有的黑人就全都坐到咖啡厅里，虽然你抓了我，但我又没犯什么罪，你也判不了我，最多在监狱里待几天而已，慢慢地这件事情就越闹越大。

一直到了1963年的这一天，为了纪念解放黑奴运动一百年，马丁·路德·金率领大家“向华盛顿进军”，二十多万黑人跟随他来到了华盛顿，很多白人都参加了集会，最终有数百万人参加，聆听了马丁·路德·金发表的《我有一个梦想》的演讲。这个演讲不但感动了美国人民，也感动了肯尼迪总统。肯尼迪总统在白宫接见集会人员代表的时候说：“我也有一个梦想，这不光是你们的梦想，也是我的梦想。”实际上马丁·路德·金是当时民权运动最重要的领导人，后来在他死后的一些年，其他民权运动的领导人开始揭他的一些老底，说马丁·路德·金有一些个人生活问题，但是我觉得这都是不重要的。最近一次全美国人民投票选出的美国最受尊敬的人的排行榜中，马丁·路德·金依然排在前三名。

由于马丁·路德·金的努力，美国国会迫于强大的压力，终于在1964年通过了《民权法案》，从此之后黑人才真正地在所有地方和白人平等了。大家想想，一个以“自由、平等”作为立国宗旨的国家，在1776年的《独立宣言》就写下了“人人生而平等”的名言，但直到1964年，才通过了《民权法案》，真正实现了平等。

实际上在美国南部各州，到今天仍然还是有种族隔离的现象，但是这种种族歧视的表现形式已经和当年不一样了。现在你再到美国南部的一些州，就会发现有些城市全是白人，有些城市全是黑人，大家干脆就不住在一起了，这实在是世世代代的阴影影响太大了。在美国的少数州，有些种族隔离和歧视政策在20世纪70年代才废除，就包括北卡州。在北卡州，底层的黑人在生育以前要经过智商测试，智商不够的，要进行强制绝育，这种政策直到20世纪70年代才废除。当然北卡州是美国很怪的一个州，北卡州人民到今天都坚决认为自己是北卡人，不是美国人。

马丁·路德·金是美国最伟大的民权运动领袖，他在发表了《我有一个梦想》的著名演讲之后的第二年，也就是1964年，获得了诺贝尔和平奖。马丁·路德·金也遭到了白人种族主义者的仇视，在1968年的时候，他在田纳西州孟菲斯的一次演讲中，被一个白人种族主义者刺杀了。马丁·路德·金被刺杀之后，不光是黑人，全体美国人都群情激愤。为了纪念马丁·路德·金，他去世的日子也成为了美国的公共假日，这也是第二个以个人名字命名的美国公共假日。到现在为止，全美国的公共假日中以人的名字来命名的也只有三天，第一个纪念日就是纪念华盛顿，还有一天就是纪念林肯总统。马丁·路德·金纪念日也是美国人民最重要的日子，说他是美国历史上最伟大的黑人，一点儿也不为过。不光是美国的黑人怀念他，美国全体人民也都怀念他，迈克尔·杰克逊的歌中就多次唱过马丁·路德·金。纪念马丁·路德·金！

| 意大利向德国宣战，德国向罗马尼亚宣战 |

下面讲一讲第一次世界大战。第一次世界大战于1914年夏天爆发，1918年秋天结束。1916年的时候第一次世界大战只打了一半，我们的历史书上说，一战完全就是一场为了利益而进行的战争，这一点我完全同意。1916年的今天，意大利向德国宣战，德国向罗马尼亚宣战。这些国家之所以开战，其实都是因为它们旁边的这个大帝国——奥匈帝国。奥匈帝国周围的国家都对它蠢蠢欲动，大家都在那儿算计着各自的利益，看能分得多少领土。所以“一战”根本没有什么正义、不正义之说，一战的时候德国不是法西斯，意大利也不是法西斯，德国当时也没有想要毁灭别人，一战纯粹就是双方擦枪走火打起来的。一战可以说是奥匈帝国的阴谋，就是为了维护奥匈帝国的统一。大家知道一个大的帝国，到晚期苟延残喘的时候，国内的民族纷纷要独立，通常就会选择对外战争。这其实就是在赌博，如果对外战争赢了，那就能重新凝聚起这个国家，如果对外战争输了，那大家就只好一拍两散。

所以奥匈帝国实际上在一战中起到了最坏的作用，一战最开始就是因为奥匈帝国的皇储斐迪南大公在萨拉热窝被刺杀。一开始其实各国也都没把这个当回事儿，德国的皇帝继续在外休假，英国、法国也没当回事儿，但是奥匈帝国内部的一些阴谋家，当时其实也是为了让这个奥匈帝国能够继续生存下去，就开始谎报军情。他们骗了德国骗英国，骗了俄国骗法国，然后导致各个国家慢慢斗起来，本来各方都没有开始战争的准备，不像二战的时候，二战是所有的国家剑拔弩张，大家早就知道终有一战，最后才打起来了。而且二战是全世界讨伐法西斯的正义战争，一战不是，一战首先是由奥匈帝国挑起来的，各国最后被迫投入了战争，大家全部都是为了利益。当时意大利为什么向德国宣战，就是因为意大利在算计着奥匈帝国南部的一些领土。德国为什么向罗马尼亚宣战，就是因为罗马尼亚算计着奥匈帝国的特兰西瓦尼亚，也想趁奥匈帝国弱的时候抢占些领土。特兰西瓦尼亚这个地方很著名，大家看到在所有的吸血鬼电影里，吸血鬼都是从特兰西瓦尼亚来的。在西方你一说特兰西瓦尼亚，大家都会先比画一个手势，就是因为吸血鬼是从那儿来的。

在1916年的这一天，大家完全是因为各自的利益而在同一天宣战。中国后来也向德国和奥匈帝国宣战，部分也是因为利益，希望英法能给我们更多的援助，弄回更多的利益。其实我们跟德国有什么仇，德国跟中国一直还算友好，我们最后也跟着宣战。又如开战之初日本就向德国宣战，也纯粹就为了太平洋上那些作为德国殖民地的岛屿，以及德国在中国山东的各项权益和在青岛的租借地，所以大家之间根本就没什么仇，也没什么正义、不正义之说，全都是在那儿算计。当然那全都是统治者在算，最后牺牲在前线的一千万人都是普通的民众，这些土地最后是占了也好，失了也好，其实跟人民都没什么太大的关系。所以“一战”是一场肮脏的战争，这是我必须要讲的一句话。

|《纸牌屋》导演大卫·芬奇生日|

今天是大卫·芬奇导演的生日，生日快乐！我经常看到有特别牛的导演拍出特别牛的电影，再一看人家竟然是六零后，我就觉得特别汗颜。还好大卫·芬奇导演比我大了七岁，可是他在很多年前就已经拍出了非常好的电影，也是载入美国电影史册的电影。大卫·芬奇导演的《七宗罪》和《搏击俱乐部》至少能排到美国电影的前二三十名，这两部电影应该说不是主流好莱坞电影，但是这是能给好莱坞增光的电影，《七宗罪》和《搏击俱乐部》不是通常的那种商业电影，而是具有非常深刻的思想和非常强的创新意识的电影。这两部电影我都分别看了不下五遍，希望大家有机会也去看看。

《七宗罪》是把《圣经》当中的故事搬到了今天，把人性进行了残酷的剖析，几乎剖析到了令人毛骨悚然的地步。《搏击俱乐部》也是这种风格的电影，小说的作者本身就是美国现代文学的最重要的旗手之一，他后来还写了《肠子》等的作品，都是那种非常精神分裂的主题，这哥们儿本人我就觉得有点儿精神分裂。《搏击俱乐部》可以说是精神分裂电影的开山鼻祖，这部电影基本上是把精神分裂外化了。电影中一直是两个人在演，看到最后大家才知道，其实就只有一个人。布拉德·皮特演的那个人其实就是他心里的魔鬼，结局令人极为震撼。在这之前只有希区柯克碰过一点儿这种主题，但希区柯克拍的主要还是一些侦探电影。

大卫·芬奇导演后来又拍了差点儿获得奥斯卡最佳影片奖的电影《社交网络》，但是我觉得这部电影没有前两部好。《社交网络》讲的是 Facebook（脸书）的创始人扎克伯格的真事儿，其实真事儿要拍成好的电影非常不容易，但大卫·芬奇导演拍得还不错，这部电影也得了三项奥斯卡奖。大卫·芬奇最新的火遍全球的作品不是电影，而是一部电视剧。大家知道这些年美国电影其实非常不景气，虽然票房还可以，但是整个影片的质量比之前下降了很多，原创力严重下降。大家看到年度票房前十名的电影几乎全是以前电影的续集，什么《加勒比海盗 3》，什么《变形金刚 4》等，这就说明这个国家的电影原创力不够，全靠拍续集生存。这些年得奥斯卡奖的电影也都不是什么伟大的电影，好多大导演都转行去拍电视剧。马丁·斯科塞斯也去拍了电视剧，大卫·芬奇也去拍了电视剧，李安现在也去拍电视剧了，大导演都拍电视剧去了。这也使美剧这两年蓬勃发展，不光是质量，美剧敢于突破创新的能力都远远超过了电影。

大卫·芬奇拍的就是著名的美剧《纸牌屋》。但是美剧有个特点，就是所有的大导演都只拍前两集，因为美剧都是拿前两集跟电视台对赌，看这两集的收视率怎么样。如果收视率过了线，后面就能往下接着播，如果收视率低，两集以后就自然拿下了，所以头两集就恨不得拿出全季预算的一半请大导演拍。马丁·斯科塞斯拍的是头两集，大卫·芬奇也是拍头两集，李安也是拍头两集。在这儿我教大家一个看美剧的窍门，大家先看前三集。因为前两集肯定精彩，都是大导演拍的，到第三集就换个小导演，预算也降低了，如果第三集基本能保持前面的水平，那全季就都能看了。如果第三集一看质量明显下降，那后面就别看了。大卫·芬奇拍的《纸牌屋》，在 2013 年的美国艾美奖上获得了剧集类最佳导演奖。这部电视剧严重揭露了美国政治的腐败，大家有机会的话可以去看看。

8月29日

《晓松说——历史上的今天》来到了8月29日。在1910年的这一天，日本正式吞并朝鲜；在1982年的这一天，著名演员英格丽·褒曼去世。

|女神英格丽·褒曼去世|

先来说说美好的吧，说说全世界男人心中的又一位女神英格丽·褒曼。好莱坞在它的黄金年代专门造就这种类型的巨星，但是在今天已经极少见了，这些巨星的出现可以说是因为那一代的大导演们功不可没，是他们捧红了这些巨星，每一个巨星不但美到极致，而且还美得各有不同，这实在是太难得了。对于英格丽·褒曼我只能用“完美”两个字来形容，不管你怎么看，就是你把脸贴到大荧屏上去看，她都堪称“完美”。好莱坞的女星中奥黛丽·赫本的美是那种极为清纯的美，玛丽莲·梦露的美是那种充满风情的美……美得各有特色。那个时代的男星，像克拉克·盖博、格利高里·派克、加里·格兰特等，也全都一个人一个样，而且永远都会印在你的脑子里。可是现在的好莱坞明星，我使劲儿去想，也想不起来他们有什么特色，总觉得特别“寡相”，也就是中国人常说的都不喜庆。

英格丽·褒曼是继葛丽泰·嘉宝之后，又一位在好莱坞成名的来自瑞典的天王巨星。葛丽泰·嘉宝是默片时期的明星，后来有声电影出现之后，嘉宝慢慢就被淘汰了。葛丽泰·嘉宝跟英格丽·褒曼是不能比的，英格丽·褒曼堪称“完美”，唯一让大家觉得有点儿不足的就是她的个子有点儿太高了，差不多有一米八几，以至于很多男演员跟英格丽·褒曼演戏的时候，都得在脚底下垫一个箱子。好莱坞那个时代的电影基本上是中景镜头，镜头分割得少，大量的镜头都在膝盖以上。今天的好莱坞电影已经变成了要么是大的特写镜头，要么就是一个特别远的远景，那种跳的镜头特别多。那时候的电影镜头都是在膝盖以上摇来摇去，其实那时在男演员的脚底下都踩着一个箱子，要不然和褒曼根本没办法接吻。

褒曼最著名的电影是《卡萨布兰卡》，以前也翻译成《北非谍影》。《卡萨布兰卡》不但是一部伟大的电影，而且因为这部电影还诞生了一首著名的情歌《卡萨布兰卡》，这首歌后来也成为全世界流传最广的情歌。英格丽·褒曼演了很多希区柯克类型的电影，这是一个大系列的电影。大家知道希区柯克是好莱坞有史以来最有名的导演之一，好莱坞很少用导演的名字命名一个类型的电影，但希区柯克就开创了用自己名字命名的电影类型，只要今天再拍这样类型的电影，大家就会说这个很希区柯克，意思就是这个很悬疑。英格丽·褒曼演了一系列的希区柯克类型的电影，包括我们最早引进中国的《煤气灯下》等。她曾先后三次获得奥斯卡奖，最难能可贵的是，在她已近六十岁的时候还出演了《东方快车谋杀案》。她在《东方快车谋杀案》中饰演一个老太太，其实戏也不多，后来获得了奥斯卡最佳女配角奖。她是一位一生热爱银幕的好演员。

但是作为一名好演员，通常都有点儿在生活中过于浪漫、过于不切实际的特点与个性。其实特别实际的人也演不了电影，电影演得好的人一般都充满激情，都相信全世界是浪漫的，相信世界是充满真善美的。英格丽·褒曼也是这样，她一生结了三次婚，尤其是她跟随罗西里尼私奔这件事儿，当时震动了美国。美国那时候还不像今天，今天你结八回婚、你私奔、你干吗都没有人管你，那时候的美国还比较保守。英格丽·褒曼在和意大利著名导演罗西里尼恋爱以后，全美国人民都愤怒地谴责褒曼。罗西里尼是意大利新现实主义电影“三驾马车”中最重要的导演之一，英格丽·褒曼和罗西里尼在拍戏的过程中相恋了，这在电影圈中其实很正常。有才华的导演年轻、英俊，和大美女女一号演员发生了感情，这种事儿在电影圈可以说是层出不穷。在今天大家都觉得这种事儿无所谓，但那个时候全美国人民愤怒谴责褒曼到什么程度，国会开会时甚至有议员站起来谴责她，说这个女演员怎么能跟一个意大利导演私奔，一个演员私生活的事情居然上升到了国会开会讨论的地步，可见英格丽·褒曼在美国的地位有多么高。

之后英格丽·褒曼被美国宣布为不受欢迎的人，1949 年她就离开了美国，为了爱情到了意大利。意大利当然没有好莱坞这样的电影工业了，所以那几年英格丽·褒曼只出演了几部罗西里尼拍的电影，也没取得什么特别大的成绩。直到八年以后，她演的电影《真假公主》又获得了奥斯卡奖，但她也没回美国去领奖，代她上台领奖的是她的好朋友加里·格兰特。又过了十多年，英格丽·褒曼才回到了好莱坞，再次出现在了奥斯卡颁奖礼的舞台上。虽然美国那些保守的议员、保守的宗教分子讨厌褒曼，但是好莱坞是艺术家的天下，没有人在乎褒曼之前的事情，所以当英格丽·褒曼十年后再次出现在奥斯卡颁奖台上颁奖的时候，整个颁奖现场全体起立，长时间地向她热烈鼓掌，这就是电影圈的团结和温暖。

英格丽·褒曼在意大利期间和罗西里尼生了三个孩子，其中有一个叫伊莎贝拉·罗西里尼，今天也很有名。伊莎贝拉·罗西里尼也是在拍戏的时候，爱上了一个导演，就是美国纽约学派大导演大卫·林奇。大卫·林奇曾经拍过《我心狂野》《蓝丝绒》，《蓝丝绒》这部电影就是伊莎贝拉·罗西里尼主演的，其中还有她在纽约街头裸奔的镜头。这真是西方人的观念和东方人不一样的地方，自己的老婆主演，还要让她在街头裸奔，看到这样的镜头我都傻了。伊莎贝拉·罗西里尼同时也是非常有名的模特。纪念英格丽·褒曼！

| 日本吞并朝鲜 |

1910 年的这一天，日本正式吞并朝鲜。日本这个民族在很长时间里，就跟着了魔一样，真的是成了一个邪恶的民族。今天你去日本，看到的日本民族是非常文明、非常平和的状态，这是战后通过文明的宪法以及一整套文明的制度塑造起来的。但当时的日本民族为什么那么邪恶呢？很多人都觉得难以想象，就像大家难以想象出现了那么多伟大的诗人、伟大的音乐家、伟大的哲学家的德意志民族，怎么会进行如此惨绝人寰的种族屠杀，居然能拿人油去做肥皂，拿人皮去做灯罩……日本民族也是，在那个邪恶的年代做了很多邪恶的事情，在 1910 年日本吞并了朝鲜。

1894 年中日之间爆发的甲午战争其实就是为了朝鲜，再上溯到明朝，中日之间为了朝鲜就曾经大打过两次，但是两次都是中国战胜了日本。在甲午战争中，其实日本的实力也不如中国，但是日本打败了中国，占领了朝鲜。占领朝鲜以后，日本并没有马上吞并朝鲜，因为日本要稍微做个样子，所以日朝之间一步一步地签了很多协定，日本先拿了这个权，又拿了那个权，然后拿了外交权，最后把朝鲜境内的所有其他的外国人都赶走了。到了 1904 年、1905 年的时候，在日俄战争中，日本打败了俄国，震撼了世界，一个亚洲小国打败了全世界最大的沙俄大帝国。这样日本就没有后顾之忧了，东北也全是日本的了，于是它就开始对朝鲜一步步进逼。到了 1910 年的这一天，终于签订了《日韩合并条约》，日本彻底地撕下了那些伪善的面具，正式把朝鲜吞并了，朝鲜变成了日本真正的殖民地。

在这之前，朝鲜国王还偷偷摸摸派人到海牙国际法庭去申诉，弱国经常都会寄希望于帝国主义搞的这些什么国际法，但是在那个时期，强权就是道理，那是一个弱肉强食的丛林时期。日本根本不管什么海牙国际法庭，在 1910 年就把朝鲜吞并了。朝鲜被吞并以后，朝鲜国王后来也被日本人毒死了。毒死国王这种事儿在中国历史上也出现过，当年那个伟大的诗人南唐后主李煜就是被毒死的。一个国家如果在灭国之后，只要这个国王还爱这个国家，还思念着旧国，那必定是没有好下场的，你要不想死那就得学阿斗，阿斗当年就是乐不思蜀，所以可以苟活下去。朝鲜的国王被毒死以后，朝鲜人民深切地怀念他们这个爱国的国王。之后朝鲜人民一直在不屈地抗争。

日本在占领朝鲜之后对朝鲜进行了残酷的统治，除了一份小小的官方报纸可以用朝鲜文出版，朝鲜所有的报纸、杂志、书刊必须用日文出版，所有的学校改用日语做国语。朝鲜也不是一个小民族，朝鲜民族也有数千年的历史，现在这个民族居然要被日本人彻底灭族，这简直是太残酷了。当年日本人在台湾也推行过这条政策，就是在台湾也必须学日语，台湾后来的老一代人很多就只能说日语。朝鲜人民和中国台湾地区的人民一样，坚决抵抗，到 1919 年的时候，还爆发了人民大起义，但起义被日本人残酷地镇压下去了。起义的时候就成立了大韩民国。起义被镇压以后，这批爱国志士流亡到上海，就在上海马当路上一条普通的石库门弄堂里建立了大韩民国临时政府。这个流亡政府干什么呢？就是不停地刺杀日本的高官、大将。早在临时政府成立之前的 1909 年，主持签订《日韩合并条约》的伊藤博文就在哈尔滨被朝鲜的爱国志士安重根所刺杀。后来在著名的“一·二八”淞沪抗战结束后不久，在上海的虹口公园，朝鲜志士尹奉吉刺杀了日本大将白川义则。当时朝鲜也没有别的办法，只能靠刺杀。最后这个大韩民国流亡政府在上海也待不下去了，先后又流亡到浙江、江苏、江西等地，抗战的时候又流亡到重庆，一直坚持到二战结束，才回到朝鲜。但当时朝鲜的局势已经非常乱了，这个大韩民国流亡政府的领袖金九，回到朝鲜后就被刺杀了。

二战以后，位于朝鲜半岛南部的大韩民国的这些政府首领都是亲美的。这个政府是由日本关东军中的一帮朝鲜军官组成的，这些人还不是流亡政府那帮人。大家知道朝鲜成了日本的殖民地之后，有很多朝鲜人也加入了日军。以李承晚为代表的这一票南朝鲜后来的领导人，都是关东军中的朝鲜籍军官。

朝鲜这个民族的身边没有一个弱小的邻居，周围有一个巨大的俄国、一个巨大的中国和一个巨强巨狠的日本。朝鲜这样一个小国夹在三个大国中间，所以朝鲜人养成了非常倔强，但是同时又非常凶悍的性格。朝鲜人在加入日军后，在日军侵华的战争中也犯下了累累罪行。因为朝鲜人当时属于被欺负的，为了泄愤，他们在中国犯下了严重罪行，那完全不是歧视，歧视是你弱我强我歧视你，但现在是你来欺负我们，我们没办法，痛恨你。当然今天中朝也建交了，中朝人民也结下了友谊，但那个时候在华的朝鲜人当中也有不少犯下了很多罪行。

由于朝鲜长时间地被日本统治，所以导致了大量的日本移民留在朝鲜，当然战后都被强制遣返日本了。当时还有大量的朝鲜移民到日本去当劳工，后来他们就留在了日本，一代、两代地繁衍下去。但到今天，在日本的朝鲜人还是受到日本人的严重歧视。因为日本是个单一民族的国家，也就是大和民族，其他民族在日本都会受到歧视，包括中国的移民也一样受歧视。这些朝鲜人的后裔在日本出生，连朝鲜话都不会讲，只会说日语，但是日本人始终把他们叫作 Zainichi（朝韩裔日本人）。Zainichi 就专指在日本生活的朝鲜人的后代，其实这些朝鲜人的生活和日本人比起来，已经没有任何区别，但是依然受到歧视。Zainichi 后来还办了自己的学校，在学校里这些朝裔还分成南派和北派。北派的在学校里挂上金日成的像，学习金日成语录，南派则挂着李承晚的像。大家都在一个学校里，但关系错综复杂，由此也导致了这些朝韩裔人在日本过着非常悲怆的生活。

在这些朝韩裔日本人中诞生了一位优秀的导演，叫崔洋一，大家把他说成日本导演，其实看他的名字就能看出来他是 Zainichi。他拍了几部重要的电影，像《血与骨》《月夜行车》等。在电影《血与骨》中，日本著名演员北野武饰演的就是一个 Zainichi，大家有机会可以去看一看，非常残酷。Zainichi 导演在日本算是一个小流派，包括崔洋一导演、行定勋导演等，行定勋导演拍的《GO! 大暴走》，大家有机会可以去看看。日本今天还算是一个自由的社会，大家都可以表达自己的想法，这些电影在日本也比较有影响。

8月30日

《晓松说——历史上的今天》来到了8月30日。1945年的这一天，美国五星上将道格拉斯·麦克阿瑟抵达日本；1990年这一天，史学大师钱穆逝世。

|美国五星上将道格拉斯·麦克阿瑟抵达日本|

1945年8月15日，日本天皇宣布投降，日本人民通过电台第一次听到了天皇的声音，他们知道日本已经战败了，日本已经投降了。十五天之后，也就是8月30日，日本人民陷入到极度的恐慌中，因为自己曾经痛打过他，而他也曾痛打过自己，两边势同水火，美国五星上将麦克阿瑟将军飞到日本。日本在宣布投降以后，就一直在非常紧张地等待着，因为他们不知道敌人要怎样惩罚自己。当年日本对美军、对中国、对盟国，都犯下了累累罪行，这罪行是要清算的。在太平洋战争开始的时候，麦克阿瑟将军是驻菲律宾美军的总司令。菲律宾当时是美国的殖民地，日本南进的时候，曾在菲律宾和美军爆发了多次大战，一直打到巴丹半岛。麦克阿瑟将军最后实在打不下去了，被迫撤离了菲律宾。他离开菲律宾的时候说了一句话："我一定会回来的。"麦克阿瑟将军将他的助手温莱特中将留在菲律宾，自己回到了美国。最后美军在巴丹半岛弹尽援绝，向日本投降，温莱特中将在监狱里被关了三年多。日本在菲律宾作战期间还对美军战俘进行了残酷的迫害，美军战俘可以说是一路走、一路死，稍微走不动了日军就用刺刀刺，美军战俘有无数人都死在路边，后来史上称之为"死亡行军"。日本人还对美军采用了变态的酷刑，把美军战俘身体上一部分的皮割下来，缝在战俘的嘴上。日本民族在那个时代就是一群野兽、一群禽兽，所以美军非常痛恨日军。

麦克阿瑟将军回到美国后一直没忘记总有一天要报仇雪耻，并且要实现他"我一定会回来的"这句承诺。麦克阿瑟将军是美军的老将、名将，当年是西点军校的校长，在美军中影响极大。他也是美国二战中的几位五星上将之一，而且是资历最高的一位。美国的这几位五星上将涉及陆军、海军、空军，麦克阿瑟最起码排在陆军五星上将中的第一、第二位，和艾森豪威尔将军是齐名的。实际上美军最后反攻日本的时候是由海军五星上将尼米兹将军指挥，当时的战术是沿着从中太平洋战区的一条轴线，由东向西进攻，从塞班岛、硫黄岛、冲绳岛一直打到日本就可以了。但是由于麦克阿瑟崇高的威望，美国专门为他建立了一个西南太平洋战区，从西南往东北打，实际上当时根本没必要这样去打。就是因为麦克阿瑟将军说一定还要回到菲律宾，所以最后才爆发了二战中规模最大的莱特湾海战。在菲律宾的吕宋岛，麦克阿瑟将军和号称"马来之虎"的日本陆军大将山下奉文打得一塌糊涂。其实当时只要美军把冲绳占领了，或者把台湾占领了，在菲律宾的几十万日军，包括海军都回不来了。因为当时美国的海军可以说是百倍强于日军，美军根本不需要打到菲律宾去牺牲那么多人。就是为了让麦克阿瑟将军实现自己的诺言，才不得不这样做。最后麦克阿瑟将军在全世界媒体的拍摄下，和菲律宾总统一起走出登陆艇踏上菲律宾的土地，并自豪地说："我又回来了！"麦克阿瑟将军戴着那种大墨镜，拿着一个玉米芯儿做的烟斗，非常有大将风度，但就是为了这句诺言，美军付出了惨重的代价。

麦克阿瑟将军和日本人有着血海深仇，1945 年 8 月 30 日，麦克阿瑟将军代表美国来到日本。日本人一看麦克阿瑟来了，敌人来了，曾经被我们欺负过的、被我们折磨过的美军将领来了，他一定要为他的部下来报仇……日本人恐惧极了。麦克阿瑟将军来到日本以后，天皇第一次走出了皇宫亲自来到了麦克阿瑟的官邸，据说天皇是前来向麦克阿瑟谢罪的。麦克阿瑟将军还挺客气，专门走到门口来迎接，据说天皇还以为自己要跪着进去，因为东方的伦理就是“胜者王侯败者寇”，我败了就得跪着，我为鱼肉，你为刀俎，随便你怎么处置我。没想到麦克阿瑟将军却非常友好地把天皇迎接进去，天皇简直是受宠若惊，赶紧说，我对于给贵国以及盟国各国人民造成的深重的战争灾难表示道歉，日本军队给世界各国人民造成的所有灾难也由我一人承担。天皇这时候也只能这么表示了，不然怎么能称得上是“天皇”，他说一切都由他来承担。但凭什么都由你来承担？这么多战争罪犯，你能承担多少？你一条命能抵中国三千五百万条命吗？麦克阿瑟将军说，战争的责任自然有人来承担，这个你不用都大包大揽在自己身上，但是你先不要着急，你继续当你的天皇。麦克阿瑟将军顶着美国国内的巨大压力，保留了天皇。因为他觉得日本这个民族，只有保留天皇才不会涣散，才可以重新和平地建设起来，日本才能不再走军国主义这条路。所以麦克阿瑟将军首先在日本做了两件重要的事情，第一就是顶住压力，保住天皇的位子；第二就是惩处战犯。当时日本战犯们有各种各样的表现，有歇斯底里的，有束手就擒的。

日本在那个时候还发生了大饥荒，当时日本已经是国破家亡、一穷二白。不光是广岛、长崎遭受了原子弹轰炸，美国还曾经对东京进行过多次大规模的燃烧弹轰炸，燃烧弹的威力并不比原子弹小，一颗原子弹能炸死几万到十几万人，而对东京的燃烧弹轰炸最多的一次也能炸死八到十万人，并造成一百万人无家可归。因为日本的房子大多是木头建的，美军指挥轰炸的司令柯蒂斯·李梅说不能像轰炸德国那样轰炸日本。美军轰炸德国时动用了大量爆破弹，因为德国都是厚墙的大石头建筑，都是大教堂，所以轰炸德国要用那种特别大的爆破弹爆破。大家看到欧洲战争的资料，都是整面整面的石头墙倒下来。但日本全是小木头房，后来李梅下令用燃烧弹来轰炸日本，结果燃烧弹一投，所有的木头房全都开始燃烧，东京、大阪、神户几乎都被夷为平地，整个日本差不多除了京都和奈良外全部差点儿被毁灭，日本变得一穷二白，什么都没有留下。日本当时穷到什么程度？国会开会要吃午餐，议员的午餐就只有南瓜粥。

美国人民恨日本人其实远远超过了恨德国人。德国实际上并没有把美国怎么样，也没屠杀过美国人民，也没折磨过美国人民，而且美国人中第二大移民的种族就是德裔，艾森豪威尔将军本身就是德裔，所以美国对德国根本就没那么多仇恨。而美国人民对日本不一样，日本可是偷袭过珍珠港的，日本人在美国珍珠港杀了那么多美国人，在战争中虐待美国战俘等，对美国人民犯下了累累罪行，所以美国痛恨日本人。美国人在珍珠港都树着大牌子，要“杀鬼子、杀鬼子、杀鬼子”。麦克阿瑟将军因为日本发生了大灾荒就要救济日本人，美国人就说：“为什么要救济他们？他们活该，罪有应得。”当时麦克阿瑟将军承受了来自美国国内的巨大压力，但他凭自己个人的崇高威望，最后逼着美国运来了三百五十万吨粮食，逼着美国拿了二十亿美金对日本进行经济援助，那时候的二十亿美金是非常非常值钱的。当时三十五美元就可以买到一盎司黄金，即老秤一两黄金（十六两制）。他不但对日本进行经济援助，而且坚定地严令登陆的四十万美军不许报复日本。在美国的宣传中号称：“四十万美军登陆日本，但秋毫无犯。”你要说美国军队秋毫无犯，我不相信，我们小时候看的日本电影《人证》，那里面就专门讲了美国大兵怎么强奸日本姑娘，还生了混血儿。但是美国在日本也发现了一个很有意思的现象，就是日本人民其实非常守纪律。日本人民对天皇极端崇敬，天皇说投降，那日本人民就全都投降了，既没打游击，也没搞针对美军的各种破坏、暗杀，这也是麦克阿瑟将军保留天皇的重要原因。如果没有天皇，日本就有可能乱了，有可能打游击，有可能出现各种各样的问题。

三天之后，也就是9月2日，就在“密苏里”号战列舰上（这艘军舰现在就停在珍珠港），由麦克阿瑟将军代表全体盟国用了五支笔签了日本投降书。当时各国都派了代表，中国派出的代表就是徐永昌将军。在日本签署投降书之后，麦克阿瑟做的最重要的一件事情，就是为日本制定了一部宪法，这部宪法一直沿用到今天。在麦克阿瑟帮助日本制定的这部宪法中，西方的三权分立和民族自由的价值观念都体现了出来，并且做了很多符合日本国情的调整，但坚决取消了一个主权国家应该有的“宣战权”。其他的东西，能向日本妥协的就妥协了，但是关于“宣战权”坚定地不向日本妥协。麦克阿瑟将军还把美国的教育制度移植到了日本，这对改造日本民族起到了非常重要的作用，也是麦克阿瑟将军高瞻远瞩的地方。

最后用美国教育制度洗脑出来的一代又一代的日本年轻人，几乎完全摆脱了日本军国主义这套东西，所以教育洗脑是最重要的。后来日本有一个右翼作家叫三岛由纪夫，三岛由纪夫是那个军国主义年代的人，非常怀念日本的武士道精神和军国主义精神，最后为了表明怀念军国主义，三岛由纪夫在1970年11月25日当众剖腹自杀。大家知道剖腹自杀是日本武士道最重要的意识，三岛由纪夫当时是在东京的自卫队驻地，面对近一千名自卫队队员先发表了10分钟的演说，猛烈抨击战后禁止日本重新武装的和平宪法，然后再剖腹自杀。他以为这些自卫队员会像以前的官兵一样，群情激昂地响应他的狂热主张。就是因为麦克阿瑟将军坚决地把美国的教育制度移植到日本，使日本的年轻人全是在美国化的教育中长大，结果三岛由纪夫最后剖腹自杀的时候，一千名自卫队员只是在一旁静静地观看着，没有一个人狂热，也没有一个人去追随他。这一千名自卫队员全都冷冷地看着三岛由纪夫，觉得这个人怎么了，为什么非要在这儿剖腹？所以教育洗脑是非常重要的。

日本和德国有一个很大的区别，就是今天日本的右翼全是老人，日本右翼一出来游行，大家一看全都是老头、老太太，几乎没有年轻人，年轻人已经完全接受了美国那套思想，自由、平等、人权等。麦克阿瑟坚定地打掉了日本的教育制度，移植了美国的教育制度，给日本民族做出了巨大的贡献。后来在朝鲜战争的时候，麦克阿瑟将军和杜鲁门总统的观点不一样，麦克阿瑟非要用原子弹轰炸中国，杜鲁门不同意，所以就将他撤职了。日本因为朝鲜战争，经济开始复苏。可以说朝鲜战争极大地帮助了日本，因为美国离朝鲜太远，所以美军就把日本当作后方的基地，大量的后勤物资、医疗物资等都需要日本供应、日本生产，日本的经济一下子就被战争带了起来，所以日本是朝鲜战争中最大的受益者。据说1951年麦克阿瑟将军被撤职要回国述职的时候，他只通知了极少数的日本高官，结果当他乘车离开官邸的时候，他吓了一大跳，许多日本市民从他的官邸开始一直列队到机场欢送他。日本市民充满了对他的崇敬和热爱，大声呼喊“大元帅，大元帅，大元帅”，以此表达对麦克阿瑟元帅极度的崇敬以及感谢他带给日本人民的一切。

| 中国史学大师钱穆去世 |

1990年的这一天，我本人最崇敬的中国史学大师钱穆去世。我是非常热爱历史的，几乎读过历史学家的各种各样的著作，当然有的观点不错，有的观点荒谬，有的没有观点，有的是被强制洗脑的观点。我觉得历史细节怎么考据是第二位的，最重要的就是一个人的历史观。在所有的历史学家中，钱穆大师的历史观是我个人最喜欢的。尤其是钱穆大师有关中国秦汉之后就再也没有封建社会的论述我完全认同，因为“封建社会”这个词就是个舶来品，那就是西方的东西。西方确实没有科举这种政治智慧，所以西方从来没有什么科举考试，平民最后当大官，甚至当到宰相的从来都没有，就是靠贵族通婚世袭进入上流社会，以至于后来全欧洲都是一家子。西方的这种制度才真正叫“封建制度”，就是把你分“封”在这儿，你就在这儿“建”城当世袭贵族进行统治，也就是“封”“建”，这叫“封建制度”。我们中国曾经也有过封建制度，就是在西周与东周的春秋时期，基本都是姓姬的，有一两个姓姜的，但主要都是姓姬的一家子“封”到整个中华大地上的各个小国，包括郑国、卫国、鲁国等。但是到了汉代以后，中国就开始进入到了另外一个时期，比如说汉的时候就可以通过“举孝廉”去当官，这就已经不是贵族分封了，到南北朝时期的“九品中正制”，也是推荐人上来做官。中国从隋朝时期正式开始科举考试，科举制度可以说是全世界最有智慧的政治制度，从宰相开始，所有的官员都是平民通过考试考上来的。所以我们中国并不是封建社会，我们相当于是一个通过考试建立的“问责制”的官僚社会，所以当时我们中国的体制是一个远远领先于西方的非常优秀的体制。包括我们的“官吏分开制度”，要做官的一定是通过考试的，没有通过考试的只能是吏，“吏”永远也做不了“官”，要做官就得去考试，这是很先进的一种制度。

钱穆先生把整个中国历史曾经仔细捋了一遍，他写的《国史大纲》大家应该去读一读。我猜钱穆先生当时也是出于不忿，因为当时的民国是被海归知识分子所统治的，一般的知识分子没有留过学就非常受歧视。我之前讲过沈从文先生受歧视，因为他没有留过学。钱穆先生也没有留过学，而且是自学成才。所以钱穆先生对于海归带回来的那一套西方理论都不太认同，于是就建立了自己的这一套中国的体系。钱穆先生的知识非常渊博，在他差不多八九十岁的时候，眼睛已经盲了，但他靠口述写出了最后的巨著，叫《晚学盲言》。《晚学盲言》完全是看透了整个中国的历史，看透了中国这个社会，是非常值得读的一本书。

钱穆先生出生在江南大世家钱家。在宋朝之前的五代十国时期，割据浙江苏南一带的是吴越国。这个国家的国王就姓钱，其开国君主叫钱缪。在此后的一千余年间，钱家可以说是英才辈出。就拿近百年来讲，就有钱玄同、钱锺书等。钱家还有做外交的重要人物，像钱其琛也是钱家人。钱家做科学的那更是如雷贯耳了，两弹一星最重要的这几位，有钱学森先生、钱三强先生、钱伟长先生，这全是钱家的人。一直到获得诺贝尔奖的钱永健先生也是钱家的后代，还有在《百家讲坛》上讲课的复旦大学历史教授钱文忠先生。所以钱家差不多是能跟孔孟家族有一拼的大家族，而且英才出得比孔孟家族还要多，钱穆先生就是钱家的骄傲。

8月31日

《晓松说——历史上的今天》来到了 8 月 31 日。1449 年的这一天，发生了土木堡之变；1944 年的这一天，华沙人民起义；1997 年的这一天，戴安娜王妃去世。

| 土木堡之变 |

首先来说说土木堡之变。这段历史在我们的历史书中有明确的记载，并且在一本大畅销书《明朝那些事儿》中也讲了很多。《明朝那些事儿》是我一个很好的朋友当年明月写的，因为他喜欢明朝，所以他把明朝写成这儿也好、那儿也好。由于他这本书，使得年轻一代都对明朝有特别大的热情，以至于上次我在这儿说明朝“三无”——无名将、无名君、无名士，遭到各种人臭骂，说历史不是这样的，其实这主要是因为《明朝那些事儿》这本书对大家的影响。《明朝那些事儿》中很多都是作者个人的观点，其实跟那些伟大的朝代相比，明朝确实不是一个伟大的朝代，可以说是一穷二白。我多次讲过，到南宋的时候中国的岁入，也就是年收入，可以到六千万贯，而明朝的时候只有几百万两。再看看你能说出什么明朝的大诗人、大词人？明朝的小说也还不算是能登上大雅之堂的东西，今天我们说“四大名著”，明朝的小说还完全不能与之相比，实际上罗贯中的时代也不能和唐宋八大家时去比。明朝的将领也没有特别厉害的，他们就没打过什么像样的仗，在这次土木堡战役中五十万明朝大军最后全军覆没。如果把明朝打过海盗的戚继光和汉朝的卫青、霍去病大名将相比，我觉得也差着一个档次。但是就因为《明朝那些事儿》这部书，才使大家对明朝比较感兴趣。

总的来说，明朝是一个比较窝囊的朝代。其中最窝囊的就是明朝出的那几个大名人，这些人不是什么大名将、大名士，而是大太监。世界历史上最富有的人的排行榜中有教皇，有各种各样的人，其中就有明朝的大太监，可以说是富可敌国。明朝出了正、反面的大太监，都是中国历史上第一的。中国最贪的大太监刘瑾就是明朝的，已经列入全世界最富的人，大概能排前五名。中国最牛的大太监也是明朝的，就是郑和，郑和当年下西洋，已经到了肯尼亚了。明朝还有最坏的大太监魏忠贤，坏得简直一塌糊涂，罄竹难书。除了这些人之外，明朝还有一个像刘瑾一样贪、像魏忠贤一样坏的大太监王振，今天要讲的土木堡之变，就是他干的。其实我有时候也觉得特别奇怪，太监怎么都能坏成这样？如果说太监是因为生理问题，才有各种各样变态的东西，那在别的朝代也有太监，偶尔也有比较坏的太监，但是像明朝那种层出不穷的、那么多的坏太监，还真是少有。我觉得这首先是明朝皇帝的问题。在这儿我们说的只是几个大的太监，明朝的时候最多有十万太监，遍布全国的每一支军队的监督都是太监，去收税的是太监，特工部门也是太监，东厂、西厂都是太监。明朝完全是一个被阉割了的朝代。

当然不管怎么样，还是有很多民族主义的年轻人会说，明朝是我们汉人的朝代，不管怎么样也是我们汉人的朝代好。其实我觉得评判一个朝代的好坏，要看人民的生活过得幸福不幸福，如果人民生活不幸福，即使皇帝就是汉人那又怎样，那也要批判，要推翻。如果人民生活幸福、安居乐业，即使是康熙、乾隆这样的满族皇帝当政，那一样也是好的朝代。我自己作为一个自由主义知识分子，坚决不会以种族来评论一个朝代的好坏。明朝的皇帝总的来说是有严重缺陷的，比较好的皇帝数不出来几个。大概也就永乐帝还算不错，但他皇帝的位子还是篡夺来的。崇祯帝还算是勤勉，但是大厦将倾，他也无力回天。剩下的明朝大部分的皇帝都是有各种缺陷的，这一大堆有缺陷的皇帝，就导致了一大堆本身就有缺陷的太监被任用，大家混在一起，才弄出了这么一个怪胎一样的朝代来。

王振在进宫前原本是个知识分子，但他觉得考举人、考进士有点儿难，后来他一想要么干脆我给自己阉了得了，这样就可以直接进宫了。这人一旦有这样的想法，首先就说明他的本性是有问题的。在王振进宫之前，明朝的宫里总的来说还是比较遵守太监制度的，当时宫门上专门挂了一块三尺铁牌，上面写着“内廷干预外事者斩”，就是内廷里边的人谁都不许干预国家政事，之前这个制度执行得还比较好。明朝有一个小小的优点，就是始终没有出现皇太后、外戚等干政的事情，其实还是因为明朝的太监太厉害了，皇太后、外戚根本就成不了气候。王振本来是个读书人，当过老师，被阉以后进了宫，正好服侍的是太子。老皇帝一死，这位太子就继位了。中国自古太子一继位，地位马上就变了，当年服侍太子的老师们、太监们马上就上来了，包括太子的亲妈也要上来。这太子本来就特别喜欢王振，因为王振特别会甜言蜜语，你想在一帮都没读过书的太监当中，王振应该算是最聪明的。于是太监王振就开始不断地被提拔，然后他的野心也逐渐膨胀。

那时候太皇太后还活着，太皇太后对太监管得非常严厉，王振在皇帝身边搞这搞那的，都被太皇太后知道了。有一天太皇太后把顾命大臣“三杨”（即杨士奇、杨荣、杨溥这三位大学士）还有皇帝都叫到了自己的殿里，皇帝站这边，“三杨”站那边。太皇太后说：“把王振给我带上来。”王振一上来，太皇太后直接就说：“给我斩了。”太皇太后身边有一帮女刀斧手，上来就要斩王振。这时候皇帝赶紧护着，这个明英宗跟王振还是有深厚感情的，他赶紧说：“不行不行，奶奶咱不能杀他，王振是好人。”这时的顾命大臣“三杨”也都很老了，他们之前也都被王振迷惑了，因为王振在“三杨”面前总是装得特别低声下气，去内阁送东西的时候从来都假装不敢进门，“三杨”也跪下来给王振求情。太皇太后一看这情景说：“今天因为大家都给你求情，那我就饶了你，但我每天都会派人监视你。我只要发现你有一次干涉朝政，管你不该管的事儿，那我一定会斩你。”于是王振就开始忍忍忍，做太监这事儿他都能忍，还有什么其他的事儿不能忍的？于是一直忍到太皇太后死了，王振就开始专权，最后到了“无所不用其极”的地步。当时一到有什么日食、雷劈的情况，皇帝就觉得自己做错事儿了，会下罪己诏，求大家发言。但是大家一发言，只要说到一点儿皇帝不好的地方，马上就会被抓起来，投入监狱用酷刑弄死。

王振虽然没有刘瑾、和珅那么厉害，但也是贪得一塌糊涂。而且这个王振还好大喜功，到处盘剥。土木堡之变就是王振激起来的。为什么？人家瓦剌人本来就没想打仗，大家就是来通个商、进个贡，但王振总觉得人家进贡的少，欺负人家。最后瓦剌人被欺负急了，人家北方民族可不像他那样动这么多心计，结果人家不干了，打过来了。王振一个教师爷出身，从来没打过仗，但是他觉得自己权倾天下，其实越是这种人，就越想回家乡去显摆一下，看我今天多么厉害，这是很多太监的心理。于是王振就鼓动皇帝御驾亲征，皇帝没打过仗，他也没打过仗，大家竟然率五十万大军出了城。出城以后还又绕了个弯子非要路过他家乡，在他家乡吹吹打打，告诉乡亲们他王振亲率五十万大军衣锦还乡了。结果这么一折腾耽误了各种战机，最后刚走到土木堡（今河北怀来东），离北京没有多远，就被人突袭了。那完全不是一场战役，一天之内明朝五十万大军全军覆没，皇帝也被人抓起来了。当时有位将领实在看不下去这太监王振的所作所为，最后在乱军之中拿大锤把王振给锤死了，所以王振不是被瓦剌人杀的，他是被明朝大将自己人杀的，就这样结束了自己非常耻辱卑微的一生。

这明英宗完全就是毁在王振手里，在土木堡之变中还被抓走当了俘虏，受尽各种屈辱。在明英宗被俘以后，他弟弟继位，结果明英宗回来以后弟弟怕他抢皇位，就把他关在冷宫里，他差点儿被饿死。明英宗在冷宫里熬过了漫长的孤苦岁月，直到后来他弟弟快死了，才由当时还忠于他的前朝大臣发动了政变，又把明英宗扶上了台。但是事情就这么蹊跷，明英宗一上台，就又开始怀念王振，还把大臣于谦给杀了。当年土木堡之变之后如果没有于谦，那明朝当时就完了，瓦剌军队打进北京城以后，就是于谦铁骨铮铮地率领所有的军民奋勇抗战，才把瓦剌人打走。于谦本人的品行在中国整个历史上都是无双的，但明英宗一复辟，竟然把于谦杀了，还每天在那儿怀念王振，让人觉得真是不可思议。

这就是明朝历史上的土木堡之变，这是非常屈辱的一件事儿，当然明朝也没干过几件特别光荣的事儿。

Today

in History

Today

in History